Le plan
RUBICON

COLLECTION DES DEUX SOLITUDES
directrice: Michelle Tisseyre

OUVRAGES PARUS DANS CETTE COLLECTION:

Grâce à un programme d'aide à la traduction du Conseil des Arts, il est enfin devenu possible de faire connaître au Québec les œuvres marquantes d'auteurs canadiens-anglais connues souvent dans tous les pays de langue anglaise, mais ignorées dans les pays de langue française parce qu'elles n'avaient jamais été traduites.

Ce même programme permet aux œuvres marquantes de nos écrivains d'être traduites en anglais.

La Collection des Deux Solitudes a donc pour but de faire connaître, en français, les ouvrages les plus importants de la littérature canadienne-anglaise de ces dernières années.

La version originale de cet ouvrage de Dennis Jones a été
publiée sous le titre de RUBICON ONE.

DENNIS JONES

Le plan
RUBICON

roman

**Traduit de l'anglais par
Michelle Tisseyre**

PIERRE TISSEYRE
8925, boulevard Saint-Laurent — Montréal, H2N 1M5

Dépôt légal: 4e trimestre 1984
Bibliothèque nationale du Canada
Bibliothèque nationale du Québec

L'édition originale de cet ouvrage
a été publiée pour la première fois
par General Publishing Co. Ltd., Toronto,
en 1983.

La traduction de cet ouvrage a été
subventionnée par le Conseil des Arts du Canada.

Illustration de la couverture:
André Dussault

ISBN-2-89051-156-1

À ma femme

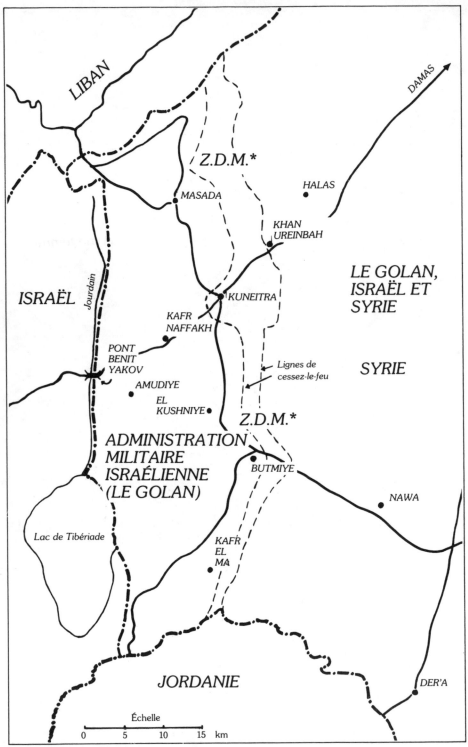

LIBAN

DAMAS

Z.D.M.*

HALAS

MASADA

KHAN
UREINBAH

ISRAËL

Jourdain

LE GOLAN,
ISRAËL ET
SYRIE

KUNEITRA

KAFR
NAFFAKH

SYRIE

PONT
BENIT
YAKOV

*Lignes de
cessez-le-feu*

AMUDIYE

EL
KUSHNIYE

Z.D.M.*

ADMINISTRATION
MILITAIRE
ISRAÉLIENNE
(LE GOLAN)

BUTMIYE

NAWA

Lac de Tibériade

KAFR
EL
MA

JORDANIE

DER'A

Échelle

0   5   10   15   km

* Z.D.M. : Zone démilitarisée

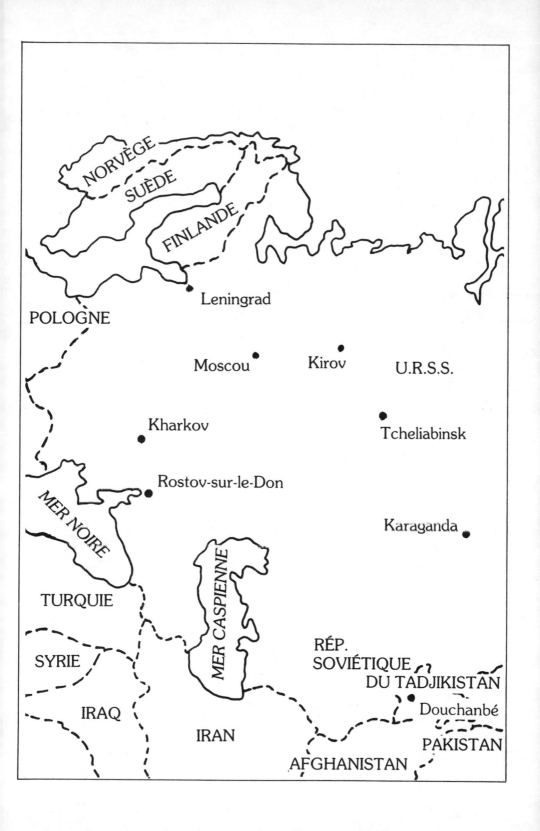

Douchanbé
(République socialiste soviétique du Tadjikistan)
7 juin

Du porche de l'immeuble des Communications, le major Nikolai Andreyev regardait circuler les voitures devant les façades de pierre blanche et les feuillages poussiéreux de la place Lénine. Il y distinguait davantage de paysans que d'habitude. La plupart allaient à pied, mais certains étaient agrippés tant bien que mal à des camions bringuebalants arrivant des fermes collectives de Vakhsh. Sous la poussée d'un vent chaud soufflant de la Perspective Lénine, leurs vêtements délavés, rayés rouge, bleu ou gris-bleu, leur battaient les mollets.

Le major nota qu'il n'y avait pas beaucoup de coton dans les camions. Il essuya une goutte de sueur au bout de son nez, et suivit des yeux deux paysans du Tadjikistan, d'aspect particulièrement louche, qui disparurent bientôt sur la Perspective Lénine, en direction de la Vieille ville. L'un d'eux portait un ceinturon vert.

«Vert, nota le major. Mauvais augure...» On avait en effet remarqué la présence de ceinturons verts lors des émeutes de Karaganda.

11

— La circulation vous paraît-elle normale pour un lundi? demanda-t-il au colonel Khomenko qui l'accompagnait.

— Je l'ai déjà vue plus dense autour du ramadan, répondit celui-ci.

Ce colonel travaillait pour le K.G.B. mais le major ne savait pas à quel titre. Il le soupçonnait de diriger les Services d'espionnage dans le district de la capitale du Tadjikistan. Tout ce que son commandant de bataillon lui avait fourni comme renseignements à son sujet, c'était qu'il agissait comme liaison entre le bataillon, le K.G.B. et la milice du M.V.D.

— Et en ce moment? insista Andreyev.

— C'est plutôt dense pour un jour de marché, admit le colonel. Plutôt. On ne nous a toutefois rien signalé d'anormal, du moins pas par nos voies habituelles.

Le major, qui avait lui-même tenté de mettre sur pied un réseau d'espionnage dans la région située au nord-est de Douchanbé, avait pu se rendre compte du peu de coopération que l'on pouvait attendre des paysans tadjiks. Il n'avait pas très confiance non plus dans les «voies habituelles» de Khomenko. Il espérait toutefois que l'homme du K.G.B. ignorait son activité dans la région, car s'il apparaissait sur la liste des effectifs de son bataillon comme commandant-en-second, le major Andreyev appartenait également au G.R.U., le Service de renseignements de l'armée. Pour des raisons qui remontaient à l'époque de Staline et de Khrouchtchev, Khomenko s'il l'avait su, n'aurait pas aimé cela... En 1948 Staline avait transféré au K.G.B. certaines des responsabilités du G.R.U. Dix ans plus tard, Khrouchtchev avait remplacé les cadres supérieurs du G.R.U. par des hommes du K.G.B. Cette mainmise du K.G.B. sur le G.R.U. avait duré longtemps mais, à la mort d'Andropov, une épreuve de force à l'intérieur de Kremlin avait permis au G.R.U. de recouvrer la plus grande partie de son autonomie. Les deux organisations travaillaient assez bien ensemble aux échelons inférieurs tout en se sachant rivales. Mais, chez les cadres supérieurs des deux organisations, la rivalité était féroce. Le G.R.U. était obligé de lutter sans cesse pour ne pas se faire dévorer encore une fois par le K.G.B. Situation qui avait entre autres pour résultat, d'exaspérer les représentants locaux du K.G.B. lorsque le G.R.U. mettait sur pied des réseaux d'espionnage, particulièrement lorsqu'ils gardaient pour eux les informations recueillies.

Le major Andreyev n'avait nullement l'intention de communiquer ses soupçons au colonel du K.G.B. À peine osait-il se les avouer à lui-même.

Pour en chasser la pensée, il demanda à son compagnon:

— Seriez-vous informé s'il devait arriver quelque chose?

— Bien entendu.

Le colonel paraissait très sûr de lui.

— Que va-t-il se passer d'après vous au coucher du soleil, à la prière du soir?

— Eh bien! ici les muezzins ne gueulent pas du haut de leurs minarets, comme en Afghanistan. Il prient dans les mosquées lorsque ça leur est possible. Celle de Khadji était ouverte jusqu'à la semaine dernière, mais il a fallu la fermer pour faire des réparations. Elle devenait un danger public.

Andreyev devina facilement combien de temps prendraient les réparations: longtemps.

— Y a-t-il eu des réactions?

— Non. Par les temps qui courent, les gens se préoccupent davantage de leur estomac que de leur âme. Les denrées sont rares.

— Ah! dit le major, jouant le militaire qui ignore tout des questions économiques.

— Néanmoins, reprit le colonel, il serait peut-être bon qu'une partie de votre unité soit présente ce soir. Pas la peine de risquer des ennuis avec ces voyous. Il est possible qu'on ait mal interprété la fermeture de la mosquée. Les villageois sont d'une ignorance crasse. Ils y prieraient jusqu'à ce qu'elle s'effondre sur leurs têtes; et alors ils diraient que c'est la volonté d'Allah.

— Vous devriez peut-être la laisser s'effondrer? Ils y verraient peut-être un signe que Dieu désapprouve la religion.

Khomenko eut un sourire hésitant puis fronça les sourcils. Se rappelant le manque d'humour légendaire du K.G.B., le major Andreyev ajouta rapidement:

— J'avertis le lieutenant-colonel immédiatement. «S'il n'est pas ivre», pensa-t-il. Nous resterons dans la banlieue en état d'alerte, à moins que vous ne préfériez nous voir tout de suite en ville?

— Non, répondit Khomenko. C'est ce genre de provocation qui a déclenché l'émeute de Karaganda. J'ai reçu des ordres stricts à ce sujet. Étiez-vous dans la région quand c'est arrivé?

— Non, mon bataillon a été envoyé ici, d'Alma Ata, en avril. Mais j'ai entendu parler de Karaganda.

Après un silence, il ajouta:

— À propos, nous avons relié notre tableau de commutation de conduite de tir au réseau de communications de votre police. Vous pouvez nous joindre à tout moment par les quartiers généraux du M.V.D.

— Parfait. (Khomenko consulta sa montre.) Il est quinze heures. Serez-vous de retour à votre quartier général à quinze heures trente?

— Facilement.

— Je vais faire augmenter le nombre des patrouilles de la milice jusqu'à minuit. S'il ne s'est rien passé à ce moment-là, il ne se passera rien.

— Très bien, nous maintiendrons une compagnie en état d'alerte jusqu'au matin, par précaution.

— À votre guise. Passez me voir demain, nous prendrons un verre.

Le major Andreyev acquiesça, descendit les marches et se dirigea vers la voiture de reconnaissance B.R.D.M. La poignée métallique en était si chaude qu'il s'y brûla la paume. Il monta, le chauffeur démarra aussitôt et suivit la Perspective Lénine vers le nord, en direction de Sari-Asiya, dans la banlieue, et du bivouac du bataillon au-delà. De chaque côté de l'avenue naissaient des rues étroites et tortueuses, bordées de maisons en briques de boue séchée, pour la plupart condamnées, mais néanmoins habitées. Elles offraient un contraste frappant avec les façades blanches monolithiques des immeubles officiels et des monuments commémoratifs de l'avenue. Andreyev n'aimait pas ces rues de la Vieille ville : il ne ferait pas bon s'y battre.

Un champ poussiéreux, à la limite nord de Douchanbé, constituait l'aire d'occupation de son bataillon. Les tentes des trois compagnies d'infanterie et de la compagnie de soutien étaient groupées à l'ombre de quelques arbres rabougris, poussés en bordure du périmètre ouest du terrain. Le parc de stationnement était en plein soleil. C'est là que se trouvaient les transports de troupes B.M.P. aux tourelles trapues, masses noires juchées sur leurs chenilles. Le poste de commandement était installé dans une petite maison à proximité de l'arbre le plus haut.

Le major Andreyev descendit de la B.R.D.M. et pénétra dans la maison. Celle-ci n'avait que deux pièces, la plus grande abritant le centre de communications du bataillon. D'une alcôve adjoignante émanaient des ronflements. Assis à une table de métal, où s'empilaient des cartes, Rybalko, l'officier commandant la compagnie de soutien, leva les yeux vers le major. Celui-ci fit un signe interrogateur de la tête vers l'alcôve.

Le capitaine Rybalko porta à ses lèvres un verre imaginaire et fit semblant d'y boire. Il invita ensuite le major à le suivre à l'extérieur. Le soldat préposé à la radio leva la tête de sa console puis reporta aussitôt son attention sur ses instruments.

— Que se passe-t-il donc? demanda Rybalko quand ils furent dehors.

— Soyez prêts. Il nous faudra peut-être faire vite, s'il y a du trouble dans la ville. Quelle est la situation ici?

— Nous manquons d'eau. Le capitaine Balan est parti en chercher avec une escouade de la première compagnie. Va-t-il y avoir du grabuge?

— Le K.G.B. ne semble pas le penser.

— Tant mieux.

— Ils peuvent se tromper. Où sont Tchigorine et Polyarkov?

— Ils vérifient l'entretien des B.M.P.

Son rang de commandant-en-second et le fait qu'il s'était battu en Afghanistan, faisaient du major Andreyev le commandant du bataillon lorsque le lieutenant-colonel était en état d'ivresse.

— C'est bon, fit-il. On fera appel à nous si les choses se gâtent. La première et la deuxième compagnie devront être prêtes à partir jusqu'à minuit. Après cela, la deuxième peut se reposer. La troisième restera en réserve. Votre compagnie, la quatrième, assurera la défense de la base si cela s'avérait nécessaire. Nous n'aurons pas besoin des mortiers lourds; pas dans la ville, tout au moins.

— Nous agissons comme si nous étions en territoire hostile?

— Nous le sommes peut-être.

Le capitaine Rybalko qui n'avait pas été en Afghanistan ne fit aucun commentaire. Andreyev se sentait mal à l'aise et se demandait s'il n'exagérait pas le danger. Mais il avait appris en Afghanistan que les unités qui ne prenaient pas suffisamment de précautions étaient beaucoup plus vulnérables que celles qui en prenaient trop.

— Quand pensez-vous qu'il se réveillera? demanda-t-il, se référant au lieutenant-colonel.

— D'un moment à l'autre. Il dort depuis midi.

— Le capitaine Suchkov est-il dans les parages?

À l'exception des réunions d'éducation politique auxquelles il était tenu d'assister, l'officier politique du bataillon se montrait peu. Il n'était pas aimé.

— La dernière fois que je l'ai vu, il était assis sous un arbre au bord de la route.

— Trouvez-le-moi, s'il vous plaît. Je préfère que ce soit lui qui réveille le colonel, plutôt que moi. Nous devons tirer nos plans pour ce soir. Il faut qu'ils soient approuvés par le régiment le plus tôt possible.

Le capitaine Rybalko savait que le commandant critiquerait quelques détails sans importance du plan proposé par Andreyev, mais qu'il le laisserait se dérouler tel qu'Andreyev l'avait établi. Il réserverait au malheureux capitaine Suchkov la colère et la mauvaise humeur dues à sa gueule de bois. Les deux hommes échangèrent un regard complice.

— Je vais vous trouver Suchkov, dit Rybalko.

Andreyev rentra dans la maison pour consulter la carte de Douchanbé.

Vers dix-neuf heures, le lieutenant-colonel soignait son mal de tête, assis à la porte du poste de commandement, sur une chaise de bois. Il n'avait que trente-cinq ans, mais son manque de sommeil le faisait paraître plus âgé. Le major Andreyev et le capitaine Rybalko étaient assis à côté de lui sur les marches de pierre.

— Il fera bientôt nuit, dit le lieutenant-colonel.

La crête noire des montagnes situées au nord-est tranchait sur le ciel incandescent. Le soleil venait de disparaître derrière les plus hautes cimes. L'air était déjà beaucoup plus frais, bien que la terre surchauffée continuât d'irradier la chaleur du jour. Le major se demandait quel temps il faisait chez lui, à Smolensk, et aurait souhaité y être.

— Devrions-nous faire quelque chose de positif? demanda le capitaine Suchkov qui se tenait derrière les trois officiers dans l'encadrement de la porte.

— Que suggérez-vous? répondit le commandant de bataillon.

— Eh bien...

Le téléphone sonna à l'intérieur. Le capitaine Polyarkov répondit. Trente secondes plus tard il passait la tête dehors, disant: «Le K.G.B. désire vous parler, mon colonel.»

L'interpellé rentra dans la maison. Andreyev se força d'abord à se détendre, puis rentra à son tour, suivi du capitaine Rybalko. Le lieutenant-colonel était debout à la table, un doigt traçant un chemin sur la carte de Douchanbé, tout en écoutant son interlocuteur. «Entendu, dit-il finalement. Nous serons derrière eux dans quinze minutes. La milice peut-elle tenir jusque-là?» Il grimaça. «D'accord, nous nous dépêcherons.» Il déposa le récepteur et se tourna vers ses officiers.

— Il y a une foule qui se dirige vers la place Lénine. Des montagnards, des étudiants, des va-nu-pieds de la Vieille ville. Ils ont débouché sur la Perspective il y a vingt minutes environ. Quelques-uns ont tenté d'envahir la mosquée. La milice les a repoussés. Alors ils se sont mis à lancer des pierres et ils ont réussi à y entrer. La milice se replie sur la place Lénine. Nous nous rendrons là directement. La première compagnie descendra la Perspective Lénine. La seconde obliquera au monument Sanreddine, descendra la rue Drujbi Narodov et les prendra de flanc par la rue Komosomolskaya. Nous les refoulerons vers la rivière. Une fois qu'ils auront été dispersés, nous prendrons les positions décidées cet après-midi. Allons-y.

La nuit tombait lorsque les dix blindés B.M.P. de la première compagnie entrèrent dans Douchanbé dans un bruit d'enfer. Derrière eux avançaient les deux B.M.P. de commandement du bataillon, suivis par les blindés de la deuxième compagnie. Au monument Sanreddine, le B.M.P. de tête ralentit et la colonne se resserra jusqu'à ce que les véhicules n'aient plus été séparés que par une dizaine de mètres. Ils ralentirent encore, avançant à la vitesse d'un pas rapide. Il n'y avait aucune circulation dans l'avenue et les B.M.P. se déployèrent en deux colonnes se dirigeant vers le sud. La pétarade de leurs moteurs se répercutait au-dessus d'eux sur les façades de pierre blanche. La plupart des fenêtres étaient occultées.

Le major Andreyev, à bord du sixième véhicule de la colonne de gauche, surveillait la rue par l'écoutille du chef de char, tandis que le conducteur virait à gauche pour suivre le véhicule du colonel le long de la rue Drujbi Narodov. Ils avançaient tous feux éteints et la lumière des réverbères semblait falote aux dernières lueurs du couchant. La poussière soulevée par les chenilles des B.M.P. restait suspendue dans l'air.

Arrivé à la rue Komsomolskaya, le véhicule de tête vira à droite. Celui d'Andreyev tourna au carrefour suivant, suivi par les blindés de la troisième compagnie.

— Nous sommes arrêtés à cent mètres de la Perspective Lénine, annonça la voix crépitante du lieutenant-colonel dans les écouteurs d'Andreyev. Êtes-vous en position?

Andreyev attendit un instant avant de répondre, tandis que son conducteur ralentissait.

— Nous y sommes maintenant.

— Au rapport. Première compagnie?

Le capitaine Balan, à bord du B.M.P. de tête qui descendait la Perspective Lénine, répondit:

— Nous sommes au Jardin botanique. Ils sont environ deux cents devant la mosquée, en face de nous. Ils nous observent.

— Major Andreyev, que voyez-vous?

— Sur ce que je peux voir de l'avenue, il y a une foule importante. Ils ont allumé quelques torches.

— C'est pareil ici. Votre foule vient sans doute de la mosquée. D'accord! Capitaine Balan, si l'attroupement devant la mosquée se tient tranquille, dépassez-le et venez nous appuyer, pour déboucher sur la place Lénine. Deuxième compagnie, démarrez lentement et commencez à les disperser. N'entrez pas dans les ruelles. Nous voulons commencer par nettoyer la place.

— En avant! commanda Andreyev à son conducteur dont la tête sortait de l'écoutille de droite, tel un boulet de canon. Avancez lentement pour leur permettre de s'écarter. Fantassins, tirez à mon commandement, mais par-dessus leurs têtes.

Il entendit le bruit caractéristique des soldats, enfouis jusqu'à la poitrine dans le compartiment de combat, qui armaient leurs fusils d'assaut. Le moteur rugit et le véhicule blindé, suivi par ses compagnons, fonça vers la Perspective Lénine. Quelques manifestants gesticulèrent violemment en voyant arriver les blindés. D'autres s'enfuirent à toutes jambes. La plupart restèrent sur place. Lorsque le B.M.P. tourna pour s'engager dans l'avenue, une véritable fusillade de pierres s'abattit sur sa coque.

— On s'reboutonne? demanda le canonnier de la tourelle située derrière et au-dessus du major Andreyev.

— Quand je vous le dirai, répliqua Andreyev. (Une pierre plus grosse, un pavé probablement, frappa la tourelle avec un bruit sourd.) D'accord, fermez tout.

Le canonnier et les fantassins plongèrent dans leurs nids en refermant leurs écoutilles. Le conducteur regarda Andreyev, eut un haussement d'épaules et resta debout. Le risque de se faire atteindre par une pierre était peu de chose auprès de la tension de conduire en regardant seulement par les épiscopes.

— Nous sommes sur la Perspective Lénine, dit le lieutenant-colonel. La foule commence à se disperser dans les petites rues. Commandants de compagnie, au rapport.

— Ils lancent des pierres mais ils se dispersent, dit Polyarkov.

— C'est pareil ici, dit Balan de la colonne nord.

— Major Andreyev?

— Nous sommes presque à la place Lénine. Ils sont environ deux mille. Surtout des hommes. Ils lancent toujours des pierres.

Quelque chose de sombre tomba du ciel, frôla son épaule et frappa le blindage. Il s'enfonça dans son écoutille et reprit:

— Ils concentrent leur tir sur nous. Je crois que la milice les empêche de gravir les marches de l'immeuble des Communications et de l'hôtel du Gouvernement. Je pense qu'ils se disperseront dès que nous serons à leur hauteur.

— Capitaine Polyarkov, dit le lieutenant-colonel, aussitôt que vous serez en position, faites tirer deux rafales en l'air à votre premier peloton.

— Oui, mon colonel.

Le blindé d'Andreyev continuait d'avancer résolument sur la vaste esplanade de la place Lénine, bordée d'édifices gouvernementaux aux colonnes carrées et aux nombreuses fenêtres. Celles-ci réfléchissaient sporadiquement la lueur des torches.

— Halte! commanda Andreyev. Ici major Andreyev. Premier peloton, êtes-vous en position?

— Nous le sommes, répondit Polyarkov. Nous commencerons à tirer dans quelques secondes.

Andreyev attendit. Devant lui la foule tournoyait, hurlait, les poings levés; des pierres tombaient du ciel nocturne. Des ululements semblables à des chants religieux se mêlaient aux hurlements. Le reflet des torches luisait sur les visages grimaçants couverts de sueur. À trente mètres du B.M.P. du major, un manifestant brandissait une hampe. À son extrémité, flottait une longue bannière verte. Vert, la couleur de l'islam. Plus loin, à la limite de la place, il y avait deux autres bannières vertes.

Le B.M.P. à la gauche d'Andreyev le dépassa de quelques mètres et s'arrêta. Son blindage noir et menaçant se détachait sur la pierre pâle des immeubles qui s'élevaient derrière lui. Sa tourelle fouineuse bougeait comme si elle reniflait le vent. Le conducteur et le commandant du char étaient rentrés dans leurs écoutilles. Andreyev regarda à sa droite vers les arbres sombres du parc du monument aux morts qui bordaient l'extrémité sud de la place. Ils étaient tirés de l'ombre par la lueur vacillante des torches et par celle, plus stable, des réverbères.

Le major perçut un mouvement entre les arbres et ressentit une soudaine appréhension.

— Canonnier, dit-il dans son micro, tournez la tourelle vers la droite. La cible pourrait être dans le parc!

Une rafale sèche éclata derrière lui. La première compagnie venait d'ouvrir le feu. Il y eut un remous dans la foule qui commença à s'effilocher aux pourtours.

Soudain un jet de lumière illumina les façades de la place Lénine. Le major eut un brusque mouvement de recul qui lui fit heurter le rebord de l'écoutille et se blesser à l'épaule. Un projectile incandescent passa devant son véhicule et frappa le B.M.P. sur sa gauche, en avant de lui. La détonation fut assourdissante et le blindé fut instantanément enveloppé de fumée et de flammes bleutées: le blindage au magnésium du B.M.P. avait pris feu.

— Ça vient du parc! cria le mitrailleur.

— Ouvrez le feu avec le M.G.

Le mitrailleur commença à arroser le parc avec son arme.

— Marche arrière! cria Andreyev au conducteur, oubliant l'intercom.

Il fallait coûte que coûte sortir de l'esplanade.

Un autre éclair jaillit du parc. Andreyev l'identifia: les flammes d'échappement d'un missile portatif antichar. Il venait droit sur eux; mais il obliqua et passa au-dessus de leurs têtes.

Andreyev en sentit la chaleur sur son visage. L'engin alla frapper la façade de l'immeuble des Communications dont une partie s'effondra sur la place.

Les autres B.M.P. arrosaient le parc à la mitrailleuse. Quelqu'un eut la présence d'esprit de lancer une fusée éclairante, mais la lumière ne pénétra pas sous les arbres.

Au moment où la fusée s'éteignait, il y eut deux explosions dans le parc. On avait tiré avec le canon de 73 mm. Des arbres s'enflammèrent. Andreyev jeta un regard devant lui tandis que son B.M.P. reculait et sortait de la place. Il stoppa. La foule se dispersait, fuyant dans les rues latérales. Le B.M.P. qui avait été atteint brûlait toujours, illuminant les environs d'un éclat sauvage. On avait tiré dans la foule. La chaussée était jonchée de corps inanimés. L'un d'eux, nota Andreyev avec un étrange détachement, était tombé si près du B.M.P. en flammes qu'il avait pris feu.

Aucun autre missile n'avait été tiré du parc.

— Cessez le feu! ordonna Andreyev. Le canon mitrailleur se tut. L'air empestait l'acide nitrique. Les coups de feu s'espacèrent puis cessèrent.

Andreyev braqua les yeux sur la fournaise qu'était devenu le B.M.P. Mourir brûlé était ce qu'il redoutait le plus.

«Où se sont-ils procuré les missiles?» se demanda-t-il, tandis que les munitions à l'intérieur du blindé commençaient à exploser, projetant des échardes de métal sur la place. «Ça va barder! Ça va drôlement barder!»

Islamabad (Pakistan)
8 juin

Il s'appelait Mustaq Nasir Akhtar. Lorsque deux hommes en uniforme vinrent le chercher, il attendait depuis une heure, dans une cellule du sous-sol des quartiers généraux de la Sécurité nationale. Dans le couloir, tout en marchant, il donna libre cours à son imagination: son officier de contrôle du K.G.B., surgissait soudain à la tête d'une troupe armée, engageait le combat, un incendie, la liberté; un tremblement de terre faisait s'effondrer le plafond, tuait ses gardiens laissait entrer le soleil; une bombe terroriste ... Il était impossible qu'un de ces fantasmes ne se concrétise pas; impossible qu'il soit là, lui, debout devant cette porte.

Un des gardiens frappa.

— Entrez.

Ils ouvrirent la porte et le poussèrent à l'intérieur. Deux hommes en civil étaient assis derrière une table, un jeune et un vieux. Le plus âgé avait un nez en bec d'aigle. À deux mètres de la table il y avait un équipement servant aux interrogatoires. En l'apercevant Akhtar sentit plier ses genoux et les gardes durent le soutenir.

— Non! gémit-il.

— Mettez-le dessus, dit l'homme au bec d'aigle.

25

Akhtar tenta faiblement de résister, mais ce fut en vain. Les deux civils attendaient avec impatience que les gardes aient fini de le sangler, nu, à la plate-forme de bois, les jambes écartées devant lui, le dos et les bras fermement liés à un montant. La plate-forme et le montant, suspendus du plafond par une poulie, pouvaient être levés ou abaissés à volonté par un petit treuil fixé au mur. Il y avait un trou rond dans la plate-forme et, sous ce trou, une pointe de métal acérée qui terminait une tige de deux centimètres de diamètre et de trois pieds de haut. Elle était cimentée au plancher.

— Installez-le, ordonna le plus jeune.

Un des gardiens abaissa lentement la plate-forme. Akhtar gémit et serra les paupières de toutes ses forces. L'autre gardien plaça la pointe acérée dans son anus. Des larmes coulèrent sous ses cils. La plate-forme s'immobilisa.

— Voici, dit l'homme au bec d'aigle. Je m'appelle Riaz Hasan et je suis, entre autres choses, directeur des Services de contre-espionnage. Savez-vous pourquoi vous allez subir un interrogatoire à ce niveau élevé?

Akhtar secoua la tête. Il s'efforçait de ne pas sentir la pression entre ses fesses. Ça ne faisait pas très mal tant qu'il restait détendu.

— Parce que, dit l'homme à côté de Hasan, vous êtes — étiez — un employé de confiance du Service de planification à l'Institut des sciences et technologies nucléaires. Parce que vous avez vendu des informations relatives à nos programmes d'armes nucléaires et de missiles. Parce que nous voulons savoir exactement quelles informations vous avez données à votre contrôle, et parce que nous voulons savoir qui vous a aidé à obtenir les renseignements auxquels vous n'aviez pas accès. Parce que vous allez servir d'exemple à ceux qui seraient tentés de vous imiter.

— À qui fournissiez-vous des renseignements? demanda Hasan.

Le Russe avait prévenu Akhtar de ce qui arrivait aux agents qui trahissaient leurs officiers de contrôle.

26

— Aux Indiens, dit-il d'une voix rauque. Sa langue était râpeuse comme du papier de verre.

Hasan fit un geste. La plate-forme descendit d'un centimètre. Akhtar se raidit contre le montant, prenant bruyamment une profonde respiration. De l'urine se répandit sur la plate-forme et se mit à dégoutter.

— Vous baisserez d'un centimètre chaque fois que je ne vous croirai pas, dit Hasan. Nous vous surveillons depuis longtemps. Vous n'avez jamais eu de contact avec des Indiens. Il y a deux semaines, par contre, vous avez rencontré quelqu'un de l'ambassade soviétique. Était-ce votre contrôle?

— Oui, haleta Akhtar. Il se sentait ballonné, déchiré, et ça ne faisait que commencer.

— Comment s'appelle-t-il?

— Je ne sais pas. Il ne m'a jamais dit son nom.

Hasan leva la main. Akhtar hurla par anticipation.

Il ne se passa rien.

— C'est plausible, dit Hasan en baissant la main. Il s'appelle Stychkov. C'est un officier du K.G.B. de l'ambassade. Depuis combien de temps vous contrôle-t-il?

«Allah, Allah, pensa Akhtar. Depuis combien de temps? Était-ce trois mois, ou quatre, ou...»

— Quatre mois.

Cette fois son hurlement était justifié. De petites gouttes de sang coulèrent le long de la tige et vinrent rosir l'urine

— Ça fait cinq mois. Nous savions qu'il y avait une fuite, mais nous n'étions pas certains que c'était vous, jusqu'au moment où vous avez rencontré le Russe. Je dois vous dire que si vous coopérez, nous vous abaisserons très lentement, peut-être pas du tout et vous serez fusillé quand vous aurez répondu à toutes nos questions. Si vous ne répondez pas, le pal vous tuera centimètre par centimètre.

Akhtar réussit à hocher la tête pour indiquer qu'il avait compris. Le plus jeune des deux civils prit une seringue dans une boîte sur la table et lui fit une injection. Le supplicié sentit son pouls battre plus fort, et le voile qui lui brouillait la vue se dissipa.

— Aujourd'hui même vous êtes allé en car d'ici à la Vieille ville de Rawalpindi, pour y déposer un message. Il donnait la date des essais de nos missiles cruise. La boîte aux lettres dans la Vieille ville constituait-elle votre mode de communication habituel?

— Oui.

— Saviez-vous que vous étiez suivi?

— Je le craignais. J'avais aperçu une Fiat grise à plusieurs reprises.

— Avez-vous jamais fait part de vos craintes à votre contrôle?

— Non.

— Pourquoi donniez-vous ces informations aux Russes?

— Pour de l'argent.

— Combien avez-vous reçu?

— Plusieurs centaines de roupies. Je vous en prie, donnez-moi de l'eau.

— C'est votre unique raison?

— Mon frère a une fille infirme. Elle a besoin de médicaments. Une partie de l'argent servait à cela.

— Si vous ne coopérez pas, c'est elle que nous mettrons sur cette plate-forme à votre place.

— Je coopérerai. De l'eau, s'il vous plaît!

— Qu'avez-vous dit d'autre aux Russes, continua Hasan ignorant la demande.

— La puissance prévue des ogives. La portée des missiles. Tout ce que j'ai pu trouver sur le système de guidage.

— C'est-à-dire?

Akhtar le lui dit. Hasan réfléchit un instant et reprit:

— Vous dites que normalement vous utilisiez la boîte aux lettres. Pourquoi avoir rencontré le Russe?

— C'est moi qui ai demandé à le voir, je voulais plus d'argent.

Le treuil cliqueta. Akhtar sentit une déchirure lente et profonde se faire en lui. Quand il cessa de gigoter, le jeune civil lui fit une autre injection. Une odeur fétide d'excréments se répandit dans la pièce.

— Quoi d'autre?

— C'est tout, c'est tout. Rien d'autre.

— Vous n'aviez pas accès à ces documents dans le cours normal de votre travail. Où les avez-vous obtenus?

— Un peu partout. Ils laissent leurs tiroirs ouverts. Ils jettent des documents dans les corbeilles à papier au lieu de les détruire. Ils parlent.

Hasan fronça les sourcils:

— Le système de guidage, on n'y travaillait qu'en partie à l'Institut. Qui vous fournissait ces informations?

Contre tout espoir Akhtar avait espéré qu'on ne lui poserait pas cette question. Son cousin... comment leur avouer cela?

— C'était votre cousin Nabi Mansuri, n'est-ce pas?

— Non.

Cette fois son hurlement se prolongea cinq bonnes secondes. Lorsqu'Akhtar se tut, il avait perdu connaissance.

— Réanimez-le, ordonna Basan en regardant sa montre. Je veux en avoir fini à dix heures.

En fait ils réussirent à tirer d'Akhtar tout ce qu'il savait dès neuf heures cinquante. Au début, Hasan avait du mal à croire que la sécurité à l'Institut fût si mauvaise qu'un employé ait pu se procurer tous ces renseignements; mais lorsque le pal fut enfoncé d'une vingtaine de centimètres, Hasan dut se rendre à l'évidence: le cousin était le seul complice.

À vingt centimètres, il n'y avait vraiment plus rien à faire d'Akhtar si ce n'est lui tirer une balle dans la tête. Ce qu'ils firent.

— Il n'y avait rien non plus dans la boîte aux lettres de repêchage? demanda Vladislav Kochine.

— Non, répondit Mikhaïl Strychkov, en apparence un des chauffeurs de l'ambassade, mais en réalité un lieutenant du K.G.B. Kochine était le sous-directeur de la station du K.G.B. à Islamabad. Je pense qu'on l'a arrêté.

— Merde! dit Kochine. Pourtant leur contre-espionnage est normalement au-dessous de tout. C'est aujourd'hui qu'il devait nous communiquer la date des essais, n'est-ce pas?

— C'est ce qu'il avait dit.

Kochine se frotta le nez puis haussa les épaules.

— Peu importe. Nous avons d'autres sources d'information qui sont mieux placées qu'Akhtar. Il aurait été utile pour corroborer, mais... Frappé par une idée soudaine, il reprit: S'il devait reparaître, à votre place je me méfierais. Ils pourraient décider de l'utiliser pour nous passer de fausses informations.

— Nous ne l'utiliserons plus.

— C'est ça. D'ailleurs les gorilles de Hasan l'ont peut-être rendu inutilisable de façon permanente.

— En effet. Rien d'autre?

— Non, dit Kochine, pas pour le moment.

THE NEW YORK TIMES

Essais d'un missile cruise au Pakistan

Islamabad, le 11 juin (Reuters)

Le président Zia du Pakistan a annoncé hier l'essai réussi d'un missile cruise conçu et construit au Pakistan, ayant une portée de plus de 500 km. Zia a souligné que cette arme était uniquement défensive et n'a indiqué à aucun moment que ce missile pourrait servir à transporter la bombe atomique pakistanaise dont l'existence a été annoncée récemment. Réagissant sur-le-champ à l'annonce de l'essai, Nathan McKay, secrétaire à la Défense des États-Unis a déclaré que la mise au point du missile «manifeste une tendance inquiétante à la prolifération des armes atomiques et à leurs moyens de transport».

Round Lake (New Hampshire)
20 juin

Le radeau était amarré dans quinze pieds d'eau, à vingt mètres environ du quai flottant. Au-delà du radeau, à un demi-mille de distance, la rive opposée du lac se parait de chênes, d'érables et de pins. On n'y apercevait à travers les arbres que trois chalets d'été, encore inoccupés. Le lac était plutôt isolé et peu habité, même en été. Ses quelques occupants saisonniers n'arrivaient pas avant le week-end du 4 juillet.

Une des résidences permanentes se trouvait au bout d'un sentier pavé qui montait du quai. Construite à la fin du siècle dernier, la maison blanche, en bois de charpente, avait un toit en bardeaux à forte pente et une véranda, grillagée sur deux côtés. Une aile donnait sur le lac, l'autre sur l'allée de gravier qui descendait de la grand-route. Comme le reste du littoral, le terrain autour de la maison était couvert de bois touffus.

Il était dix heures du matin. Il faisait beau et chaud.

David Thorne ferma la porte de la véranda qui donnait sur le lac et se dirigea tranquillement vers le quai. Dans une main il tenait un thermos et dans l'autre un exemplaire de *La machine de guerre romaine AD 14-378*, protégé par un sac de plastique. Il mesurait six pieds un pouce et était très élancé.

Son front haut était en partie caché par une frange de cheveux châtain clair coupée horizontalement au-dessus de ses sourcils. Sur les oreilles et la nuque ses cheveux étaient plutôt trop longs. Deux rides descendaient des coins de son nez aquilin aux commissures de ses lèvres. Il n'avait pas un visage heureux.

Arrivé au quai, il introduisit le thermos dans la ceinture de son maillot et se laissa glisser petit à petit dans l'eau. Elle était encore assez froide. Il se mit sur le dos et nagea maladroitement d'un seul bras vers le radeau, tirant son livre derrière lui. L'ayant atteint, il sortit de l'eau, se versa une tasse de café — arrosé de rhum — retira le livre du sac, se coucha sur le ventre et se mit à lire. Il lisait vite, absorbant tout. Dans le thermos, le niveau du liquide baissait rapidement.

Au bout d'une heure, il se retourna sur le dos, plaça le livre à côté de lui et ferma les yeux. Il se donnerait encore une demi-heure de soleil avant de retourner à la maison et à son manuscrit qui l'attendait à côté de sa machine à écrire Selectric. Il somnola.

Top.

Thorne s'assit d'un coup de rein, appuya sur le bouton de sa montre, pour arrêter la sonnerie, plaça le livre et le thermos dans le sac et roula du radeau dans l'eau.

Le radeau reposait sur des bidons d'huile vides. Sous la plate-forme en planches, il y avait un espace de huit pouces. Thorne fit surface sous le radeau, plaça son sac sur la tablette qu'il y avait construite et attendit en surveillant le quai.

L'œil rouge du signal luisait toujours sur sa montre. Il l'éteignit. Il se demanda un instant s'il n'avait pas invité quelqu'un à lui rendre visite. Aucun souvenir. Il ne s'y attendait pas d'ailleurs. Thorne triait ses visiteurs sur le volet.

Il entendit grincer des freins et le gravier crissa sous les roues d'une voiture. Les arbres au bord du lac lui bouchaient la vue. Il entendit claquer une portière. Au moins son voleur n'essayait-il pas de s'introduire chez lui furtivement.

Il s'immergea jusqu'aux narines. La position du soleil de midi rendrait très difficile à un observateur de l'apercevoir de la rive, sous le radeau.

On frappait à la porte grillagée. Un coup, deux coups, trois coups, puis silence.

Un homme apparut sur le quai, marcha jusqu'au bout et scruta la surface de l'eau, en plaçant sa main gauche en visière devant ses yeux. Il boitait légèrement. Le soleil faisait luire sa calvitie. Il s'arrêta, tira de sa poche un mouchoir à carreaux rouges et blancs, et s'épongea le visage.

Thorne expira lentement, attrapa son sac et sortit de sa cachette.

— Allô, David!

— Allô, Isser! Donne-moi une minute, dit Thorne en nageant vers le quai.

Quand il l'atteignit, il se hissa hors de l'eau. Isser Stein, amusé, l'observait.

— Tu ne changes guère, dit-il, j'ai bien fait de me servir de mon mouchoir.

— Je savais que c'était toi de toute façon.

Il secoua l'eau du sac et se redressa. Il dépassait l'Israélien de trois bons pouces.

— Mais il vaut mieux être sûr. Comment vas-tu?

— Moi, très bien.

Ils se serrèrent la main, puis Stein demanda:

— As-tu un petit moment?

— Tout le temps que tu voudras. Montons à la maison.

— Comment savais-tu que je viendrais au bord du lac, dit Stein en marchant. Ou bien passes-tu ton temps sous le radeau quand tu te baignes?

— Il y a un système d'alarme dans l'allée, dit Thorne sans plus d'explications.

Arrivés à la véranda, Thorne entra et retint la porte pour laisser passer Stein.

— Il fait plus frais dans la cuisine. Sur la véranda on a généralement la brise du lac, mais il n'y en pas beaucoup aujourd'hui.

Stein jeta un regard circulaire dans la cuisine. Il n'y avait aucun signe de système d'alarme aux fenêtres qui étaient ouvertes. «Il utilise sûrement les ultrasons, pensa-t-il, mais son système d'alerte est bien caché et il a une source d'énergie indépendante. Thorne en effet n'a pas changé.»

— C'est une jolie pièce, dit-il un peu gauchement. (Ils ne s'étaient pas parlé depuis cinq ans.)

C'était effectivement une cuisine agréable. D'un côté il y avait un long comptoir de bois terminé par un four à micro-ondes et une cuisinière. Une table de teck aux proportions harmonieuses, entourée de chaises en osier, était séparée de la cuisine proprement dite par un îlot où logeait le lave-vaisselle. Le mur tout en fenêtres, donnait sur le lac qui scintillait à travers les arbres. On voyait également une partie du quai.

— Assieds-toi dit Thorne. Cette pièce est la plus civilisée de la maison; partout ailleurs on trouve des brouillons de manuscrit sur chaque surface horizontale. Bière, café, rhum?

Stein qui avait chaud opta pour la bière. Il s'assit à la table et observa Thorne qui ouvrait les bouteilles ambrées et en versait le contenu avec des gestes habiles et précis.

Thorne déposa les deux verres pleins sur la table et s'assit en face de Stein. Les deux hommes se dévisagèrent un instant, puis Thorne leva son verre et ils burent tous les deux.

— Que me veux-tu, Isser? demanda Thorne.

Stein l'examina attentivement, essayant de déceler les changements que ces cinq années avaient pu lui apporter. Il regarda la couronne de mousse à la surface de sa bière et leva de nouveau les yeux.

— Tes conseils sur un certain sujet. Ton aide peut-être.

«Je n'ai jamais pu définir la couleur de ses yeux, pensa Stein. Parfois gris, parfois bleus. Ils changent selon la lumière.»

— De quoi s'agit-il? dit Thorne d'un ton neutre. Tu sais sûrement que j'ai pris ma retraite.

— Oui, je sais. Mais il s'agit d'une situation qui peut s'avérer extrêmement intéressante.

— Quelle situation?

— Tu sais, dit Stein, s'écartant momentanément du sujet, que nous avons toujours été prêts à réagir devant tout ce qui peut menacer Israël, quelle que soit la source de ces menaces. Tu te souviens du fiasco du *Liberty*?

Thorne s'en souvenait. Durant la guerre des Six jours, en 1967, le *Liberty*, un navire espion de la C.I.A., croisait en Méditerranée à quelques quinze milles du Sinaï. Il captait toutes les transmissions des forces armées israéliennes et les relayait à Washington. Après avoir averti les États-Unis que ce navire mettait en danger leur sécurité et les avoir priés de cesser ces rediffusions, l'état-major israélien avait attendu plusieurs heures. Les rediffusions continuant, le 8 juin, Israël avait attaqué le bateau avec ses avions et ses torpilleurs, le mettant hors de combat. Trente-quatre Américains furent tués et plus du double blessés. Le Pentagone grogna un peu, puis se tut. Les émissions interrompues ne furent pas reprises.

— Je m'en souviens, dit Thorne.

Il avait eu dix-neuf ans durant la guerre des Six jours. Ce n'est qu'en 1973 qu'il avait été mis au courant de l'affaire du *Liberty*, alors qu'il avait été intégré sans préavis au groupe de travail de désinformation durant la guerre israélo-arabe d'octobre.

— Vous preniez de gros risques en agissant ainsi.

— Nous vous avions avertis. Mais on n'a tenu aucun compte de notre avertissement, à moins qu'il ne se soit perdu en route. Nous n'avions pas de temps à perdre.

— Ouais! dit Thorne qui se leva, ouvrit un placard et y prit un paquet de cigarillos.

Il en alluma un tranquillement et s'assit en poussant le paquet vers Stein. Celui-ci déclina l'offre.

— Tu en fumais autrefois.

— Mon cœur. J'ai dû arrêter il y a deux ans.

«Nous vieillissons, songea Thorne. À 38 ans, je me sens parfois comme si j'en avais soixante-dix. Isser aussi peut-être. Mais lui est dans la soixantaine.»

— Que veut Mossad, Isser? demande-t-il. J'imagine que tu es toujours avec eux? (Il fit une pause et reprit.) Que peuvent attendre les Services de renseignements israéliens à Washington d'un ancien gratte-papier de la C.I.A., ex-analyste, devenu historien militaire?

— Au fait, comment va ton livre?

— Ça va, mais dis-moi Isser, tu es bien le chef de station à Washington? Que viens-tu foutre au New Hampshire?

Le cigare s'était éteint. Thorne le plaça sur le bord de la table.

Stein tira trois découpures de presse de la pochette de sa chemise et les plaça devant Thorne.

— Je suppose que tu as lu ces articles.

Thorne les parcourut. L'un était très court et rapportait l'essai réussi d'un missile cruise pakistanais au début de juin. Le deuxième, beaucoup plus long, daté de l'année précédente, annonçait l'acquisition par le Pakistan d'un potentiel de dispositifs nucléaires de petit calibre.

— C'est celui-ci qui est important, dit Stein en posant son doigt sur le troisième.

Il avait pour titre: «Le Pakistan négocie avec la Libye le paiement de sa dette.» Une note manuscrite en marge indiquait *Far Eastern Economic review*, 15 janvier 1986.

— J'avais vu les deux autres, mais pas celui-ci.

— Ils veulent se faire rembourser, dit Stein.

Thorne fit bouger les muscles de son dos. Il avait l'impression que sa peau était desséchée par le bain de soleil sur le radeau.

— Le Pakistan leur donnerait-il des bombes?

— La Libye a versé au Pakistan cent millions de dollars en 1973 pour mettre au point une arme nucléaire, rappela Stein. Bhutto était alors Président. Lorsque Zia lui succéda en 1976, il mit le paquet. Les Saoudites lui ont fourni de l'argent en 1981, mais c'est la Libye qui a financé la presque totalité du projet. Les Pakistanais ont agrandi leurs usines de Sihala et Chasma au cours des cinq dernières années. Et ils en ont construit d'autres à Campbellpore et Talagang. Toujours avec l'argent libyen. Khadafi leur fournit aussi du pétrole. Nous pensons qu'il va exiger quelque chose en retour.

Thorne écoutait le pépiement des oiseaux dans les pins et le léger sifflement du vent à travers le grillage. La brise s'était levée depuis qu'ils s'étaient assis.

— Combien d'engins ont-ils réussi à construire?

Stein lui jeta un regard.

— Ce sont des informations très confidentielles.

— J'en suis conscient.

— Une vingtaine, de faible rendement, et sans doute très polluants. De deux à dix kilotonnes chacun. Selon les normes des super grands, ce sont des ogives tactiques.

— Suffisants pour aplatir Tel-Aviv toutefois...

— Sans le moindre doute.

Thorne se rendit soudain compte qu'il n'avait pas touché à sa bière. Il en avala la moitié d'un trait. Le verre de Stein était presque vide.

— Une autre?

— Volontiers, répondit l'Israélien.

— Thorne vida la première bouteille dans le verre de Stein et en ouvrit une deuxième pour lui-même. Après avoir vidé son verre il le remplit de nouveau. L'Israélien l'observait.

— Bois-tu beaucoup de bière, David? demanda-t-il.

— Ça m'arrive, dit Thorne en posant la bouteille.

— Pourquoi?

— Ça me regarde.

— Tu t'ennuies n'est-ce pas?

C'était moins une question qu'une affirmation.

— Pas du tout, dit Thorne. Est-ce qu'Islamabad donnera — prêtera quelques-unes de ses ogives nucléaires aux Libyens?

— Ils s'y sont déjà engagés. D'après nos rapports ils leur fourniront dix ogives avec les missiles cruise décrits dans l'article pour les transporter.

— Ont-ils l'intention de s'en servir?

— Nous n'en savons rien. Les Libyens eux-même ne le savent peut-être pas.

— Alors pourquoi vous inquiétez-vous?

— Bonne question, dit Stein en haussant les épaules avec lassitude. Ça ne finit jamais. Nous sommes prisonniers de l'Histoire.

— C'est bien pour ça que je me suis tiré, avoua Thorne.

— Vraiment? dit Stein. Je voudrais pouvoir en faire autant. En tout cas, ils doivent livrer les engins le mois prochain. Nous avons un contact à Islamabad qui est bien placé pour le savoir.

— Que comptez-vous faire?

— Les arrêter, bien entendu. Mais nous ne pouvons pas attaquer directement des installations en territoire pakistanais. Il nous faut agir pendant que les engins sont en transit.

— Vous pourriez abattre l'avion de transport.

— Ils ne les expédieront pas par avion, mais par bateau.

— C'est lent, dit Thorne en réfléchissant, et vulnérable.

— Nous pensons qu'ils comptent sur le secret et la liberté des mers. Ils ne pensent pas que nous pouvons risquer de nous faire accuser de piraterie. Ils se trompent évidemment. De toute façon, nous avons pris des mesures pour que ces engins ne parviennent pas à destination. J'ajouterai que ça n'a pas été facile.

— Quelles sont vos chances?

— Elles sont bonnes. Nous avions depuis quelque temps un plan de contingence pour une telle éventualité.

— Qu'attendez-vous de moi?

— Nous voudrions que vous fassiez partie du raid pour examiner les engins avant que nous les coulions.

Thorne ralluma son cigare en fixant l'Israélien.

— Tu serais très bien payé, dit Stein. N'oublie pas que tu es un professionnel, même à la retraite.

— Vous avez vos propres experts, remarqua Thorne.

— Il y a une possibilité d'échec, répliqua Stein.

— Et vous ne voulez pas risquer d'en perdre un?

— Je ne suis pas assez bête pour nier que c'est là une considération, admit Stein.

— Avez-vous mis mes anciens... employeurs au courant de cette proposition?

— Non.

— Allez-vous le faire?

Stein eut un léger haussement d'épaules.

Thorne tourna les yeux vers les pins et la mosaïque du lac, au-delà. Au bout d'un moment Stein revint à la charge.

— Que penses-tu de l'idée?

— Ça ne m'intéresse pas, dit Thorne. (Son cigare s'était de nouveau éteint.)

Stein finit de boire sa bière et se leva.

— Penses-y, dit-il. Si je n'entends pas parler de toi d'ici le 27, je comprendrai que ça ne t'intéresse pas. Si tu changes d'idée, tu peux m'appeler à ce numéro. Il l'écrivit sur la coupure de presse de l'*Economic Review*. C'est celui d'une simple agence de voyage. Demande monsieur Roth.

— Peut-être, dit Thorne.

— J'espère que tu te rends compte de l'énormité de l'indiscrétion que j'ai commise en te disant tout cela, dit Stein, la main sur le bouton de la porte.

— Je sais, Isser, mais ma réponse est non.

Stein fixa Thorne pendant plusieurs secondes et sortit, laissant ce dernier seul à sa table de cuisine. Thorne ne l'accompagna pas à sa voiture.

Centre des statistiques et évaluations
de la Centrale de renseignements
Langley (Virginie)
21 juin

La centrale des ordinateurs se trouvait à soixante-dix pieds au dessous du sol et elle était fortement climatisée. Le rez-de-chaussée était trois étages au-dessus. De la route, un visiteur n'apercevait qu'un immeuble en briques rouges de deux étages, d'apparence anodine, avec très peu de fenêtres. Il logeait en réalité une bonne poignée d'ordinateurs I.B.M. du dernier modèle qui servaient à traiter un surplus de données provenant de plusieurs agences fédérales, et fournissait des statistiques au Bureau du recensement.

La véritable mission de ce centre, qui n'était pas un secret bien gardé puisqu'il aurait été impossible, de toute façon, de la cacher à un enquêteur le moins du monde perspicace, était l'évaluation par ordinateur des renseignements et l'élaboration de scénarios politiques et militaires en découlant. Le cœur du système se trouvait au centre du complexe, au quatrième niveau. Il était constitué par une unité centrale Cyber 220, doublée d'un Cray-1 plus ancien, et d'une paire de Cyber 205. Le 220 était le plus puissant ordinateur jamais construit et il n'en existait que douze dans toute l'Amérique du Nord. Deux d'entre eux contrôlaient les Minutemen III

I.C.B.M., dans leurs silos au Dakota du Nord, le réseau défensif de l'O.T.A.N., les systèmes d'alerte et de surveillance A.W.A.C. et le système d'alerte du «Strategic Air Command». Ils fournissaient continuellement au 220 du Centre de Langley les données recueillies des satellites de reconnaissance, ainsi que celles provenant de la surveillance électronique des forces armées russes et chinoises, sur terre, sur mer, et dans les airs. Ils tenaient également le Centre de Langley au courant de l'état de préparation des États-Unis et de son potentiel militaire. Après avoir digéré ces données, le 220 de Langley établissait des profils de comportement pour les Chinois, les Russes et les pays du Tiers monde en diverses situations, y compris des situations de crise. Tout cela était rendu possible par un vaste programme, probablement le plus ambitieux jamais rédigé, et dont une partie seulement avait été conçue par des êtres humains. Le 220 était en effet un des premiers grands ordinateurs capables de s'auto-programmer pour des fins sophistiquées. Une grande partie du programme du 220 avait été conçue par l'ordinateur lui-même.

Le programme portait le nom de RUBICON et il avait fait au cours de la dernière année des prédictions d'une justesse terrifiante.

«On aurait dû lui donner un autre nom, pensait le Dr Jocelyne Petrie, attendant devant le pupitre de commande que le passage en machine soit terminé. Ça nous avait paru astucieux au départ. Était-ce parce que nous sentions déjà, à ce moment-là, qu'en cas de succès nous franchirions une frontière pour accéder à un univers où les machines pourraient mieux que nous prévoir le futur? Qu'avait dit Thorne avant de démissionner? *Si cette machine fonctionne bien nous aurons vraiment franchi le Rubicon. On ne pourra plus jamais revenir en arrière.*»

— Qu'est-ce que vous dites? avait demandé Selfridge, un analyste qui ne connaissait rien d'autre que sa spécialité.

— Rubicon, Jules César, avait patiemment expliqué Thorne. Il y avait une loi dans l'ancienne Rome qui interdisait à un général en campagne d'entrer en Italie avec son armée. La frontière était constituée par le fleuve Rubicon. Si un général traversait le fleuve à la tête de ses troupes, il commettait une trahison et se trouvait automatiquement condamné à mort. Le fleuve franchi, on ne pouvait plus revenir en arrière. César le traversa et le gouvernement de Rome capitula. Il n'avait pas pensé à garder des troupes pour se protéger. César se proclama dictateur.

— S'il s'agit d'un salaud de ce genre, avait dit Partington nous ferions bien d'intituler le programme RUBICON au lieu de Projet 8816. Juste pour nous rappeler ça.

Tout le monde avait trouvé l'idée très drôle. Mais lorsque la conception fut achevée et qu'ils commencèrent à produire le programme, il avait effectivement pris le nom de Rubicon.

Le terminal fit *top*.

ÉTAT DU SYSTÈME
CHARGEUR G 82
UNITÉ DE CONTRÔLE SECONDAIRE T 16
VOLTAGE 25 AU-DESSOUS DU MAXIMUM
DÉCALAGE DE SÉCURITÉ
DOIS-JE CONTINUER LE PASSAGE EN MACHINE?

— Vu, dit Butler de la console d'entretien. Dites à la brute de continuer.

Jocelyne tapa «Oui» sur le clavier. Aussitôt apparut sur l'écran:

MERCI, LE PASSAGE CONTINUE.

— Maudit G 82, dit Butler, c'est la seconde fois ce mois-ci.

— C'est exact, dit Jocelyne. Elle s'appuya au dossier de sa chaise et regarda le 220 de l'autre côté de la baie vitrée de la salle de contrôle principale. La pièce où se trouvait l'ordinateur lui avait toujours fait penser à un aquarium. Le plancher de tuiles blanches était comme du sable; les armoires bleues et blanches de l'appareil ressemblaient à de hautes pierres miroitant sous les lumières et se détachant sur les pâles surfaces du sol. Les opérateurs entrant et sortant de l'ombre des armoires faisaient penser à des poissons évoluant sur les hauts fonds par un après-midi californien. Et tout cela était calme comme le fond de la mer. Les imprimantes et les terminaux, pour des raisons de sécurité, ne se trouvaient pas en effet dans la salle de l'ordinateur.

Elle se tourna de nouveau vers le terminal.

SORTIE MAINTENANT DISPONIBLE. FAUT-IL COM-MENCER?

Elle tapa O.K. et attendit.

LA SORTIE PRENDRA CINQ MINUTES. DÉPART.

L'imprimante ultra-rapide se mit à ronronner. Des rouleaux de papier tombèrent dans le plateau de sortie. Butler se leva de son siège à la console d'entretien, s'étira et demanda:

— Voulez-vous leur dire que ça rentre?

Jocelyne souleva le combiné du téléphone intérieur et appuya sur trois chiffres:

— Oui?

— Le passage commence à s'imprimer. Ça prendra cinq minutes.

— Merci. Nous descendons.

L'imprimante ronronnait toujours. De temps à autre, elle faisait marche arrière pour dessiner des graphiques. Jocelyne en étudia un qui venait de tomber sur le plateau de sortie. La montée abrupte d'une ligne lui donna la chair de poule.

«Ne t'inquiète pas, se dit-elle, après tout ce n'est qu'une simulation!»

La sortie imprimée s'épaissit puis cessa de tomber de l'imprimante. Butler l'avait déjà détachée et était en train de la déplier pour l'étendre sur la longue table derrière la console, lorsque Richard Aubrey et Kenneth Partington entrèrent dans la salle de contrôle. Aubrey était directeur général du traitement de l'information du Centre des statistiques et évaluations de la Centrale de renseignements, la C.I.S.E.C., et Partington, son second, était directeur des analyses et de la programmation. Tous deux frisaient la cinquantaine mais, alors qu'Aubrey était l'image d'un dynamique vice-président de compagnie pétrolière: cheveux argentés, parfait bronzage et chemise blanche immaculée, portée avec un complet mode impeccable, Partington avait plutôt l'aspect miteux d'un professeur de philosophie d'une obscure université du Sud-Ouest. De forme quasi ovale et presque entièrement chauve, il portait des lunettes à verres très épais, en équilibre instable sur son nez, qui grandissaient encore ses yeux globuleux, des yeux bleu-vert particulièrement intelligents. Il était beaucoup plus brillant qu'Aubrey, et tous deux en étaient conscients. Ce fait pourtant ne nuisait en rien à leur travail.

— Le fichier de sortie est-il sous clé? demanda Aubrey à Jocelyne. (La question était inutile, il le savait, mais il tenait à la poser.)

— Oui, dit Jocelyne, il l'est.

Elle repoussa une mèche blonde de son front. Aubrey lui lança un coup d'œil rapide, comme s'il se demandait comment Jocelyne Petrie avait pu rester si longtemps célibataire. Elle avait le genre de visage aux traits réguliers et aux pommettes hautes qui paraissait destiné à figurer devant l'appareil d'un photographe de mode, plutôt que devant les vertes profondeurs d'un terminal d'ordinateur. Son teint et la ligne de son corps ne faisaient d'ailleurs que renforcer cette première impression bronze et or, le parfait prototype de la Californienne.

Ses yeux toutefois pouvaient faire mentir cette image. Aubrey, un jour, en badinant, lui avait demandé comment elle avait fait pour échapper au mariage. La couleur de ses yeux était passée du bleu du Pacifique ensoleillé, au vert de l'Atlantique en mars.

— Parce que je suis trop occupée, avait elle répondu laconiquement et Aubrey n'avait plus jamais abordé le sujet.

Elle avait eu, bien entendu, quelques liaisons depuis sa rupture avec Thorne et son départ de la C.I.A., mais elles n'avaient pas laissé de traces visibles. Elle avait trente-deux ans.

— Qu'est-ce que ça donne? demanda Partington.

— J'ai regardé deux ou trois graphiques au moment où ils sortaient. Ça ne paraît pas très réjouissant.

Ils déplièrent la sortie imprimée et se mirent tous à la lire très rapidement. Les paramètres que le 220 utilisait pour modeler le monde venaient en premier; suivait ensuite la liste des modules qui avaient été ajoutés. Il y en avait six.

MODULE 1: LA LIBYE EST EN POSSESSION DE CINQ À DIX ENGINS A.L.C.M.S. (MISSILES CRUISE LANCÉS PAR AVION)

MODULE 2: LA LIBYE EST EN POSSESSION DE DIX ENGINS A.L.C.M.S.

MODULE 3: SEMBLABLE À 1, MAIS REMPLACER LIBYE PAR SYRIE.

MODULE 4: SEMBLABLE À 2, MAIS REMPLACER LIBYE PAR SYRIE.

MODULE 5: SEMBLABLE À 1, MAIS LIBYE ET SYRIE.

MODULE 6: SEMBLABLE À 2, MAIS LIBYE ET SYRIE.

CHAQUE MODULE ENVISAGÉ DANS CHACUN DES CAS SUIVANTS:

CAS 1: AUCUN CONFLIT CONVENTIONNEL DANS LES TROIS MOIS.

CAS 2: CONFLIT CONVENTIONNEL MINEUR RÉSOLU.

CAS 3: CONFLIT CONVENTIONNEL MINEUR NON RÉSOLU.

CAS 4: CONFLIT CONVENTIONNEL MAJEUR RÉSOLU.

CAS 5: CONFLIT CONVENTIONNEL MAJEUR NON RÉSOLU.

VU LA SITUATION MONDIALE ET LES SYSTÈMES DE LIVRAISON ACTUELLEMENT ENTRE LES MAINS DE LA SYRIE ET D'ISRAËL LES CONFLITS CONVENTIONNELS ENVISAGÉS SE PRODUIRAIENT ENTRE ISRAËL ET LA SYRIE.

Suivait une liste d'autres présomptions autour desquelles RUBICON travaillait. La principale voulait qu'Israël ne se serve pas de ses armes nucléaires, à moins d'avoir à risposter à un bombardement nucléaire ou d'être sur le point d'être vaincu sur le champ de bataille. C'est à partir de ces hypothèses que l'évaluation proprement dite commençait. Elle prenait en considération les caractéristiques diplomatiques et le leadership de tous les pays susceptibles de participer au scénario. Les cas de 1 à 4 avaient pour résultat la pagaille et les destructions habituelles. Le cas 5 était beaucoup plus sérieux. Le graphique représentant la probabilité d'un échange nucléaire, entre Israël, la Libye et la Syrie, montait en flèche à la fin d'août.

— Merde! dit Aubrey qui employait rarement ce mot. C'en est fait de Tel-Aviv et de Damas.

— Damas rouspète au sujet du Golan depuis le mois de mars, souligna Partington. C'est eux sans doute qu'il faut surveiller. Ils veulent reprendre le Golan. Possédant quelques ogives nucléaires ils pourraient penser pouvoir recourir au chantage d'une destruction mutuelle certaine pour s'en emparer.

— Je vais informer le D.C.I., dit Aubrey. C'est le pire scénario jusqu'à maintenant. C'est malheureux que les Pakistanais aient si bien réussi leur essai de missile cruise la semaine dernière.

49

— Ce n'est pas tout, dit Jocelyne. Il reste un scénario. J'ai ajouté une hypothèse hier soir, mais j'ai bloqué la sortie jusqu'à ce que nous soyons tous ici.

Les trois hommes la regardèrent avec étonnement.

— Montrez moi ça, commanda Aubrey.

Elle retourna aux dernières pages de la sortie imprimée. Le graphique du Cas 5 montrait la probabilité d'une guerre atomique généralisée plutôt que régionale, décrivait d'abord une courbe ascendante en août puis redescendait, suggérant que les grandes puissances n'interviendraient pas.

— À condition de n'être ni Israélien, ni Arabe, ce n'est pas trop grave dit Partington, mais vous avez autre chose?

— Ça prendra une ou deux minutes à sortir. Elle alla à la console centrale et tapa brièvement sur les touches. L'imprimante démarra.

— Quelle est votre hypothèse? demanda Partington.

— Leschenko pendant tout le temps où il a dirigé l'U.R.S.S. paraissait se contenter de maintenir le statu quo. J'ai remplacé son profil par celui de Boyarkine.

— Vous supposez que Boyarkine passera de la direction du K.G.B. à la présidence du Politburo?

— Oui.

— C'est très peu probable, dit Aubrey. Sa position dans la hiérarchie ne le permettrait pas. Ils choisiront Gresko ou Distanov, ou un autre membre de la vieille garde. Personne n'avait entendu parler de Boyarkine avant la mort d'Andropov.

— Précisément, dit Jocelyne. C'est ce qui m'a intriguée. Comment a-t-il fait, partant de si loin, pour arriver si haut, si vite?

L'imprimante s'arrêta. Jocelyne retira les feuilles et les déplia sur la table. Le cas 5 était exactement le même sauf pour le profil de Boyarkine.

Il y avait une autre différence : le graphique indiquant une guerre généralisée, au lieu de redescendre après le mois d'août, continuait à grimper vertigineusement.

La Maison-Blanche
22 juin

— Les indices me semblent un peu minces pour conclure à l'Apocalypse dit le président Jason Law. Supposons que vous substituiez le profil du directeur de l'institut culturel d'Omsk à celui du président du K.G.B., Boyarkine? Si c'était un véritable salaud, n'arriveriez-vous pas au même résultat?

— C'est possible, admit Cameron Harper, directeur de la C.I.A., assis sur un grand sofa dans le bureau ovale.

À côté de lui se trouvait Patrick Gellner, des Services de renseignements du ministère de la Défense. Matthew Goodhand, sous-directeur du Département d'État et Simon Parr, assistant du président à la Sécurité nationale, étaient également présents. Ensemble, à l'exception du président, ils formaient le C.F.I., c'est-à-dire le Comité des Services de renseignements étrangers. C'était un comité consultatif qui avait pour mission d'informer le président sur tout ce qui concernait des développements de nature critique relativement à l'espionnage, au contre-espionnage, à la subversion, aux services secrets et à toutes les manigances de la diplomatie internationale. Cameron Harper en était le président.

— Pourquoi dites-vous: c'est possible? demanda le président assis à son bureau.

53

— Parce que Boyarkine n'est pas le directeur du Centre culturel d'Omsk, répondit Harper. C'est le président du K.G.B. et nous savons qu'il existe des factions à l'intérieur du Politburo; à la mort d'Andropov, Kotsarev, le ministre de la Défense a arraché le G.R.U. au contrôle du K.G.B. Ce fut le résultat d'un marché conclu par le secrétaire général Leschenko avec Gresko, président du Conseil des ministres, et Kotsarev, par lequel il s'assura de leur soutien pour sa candidature au poste de Secrétaire général du Parti, et à la présidence du Politburo. Boyarkine n'a jamais pardonné à Gresko et à Kotsarev d'avoir amputé l'empire du K.G.B. Il veut leurs têtes. La présidence du Conseil des ministres donne à Gresko la deuxième place au sein du Politburo, mais si Boyarkine devait remplacer Leschenko, le ministre de la Défense Kotsarev et Gresko seraient tous deux rapidement limogés.

— Qu'est-ce que ça a à voir avec le scénario RUBICON? demanda le président.

— Kotsarev s'est allié à Gresko, comme je vous l'ai dit. Gresko est la personne la plus importante du Politburo après Leschenko. C'est un modéré, au moins pour le Kremlin. Le président du K.G.B., Boyarkine, a donc joint les rangs des faucons et des néo-staliniens, ceux-là mêmes qui ont naguère été responsables de l'invasion de l'Afghanistan. De plus, nous savons depuis quelque temps, que c'est Boyarkine qui avait ordonné les monstrueuses purges de Tcheliabinsk alors qu'il était le chef régional du K.G.B. Il y avait eu une émeute à la suite d'une pénurie de denrées alimentaires. Dix mille personnes furent envoyées au goulag ou portées disparues. Boyarkine ne faisait pas partie du Politburo au moment des crises polonaises, mais un de nos hommes en résidence nous a fait rapport qu'un soir, en 1981, étant ivre, il avait déclaré que, s'il était en position de le faire, il décapiterait la nation polonaise. Nos psychologues pensent qu'il combine les pires traits de Staline, Beria et Ivan le Terrible.

— Est-il sain d'esprit? demanda Goodhand.

— Les opinions sont partagées. En tout cas, il remplit bien son poste. Chaque fois qu'il y a du grabuge dans une des républiques islamiques du sud, il l'arrête net.

— Et il déteste Kotsarev, Gresko et le G.R.U.? dit le président.

— Je vous demande pardon, Monsieur le Président, dit Harper, mais «détester» est trop faible. Il les hait...

— C'est tout de même encore le secrétaire général Leschenko qui mène, dit Parr.

— Il est âgé, dit Harper. Si le président Gresko et le ministre de la Défense Kotsarev ont pu contrôler le Politburo jusqu'à maintenant, c'est parce que Leschenko les soutient. Pas toujours, évidemment, mais la plupart du temps. C'est probablement la faction de Gresko qui a été responsable de la condamnation, la semaine dernière, de l'essai du missile pakistanais. Ils n'approuvent pas plus que nous la prolifération des armes nucléaires. Mais on ne peut prédire ce qui se passera au départ du secrétaire général Leschenko.

— Quelle serait l'attitude de Boyarkine sur cette question de la prolifération?

Le directeur de la C.I.A. ne répondit pas tout de suite. Il réfléchissait.

— Considérons la chose du point de vue soviétique, reprit-il. Nos États clients, l'Allemagne de l'Ouest, par exemple, ont sur leur territoire des armes nucléaires, sous notre contrôle bien entendu. Je soupçonne le président du K.G.B. de considérer que l'U.R.S.S. a le droit de jouir d'avantages semblables chez leurs États-clients, mais en se servant de leurs propres armes, afin d'éviter que les Soviets ne soient accusés de contribuer à la prolifération des armes nucléaires.

— La Libye, par exemple.

— La Libye ou la Syrie, ou encore d'autres pays.

— Il se rend sûrement compte de la situation explosive — pardonnez le jeu de mots — qui en résulterait.

— Je ne sais pas s'il s'en rend compte, dit Harper, ou bien si, de toute façon, il ne s'en fiche pas éperdument. Il n'a presque jamais eu de contact avec l'Occident. Il se fait peut-être une fausse idée de notre potentiel ou de notre volonté.

C'est ce qu'assume le scénario RUBICON. C'est celui de la pire des hypothèses.

— C'est une situation délicate, dit Parr.

Le président se renversa dans son fauteuil, les mains sur la nuque. Il paraissait détendu, mais ne l'était pas.

— Ce n'est certainement pas le genre d'homme que nous souhaiterions voir au pouvoir là-bas, dit-il.

Harper et Gellner se regardèrent, puis Harper dit :

— Longstop?

— Non, dit Law, absolument pas. (Il se pencha brusquement en avant sur son fauteuil.) Je ne permettrais pas d'assassinats. Et si jamais j'apprends que Longstop est envisagé comme une option, la C.I.A. et le département d'État verront le sang couler. Et ce ne sera pas celui de Boyarkine.

— Compris, Monsieur le Président, dirent ensemble Harper et Gellner.

Le président rectifia son nœud de cravate et dit :

— Que conseillez-vous?

Harper aspira profondément. Les brusques colères du président le secouaient d'autant plus qu'elles étaient rares et intenses.

— Il vient de se passer plusieurs choses. D'abord le scénario RUBICON dont nous venons de parler. Ensuite nous savons que Mossad trame quelque chose concernant les bombes pakistanaises. Ils ne nous tiennent pas au courant, et à ce stade, nous préférons ne rien savoir. Mais il y a un cargo israélien à quai depuis deux semaines à Durban, qui attend des pièces de rechange qui viennent d'Écosse, pour réparer ses moteurs. Ces pièces mettent vraiment très longtemps à leur parvenir. Troisièmement, nous sommes persuadés que les Libyens et les Pakistanais en sont arrivés à une entente. Mossad le croit aussi. Nous pensons qu'Islamabad va prêter un certain nombre d'ogives à Tripoli accompagnées de leur système de livraison, les missiles cruise, dès le mois prochain.

Notre chef de station à Islamabad est convaincu que les armes vont être livrées par voie de mer, afin d'éviter que les Israéliens n'abattent l'avion de transport. Je pense que les Israéliens vont tenter d'intercepter la cargaison en haute mer. C'est risqué, mais à leurs yeux moins dangereux que l'alternative.

— Nous ne devons être impliqués à aucun prix, dit Law.

— Absolument pas, dit Harper. Je ne permettrais à aucun membre de notre personnel d'approcher le moindrement de cette opération.

Il avait choisi chaque mot avec soin et les avait prononcés avec une certaine emphase.

— Par contre, dit Parr, nous ne voulons pas non plus voir ces ogives parvenir à Tripoli.

Law ignora la remarque et fixa Harper :

— Que voulez-vous dire exactement?

Harper haussa les épaules :

— Il est toujours utile d'avoir quelqu'un sur place. Il y a quelques jours, le chef de station de Mossad ici, a pris contact avec un de nos anciens employés. Un homme qui ne fait plus partie de la C.I.A. depuis quatre ans, bientôt cinq. Celui-ci nous a fait rapport. Mossad voudrait qu'il fasse partie de l'expédition.

— C'est une proposition très bizarre.

— À première vue seulement. Ils veulent qu'il examine les armes avant qu'ils ne s'en débarrassent, afin d'évaluer leur puissance. C'est un expert dans ce domaine et dans celui des ordinateurs. Il ne me déplairait pas d'en savoir moi-même plus long sur l'état de la technologie pakistanaise en matière nucléaire.

Harper avait prononcé cette dernière phrase avec une certaine excitation.

— Pourquoi n'utilisent-ils pas un de leurs propres experts?

— Ils ne veulent pas risquer de le perdre, j'imagine. De plus le chef de station de Mossad connaît personnellement notre homme.

— Et vous voulez le laisser partir?

— C'est un simple citoyen, Monsieur le Président, dit Harper. Il est libre de faire ce qui lui plaît. Bien entendu ce qu'il découvrira pendant son... voyage nous intéressera. Nous demandons souvent des informations à des gens qui sont allés à l'étranger.

— Vous ne m'apprenez rien, coupa Law, visiblement inquiet. Et si cela tournait mal? S'il était arrêté, ou tué, ou identifié?

— Par les temps qui courent il y a des mercenaires partout, répondit Harper.

— C'est bon, dit Law. Vous êtes le chef de la C.I.A. Nous pouvons faire cela pour aider les Israéliens puisque nous les laissons faire quelque chose que nous ne pouvons pas, pour des raisons diplomatiques, faire nous-mêmes. Moi non plus je ne veux pas voir ces bombes en Libye. C'est déjà assez mauvais qu'elles soient au Pakistan. Maintenant si vous voulez bien m'excuser.

Les quatre membres du Comité se levèrent et se dirigèrent vers la porte. Harper fut le dernier à quitter le salon ovale.

Au moment où il allait sortir, le président dit:

— Cam...

— Oui, Monsieur le Président?

— Ce monstre de RUBICON est-il toujours exact?

— Pas toujours dans le détail, mais dans l'ensemble, il s'est avéré exact à 90 pour cent.

— C'est ce que je craignais, dit Law. Tenez-moi au courant.

Dans l'ascenseur, en descendant au garage, Goodhand dit à Harper:

— Votre gars a-t-il vraiment envie d'aller tripoter un paquet de bombes pakistanaises?

— Je n'en sais rien, dit Harper. Je ne lui ai pas encore posé la question.

Moscou
22 juin

Il pleuvait sur le quartier général de la Défense aérienne soviétique, à Koubinka, lorsque le bi-moteur de transport Antonov-26 sortit des nuages, et amorça sa descente. Par le hublot, le major Andreyev aperçut, au-delà du fuseau du moteur de tribord, les bâtiments de contrôle et de radar. L'avion se posa sans heurt et se mit à ralentir. À travers les jets d'eau que soulevait le train d'atterrissage, le major pouvait distinguer des MIG-21 et 23, à l'abri, sous leurs bâches au-delà des pistes. Le rugissement d'un des 23 qui essayait ses moteurs était si assourdissant qu'il couvrait le vrombissement des hélices de l'Antonov.

Une Moskovitch de l'armée vint à la rencontre de l'avion comme il s'arrêtait. Le major Andreyev récupéra son barda, attendit que l'équipe au sol ait abaissé les marches de la passerelle, et sortit de l'avion. Un militaire portant des épaulettes de colonel était posté à la portière arrière ouverte de la voiture. Il fit signe à Andreyev de monter. Le chauffeur démarra sur-le-champ, en direction de la sortie du terrain d'aviation et de la route nationale Mozajskoye.

— Vos papiers, s'il vous plaît, major, dit le colonel.

Andreyev lui remit son livret de solde et ses documents. Le colonel les examina attentivement et les glissa à l'intérieur de sa tunique. Andreyev s'apprêtait à parler, mais il se ravisa. Le colonel lui fit un léger sourire, puis tourna la tête pour regarder le paysage.

Andreyev avait peur; du jour où l'on avait réclamé par télétype sa présence à Moscou, il s'était mis à éprouver une peur viscérale, qu'il avait cependant pris soin de mettre de côté, hors de portée de son cerveau. Depuis l'émeute de Douchanbé, il avait attendu, de l'état-major du 13e district militaire où il était posté, à Alma-Ata, la tenue d'une enquête sur l'incident. Mais en dehors d'un interrogatoire sommaire, le G.R.U. ne s'était guère préoccupé de lui. Ayant une seule fois demandé à voir son colonel, il s'était fait dire de se mêler de ses affaires et d'attendre les ordres. Il n'avait aucune idée du sort du lieutenant-colonel de son bataillon.

Il se rendit brusquement compte qu'ils ne suivaient pas la nouvelle route allant presque en ligne droite de Koubinka à Moscou. Ils s'étaient engagés sur l'ancienne route qui, après avoir traversé une série de villages rejoignait la route nationale Mozajskoye, aux approches de la capitale. Ça, et le fait que le chauffeur ne quittait pas des yeux le rétroviseur, le mirent en éveil.

— Puis-je vous demander, colonel, où nous allons?

— Au quartier général. Ne vous inquiétez pas. Notre affaire concerne le G.R.U., non pas les frères.

Andreyev se détentit un peu. Pas le K.G.B., alors. Il était parfois difficile de faire la différence.

— Pourquoi m'a-t-on rappelé?

— On vous le dira en temps et lieu.

En prononçant ces mots, le colonel s'était quelque peu raidi.

Quant au chauffeur, Andreyev devina en voyant bouger ses oreilles, qu'il souriait.

— Bien, colonel, dit-il.

Le paysage gris-vert défilait devant leurs yeux. Même à proximité de Moscou, les villages se composaient surtout de maisonnettes de bois blanc patiné par le temps. Quelques demeures plus importantes avaient conservé l'ornementation tarabiscotée de l'époque pré-révolutionnaire; mais elles étaient peu nombreuses. La plus grande partie de cette région avait été dévastée par le feu lors de la Grande Guerre patriotique contre les fascistes allemands. Toute cette contrée était imbibée de vieux sang.

Ils débouchèrent sur la grande route à quelques kilomètres du Kuntsevo, et atteignirent ensuite l'autoroute périphérique de Moscou, voie rapide qui entoure la capitale. Le chauffeur tourna à gauche, et se dirigea vers le nouveau quartier général de l'armée construit pour remplacer celui des rues Arbat et Frounze, vétuste et surpeuplé.

L'immeuble n'était pas encore terminé. Énorme bloc de verre et de béton gris, il se dessinait sombrement sous la bruine. Après avoir passé le contrôle, la Moskovitch entra dans le parking souterrain. Andreyev et le colonel en descendirent.

— Par ici, dit le colonel.

Ils passèrent devant deux gardiens, longèrent un long couloir qui sentait la chaux et le béton mouillé, et montèrent deux étages. Une porte de métal ouvrait sur un autre couloir, plus ou moins terminé, dont les murs étaient recouverts de tuiles bleu pâle, et le plancher de linoléum blanc. Au bout de quelques mètres, le colonel s'arrêta et ouvrit une autre porte.

— Attendez ici, dit-il.

Andreyev pénétra dans la pièce vide. Un bureau; derrière, une chaise et, devant celle-ci, deux autres chaises, toutes trois de style scandinave, recouvertes d'un tissu à carreaux. Les murs étaient peints en vert pâle; sur l'un d'eux trônait une photographie de Lénine. Dans un coin, il y avait aussi un classeur gris. La pièce n'avait pas de fenêtre.

La porte derrière Andreyev claqua légèrement. Il attendit vingt secondes, puis essaya de tourner la poignée. Elle était bloquée.

Andreyev eut envie d'ouvrir le classeur, mais se rappelant qu'on l'épiait certainement, il alla s'asseoir sur la chaise de droite, et se mit à attendre.

Trois étages au-dessus, dans un bureau orné de boiseries, le colonel anonyme salua et dit :

— Général Youchenko, le major Andreyev est présentement dans la pièce réservée aux interviews. Je vous prie de m'excuser. L'avion a été retardé par le mauvais temps.

Le général regarda l'horloge sur le mur. Il était quinze heures.

— Peu importe. Lui avez-vous demandé s'il avait mangé?

— Non, mon général.

— Dans ce cas-là, faites-lui porter quelque chose de la cuisine d'ici un quart d'heure. Et pas de restes de midi.

— Oui, mon général. (Une pause.) Avec de la vodka?

— Oui, poivrée. On va voir de quel bois se chauffe ce major Andreyev.

— À vos ordres, mon général, dit le colonel en esquissant un sourire dépourvu d'humour.

Après son départ, le général Youchenko se moucha, prit le dossier Andreyev et se dirigea vers la pièce où devait avoir lieu l'interview.

Andreyev se croisa la jambe pour la nième fois et tenta d'ignorer sa faim. Il n'avait rien mangé depuis la veille au soir, et se sentait vaguement faible et nauséeux. Il repoussa ces sensations au fond de sa tête, là où se cachait sa peur. Exercice mental dont il avait appris la théorie à l'école du G.R.U., à Leningrad, et qu'il avait mis en pratique en Afghanistan.

La porte s'ouvrit sans bruit. Andreyev se leva. Un homme replet, de petite taille, entra.

Depuis le temps, Andreyev savait reconnaître le grade sans observer les insignes. Il faisait déjà le salut militaire alors que le général Youchenko alla se placer à côté du bureau. Andreyev inscrivit automatiquement son signalement dans sa mémoire: calvitie naissante, début d'obésité, un nez globuleux chaussé de lunettes à verres non cerclés. Des yeux marron foncé, presque liquides. Un double menton, de petites oreilles. Uniforme impeccable, parsemé d'insignes et de décorations. Un général à cinq étoiles.

Youchenko avait, pour sa part, devant lui, un jeune major du G.R.U., à l'air un peu terrifié. Andreyev était mince, de la minceur du câble d'acier. Il avait un visage anguleux, qui demeurait sans expression, même en une telle circonstance. Menton anodin, yeux gris, cheveux châtain clair. «Une bonne tête, d'aspect neutre, pensa Youchenko. Exactement ce qu'il nous faut; il pourrait venir de n'importe où.» Seul le nez pourrait causer des problèmes: droit, assez pointu, légèrement bombé à la hauteur des yeux. Trop facilement identifiable peut-être.

«Ça ne pouvait pas être parfait; ça ne l'est jamais tout à fait», pensa le général.

Il rendit le salut et dit:

— Asseyez-vous, major. Désolé de vous avoir fait attendre.

Cette remarque étonna Andreyev. Un officier supérieur ne s'excusait jamais de rien auprès d'un subordonné. Il s'assit prudemment, comme si sa chaise était minée. Le général s'affala sur celle qui était derrière le bureau, et ouvrit le dossier qu'il avait apporté.

Major Nikolai Andreyevitch Andreyev, lut-il. Né à Minsk, en 1956. Très bien noté chez les Jeunes Pionniers, D.O.S.A.A.F. Choisi pour l'Académie militaire Frounze. Spécialiste en génie électronique. À obtenu les plus hautes notes durant sa période de formation au G.R.U. A passé un an aux États-Unis. Depuis un an, est en mission spéciale auprès du 13e district militaire, rattaché temporairement au 368e régiment motorisé. Langues: parle l'allemand couramment, l'anglais assez bien. Un peu de pushtu. Non marié, mais apprécie la compagnie des femmes.

Il fit une pause, sembla réfléchir, puis dit.

— Cette histoire de Douchanbé... un malheureux incident. Nous vous croyions plus habile...

— Mon général, je...

— Je ne vous ai pas demandé votre opinion. Cet incident n'aurait pas dû se produire. Vous vous êtes laissé intimider par le K.G.B. local.

Andreyev se redressa sur sa chaise.

— Je demande la permission de vous soumettre un rapport partiel, mon général.

Cette attitude de son subordonné plut au général, bien qu'il n'en laissât rien paraître.

— Allez-y.

— Le bataillon n'a eu qu'un préavis de douze heures avant d'être envoyé à Douchanbé. Mon réseau d'information n'était pas encore en place. J'aurais pu réclamer une présence immédiate dans la ville, mais je craignais d'alerter les frères sur l'existence d'un nouveau réseau de comptes rendus. Il y avait, par ailleurs, la possibilité que mes sources aient été infiltrées par le K.G.B. Or, celles-ci m'assuraient qu'il n'y aurait pas danger d'émeute avant soixante-douze heures, au plus tôt.

Il s'arrêta de parler.

— Alors, que s'est-il passé?

— Je pense, reprit Andreyev, que le K.G.B. nous a devancés. En déclenchant lui-même l'émeute, afin de nous empêcher de la faire avorter.

Youchenko dévisageait le major.

— Avez-vous des preuves?

— Là-dedans, répondit Andreyev en indiquant son barda, par terre à côté de lui. Le chef du G.R.U., à Alma-Ata, m'a dit de le garder.

Youchenko ferma les yeux brièvement, puis les rouvrit pour dire:

— Il va falloir vous faire disparaître pendant quelque temps.

Andreyev sentit son estomac se contracter.

— Oui, mon général.

— Pas de cette façon, enchaîna Youchenko, agacé de déceler la réaction de son interlocuteur. Je n'ai pas mentionné de sanctions. Pourquoi sauter aux conclusions? Vous ne le faites pas habituellement, si j'en crois votre dossier.

— J'essaie autant que possible de m'en garder, mon général.

On frappa à la porte.

— Ah, une petite collation! dit Youchenko. Vous avez sûrement aussi faim que moi; je n'ai pas déjeuné non plus. Entrez!

Un soldat entra, poussant une petite table métallique sur laquelle étaient disposées des tranches de pain brun, des morceaux de fromage fort, du saumon fumé, de l'esturgeon de la mer d'Azov froid, de la salade de poulet et des *pampushky* ou beignets fourrés à la confiture. Une carafe d'eau minérale glacée y voisinait avec une bouteille de vodka poivrée. Le général saisit une assiette vide et commença à se servir.

— Mangez, dit-il.

Andreyev ne se le fit pas dire deux fois.

— Il m'arrive souvent de regretter la rue Frounze, dit Youchenko en prenant une bouchée d'esturgeon. On ne peut plus aller au Praga. La cuisine ici, tout en étant mangeable, ne peut pas se comparer à celle du Praga.

Le Praga était un restaurant à proximité de l'ancien immeuble du quartier général, très fréquenté par les militaires avant le déménagement. Andreyev, qui n'avait jamais mangé au Praga, fut poliment d'accord. Le général versa de la vodka dans les verres, et ils en burent, la faisant suivre de grandes gorgées d'eau minérale glacée. Andreyev se sentait déjà beaucoup mieux.

— Et maintenant, dit Youchenko en repoussant son assiette, qu'allons-nous faire de vous?

Andreyev imita son hôte, bien qu'il n'eût pas terminé son beignet.

— Excusez-moi, mon général, mais n'avez-vous pas dit que je devais disparaître?

— Hmm... Vous êtes un jeune homme très astucieux. Le K.G.B. serait, selon vous, responsable de l'émeute?

Terrain glissant.

— J'en ai la preuve dans mon rapport.

— Ça ne me surprend pas, dit le général.

Andreyev eut du mal à cacher son étonnement. Il s'était rendu malade d'inquiétude à l'idée de rapporter ses suspicions, se disant qu'une telle accusation, si jamais le K.G.B. en avait vent, lui rendrait la vie impossible en Union soviétique. Le G.R.U. lui-même serait peut-être incapable d'assurer sa protection. Et voici que ce général ne se disait pas surpris!

— Mon général? réussit-il à bredouiller.

— Vous n'êtes pas sans savoir que le K.G.B. prend très mal le fait que le G.R.U. soit parvenu à l'autonomie, ces dernières années. Aux niveaux inférieurs, les organisations coopèrent bien. Mais au-dessus, il y a énormément de ressentiment. Plus on gravit d'échelons, plus le ressentiment augmente. Vous avez été envoyé à Douchanbé pour établir un système de contrôle capable d'évaluer la dissidence et le mécontentement chez les musulmans. J'ai eu une longue discussion avec le commandant de votre district militaire, lors de votre assignation, l'an dernier. Nous craignions que vous ne tombiez dans ce genre de piège. Si vous avez été rappelé précipitamment, c'est parce que vous y êtes tombé.

— Je ne comprends pas, mon général...

— Certaines factions souhaiteraient que le K.G.B. reprenne le contrôle du G.R.U., expliqua Youchenko. Une des façons d'y parvenir consiste à discréditer nos partisans, dans le Politburo et ailleurs. Toute agitation persistante dans les républiques musulmanes ne peut que servir ce but. J'espère que vous comprenez. Douchanbé n'a pas été le seul incident de ce genre.

— Oui, mon général.

— Pour revenir à vos difficultés personnelles, poursuivit Youchenko. Le fait que l'émeute de Douchanbé se soit produite avant que votre unité n'ait pu l'empêcher, indique que le K.G.B. local croit que nous avons infiltré leur service de sécurité. Ce qui est en partie vrai, grâce à vous. Vous ne courez pas vous même de danger immédiat, puisque votre couverture n'a pas été percée. Exact?

— Oui, mon général, acquiesça Andreyev, souhaitant de toutes ses forces dire vrai.

— Il arrive assez fréquemment que l'on réaffecte des officiers tels que vous. Le K.G.B. sait, sans nul doute, que vous êtes un de nos hommes. Il y a toutefois assez de gens du G.R.U. disséminés dans le sud, pour qu'on ne vous soupçonne pas particulièrement d'avoir percé leur sale petit secret. Nous réaffectons quantité de postes, à l'heure actuelle. Le K.G.B. ne pourra jamais les garder tous sous surveillance. Selon nos dossiers, on vous envoie à l'École de blindés de Kharkov, suivre un cours de recyclage dans les techniques antichars.

Il y eut un silence. Andreyev attendit.

— Foutaises, bien entendu! dit le général. Ce n'est pas là du tout que vous irez.

Moscou
De 1 h 13 à 7 h, le 26 juin

À 1 h 13, le 26 juin, Georgi Aksenov, le cuisinier attaché à la personne de Konstantin T. Leschenko, secrétaire général du Parti communiste et président du Présidium du Soviet suprême, apporta une collation de caviar, toasts et vodka à son employeur. Celle-ci fut servie à Leschenko dans l'étude de sa villa, chemin Vorobyovskoye, dans les collines Lénine, non loin de l'université de Moscou. Leschenko se coucha à 1 h 58. Aksenov fit consciencieusement enlever les assiettes sales de l'étude par un des gardes de Leschenko — l'étude lui étant interdite — les lava soigneusement et les rangea. Il alla ensuite se coucher lui-même.

À 6 h 11, le 26 juin, Leschenko eut une crise cardiaque. Son épouse, Yevdokia, qui dormait à ses côtés, fut réveillée par ses gémissements, et appela immédiatement les gardes du corps. Ceux-ci portèrent le secrétaire général jusqu'à l'ambulance stationnée dans les garages de la villa, et le transportèrent de toute urgence à l'hôpital du Kremlin, au 8, Perspective Kalinine. Plusieurs appels téléphoniques furent faits immédiatement, dont un non autorisé.

Un autre contact officieux fut tenté, mais sans succès. Nikolai Balakirev, le chauffeur personnel de Leschenko, habitait un appartement au-dessus du garage. Réveillé par le bruit,

71

il vit placer dans l'ambulance une forme enveloppée d'une couverture et descendit voir si l'on avait besoin de ses services. Les hommes du 9e directorat du K.G.B. lui dirent de rentrer chez lui et de ne pas ressortir avant qu'on ne l'appelle. Balakirev se conforma instantanément à ces ordres. La loyauté du personnel du 9e directorat était étroitement surveillée; aucun des autres employés du K.G.B. n'avait le droit de porter des armes chargées en présence des chefs du Parti ou de leurs familles. Balakirev avait appris à respecter le 9e.

Il ne retourna toutefois pas à son appartement, mais prit l'escalier au fond du garage et sortit par la porte de derrière, où il n'y avait pas de surveillance. Le 9e boucherait sûrement toutes les issues sur le périmètre de la propriété.

Il suivit le sentier de gravier jusqu'au vestibule de service, à l'arrière de la villa. Il y avait là un téléphone dont les employés se servaient pour passer les commandes. Balakirev le savait sur table d'écoute, mais se disait que dans la confusion, les surveillants auraient bien du mal à identifier l'usager.

Ne voyant aucun garde dans le vestibule, il décrocha l'écouteur et se mit à composer.

Il en était au dernier chiffre, lorsque la crosse d'un fusil lui enfonça les reins. Il laissa tomber l'appareil et s'effondra. Le garde du 9e directorat le repoussa d'un coup de pied, raccrocha le récepteur et appela à l'aide.

La communication officieuse réussie avait été placée par le cuisinier Aksenov, qui n'avait pas fermé l'œil de la nuit. Il attendit d'entendre démarrer l'ambulance, et alla s'asseoir à la cuisine. Un homme du 9e mit le nez à la porte, mais se retira aussitôt. Aksenov fit son appel au téléphone de la cuisine. On lui répondit dès la deuxième sonnerie.

— Kirov, dit le cuisinier.

Il entendit, dans l'écouteur, le déclic du récepteur que l'on raccrochait à l'autre bout du fil. Puis, il alla se coucher.

Moscou
De 8 h 30 à 14 h 30, le 26 juin

Il faisait déjà jour. Sur la Perspective Koutouzvosky, quelques voitures circulaient : bureaucrates et fonctionnaires du Parti faisant preuve de zèle. Sous un ciel sans nuages, les façades néo-classiques de pierre grise avaient presque un air de fête.

— Tout à fait inattendu, remarqua le président du Conseil des ministres, Viktor Gresko.

Assis à l'arrière insonorisé de la Zil, Gresko regardait la ville grise se dérouler sous ses yeux. Appuyé au dossier, il essayait de se détendre. La limousine Zil était un des symboles de prestige réservés aux membres du Politburo ou du Secrétariat ; c'était l'équivalent d'une Mercedes, d'une Rolls, ou d'une Lincoln dans l'Ouest.

— En effet, répondit le ministre de la Défense, Fyodor Kotsarev. Il n'en était nullement question dans son dernier rapport médical. Mais on ne peut pas toujours savoir.

Il se frotta le nez, qu'il n'avait pas plus gros qu'un bouton, et qui, dans sa large face ronde, paraissait encore plus petit. Ses cheveux blancs étaient coupés en brosse. L'obésité le guettait.

— Qui vous a appelé? enchaîna-t-il.

— Le camarade président du K.G.B. Boyarkine, répondit Gresko.

La seule pensée de ce qui venait de se passer lui donnait la nausée. Dès qu'il avait reçu l'appel du président du K.G.B., il s'était habillé, rasé, et avait réclamé la Zil. Il se sentait débraillé — ses cheveux gris décoiffés, le menton affublé d'une touffe de poils oubliés.

— Quelle a été la réaction des autres membres que vous avez appelés?

En de telles circonstances, la responsabilité de contacter les membres du Politburo en vue de décréter des mesures d'urgence, incombait normalement à Gresko.

— Boyarkine avait déjà joint tout le monde, en dehors de vous, répondit-il. J'ai été moi-même l'avant-dernier à l'apprendre. Je vous ai appelé. Vous avez été le dernier.

— Quelle excuse a-t-il invoquée pour avoir agi ainsi?

— Qu'il n'arrivait pas à me joindre à cause d'un dérangement dans les services téléphoniques. Et il m'a demandé de vous avertir.

— J'avais un de mes hommes parmi le personnel de Leschenko, admit Kotsarev, mais il ne m'a pas du tout contacté. Son chauffeur.

— Que lui est-il arrivé?

— Comment savoir?

La Zil roulait sur la Perspective Karl-Marx en direction de la place du Manège. Elle venait de dépasser les bâtiments crénelés du Kremlin, dont les murs, couleur de terre cuite, faisaient penser à du sang coagulé.

— La réunion n'a pas lieu place Staraya? demanda Kotsarev.

Contrairement à ce qu'on croit généralement, la plupart des réunions du Politburo ne se tiennent pas au Kremlin, mais dans les bureaux du comité central du parti communiste, au 4 de la place Staraya, à côté de la rue Kouibychev.

— Non. Boyarkine m'a confié qu'il était inquiet au point de vue de la sécurité.

— Merci d'être passé me prendre, à propos.

— Il était impératif que nous nous parlions, dit le président Gresko. Ça ne va pas être facile.

La Zil contourna l'angle nord du Kremlin, passa devant la tour de l'Arsenal qui en marquait le coin, et ralentit à l'approche de la porte Nikolsky.

— Le 9e est partout, remarqua le ministre de la Défense. La garde est doublée, triplée.

— J'ai le sentiment qu'au cours des prochaines heures, ce gouvernement va être chambardé de fond en comble. Nous avons attendu trop longtemps.

Les premières arrestations eurent lieu à 9 h 2: douze commis de bureaux des Affaires étrangères. Ce sont normalement les Services de la Sécurité politique, du 2e directorat du K.G.B., qui s'occupent d'effectuer les arrestations; mais dans ce cas-ci, le personnel du 9e directorat s'en était chargé. Ces commis, sous surveillance depuis douze mois, avaient eu des contacts «inhabituels» avec des citoyens non soviétiques.

Sur le coup de 9 h 15, six chefs et sous-chefs de départements du bureau de l'Intourist étaient aussi en route pour les cellules situées dans l'ancien quartier général du K.G.B., à la prison Loubianka, place Dzerjinsky. Plus grave encore, trois employés aux archives, et leur superviseur, avaient été arrêtés dans l'immeuble du Comité central, au 4 de la place Staraya. Ce qui signifiait une attaque directe contre le personnel de Leschenko. Une attaque semblable fut également menée contre Gresko par les gorilles du 9e directorat, lorsque six cadres subalternes du Conseil des ministres furent arrêtés.

75

Comme touche finale à ce début de matinée, le 9ᵉ arrêta plusieurs membres du personnel du K.G.B. au directorat même des forces armées chargé de contrôler la loyauté de la marine, de l'aviation et de l'armée. Ces personnes étaient soupçonnées d'être des taupes du G.R.U. On les emmena à l'étage inférieur de la Loubianka où elles furent fusillées sans autre forme de procès.

L'infortuné chauffeur du secrétaire général Leschenko, bien qu'il n'ait pu s'expliquer pourquoi, était du nombre.

La réunion avait lieu dans une pièce anodine du vieil Arsenal du Kremlin, située du côté ouest, loin de la cour centrale. Gresko et Kotsarev arrivèrent les derniers, à l'exception du vice-premier ministre Jigaline. Lorsque celui-ci se glissa sans bruit dans le fauteuil à haut dossier, voisin du sien, Gresko eut du mal à cacher son impatience.

— Qu'est-ce qui vous a retenu? lui demanda-t-il, à voix basse.

— J'étais à Uspenskoye. Toutes mes excuses.

Comme Gresko, Kotsarev et plusieurs autres membres du Politburo, le vice-premier ministre Jigaline possédait une luxueuse datcha non loin d'Uspenskoye, petit village situé à vingtaine de kilomètres de Moscou. La maison de campagne était l'un des principaux privilèges de la classe dirigeante.

Gresko regarda autour de la table pour voir sur qui il pouvait compter. Comme président du Conseil des ministres, il était théoriquement, en cas d'indisposition du Secrétaire général, le membre le plus important du Politburo. Après celui du Secrétaire général et le sien, le troisième poste clé était celui du Président du Soviet suprême. Suivant la tradition, Leschenko avait occupé simultanément les deux postes. Cette coutume diminuait la possibilité de factions, mais concentrait énormément de pouvoir en un seul homme. Ce que Gresko avait toujours considéré comme dangereux.

76

— Maintenant que nous sommes tous là, dit-il avant que Boyarkine ait pu prendre la parole, nous pouvons commencer.

Il étudia de nouveau les visages qui l'entouraient; comme il fallait s'y attendre, ils étaient tous impénétrables. En l'absence du secrétaire général Leschenko, les membres du Conseil étaient au nombre de quatorze : les quatre secrétaires du Comité central; les secrétaires représentant Moscou, Leningrad, l'Ukraine et le Kazakhstan; le président de la Commission de contrôle; le ministre des Affaires étrangères; en bout de table, le vice-premier ministre Jigaline, le ministre de la Défense, Kotsarev, Gresko lui-même, et le quatorzième membre, Boyarkine, président du K.G.B. La tête de celui-ci, qui semblait fléchir à cause de la longueur inusitée de son cou, était très peu charnue, ce qui soulignait encore ses hautes pommettes mongoliques et son menton triangulaire. Il avait les yeux enfoncés et intelligents; ses cheveux clairsemés étaient encore noirs. Et comme toujours, l'on sentait chez lui une tension intérieure semblable à celle d'un fil métallique tendu.

Gresko décida de passer à l'attaque.

— Nous sommes ici pour discuter du problème que suscite la maladie du Secrétaire général, dit-il. Camarade président du K.G.B. Boyarkine, peut-être pourriez-vous nous faire rapport de son état, étant donné que vous avez tenu à suivre la situation de si près depuis le début.

Cette remarque s'était voulue un reproche, mais Boyarkine sembla la considérer au contraire comme une marque de confiance, due à la façon dont il avait réagi aux événements.

— Le Secrétaire général est extrêmement malade, dit le président du K.G.B., d'une voix fluette, sans timbre. Mais les médecins affirment qu'il y a lieu d'espérer. J'ai donné l'ordre que tout changement dans sa condition nous soit rapporté ici sur l'heure.

— Tout ceci est très inattendu, dit le premier secrétaire du Kazakhstan, Andrei Zaseda. Nous n'avons jamais eu vent de la possibilité d'un tel... effondrement. Le Secrétaire avait quelques problèmes de santé, bien entendu, mais...

— Ce n'est pas de cela qu'il s'agit, trancha Gresko.

Même si le premier secrétaire Zaseda était un de ses partisans, Gresko avait décidé de ne pas laisser la réunion s'égarer. Si Boyarkine arrivait à retarder la décision concernant la succession, il était impossible de prévoir jusqu'où il étendrait le contrôle du K.G.B. Gresko sentait déjà le pouvoir lui échapper. Plusieurs membres qui l'auraient appuyé normalement paraissaient se demander maintenant où était le vrai pouvoir. Gresko en connaissait les signes, ces gestes et changements d'expression impossibles à contrôler. Si lui s'en rendait compte, Boyarkine en était également conscient.

— Je ne pense pas, dit Aleksandr Morosov, premier secrétaire du comité central, que le moment soit venu de parler de la mort du Secrétaire. Cela me paraît pour le moins prématuré.

«Ah, Morosov! pensa Gresko. Maintenant je sais où tu loges: chez Boyarkine, l'homme de l'Est.»

— Pourquoi sommes-nous ici, alors? dit sèchement le ministre de la Défense Kotsarev, parlant pour la première fois. (Il n'avait jamais aimé Morosov.)

— Pour assurer que les obligations du Parti soient remplies durant la maladie du Secrétaire, répondit Morosov, apparemment étonné.

— Nous devions nous réunir de toute façon plus tard dans la journée, dit Boyarkine, afin de discuter de certaines questions de sécurité interne. Peut-être devrions-nous nous y attaquer en attendant que d'autres informations médicales nous parviennent. Le président du Conseil des ministres serait-il d'accord pour que nous prenions le vote sur cette proposition?

— Non, dit Gresko. Si le Secrétaire général devait mourir, nous serions encore plus à court de temps que maintenant. Nous devons au moins nous entendre sur le choix d'un

Secrétaire général intérimaire jusqu'à ce que... (il fit une pause) nous établissions où vont les loyautés.

On frappa du poing à la porte de la salle de conférences.

— On apporte peut-être des nouvelles du secrétaire général Leschenko, fit Boyarkine. Entrez! dit-il en élevant la voix, sans attendre la permission de Gresko.

Un capitaine du 9e directorat entra dans la pièce, remit un message à Boyarkine, et repartit. Le président du K.G.B. déplia la feuille.

— Le Secrétaire? demanda Kotsarev au bout d'un moment.

— Ceci ne concerne pas le Secrétaire, répondit sèchement Boyarkine, poursuivant sa lecture.

— Vous pourriez peut-être garder la correspondance de votre service pour la place Dzerjinsky, suggéra Gresko, ne cachant plus sa colère.

Boyarkine posa la feuille, à l'envers, devant lui et dit:

— Ceci est un rapport du 9e directorat. (Il s'arrêta le temps de donner aux mots toute leur importance.) Vu le caractère exceptionnel de la situation, j'ai pris certaines mesures de sécurité. On a effectué plusieurs arrestations, en vertu de l'autorité que m'a accordée le secrétaire général Leschenko, il y a deux mois. Je...

— Nous n'avons ici aucune preuve de cette autorité, coupa Gresko. Vous feriez bien de nous en fournir une.

— Non, rétorqua Boyarkine. Tant que le Secrétaire général est vivant — et il l'est — c'est une question entre lui et le K.G.B.

Cette fois, la lutte était engagée à arme blanche. «Mon Dieu, pensa Gresko, en y mettant une ferveur qu'il ne s'était plus permise depuis l'âge de dix-huit ans, comme il doit être sûr de lui! Ou bien cette assurance n'était-elle qu'un masque recouvrant sa faiblesse, destiné à confondre ou à convaincre?»

— On me réclame place Dzerjinsky, dit bientôt Boyarkine. Puis-je proposer l'ajournement de cette réunion jusqu'à treize heures?

— Non! dit Gresko. Nous ne devons pas laisser se détériorer la situation.

Boyarkine se pencha sur la table.

— Se détériorer? On vient de me remettre ce message (il indiqua la feuille de la main sans baisser les yeux) qui m'apprend qu'en plus de ce que je viens de vous dire, il y a eu une émeute générale hier soir à Baysun, à moins de deux cents kilomètres de Douchanbé. Alors que l'incident de Douchanbé ne remonte qu'à deux semaines! La situation est déjà hors de contrôle. Et c'est vous, président Gresko, qui, avec d'autres, avez tenu le secrétaire Leschenko dans l'ignorance de la désastreuse absence de loyauté des républiques du sud de l'Union. Je réclame un ajournement immédiat. Je dois aller m'occuper de l'affaire de Baysun.

— Votons, dit Morosov.

D'autres, autour de la table, signifièrent leur accord par un signe de tête. Défait, Gresko autorisa le vote. L'ajournement fut décidé.

Comme les autres membres du Politburo se levaient pour partir, Boyarkine, demeuré assis, leur dit:

— Ne vous frappez pas si vos organisations témoignent d'une certaine inquiétude lorsque vous les contacterez. Comme je l'ai dit, nous avons dû prendre un certain nombre de mesures de sécurité. La situation reviendra sous peu à la normale.

Gresko, debout, regardait le président du K.G.B. L'expression de Boyarkine, qui avait momentanément laissé tomber le masque, lui en rappela une autre, surprise une seule fois, des années auparavant. Il dut fouiller sa mémoire pour arriver à la retrouver. C'était au mois de novembre 1942, alors que, dans le lointain village de Kalach, les tenailles de l'Armée rouge s'étaient rejointes sur la 6e armée allemande, à Stalingrad.

Gresko, qui avait eu dix-huit ans à l'époque, servait comme radio-télégraphiste au quartier général du général Romanenko, lorsque la nouvelle y était parvenue.

L'expression de Boyarkine était la même que celle de Romanenko alors : le rictus du loup qui s'apprête à fondre sur sa proie.

À 13 heures, plus de deux cents dissidents connus des autorités, ainsi que des écrivains, peintres et musiciens non approuvés par le régime, avaient été arrêtés. Les cellules de la Loubianka débordaient, de sorte que les derniers arrivants furent envoyés à un camp de transfert près de Podolsk, loin des limites de la ville. On avait fait d'autres arrestations dans divers ministères industriels, sous l'accusation — généralement justifiée — de corruption. Les Services de sécurité avaient été chargés de ces dernières, étant donné qu'il s'agissait de crimes d'ordre économique plutôt que de trahison. La nouvelle avait fait son chemin ; lorsque Gresko était retourné au Kremlin, de son bureau, où malgré la grande agitation l'on essayait de travailler normalement, les rues étaient à peu près désertes.

À 13 h 10, Konstantin T. Leschenko, secrétaire général du Parti communiste et président du Présidium du Soviet suprême, rendit l'âme à l'hôpital du Kremlin. Cette nouvelle fut transmise à la salle de conférence du Politburo par six gardes du 9e directorat. Rompant avec tout précédent, ceux-ci ne quittèrent pas ensuite la pièce. À la suite du vote qui suivit, Vitaly A. Boyarkine, jusque-là président du K.G.B., fut choisi comme Secrétaire général du Parti communiste et président du Présidium du Soviet suprême. Aleksandr D. Morosov assuma la présidence du K.G.B. Alexei S. Blinov, ministre de l'Intérieur, remplaça Morosov, accédant ainsi à un poste plus important que celui qu'il détenait au sein du Comité central.

La réunion fut ajournée à 15 h 10, après que les membres eurent sommairement réglé les préparatifs des funérailles de Leschenko.

Dans la Zil, à la sortie de la porte Nikolsky, Gresko dit:

— Tout ça pourrait entraîner des catastrophes!

— Oui, convint Kotsarev, mais pas encore. Pas encore!

Moscou
3 juillet

À dix heures du matin, Nasir Rashidi, ambassadeur du Pakistan en U.R.S.S., quitta discrètement son ambassade au 17, Soudovo-Koudrinskaya, pour aller rendre visite au ministre soviétique des Affaires étrangères, Boris N. Distanov. Lorsqu'il quitta le ministère des Affaires étrangères, après une heure de discussions amicales, il emportait un document assez inusité. La plus grande partie en était typiquement russe et obtuse, mais trois points y étaient clairement définis:

1) La nouvelle direction soviétique n'entretenait aucune réserve sérieuse concernant la prise de mesures défensives pour des États souverains, que ce soit dans leur propre intérêt ou pour prêter appui à leurs alliés, à condition que ces mesures ne servent pas des fins impérialistes, comme celles des États-Unis et d'Israël.

2) L'Union des républiques socialistes soviétiques accorderait amitié et aide matérielle aux nations que blessent les campagnes manipulatives d'assistance que leur impose l'impérialisme de l'Ouest, particulièrement celles qui sont menées par les États-Unis.

3) Cette amitié et cette aide seraient évidemment liées au refus de ces nations de servir de voies de communication

aux interventions subversives de l'Ouest dans les affaires des États soviétiques ou de leurs alliés.

L'ambassadeur n'était pas tombé de la dernière pluie. La majeure partie du document était typique de l'attitude adoptée par les Russes chaque fois que les relations entre un pays du Tiers monde et les États-Unis commençaient à se détériorer. La référence aux mesures défensives l'avait toutefois grandement étonné. Le défunt secrétaire général Leschenko avait eu pour politique inébranlable de s'opposer à la prolifération nucléaire. Il semblait maintenant y avoir un revirement complet.

Il expédierait la note à Islamabad l'après-midi même, par valise diplomatique. Elle pourrait au moins servir de bâton pour fustiger Washington.

Uspenskoye
4 juillet

Le ministre de la Défense, Fyodor Kotsarev, remplissait son moulin à café américain. Entre chaque cuillérée de grains bruns, il suivait le vol d'un papillon à la lisière du gazon qui séparait le solarium de sa datcha d'un bois de bouleaux. Les épaisses touffes de verdure aperçues par les baies vitrées semblaient presque faire partie du décor. Pas une feuille ne bougeait; et même ici, à vingt kilomètres de Moscou, la chaleur était oppressante. Sans le climatiseur ouest-allemand, le solarium eût été invivable.

— C'est plus ou moins ce que vous vous rappelez l'avoir entendu dire? demanda Kotsarev.

— Il y a plus, grogna le président du Conseil des ministres, assis à la grande table d'orme.

Le document que lisait Gresko était une reconstitution, d'après les souvenirs de Kotsarev et les siens, des propos tenus à la réunion du Politburo deux jours plus tôt, par le secrétaire général Boyarkine, touchant, entre autres choses, ses travaux d'approche envers Islamabad. Ce document traitait d'une des autres choses. Chaque membre du Politburo en avait reçu une copie, qui lui avait été retirée à la fin de la réunion. Boyarkine avait interdit qu'on prenne des notes.

Gresko et Kotsarev avaient donc mis en commun les ressources de leurs mémoires magnifiquement entraînées pour
produire un fac-similé exact du document:

A. La crainte d'une guerre nucléaire éclatant dans, ou à
    proximité de leurs sources d'approvisionnement pétro-
    lier poussera l'Ouest à faire de grandes concessions afin
    d'éviter un tel conflit.

B. Cette considération aura pour conséquence, dans l'ave-
    nir immédiat, d'inciter les alliés des États-Unis et leurs
    dépendants (le Japon, par exemple) à tenter d'empêcher
    toute provocation américaine au Moyen-Orient, dans le
    cas où des nations pro-soviétiques ou présentement non
    alignées acquerraient des armes nucléaires. Cette situa-
    tion permet de causer de nombreuses dissenssions dans
    le camp capitaliste.

   (Gresko avait ici inscrit une note en marge: *p. ex. Pourquoi Tokyo risquerait-il de se faire bombarder parce que les
États-Unis ont réagi excessivement à une menace éven-
tuelle?*)

C. De telles dissenssions pourraient se produire entre
    l'Ouest et ses alliés si, par exemple, certains États arabes,
    suivant le conseil de l'Union soviétique, laissaient enten-
    dre qu'ils n'écartaient pas la possibilité d'un recours aux
    armes nucléaires. Étant donné la situation exposée dans
    les paragraphes A et B, l'Ouest serait alors forcé de se
    conformer jusqu'à un certain point aux désirs des Arabes
    et, par voie de conséquence, aux désirs des Soviétiques.

D. Il est d'autre part hautement significatif que l'Ouest ne
    soit pas en position d'utiliser des armes nucléaires contre
    ses principales sources de pétrole. Ceci n'est pas forcé-
    ment le cas de la Libye, mais toute attaque américaine
    contre cette nation amènerait sans doute, par exemple,
    un arrêt des fournitures saoudites, à titre de représailles.

E. Une conséquence intéressante de cette situation ferait que les États-Unis devraient empêcher toute action israélienne pouvant causer un échange nucléaire local. Les Arabes et, le cas échéant, les Soviétiques auront donc les coudées franches dans la région. Et l'apparente impuissance des États-Unis à protéger un de ses alliés fera réfléchir ses autres amis.

F. Notre but *ultime* (ce mot avait également été souligné dans l'original) est la domination complète de tout le pétrole du Moyen-Orient et la paralysie inévitable de l'économie capitaliste. Nous poursuivons cette stratégie depuis vingt ans; le moment est venu de la faire aboutir.

G. Tout ce qui précède implique que le Politburo doit cesser de s'opposer à l'acquisition d'armes nucléaires par des nations privilégiées. Une aide secrète dans l'acquisition de ces armes pourrait aussi être considérée, en certaines circonstances.

Le vrombissement du moulin à café résonna pendant vingt secondes. Kotsarev versa la mouture dans la cafetière et mit le contact. Gresko termina sa lecture.

— Vous excuserez les fautes de frappe, dit Kotsarev, d'une voix désabusée. J'ai cru bon de le taper moi-même.

— Qu'en pensez-vous? demanda Gresko.

— Affreusement dangereux, répondit le ministre de la Défense. C'est une chose de risquer une guerre avec l'Ouest — ce que nous avons envisagé plus d'une fois — mais une autre de nous placer dans une situation où nous serions entraînés dans une guerre, comme l'ivrogne que l'on traîne aux cellules de désintoxication. Si nous devons faire la guerre, commençons-la nous-mêmes, au meilleur moment, et de la façon qui nous convient le mieux — sans laisser quelqu'autre puissance faire en sorte que ni nous ni les États-Unis ne puissions l'éviter.

Gresko parut réfléchir un instant.

— A-t-on nettoyé cette pièce?

— L'équipe du quartier général l'a examinée pouce par pouce, une heure avant votre arrivée. Ils n'ont pas trouvé de micros.

— Nous ne devrions pas nous asseoir face à la fenêtre, en tout cas.

Ils changèrent de place. La cafetière siffla allègrement et fit entendre un déclic; le café se mit à couler dans le récipient. Kotsarev n'y prêta pas attention.

— Vous savez ce qui va se passer? reprit Gresko. Il va nous faire ce que le Politburo a fait à Khrouchtchev après le fiasco de Cuba. Nous forcer à démissionner, à rentrer dans l'ombre. Il n'ose pas encore, parce qu'en agissant ainsi il risquerait de tourner contre lui certains de nos membres qui n'ont pas encore pris position. Mais ce n'est qu'une question de temps.

— Ce n'est même pas cela qui m'inquiète, reprit sombrement le ministre de la Défense. C'est la possibilité qu'ils aillent plus loin encore et qu'ils nous fassent fusiller — comme Khrouchtchev et Malenkov l'ont fait pour Beria.

— Ce n'est pas non plus impossible avec le temps, dit Gresko. (Il y eut un silence.) Pensez-vous que le secrétaire général Leschenko soit mort de mort naturelle?

— Le rapport d'autopsie l'affirme.

— C'est normal, si les hommes du 9e directorat regardaient par-dessus l'épaule de ceux qui l'ont rédigé. Vous n'avez eu vent de rien?

— Nous avons examiné le personnel domestique de Leschenko, autant qu'il était possible de le faire sans éveiller les soupçons du K.G.B. Le chauffeur, qui était notre homme de confiance, a disparu. Le général Youchenko n'a pas réussi à le retrouver. Tous les autres sont encore là.

— C'est curieux, remarqua Gresko. Ce n'est pas la manière de Boyarkine de ne pas procéder à un grand nettoyage si jamais il y a eu quelque chose de louche.

— Ce qui ne règle pas notre problème immédiat, dit Kotsarev, en se levant pour remplir sa tasse à nouveau, puis en retournant s'asseoir. Allons-nous rester là à attendre les événements, comme deux bœufs à l'abattoir?

Gresko regarda attentivement le ministre de la Défense. Il connaissait Kotsarev depuis 30 ans, et avait travaillé avec ou près de lui depuis 10 ans. Il était presque sûr de pouvoir lui faire confiance. Presque.

«Je n'ai pas le choix, en ce moment, réfléchit-il. Kotsarev contrôle le G.R.U., et je ne peux pas lutter contre Boyarkine et son K.G.B. avec mon Conseil des ministres.»

— Nous devrions envisager une action préliminaire, répondit-il enfin. Vous avez mentionné quelque chose d'intéressant dans la voiture, l'après-midi de la mort de Leschenko. Je persiste à me demander de quoi il s'agissait exactement.

Kotsarev fit tourner lentement sa tasse sur la surface lisse de la table.

— Si ce que je vais vous dire devait tomber dans de mauvaises oreilles, il en résulterait de nombreuses morts, la mienne pour commencer. En trahissant cette confidence, vous auriez en main le moyen de vous allier à Boyarkine.

— Ça ne me sauverait pas éternellement, fit remarquer Gresko. De toute façon, je ne le ferais pas, Fyodor.

— Très bien. Mais vous devez vous rendre compte que le seul fait d'être dans le secret peut vous faire courir de graves dangers... Voici donc. Une étude a été faite par un petit groupe, à l'intérieur des Services de contre-espionnage du G.R.U., des mesures à prendre si jamais il y avait tentative de la part du K.G.B. de reprendre le contrôle dont il jouissait antérieurement. Une étude subsidiaire a envisagé les actions possibles pour le cas où le K.G.B. essayerait de remplir le Politburo des membres de son personnel. Personne ne souhaite un autre Beria. Nous avons besoin pour fonctionner, tout comme les Américains, d'un équilibre de forces au sommet de la pyramide. Cette étude contient des implications extrêmement inquiétantes.

— Lesquelles? demanda Gresko, qui ne s'était absolument pas douté que Kotsarev était allé si loin.

— On y proposait un coup d'État mené par l'armée contre un Politburo contrôlé par le K.G.B. — soit exactement ce que le K.G.B. voulait éviter par la domination du G.R.U. Le seul fait de l'existence de cette étude suffirait à remettre le G.R.U. entre les mains du K.G.B. Je l'ai fait supprimer.

— Et ses auteurs?

— Ils ont été promus. Le général Youchenko et moi avons considéré que c'était la meilleure façon d'acheter leur silence.

— Pas tout à fait la méthode de Boyarkine, dit Gresko en souriant.

— Pas tout à fait non, acquiesça Kotsarev, avalant la moitié du contenu de sa tasse. Mais il y avait plus. L'étude se penchait sur les réactions possibles des Américains devant l'état de confusion engendré par un tel coup. Si cela devait se produire à une période de grande tension, l'étude concluait qu'il y aurait de fortes probabilités que les Américains attaquent les premiers.

— Pourquoi cela? demanda Gresko.

— En premier lieu, ils craindraient qu'en état de crise notre gouvernement se livre à des actes irrationnels — d'autant plus si le coup devait échouer et qu'il soupçonne les Américains de complicité. Deuxièmement et à la suite de cette première hypothèse, les Américains pourraient fort bien, devant notre confusion et nos réactions tardives, en profiter pour détruire notre force de frappe. Le scénario présupposait que les Américains ignoraient l'imminence du coup d'État.

— Continuez, dit Gresko qui sentait soudain une tension sur la nuque.

— Il y avait un scénario de rechange. Celui-ci consistait à avertir les Américains à la veille des événements et de les tenir informés durant le déroulement de... l'opération. Façon d'agir qui réduirait de beaucoup le risque de panique chez eux. Mais qui n'écarterait pas la possibilité qu'ils tirent avantage de notre faiblesse momentanée. Cela dépendrait beaucoup de qui serait alors président.

— Je vois très bien pourquoi vous tenez à ce que Boyarkine n'ait pas vent de la chose, dit Gresko sèchement. Cette étude en soi constitue une trahison.

— En effet.

— Par ailleurs, poursuivit Gresko en pesant bien ses mots, si la politique de Boyarkine doit mener inévitablement à une guerre déclenchée accidentellement, il faut à tout prix l'éliminer — quoi qu'il advienne de notre avenir personnel. Considérant le contrôle qu'il exerce sur le K.G.B. à travers son président Morosov, la seule façon expéditive d'y parvenir est d'avoir recours au G.R.U. et à l'armée. Le tout doit être préparé avec infiniment de prudence. Mais vous me dites que le schéma d'un plan existe — a déjà existé? Serait-il possible d'explorer le sujet plus avant?

— Possible, mais dangereux.

— Et les Américains?

— Si Boyarkine nous mène inévitablement à la guerre, et si l'on ne peut l'arrêter que par la force, la façon la plus sûre consiste à avertir les Américains de ce qui se passe. Ils aimeraient assez voir une épreuve de force se produire chez nous. Or, elle ne pourrait que nous affaiblir.

— Ça vaut mieux que la guerre, dit Gresko qui n'avait pas oublié Stalingrad. À peu près tout vaut mieux que la guerre.

— Il faut étudier la situation de plus près, dit Kotsarev. Laissez-moi tâter la réaction du général Youchenko.

— Le chef du G.R.U., précisa Gresko.

— Oui. Il faisait partie du groupe d'étude initial. J'en étais aussi. Plus deux autres.

— Fort bien, dit Gresko.

Sur quoi il se tourna pour regarder par la fenêtre. Le papillon avait depuis longtemps quitté la lisière de la pelouse. Le bois de bouleaux paraissait frais et invitant.

— J'espère que nous n'aurons jamais besoin d'y recourir, conclut-il.

À 23 h 26, cette nuit-là, un homme, écrasé par une voiture en fuite, fut transporté à l'urgence de l'hôpital Botkin. Malgré les efforts de l'équipe d'admission, il mourut douze minutes plus tard de blessures internes et d'une affreuse fracture au crâne. L'analyse sanguine décela un fort pourcentage d'alcool.

Ses papiers d'identité étaient au nom de Georgi Y. Aksenov, un cuisinier faisant partie du personnel domestique de Leschenko; sa mort fut considérée comme un banal accident de la circulation. Le lendemain matin, à huit heures, il n'y avait plus aucune trace du dossier constitué à la suite de l'accident. Boyarkine avait finalement terminé son grand nettoyage.

Islamabad (Pakistan)
10 juillet

La chaleur, même à 20 heures, était écrasante. La lune semblait un énorme ballon orange posé sur l'horizon dont l'air vaporeux faisait miroiter les contours. Sous sa lueur, Islamabad s'étendait, pâle et rectiligne; des réverbères espacés en jalonnaient les avenues désertes. Au nord et à l'est, se profilaient les silhouettes noires des collines Margala, premiers contreforts des monts Pir Panjal.

La ville était moins bien éclairée qu'il n'avait été prévu à l'origine. Depuis deux ans, en effet, l'électricité y était sévèrement rationnée. Sauf pour l'enclave diplomatique, au 4, Ramna, qui ne semblait guère affectée. L'ambassade soviétique était illuminée; peut-être encore mieux que d'habitude, car l'ambassadeur Viktor I. Petrounine donnait une grande réception en l'honneur du nouvel ambassadeur d'Arabie Saoudite.

— Ils ont l'air assoiffé, vous ne trouvez pas? remarqua Vasili Oboukhov, en observant l'assemblée bigarrée des diplomates réunis dans le hall de réception. Surtout les Allemands. On devrait tous nous donner une indemnité de risque quand on nous envoie en pays musulman de stricte observance. Pas d'alcool aux réceptions diplomatiques — et pratiquement nulle part ailleurs, c'est barbare.

Le major Vladislav Kochine observa le premier secrétaire culturel, avant de répondre.

— Il se commet peut-être ainsi moins d'indiscrétions, dit-il enfin, sans se compromettre.

Il avait été muté du consulat de Karachi, trois mois plus tôt, et n'était pas encore tout à fait habitué à l'humour un peu spécial de son supérieur. En principe chargé du ravitaillement de l'ambassade, il exerçait, en réalité, les fonctions de sous-chef de la station du K.G.B., avec grade de major. Oboukhov était responsable de la station et avait le rang de colonel.

— On devrait peut-être inviter l'ambassadeur américain à venir boire un verre de Stolichnaya? suggéra Oboukhov. Ça pourrait faire merveille en faveur de la paix mondiale.

— Probablement, mais je ne pense pas qu'il vienne.

— Sans doute pas. Nous allons devoir nous contenter de notre autre invité. Vous êtes-vous débarrassé des petits frères?

Le terme «petits frères», autrefois réservé aux services de renseignements des pays membres du pacte de Varsovie autres que russes, était maintenant employé depuis deux ans par le personnel du K.G.B. pour désigner également les membres du G.R.U. Deux représentants des Services de renseignements de l'armée avaient été affectés à l'ambassade d'Islamabad.

— Oui. Je les ai casés avec les membres de la délégation industrielle tchèque.

— Vous êtes cruel, Vladislav Alexeyevitch. Ils vont tous avoir mal au crâne demain.

— Il est arrivé, dit le major Kochine. Voyez là-bas, devant le bol de punch. Il parle avec l'attaché militaire suédois.

L'homme en question, un Pakistanais de haute taille, en complet de bonne coupe, se versait un verre de punch. Il en but trois petites gorgées rapides et déposa le verre.

— Il n'est pas armé, dit le colonnel Oboukhov en notant ses gestes. Rendez-vous dans dix minutes. Vous feriez mieux de monter dès maintenant. Ne lui offrez rien à boire. Il est très à cheval sur les principes.

Le major Kochine quitta la pièce brillamment éclairée, ses dessins géométriques et la palette hautement colorée des diverses nationalités présentes, et se rendit au bureau d'Oboukhov par l'escalier de service. Il alla au petit bar aménagé dans un coin de la pièce, se versa deux doigts de whisky et les avala d'un trait. Il se rendit compte, écœuré, qu'il avait les paumes moites. Il n'avait jamais fonctionné à ce haut niveau. L'homme du bol de punch n'était nul autre que Riaz Hasan, chef des Services de renseignements et de contre-espionnage pakistanais, et proche collaborateur du président et chef d'État, Mohammed Zia ul'Haq.

Kochine eut envie d'un autre whisky, mais se ravisa. Le personnel diplomatique soviétique à l'étranger était alcoolique à soixante pour cent, et Kochine n'avait nullement envie de grossir les rangs de la majorité. Dans sa situation, cela eût été suicidaire.

La porte se referma doucement sur le colonnel Oboukhov.

— Il sera là dans un instant, dit-il, en allant s'asseoir à son bureau. Nous n'aurons qu'un quart d'heure avec lui, après quoi il devra partir.

— Oui, secrétaire.

— Vous vous rendez compte, j'espère, de la très grande responsabilité que je vous confie? dit Oboukhov. Les directives du Centre de Moscou ont été modifiées depuis le changement de leadership. Dans certains cas, et pour certaines choses, nous adoptons des positions contraires. Ce n'est un secret pour personne — ici, en tout cas — que la Libye réclame du Pakistan une aide militaire d'ordre nucléaire. Nous devons régler cette affaire au plus tôt. Non, pas au plus tôt. Nous devons la régler, un point, c'est tout.

Kochine avala sa salive.

— Comment?

— Vous m'avez entendu. Je vous délègue auprès de Riaz Hasan. Vous devez lui procurer tout ce dont il peut avoir besoin pour transporter son... équipement.

Le major retrouva son sang-froid.

— Oui, mon colonel.

— Ne m'appelez pas colonel. Cela pourrait vous échapper au mauvais moment.

On frappa prudemment à la porte. Oboukhov alla répondre et fit entrer Hasan. Le chef des Services secrets du Pakistan hésita en apercevant Kochine, qui s'était poliment mis au garde-à-vous.

— Ne vous inquiétez pas, dit Oboukhov en anglais, le major Kochine est un de mes proches collaborateurs.

Ils s'assirent tous les trois et les manœuvres commencèrent. Il eut été très peu correct de la part d'Oboukhov d'aller droit au but, aussi prit-il grand soin d'éviter ce piège. Kochine admira une fois de plus la souplesse dont son chef faisait preuve en s'adaptant aux règles de l'étiquette islamique; sept bonnes minutes furent consacrées aux préliminaires d'usage. Même à cela, c'était précipiter les choses. Kochine remarqua que Hasan jetait sans cesse les yeux sur lui, comme pour s'assurer qu'il était toujours là. Le chef des Services secrets avait les traits tirés et très marqués; son nez crochu l'apparentait au faucon pèlerin.

Hasan dit enfin:

— Notre chef d'État souhaiterait que je discute d'un petit problème avec vous au sujet de la note qui nous a été envoyée par notre ambassadeur à Moscou. Le président Zia l'a trouvée fort intéressante.

— Nous sommes heureux de collaborer, fit Oboukhov. Je crois que le moment sera bientôt venu de reconsidérer l'état des relations entre nos deux pays.

— Peut-être bien, répondit Hasan. Il y a, en tout cas, un domaine précis où votre aide pourrait nous être précieuse.

— Ah? dit Oboukhov. Alors peut-être seriez-vous assez aimable pour élaborer?

— Le gouvernement libyen nous demande de faire quelque chose pour le remercier de l'aide qu'il nous procure depuis quinze ans. Le général Zia souhaite ardemment liquider nos dettes. Il existe toutefois certaines difficultés. (Hasan s'interrompit pour regarder Kochine.) Je suis certain que vous comprendrez le sens de mes propos.

Kochine hocha la tête et Hasan enchaîna:

— Un des modes de remboursement envisagés par nous déplaît intensément à Israël et, par la même occasion, aux États-Unis. Nous craignons que nos projets de livrer à une nation islamique sœur un certain nombre d'ogives et de missiles nucléaires, n'aient été compromis par la C.I.A. et Mossad. Étant donné que leurs ressources sont beaucoup plus considérables que les nôtres, un allié serait hautement apprécié.

Oboukhov hocha la tête en réfléchissant.

— Comment auriez-vous l'intention de faire cette livraison?

Il était déjà au courant, mais ne voulait pas faire perdre la face à son interlocuteur.

— Par bateau. Dans le plus grand secret. Un cargo de faible tonnage, muni de faux manifestes, et à bord duquel aurait été placé un détachement des forces de sécurité. Nous ne pensons plus, toutefois, que cette méthode soit de tout repos. Un navire israélien mouille, en effet, depuis plus de deux semaines, dans le port de Durban, en Afrique du Sud. Nous avions eu l'intention de passer par là, le trajet par le canal de Suez frôlant Israël de trop près. Mais nous croyons que le navire israélien a pour mission d'intercepter notre cargo.

— Quelle serait l'alternative?

— Le transport aérien. C'est ce à quoi nous avions d'abord pensé. Mais nous avons craint d'être trop vulnérables à une attaque israélienne. Nous ne voudrions pas perdre ces armes, comme l'Iraq a perdu ses réacteurs en 1981. Nous songeons maintenant à utiliser le cargo en guise de diversion, mais nous craignons que ce plan ne s'ébruite aussi.

— Une inquiétude très réelle, dit le colonel Oboukhov. La C.I.A. et Mossad sont tous deux tenaces et futés.

Perdu dans ses pensées, le colonel du K.G.B. se frotta le nez.

Hasan reprit:

— Vous détenez des informations concernant les agents que ces deux organisateurs ont implantés dans notre pays; vous ne nous les avez pas communiquées. Il serait éminemment souhaitable, ne pensez-vous pas, qu'en vue des nouvelles relations dont vous venez de m'entretenir, et pour assurer le succès de notre opération, on nous fasse parvenir le plus d'informations possible.

Le major Kochine devint soudainement conscient du fait que Hasan considérait cette rencontre comme odieuse. Le Pakistanais cachait mal l'atteinte qui avait été portée à son orgueil lorsque Zia lui avait ordonné de réclamer l'aide du K.G.B. Oboukhov se devrait d'être très prudent dans ses relations avec cet homme.

— Vos services secrets comptent parmi les meilleurs au monde, dit Oboukhov habilement, mais dans le cas qui nous occupe, vous avez affaire à des pays dont les services sont presque aussi efficaces que les vôtres. Il est normal que vous ayez besoin d'aide. (Il joignit les mains et les posa calmement sur son bureau.) Dès demain matin, vous recevrez tous les renseignements vous permettant de faire croire aux Israéliens et aux Américains que la livraison se fera par voie de mer. Par surcroît, au moment de la livraison, nous mettrons à votre disposition certains de nos services.

— Je vous remercie, dit Hasan. Le résultat de notre conversation rassurera énormément le général Zia, de même que notre allié.

Il se leva. Les deux Russes l'imitèrent.

— Appelez-moi demain matin à dix heures, dit le colonel du K.G.B.

Après avoir reconduit Hasan à la porte, il se tourna vers Kochine :

— Vous l'avez entendu dire ce dont ils ont besoin. Ne perdons pas un instant. Je veux pouvoir lui transmettre ces données à dix heures. Incluez tout ce qui peut lui servir à cacher ses traces. S'ils ne réussissent pas à effectuer cette livraison, nous pouvons nous attendre à être interrogés par le nouveau secrétaire du Parti. (Il paru pensif.) Je l'ai rencontré. Ça ne vous plairait pas.

En Mer Rouge
13 juillet

Il faisait tellement chaud que les vagues elles-mêmes paraissaient décolorées par le soleil. Ici, à 1200 milles au sud du port israélien le plus septentrional, Eilat, l'horizon même était brouillé. Le *Reshef* et ses sister-ships naviguaient au milieu d'un cercle dont un voile d'air surchauffé dessinait le pourtour.

Ils étaient quatre bâtiments israéliens d'attaque rapide; trois étaient armés de deux canons jumelés de 76 mm, de quatre mitrailleuses et de six missiles mer-mer. Le quatrième, le *Kidon*, était moins armé, ses armes ayant été en partie remplacées par des contre-mesures électroniques défensives et des installations de surveillance. Longs de deux cents pieds, ces navires avaient un rayon d'action de 2400 milles à 20 nœuds, et vitesse et rayon d'action lui seraient indispensables. En apparence, ils effectuaient des exercices de croisière de longue durée; un petit pétrolier israélien les accompagnait à distance, pour assurer leur ravitaillement.

Debout, à côté de la tourelle d'avant, Thorne observait deux matelots en train de resserrer l'anneau d'étanchéité autour d'un canon. L'acier de la tourelle était chauffé à blanc; les hommes lançaient des jurons en s'y brûlant les doigts. De la timonerie, au-dessus et en arrière de Thorne, le commandant

101

du *Reshef* surveillait la manœuvre. Le vaisseau naviguait à une vitesse de 6 nœuds environ, assez pour que l'on sente une légère brise sur le pont, sans être incommodé par le tangage. Malgré cela, Thorne avait l'impression d'avoir encore plus chaud.

Les deux dernières semaines lui paraissaient aussi imprécises que l'horizon. Il avait rapporté la visite de Stein, puis avait attendu la suite. Il ne se passa rien pendant trois jours, si ce n'est qu'il reçut un coup de fil indiquant que la question était à l'étude. Il avait tenté, pendant ce temps, de travailler à son livre, mais le cœur n'y était pas. Son appel mensuel à Los Angeles n'avait servi qu'à le déprimer : les enfants allaient bien, lui avait confirmé son ex-femme, en le laissant parler brièvement à ses deux filles. Elles lui parurent, comme à chaque nouveau contact, un peu plus distantes, ce qui n'avait rien d'étonnant, étant donné qu'il ne les avait pas revues plus d'une douzaine de fois depuis qu'Alison, s'étant remariée, était allée vivre sur la côte ouest. Cela remontait à trois ans, un an après leur divorce, six mois avant que Jocelyne et lui aient mis un terme à leur liaison, six mois avant qu'il n'ait démissionné de la C.I.A., pour échapper aux armes et à la technologie de l'assassinat.

Dans la matinée du quatrième jour, il reçut un appel de Cameron Harper. Et le 26 juin, il se retrouva dans le bureau des «projets divers», à Langley.

Ce bureau avait tout du pavillon de chasse. À un bout de la pièce, le plafond en pente, agrémenté de poutres, avait vingt pieds de haut. Un grand bureau, des fauteuils tendus de cuir et une cheminée renforçaient encore l'illusion. De très belles lithographies, représentant des scènes de chasse, ornaient les murs.

Deux des fauteuils étaient occupés, l'un par Richard Aubrey, l'autre par le directeur-adjoint des Opérations spéciales, Adrian Northrop. Thorne ne s'était pas attendu à voir ce dernier. Comme membre du personnel des Recherches spéciales et des Évaluations, ayant depuis longtemps cessé d'aller sur le terrain, Thorne avait eu peu de contacts avec les

Opérations spéciales, sauf lorsqu'ils lui réclamaient des informations ou des précisions.

Harper arriva quelques minutes plus tard, et ils se mirent à analyser la proposition de Stein. Harper voulut d'abord savoir si Thorne avait l'intention de l'accepter. Ce dernier lui répondit qu'il n'avait pas encore décidé. Après un bref silence, Harper dit:

— Allons au Centre des statistiques et évaluations. Vous y trouverez des renseignements utiles.

Ils traversèrent un dédale de tunnels, arrivant enfin à une porte devant laquelle se tenait un gardien.

À l'intérieur, Jocelyne Petrie leva les yeux d'une pile de sorties imprimées.

L'étonnement qu'elle manifesta se refléta, il était sûr, sur son propre visage. Les présentations se firent dans un certain malaise. Thorne avait le sentiment d'être manipulé, mais cette impression se dissipa peu à peu, à mesure qu'ils prirent connaissance des données. Les prévisions de RUBICON étaient sinistres. Supposant que le secrétaire général Leschenko était remplacé par le président du K.G.B. Boyarkine et que les deux camps de la querelle israélo-arabe possédaient des armes nucléaires, il prédisait, à moins que l'un de ces deux événements ne se produise pas, l'éclatement d'une guerre mondiale avant un an.

À 13 h 10, Harper reçut la nouvelle de la mort du secrétaire général Leschenko, apparemment d'une crise cardiaque, et de la prise du pouvoir par Boyarkine.

Thorne, évitant les yeux de Jocelyne, avait dit:

— Appelez Stein. Dites-lui que j'accepte.

Il se rendit en Israël par vol direct de Washington, le 8 juillet. À l'aéroport de Lod, un capitaine israélien anonyme l'accueillit et arrangea son transport à Eilat, à bord d'un avion de liaison de l'aviation israélienne. Ainsi que le lui avait annoncé Northrop, il fut accueilli à la base de l'I.A.F. d'Eilat par un major des services secrets israéliens. Northrop avait paru furieux lors de son dernier briefing, à Langley, mais il n'avait pas su pourquoi avant de se trouver assis dans le poste de commandement opérationnel de Sha'ul Gefen, situé dans un bâtiment anodin, surplombant le port d'Eilat.

— Je me croyais en route pour l'Afrique du Sud, avait-il dit à Gefen.

— Ah? avait répondu ce dernier en frottant son nez crochu. (Il avait des cheveux noirs bouclés et les yeux bleus.) Nous aurions sans doute dû être plus directs avec vos gens, avoua-t-il, mais nous avons dû changer nos plans pour des motifs de sécurité. Vous songez au cargo que nous avons placé dans le port de Durban?

— Oui, celui-là.

— Nous l'avons mis là exprès. Ça nous a coûté cher, mais il nous a servi à distraire l'attention de nos véritables projets. Le bateau est posté de façon à pouvoir intercepter un cargo descendant le canal de Mozambique; et c'est ce que les intéressés supposent que nous allons faire. Y compris vos gens, apparemment.

— Apparemment. Mais que se passe-t-il exactement?

Gefen se leva et alla dérouler sur le mur une carte géante. Celle-ci montrait Israël et les mers Rouge et d'Arabie, au sud de la Corne de l'Afrique.

— Depuis un mois, nous effectuons des manœuvres au large d'Eilat avec deux navires de type Saar-III et un pétrolier, dit-il. Ostensiblement, nous voulons accroître notre potentiel naval à longue distance, et montrer le drapeau jusqu'à la Corne de l'Afrique. Nous avons même fait deux brèves sorties au-delà de la mer Rouge jusque là. Deux de nos navires s'y trouvent actuellement. Le *Reshef* et le *Kidon* voguent à leur rencontre. Nous pensons que le cargo-cible quittera le port de Karachi d'ici quatre jours, bien que nos services secrets ne fonctionnent pas très bien, en ce moment, au Pakistan. Il semble que le K.G.B. fournit de l'aide aux Services de renseignements pakistanais. Quoi qu'il en soit, sitôt que le cargo aura appareillé, deux de nos navires feront le plein et fileront ici (Gefen pointa du doigt le bleu de la mer d'Arabie), région prévue pour l'interception. Ils peuvent y parvenir en l'espace d'un à deux jours et demi, selon le parcours adopté par la cible.

— Comment suivrez-vous son parcours?

— Par satellite et reconnaissance aérienne combinés. Si un des appareils du porte-avion faisant partie de votre détachement spécial en océan Indien l'apercevait au cours d'une de ses missions de service courant, nous en serions secrètement avisés. D'autre part, il n'est pas sûr que le cargo ne se serve pas de sa radio. Il a peut-être reçu l'ordre de se rapporter périodiquement à Islamabad et à Tripoli pour les rassurer sur son sort.

— Et si jamais les Libyens et les Pakistanais étaient au courant de la présence de votre propre cargo à Durban, pourquoi poursuivraient-ils leur opération?

— Deux frégates russes sont entrées dans le port de Beira, en Mozambique, il y a deux jours — supposément pour se réapprovisionner. Leur présence serait sûrement très visible jusqu'à ce que le cargo-cible soit hors de portée de notre vaisseau.

— Vu, dit Thorne. Ça se tient. Et une fois que vous aurez intercepté le cargo?

Gefen consulta sa montre.

— Je vous l'expliquerai en route pour les quais. Les outils et les instruments que vous avez apportés devraient déjà être à bord du *Reshef*. À propos, vous vous appelez M. Gold. Départ dans une heure.

Soixante minutes plus tard, le *Reshef* et le *Kidon* avaient largué leurs amarres et filaient à toute vitesse vers le large.

«Je me demande ce que fait Jocelyne en ce moment?» pensa Thorne, tandis que les matelots terminaient leur travail et rangeaient son outillage. Il ne l'avait revue qu'une seule fois depuis leur rencontre, à l'abri, dans la pièce de sortie. Le jour suivant il l'avait appelée au téléphone de son hôtel du centre-ville, à Washington, pour l'inviter à dîner. Elle n'avait, en acceptant, manifesté ni enthousiasme ni déplaisir. La soirée elle-même, bien que plaisante dans son ensemble, n'aurait pu être qualifiée de succès; trop de fantômes rôdaient autour d'eux. Et lorsqu'elle le reconduisit à son hôtel, vers minuit, il avait un moment songé à l'inviter à monter à sa chambre, mais ne voulant pas gâcher ce qui subsistait de leur ancienne liaison, il s'en était abstenu.

Il n'avait pas encore décidé s'il voulait ou non la revoir. Elle-même n'avait rien dévoilé de ses sentiments.

— Monsieur Gold, dit un des matelots en anglais, avec un fort accent, nous avons terminé.

Thorne revint sur terre et les suivit au niveau inférieur de la passerelle. Là, la température tomba brutalement de trente degrés; de façon à pouvoir servir dans ces eaux, les navires d'attaque devaient forcément être climatisés. Comme il s'apprêtait à descendre au poste d'équipage, un matelot portant un message sur papier pelure le croisa en coup de vent et escalada l'échelle menant à la passerelle. Thorne s'immobilisa.

L'instant d'après, le matelot redescendait, lui lançait: «Le commandant Levine vous demande», et disparaissait en direction de la cabine radio.

Se penchant pour éviter de se cogner la tête contre une bouche d'aération, Thorne gravit péniblement l'échelle de la passerelle.

Le commandant Levine, debout à côté du pupitre central de contrôle de tir, s'entretenait calmement avec le chef de l'armement, Abramov. Celui-ci également chef du commando, était penché sur la table des cartes, et traçait divers signes sur une feuille de papier bleu — le plan détaillé du cargo-cible, réalisa Thorne. Autour d'eux, la passerelle était bondée d'instruments de combat servant à la navigation, à la guerre électronique, et cætera. À tribord, sur la mer dont le bleu irradiait l'éclat ardent du soleil, s'échelonnaient les trois autres bâtiments d'attaque.

Levine leva les yeux en voyant apparaître Thorne, le salua, puis se tourna vers le barreur à qui il donna un ordre en hébreu. Celui-ci repoussa deux leviers vers l'avant. Le *Reshef*, dans un grondement viscéral, prit de la vitesse. À tribord, au-delà des vitres rectangulaires de la timonerie, les trois autres navires l'imitèrent.

— Monsieur Gold, dit Levine, en excellent anglais, on vient de nous contacter. Le cargo-cible a quitté le port de Karachi, il y a quatre heures. C'est un bâtiment libyen de quatre mille tonnes, le *Al-Mansour*. D'une vitesse de croisière de 11 nœuds. Cela veut dire que nous pourrions entrer en contact avec lui d'ici trois ou quatre jours, selon le parcours adopté.

— Les armes sont-elles à bord?

— Elles sont arrivées par transport aérien à l'aéroport militaire de Karachi hier soir. Nous ne savons pas d'où exactement. (Le pont du navire commençait à tanguer fortement, à mesure que l'on prenait de la vitesse.) Nous allons faire le plein, ensuite nous établirons notre plan d'attaque.

Dans le brouillard, à l'arrière du *Reshef*, ils distinguèrent le pétrolier qui venait vers eux. Thorne souhaita échapper au mal de mer.

Centre de statistiques et d'évaluations de la Centrale de renseignements Langley (Virginie) 15 juillet

Le quatrième niveau était à peu près désert. Dans les couloirs aux murs pâles et aux tubes fluorescents, le seul bruit était celui des sandales de Jocelyne Petrie claquant sur les carreaux du plancher. Il était 23 heures.

Au poste de sécurité, à l'entrée du secteur des ordinateurs, deux gardes étaient assis devant une série de moniteurs de télévision en circuit fermé. Aux aguets, comme toujours. Le plus vieux des deux prit l'empreinte de ses paumes et vérifia sa voix, puis après avoir inscrit son arrivée sur son terminal, il tapa sur un nombre prédéterminé de touches pour ouvrir les portes d'accès. On avait, depuis la venue de Thorne, renforcé les mesures de sécurité; c'était une des choses qui l'inquiétaient.

Le bureau de Jocelyne Petrie se trouvait dans un couloir transversal, à cent pieds de la centrale des ordinateurs. Elle déverrouilla la porte, entra, et la verrouilla de nouveau. Elle n'eut pas besoin d'allumer; à ce niveau, on n'éteignait jamais les lumières. Elle déposa son cardigan bleu poudre sur la bibliothèque, à côté du philodendron (la seule plante capable

de pousser sous les lampes fluorescentes dans cet air dou-
blement climatisé), alla s'asseoir à son bureau, et tourna le
bouton de son appareil terminal. Il y eut un léger bourdonnement et un petit rectangle vert se mit à clignoter sur l'écran.

Elle s'appuya au dossier de son fauteuil, et fixa le mur
crème. La seule touche de couleur dans toute cette pièce était
une tapisserie de Tachkent — ou du moins c'est de là qu'elle la
croyait originaire : rouge, bleue, jaune pâle et noire. Un calen-
drier noir et blanc était suspendu à côté.

En soupirant, elle tapa sur le clavier du terminal, rappelant des fiches auxquelles elle avait travaillé plus tôt dans la
journée. Elle ne s'était pas encore vraiment avoué ce qu'elle
avait l'intention de faire. Après avoir visualisé la dernière
demi-douzaine de secteurs des sorties émises au courant de
l'après-midi par RUBICON, elle tapa :

ÉTAT DU NOYAU DE SÉCURITÉ / RUBICON

AUTORISATION, répondit le 220 de son antre dans la
salle des ordinateurs.

Elle tapa ensuite le mot de passe du jour. Le 220 répondit :
ACCÈS AUTORISÉ : Aubrey, Harper, Northrop, Parting,
Petrie.

«Je suis en excellente compagnie!» pensa-t-elle. Elle tapa
alors : ÉTAT CHARGEUR G82.

CHARGEUR G82 EN ATTENTE, dit le 220. DISPONI-
BLE SEULEMENT EN CAS URGENCE.

Jocelyne tapa : ACCÈS POUR FINS CONTRÔLE
CHARGEUR G82.

Après un instant de réflexion, le 220 répondit : ACCÈS
PERMIS + + +

M668200-668300, tapa Jocelyne. Le 220 visualisa une
série de chiffres. Jocelyne se mit à les changer un à un, les
remplaçant par un programme qu'elle avait subrepticement
conçu et mis au point au cours des deux derniers jours. Il
n'était pas long, mais assez complexe. Son but était de percer

le noyau de sécurité interne du 220, dont seuls Aubrey, Partington et Ramsden, le coordonnateur des services de sécurité, détenaient les codes d'accès.

La rencontre avec Thorne et les autres, dans la salle de sortie l'avait passablement ébranlée — plus qu'elle ne se l'était d'abord avoué. Tout au cours de cette réunion, elle avait eu l'étrange sensation de jouer dans quelque pièce de théâtre obscure dont seul le metteur en scène — Harper, plus que probablement — connaissait le texte et le sens. Texte au demeurant peu sympathique où Thorne jouait le rôle principal, et à qui l'on voulait faire faire quelque chose en lui cachant pourquoi il le faisait, et même le *fait qu'il le faisait*. Elle était persuadée qu'il s'agissait de bien davantage que de sa mission auprès des Israéliens; mais elle n'avait pas osé lui faire part de ses soupçons lorsqu'ils avaient dîné ensemble; et c'était sans doute à cause de cela que la soirée avait été si... «neutre»? Elle cherchait le mot juste. Il avait été sur le point de l'inviter à monter à sa chambre; mais s'était ravisé. Elle ne savait pas si elle aurait accepté.

Ce qu'elle savait pertinemment, en revanche, c'était qu'elle n'aimait pas ce que quelqu'un — Harper? — essayait de faire à Thorne. Il s'agissait en principe d'aider les Israéliens à empêcher la livraison d'armes à la Libye, mais elle était persuadée, sans pouvoir s'expliquer exactement pourquoi, qu'il y avait autre chose.

Le RUBICON PLAN UN, par exemple, qu'était-ce?

Partington avait été très mystérieux au sujet de ses agissements dans la salle de contrôle centrale, après la réunion, mais elle s'était contentée d'aller à son bureau et de visualiser la liste des données imprimées en file d'attente. Seul un passage intitulé RUBICON PLAN UN lui apparut de nature éminemment secrète. «Encore un truc qui appelle les fuites, cette liste des données en attente», pensa Jocelyne. On avait beau tout faire pour rendre la machine imperméable, ça fuyait toujours aux coutures des logiciels.

Elle soupçonnait que la sortie imprimée de RUBICON PLAN UN avait été envoyée à Harper.

Pourquoi?

Elle avait décidé de percer le mystère. Sans trop savoir ce qui la poussait à agir ainsi, elle s'apprêtait à violer la sécurité, à commettre un acte impardonnable, bien qu'elle fût sûre de n'être jamais découverte. De cela, du moins, elle était certaine, à cause de sa connaissance approfondie des systèmes de protection du 220. C'est que, le spectacle de David réagissant selon les désirs de Harper, et sa propre participation impuissante, avaient eu quelque chose de révoltant.

«Avoue-le», s'ordonna-t-elle. «Tu veux le protéger, ou du moins, te renseigner afin de savoir s'il a besoin de protection.»

«À cause d'une liaison terminée il y a quatre ans?» susurra, au fond de sa tête, une voix railleuse.

«Elle n'est pas terminée, répondit-elle. Elle continue toujours.» C'était clair comme le jour. «Pendant ce dîner que nous avons eu tous les deux, je ne me souviens même pas de ce que j'ai mangé. Qu'essaient-ils donc de lui faire? Et pourquoi ne m'a-t-il pas donné de ses nouvelles? Ça fait plus de deux semaines maintenant.»

«Je vais l'appeler demain. Le samedi est un bon jour.»

Elle grimaça. Elle avait commis une erreur de code. «Doux Jésus! Quel désastre si j'avais laissé passer ça!» pensa-t-elle, en faisant la correction. «Assez rêvassé, ça peut être long.»

À minuit, elle était passée des niveaux inférieurs du système d'exploitation au programme de surveillance, chargé de gérer les activités du 220 et dans lequel se trouvait le noyau de sécurité. Ce dernier était admirablement protégé, mais elle avait néanmoins trouvé un vice caché dans le superviseur qui, si elle savait en tirer parti, lui donnerait accès aux niveaux de haut privilège de l'ordinateur. Elle avait depuis deux ans revérifié la documentation du système et des Ordres confidentiels de modification du récepteur de contrôle; le vice avait toujours existé. Personne, en dehors d'elle, ne s'en était apparemment aperçu.

Elle tapa la dernière partie de son code subversif, la vérifia minutieusement, aspira profondément, et ordonna :

— EXÉCUTEZ.

Une longue pause qui se prolongeait. Affolée, elle consulta sa montre. Dix secondes, Douze.

«Ça ne devrait pas prendre tant de temps. Qu'ai-je fait là, Seigneur! Je pourrais aller en tôle pour des années avec ça. Ou pire.»

Elle s'était préparé un chemin d'évasion : l'utilisation d'un code qui provoquerait l'arrêt complet, mais non anormal de tout le système d'ordinateurs, y compris le 220, et effacerait toute trace de son entrée illégale. Elle se mit à taper les instructions d'exécution du code.

L'image-écran s'effaça, emportant ce qu'elle avait tapé. Une liste d'options s'imprima alors sur l'écran du terminal en lettres phosphorescentes vertes : SÉCURITÉ DU NOYAU. Elle était entrée.

Jocelyne exhala lentement et réclama une de ses propres fiches. L'écran la visualisa parfaitement.

«Allons-y maintenant! se dit-elle. Finissons-en.» Elle tapa alors :

CATALOGUE RUBICON /

À l'écran, apparut la liste de tous les titres des fiches contenant le mot RUBICON. Plusieurs lui étaient inconnus : ils n'apparaissaient pas sur l'écran, à son niveau d'accessibilité. La quatrième fiche avant la fin s'intitulait RUBICON PLAN UN. Elle leva les sourcils : ce dossier avait un code de protection qu'elle n'avait jamais vu auparavant.

«Existe-t-il quelqu'un qui connaisse à fond cette monstrueuse machine? Cache-t-elle des choses que *personne* ne connaît?» Cette seule pensée la fit frémir. Elle avait toujours considéré le 220 comme un prolongement de son cerveau, mais ce soir, l'ordinateur faisait preuve d'une sinistre indépendance.

Elle travailla à la séquence de déblocage du code, jusqu'à ce qu'elle fût certaine de l'avoir correctement repéré, puis elle tapa sur le clavier. L'image-écran s'effaça de nouveau et le texte en lettres vertes apparut bientôt. Contrairement à ceux des commandes du système, il se composait de lettres majuscules et minuscules comme dans un texte d'imprimerie:

RUBICON PLAN UN
Version 6.8 : 21
12 juillet 86

«Mise à jour récente, pensa-t-elle, ils ont modifié le texte depuis que Partington l'a imprimé.» Elle poursuivit sa lecture.

Cette simulation porte le code de sécurité alpha un. Tout accès non autorisé est passible d'une peine d'emprisonnement minimal de cinq ans. Si vous n'avez pas reçu d'autorisation, appelez immédiatement la sécurité, au poste 3435. Si vous y êtes autorisé, vous pouvez continuer la visualisation en tapant sur la touche de sortie.

Le texte s'arrêtait là. En se mordillant la lèvre, Jocelyne appuya sur cette touche. L'image-écran s'effaça.

RUBICON PLAN UN est un scénario qui propose une méthode de déstabilisation du gouvernement soviétique. Il utilise les profils des personnalités et les données politiques/militaires/économiques du plan RUBICON. Il ne devrait être mis à exécution que si les scénarios les plus pessimistes du plan RUBICON s'avéraient objectivement et réalistiquement certains. Le prérequis essentiel pour la véritable mise à exécution de ce scénario est

Ici le texte s'interrompit — bien que l'écran n'ait été qu'à moitié plein. Jocelyne le fixa un moment. Il ne se passa rien.

114

Elle appuya sur une touche de sortie. Toujours rien. Elle se cala dans son fauteuil, en sourcillant.

Des pas résonnèrent dans le couloir; plus d'une paire. Puis elle entendit le bruit métallique d'une clef que l'on introduisait dans la serrure de sa porte. Elle sentit les capillaires sous la peau de son front se drainer de leur sang.

La porte s'ouvrit en coup de vent, découvrant Ramsden, flanqué de deux gardiens de sécurité.

— Ne bougez pas, docteur Petrie, dit-il. Et ne touchez pas au terminal. De toute façon, on l'a bloqué au bureau de la sécurité.

Elle obéit, se sentant suspendue dans les airs, comme si son bureau était devenu un endroit hors de la réalité. Ramsden contourna celui-ci pour aller examiner le terminal. Il fit signe à l'un des gardes, muni d'un appareil photo. Ce dernier photographia l'écran à plusieurs reprises, puis retourna à sa place. Ramsden s'assit dans le fauteuil en vinyle devant le bureau de Jocelyne. Elle le dévisagea, d'un air hébété.

Le coordonnateur des services de sécurité se frotta la moustache.

— Vous êtes entrée par le vice caché du superviseur, n'est-ce pas? lui demanda-t-il. Il existe depuis un bon moment. Exprès. C'est un piège programmé pour appeler au secours si quelqu'un devait y tomber. Je crains bien que ce ne soit ce qui vous est arrivé.

Jocelyne acquiesça d'un léger coup de tête, luttant pour retrouver son sang-froid. Elle voulait crier: «Ce maudit Thorne!»

— Et maintenant? demanda-t-elle, la gorge serrée.

D'autres pas venant du couloir évitèrent à Ramsden d'avoir à répondre. Partington parut à la porte, débraillé, de toute évidence tiré du lit.

— Nom de Dieu, Jocelyne! dit-il, en la regardant d'un air affolé, Qu'allons-nous faire de vous *à présent*?

Océan Indien
17 juillet

Les nuages massés à l'horizon au sud-ouest étaient couleur d'ecchymose. La houle de quatre pieds qu'ils surplombaient ne formait pas de crêtes blanches; on l'eût dit recouverte d'une couche d'huile. La mer était sombre et métallique.

À bord du *Reshef*, le commandant Levine, debout à côté du canon d'avant, observait le ciel d'un air inquiet. Il se raidissait pour résister au roulis et aux embardées du navire. Le chef du commando, le major Abramov, attendait à ses côtés.

— Qu'en pensez-vous? demanda-t-il enfin.

Levine haussa les épaules.

— D'après le radar, dit-il, nous avons quatre heures devant nous, peut-être trois si nous restons sur place et si le vent fraîchit. Mais si la tempête là-bas vient sur nous dans les trois heures, il faudra attendre qu'elle soit passée. Au moins un jour.

— Tout peut arriver en un jour, dit Abramov.

Levine, irrité, fronça ses sourcils noirs; son irritation n'était cependant pas due à l'homme debout à ses côtés. Le *Reshef* et le *Kidon* se trouvaient à 10 km du parcours du cargo libyen, tel que celui-ci avait été projeté par le contrôle d'Eilat à 16 heures, l'après-midi même. Un jour et demi avant, l'*Al-Mansour* avait délaissé les voies de navigation normales et mis le cap vers l'est, espérant évidemment, sur les vastes étendues de l'océan Indien, ne pas se faire remarquer. Manège dès le départ voué à l'échec, puisqu'il rapportait sa position à sa base toutes les six heures. Les transmissions ne duraient pas plus d'une seconde, mais les puissants moniteurs des navires de la 7e flotte américaine, postée à Ceylan, assistés de la triangulation par les chasseurs du porte-avion *Nimitz*, avaient facilement repéré la position exacte du cargo. Il se trouvait à 60 km au nord-est du *Reshef* et du *Kidon*, et il filait à une vitesse régulière de 11 nœuds, vers le sud-ouest. Les navires d'attaque israéliens avaient prévu l'interception pour deux heures avant la tombée de la nuit mais, devant la menace de tempête, ils avaient dû changer leurs plans. Le satellite avait par ailleurs prévu l'arrivée de l'*Al-Mansour* dans la région pour 22 heures mais, une heure plus tôt, celui-ci avait modifié son parcours.

«Souviens-toi que nous sommes en eaux arabes», se répétait Levine.

— Il va falloir aller à eux, dit-il. Merde!

Le radar à bord du cargo visualiserait des échos évoluant rapidement; son équipage serait alerté. Le *Kidon* devrait créer du brouillage à la radio et sur le radar dès que les Israéliens seraient visibles à l'œil nu.

Levine consulta sa montre. L'*Al-Mansour* devrait de nouveau rapporter sa position dans une demi-heure; ils ne pourraient risquer de se faire repérer avant cela. Il eût souhaité, momentanément, contacter le contrôle d'Eilat, mais les deux navires observaient le silence à la radio depuis vingt-quatre heures. Ils devaient se ronger les ongles à Eilat et à Jérusalem.

— Allons-y! dit-il, en se dirigeant vers la passerelle.

Abramov lui emboîta le pas.

— Où est passé notre ami? demanda le major comme ils franchissaient la porte.

118

— Il était dans le poste d'équipage tout à l'heure, en train de vérifier son équipement. Je n'aimerais pas être dans sa peau.

— Oh, vous savez, si jamais il commettait une erreur, nous y passerions tous!

Tous deux étaient conscients de la possibilité que les bombes soient munies de dispositifs anti-manipulation, mais ils en parlaient rarement. L'Américain avait été assez laconique en évoquant le sujet.

Mais il n'était pas au poste d'équipage. Il était au pied de l'échelle de la passerelle. Levine avait un peu appris à le connaître au cours des deux derniers jours et demi. Abramov et lui avaient longuement expliqué le plan d'attaque à «M. Gold», se disant que ses connaissances en matière d'armements pourraient s'avérer utiles en cas de malheur. Levine, qui s'était plus ou moins attendu à ce que l'Américain ne soit qu'un expert hautement spécialisé, était agréablement surpris de voir que celui-ci avait tout de suite compris les problèmes tactiques engendrés par la situation dans laquelle ils avaient été placés. Il n'aurait en tout que deux heures pour examiner les armes, extraire les ogives des missiles, et les jeter à la mer. L'une d'entre elles serait désamorcée et rapportée à Eilat pour fins de dissection.

Levine n'enviait pas le travail de l'Américain. Il lui fit un signe de tête, disant:

— Vous êtes prêt?

Thorne, l'air soulagé, hocha la tête.

— Alors, montez. Nous appareillons.

Deux minutes plus tard, le *Reshef* et le *Kidon* filaient à 30 nœuds vers le nord-est, leurs coques effilées fendant la houle, à demi submergées dans l'écume blanche. Loin derrière à l'horizon, la masse de nuages, striée d'éclairs, avançait toujours sur eux.

— Le mauvais temps s'annonce, dit le capitaine Mustafa Khleif.

Il scrutait la ligne sombre de l'horizon visible au-delà de l'avant de l'*Al-Mansour*.

— Combien de temps avons-nous avant que ça se gâte?

— Le radar indique trois heures et demie. Les nuages sont toujours bien au-dessus de l'horizon. On ne fait qu'attraper les plus hauts.

— A-t-on rapporté notre position? demanda encore Khleif nerveusement.

Il ne s'habituait pas à la présence d'un garde armé sur la passerelle, même au bout de quatre jours. Ce dernier, en compagnie de vingt-neuf compatriotes, était à bord non seulement pour surveiller les dix caisses, longues et étroites, dans la cale numéro un, mais aussi pour assurer que la cargaison du colonel Kadhafi — quelle qu'en soit la nature — soit protégée contre toute inefficacité ou action contre-révolutionnaire de la part de l'équipage. La moindre erreur d'un matelot, et Khleif serait sûrement fusillé.

Il aurait dû veiller lui-même à ce que le rapport de position soit bien expédié.

L'interphone grésilla. Le second y répondit, écouta, plissa le front.

— Capitaine, dit-il, en replaçant l'écouteur, le radar signale deux *tops* à 210 degrés; filant vers 045; 6 nœuds.

Khleif sentit son intestin se contracter. Ils se trouvaient en dehors de toutes les voies de navigation régulières. À cette vitesse-là, ce pouvaient être des felouques en provenance de la Corne de l'Afrique filant droit sur la côte indienne, pour échapper à la tempête. Des trafiquants d'or, se dit-il, pour se donner du courage.

— Quel tonnage?

— Ils ne sont pas très gros. Mais le radar indique que leur écho est très fort. Ce ne sont pas des bateaux en bois.

Le second avait évidemment eu la même pensée que Khleif.

«Des bateaux métalliques alors, pensa Khleif. Ces merdeux d'Américains. Ou bien des Israéliens.» Il enfonça davantage sa casquette et dit à son second:

— Prenez la passerelle, et envoyez un guetteur sur le mât de misaine. Moi, je vais surveiller le radar.

Les installations propres au radar et à la navigation se trouvaient directement en dessous de la passerelle. Le compartiment baignait dans une lueur rougeoyante, allégée seulement par le scintillement jaune du tube fluorescent au-dessus de la console radio et le vert du tracé circulaire sur le visuel radar. L'équipement installé juste avant le départ était en majeure partie du dernier modèle. Malheureusement, ni le radio ni l'opérateur du radar ne savaient très bien s'en servir.

Ce dernier, voyant entrer Khleif, le regarda d'un air inquiet. Le capitaine se manifestait rarement, faisant peu confiance aux outils électroniques qu'on avait mis à sa disposition. Le radio, les écouteurs fermement vissés aux oreilles, tournait fiévreusement des boutons.

— Qu'est-ce que c'est? demanda soudainement Khleif qui avait des visions de murs criblés de balles.

— Ce ne sont pas de gros bateaux, Capitaine. Ils vont nous croiser, s'ils continuent sur le même parcours, à la même vitesse.

— Ce ne sont pas des vaisseaux de guerre?

— Je ne sais pas, Capitaine. Je ne connais pas très bien cet équipement. Mais je ne crois pas qu'ils soient en bois. L'écho est trop fort.

Khleif étudia l'écran du radar durant une minute environ. Les deux échos avançaient régulièrement vers l'*Al-Mansour*. Ils venaient tout juste de pénétrer le champ du radar.

Khleif appela la passerelle à l'interphone.

— Rien à rapporter du côté du guet?

— Ça s'assombrit beaucoup là-bas, lui murmura le second à l'oreille. Il est difficile de distinguer quoi que ce soit. (Un silence.) Attendez, Capitaine, s'il vous plaît. (Autre silence. Khleif commençait à ressentir des démangeaisons sur la nuque.)

— Alors? insista-t-il au bout d'un moment.

— Le guetteur vient d'apercevoir quelque chose. Deux très petits navires, bas, gris. Pas de mâts de cargo.

«Allah protège-moi!» pria Khleif silencieusement.

— Radio, ordonna-t-il. Codez ce message et envoyez-le sur notre fréquence de compte rendu. Plus vite que ça!

L'opérateur cherchait frénétiquement sa tablette de codage. Khleif perdait patience.

— Commencez le signalement, dit-il dès que l'opérateur l'eut trouvé. Ennemi possible.

La faible lueur de l'écran du radar s'illumina d'un vert brillant. Le radio, qui avait retiré un de ses écouteurs pour entendre Khleif, arracha son casque et le jeta sur le blindage du pont, mettant au même moment les mains sur ses oreilles. Bien qu'il ait été de l'autre côté du compartiment, Khleif pouvait entendre le grésillement dans les écouteurs.

On brouillait leur transmetteur et leur radar, sur toutes les fréquences.

Thorne se trouvait sur la passerelle du *Reshef*, lorsque Levine donna l'ordre de commencer le brouillage. Le *Reshef* et le *Kidon* virèrent à tribord instantanément et prirent de la vitesse, fonçant vers la lointaine silhouette du cargo libyen. Sur les ponts d'avant des deux vaisseaux, les canons de 76 mm étaient armés. Les tourelles se couvraient d'écume, à mesure que les navires approchaient de leur vitesse de combat. Thorne sentait, sous la semelle de ses bottes de caoutchouc, les vibrations des puissants moteurs.

— Il vire! dit Levine qui suivait l'*Al-Mansour* à l'aide de ses jumelles.

Thorne distingua une plume de fumée au-dessus de l'unique cheminée du cargo libyen. Celui-ci poussait désespérément ses moteurs. Il n'arriverait à faire, au maximum, que 18 nœuds.

Vingt minutes s'écoulèrent durant lesquelles, à la lueur du crépuscule, la superstructure de l'*Al-Mansour* se fit de plus en plus distincte. Se tenant à 2 km de distance, le *Reshef* et le *Kidon* se séparèrent et avancèrent vers les flancs de bâbord et de tribord du cargo, pour l'empêcher de virer de bord.

Ils étaient maintenant à environ 6 km sur son arrière. Thorne jeta un regard sur l'horizon, au sud-ouest. Les nuages se rapprochaient, et la houle augmentait.

Levine émit un ordre bref. À 200 m devant eux, un jet d'eau s'éleva dans l'air et retomba paresseusement.

— Un missile filoguidé, dit Thorne. Il n'a pas la portée.

Un éclair jaillit de la poupe de l'*Al-Mansour*. Thorne surveilla le trajet de la flammèche à bout noir qui venait sur eux. Le *Reshef* fit une embardée et le pont pencha brutalement. Le missile alla frapper les vagues à 15 m par bâbord, et détonna bruyamment. Du pont du navire israélien, des balles traçantes fusèrent des mitrailleuses vers le cargo. Le *Kidon* avait également ouvert le feu.

— Il va falloir frapper la passerelle s'il refuse de s'arrêter, dit Levine. Il donna un ordre, et la tourelle d'avant fit demi-tour à bâbord. Thorne surveilla le couronnement de l'*Al-Mansour*, dès que les mitrailleuses se turent. Il ne lançait plus de flammes.

Le *Reshef* louvoyait maintenant de long en large à un kilomètre et demi du cargo libyen. Celui-ci avait atteint sa vitesse maximale; des nuages de fumée émanaient de sa cheminée. Thorne put enfin l'examiner. C'était un vieux cargo, sale et pas très gros; des superstructures minables s'échafaudaient sur sa proue et sa poupe, et au milieu, s'élevaient la passerelle de commandement et le poste d'équipage. Un navire à trois superstructures, probablement mis sur cale à Tyneside, une trentaine d'années auparavant. Sur les coffres, à l'avant et à l'arrière de la superstructure du milieu — d'un jaune sale et qui coiffait une coque noire criblée par la rouille — se dressaient les palans. L'avant du cargo était couvert d'écume blanche soulevée par la vitesse. Il ne semblait pas armé.

— Il va péter un joint de culasse, s'il ne ralentit pas, remarqua Levine, en se balançant suivant les zigzags du *Reshef*. On va quand même lui flanquer un boulet au travers de la proue.

Il donna un ordre en hébreu à l'officier de tir. Le canon de l'avant tonna. Un jet d'eau écumeuse s'éleva à 200 m de la proue de l'*Al-Mansour*.

— Il ralentit, observa le second.

De fait, l'écume diminuait le long de la proue de l'*Al-Mansour*. Thorne étudia sa passerelle.

— Il se passe quelque chose dans la timonerie, dit-il.

Levine y braqua ses jumelles.

La porte de la passerelle s'ouvrit à tribord et deux hommes sortirent sur son aileron partiellement abrité. Ils paraissaient gênés dans leurs mouvements, comme s'ils tiraient quelque chose. L'un des deux fit passer le haut de leur fardeau par-dessus la rambarde de l'aileron, et l'autre disparut momentanément, comme s'il poussait d'en bas. L'instant d'après, un paquet de la taille d'un homme, basculait dans la mer.

Levine siffla doucement entre ses dents.

— Il doit y avoir un détachement de sécurité à bord. Ils ne veulent pas s'arrêter.

L'*Al-Mansour* reprenait de la vitesse.

— Merde! lâcha Levine. J'espérais qu'ils ne nous forceraient pas la main.

Il retourna à l'hébreu. Sans changer d'expression, l'officier de tir donna un ordre. Le canon de l'avant tonna de nouveau.

Le tiers arrière de la timonerie du cargo se désintégra. L'air environnant s'emplit de flammes et de fumée. Un fragment de débris vola vers le *Reshef*, mais tomba lourdement dans la mer, entre le cargo et lui. Des flammes jaillirent ici et là. Un homme sortit sur la passerelle en courant et dégringola l'échelle menant au pont principal.

— Il maintient sa vitesse, dit le second.

Levine haussa les épaules et fit un signe de tête à l'officier de tir. Le canon s'abaissa d'un ou deux crans et tonna encore une fois. La coque de l'*Al-Mansour* se troua largement sous la partie arrière de la passerelle, à un mètre environ au-dessus de la ligne de flottaison, là où se trouvait la partie supérieure de la salle des machines. La cheminée du cargo émit, en hoquetant, un nuage de fumée noire, et le bateau se mit à dériver. Le *Reshef* s'en rapprocha. Le *Kidon*, de l'autre côté, était caché par le cargo, mais il exécutait sûrement la même manœuvre. Ses commandos devaient prendre d'assaut le coffre arrière et la poupe; ceux du *Reshef*, se charger de la passerelle et de l'avant du cargo.

La falaise noire de la coque du cargo approchait toujours. Deux hommes accroupis parurent à proximité du bastingage voisin du canot de sauvetage de tribord. Avec un bruit de fouet, la vitre blindée des fenêtres de la timonerie du *Reshef* s'étoila. Les mitrailleuses de la passerelle ouvrirent le feu, et les deux hommes s'affaissèrent, tels des pantins. Une mitraillette tomba à l'eau. Le tir se poursuivait en provenance du cargo libyen. Thorne n'arrivait pas à voir d'où il venait exactement.

— Ils utilisent les sabords de décharge, dit l'officier de tir.

Des disques métalliques brillants comme des pièces de monnaie apparurent autour des ouvertures de la paroi du pont principal, sous la passerelle de l'*Al-Mansour*: les coups au but des mitrailleurs du *Reshef*. Quelques balles avaient dû toucher les tireurs placés derrière les écoutilles car le tir cessa.

— Gardez la tête baissée, dit Levine. L'officier de tir hocha la tête. Levine donna un ordre bref dans l'interphone. Malgré le vrombissement des moteurs du navire d'attaque, Thorne entendait claquer des portes métalliques. Dix commandos sortirent en courant sur le coffre avant; ils portaient des glènes de cordage attachées à des grappins. Le *Reshef* montait et descendait d'environ un mètre et demi de plus que le cargo, qui semblait moins affecté par la houle. La coque du navire israélien prendrait de durs coups si jamais Levine ne gouvernait pas bien.

Les moteurs firent marche arrière, alors que le *Reshef* n'était qu'à six mètres à bâbord de la proue grêlée du cargo. Il ralentit encore jusqu'à n'être qu'à trois mètres de celui-ci, gardant la même vitesse que lui qui n'était que de 5 nœuds et diminuait constamment. La houle poussa le *Reshef* à un demi-mètre de l'*Al-Mansour*, puis s'en éloigna, mais pas avant qu'on ait pu lancer les grappins sur la rambarde du coffre avant. À la prochaine approche, les cinq premiers commandos se mirent à monter aux cordages, en s'agrippant aux nœuds. Les mitrailleuses de la passerelle crépitèrent à deux reprises, puis se turent.

Les cinq commandos suivants grimpèrent à leur tour et disparurent derrière la rambarde du cargo. Le *Reshef* s'éloigna alors de façon à être moins exposé. L'*Al-Mansour*, pratiquement à l'arrêt, montait et descendait avec la houle. Thorne regarda vers le sud-ouest. La tempête semblait s'être encore rapprochée, bien que leur course pour intercepter le cargo leur ait fait gagner une demi-heure. Ils auraient juste le temps. Si tout se passait bien à bord du cargo...

Une rafale de coups de feu éclata, assourdie par la distance et la superstructure de l'*Al-Mansour*. Elle semblait venir des Uzis israéliens et était accompagnée, par intermittence, du claquement plus sourd d'un fusil d'assaut soviétique AK47.

126

Un homme en uniforme parut sur l'aileron de la passerelle du cargo, au-dessus d'eux. Il souleva jusqu'à son épaule quelque chose de lourd et de volumineux.

«Il ne va pas rater son coup, d'aussi près», pensa Thorne.

Il n'y avait nulle part où se cacher sur la passerelle déjà bondée.

Le soldat libyen braqua son arme. «Un missile Strela de faible portée, constata Thorne avec détachement. Merde de merde! Cette fois, je ne m'en sors pas vivant!»

Les mitrailleuses de la passerelle retentirent de nouveau. Les balles allèrent frapper le soldat en pleine poitrine, le projetant contre la timonerie derrière. Au moins une balle atteignit la tête du missile. L'aileron de la passerelle et le malheureux soldat disparurent dans une boule de flammes orange. Toutes sortes de débris s'abattirent sur les vitres blindées du *Reshef*.

On tirait toujours du gaillard d'avant du cargo libyen. L'officier de tir dit quelque chose à Levine, qui fit «oui» de la tête et donna des ordres. Le *Reshef* se mit à s'éloigner du cargo, dont la passerelle brûlait à plusieurs endroits.

— Ils rencontrent de la résistance sur le gaillard d'avant, expliqua Levine. Nous allons rester à distance et appuyer leur tir.

Thorne acquiesça. Le chef des commandos était en communication directe avec l'officier de tir du *Reshef*, par la cabine radio.

Le vaisseau israélien alla se poster, en ralentissant, à 300 m du cargo en flammes. Le canon de tourelle fit demi-tour à bâbord. On entendit une nouvelle détonation. Le *peak* avant de l'*Al-Mansour* cracha des débris, de la fumée et des flammes. Thorne aperçut des silhouettes accroupies qui couraient le long du coffre, à partir du poste d'équipage au centre, vers l'avant. Deux minutes s'écoulèrent. L'officier de tir parla de nouveau à Levine.

— Ils se sont emparés de la moitié avant, dit le commandant. Préparez-vous à monter à bord. Le temps presse.

— Pouvez-vous faire transporter ma boîte à outils pendant que je cherche les armes? demanda Thorne. Elle ne pourrait que m'encombrer.

— D'accord, répondit Levine. Allez-vous pouvoir négocier les cordages?

Thorne les examina attentivement.

— Je peux grimper sur le côté, si quelqu'un me tire d'en haut, décida-t-il.

— Entendu. Montez sur le pont.

Cinq minutes plus tard, Thorne, les bras endoloris, basculait par-dessus la rambarde du cargo. Une fois sur le coffre, Abramov l'aida à reprendre son équilibre. Le major israélien avait une énorme ecchymose sur une pommette, et sa tenue de combat était couverte de sang. Thorne le questionna des yeux.

— On a perdu deux hommes, répondit Abramov. L'équipage s'est réfugié dans la cale. On a enfermé dans la dunette ce qu'il restait du détachement de sécurité. Ils ont tué le second, ajouta-t-il négligemment. Le corps qu'on les a vus jeter à l'eau, c'était lui. Il toucha sa joue en grimaçant. On commence par le milieu et on continue vers l'avant?

— O.K., acquiesça Thorne.

Il n'avait pas été dans ou près d'une zone de combat depuis le Viet-Nam et son affreuse séquelle, le Cambodge. C'était loin déjà, mais il éprouvait toujours la même intoxication. L'air, en dépit du vent fraîchissant, empestait l'odeur des coups de feu et des explosifs. Sur la passerelle, au-dessus d'eux, l'incendie crépitait. Thorne y leva les yeux.

— On va essayer de l'éteindre avant de repartir, dit Abramov. Ils sont en train de persuader l'équipage de faire démarrer le groupe de secours afin de pouvoir se servir des boyaux d'incendie. Vous en faites pas, on ne vous laissera pas rôtir dans la cale!

Ils entrèrent dans le poste d'équipage au milieu du cargo, et descendirent une série d'escaliers. Abramov débarra une porte métallique ovale dans une cloison. Ils pénétrèrent dans la cale numéro deux. Le major israélien appuya sur un bouton électrique placé à côté de la porte, et des ampoules grillagées de bas voltage la baignèrent d'une faible lueur. Des caisses de bois, portant des stencils énigmatiques et les symboles internationaux pour haut et bas indiquant comment les poser, y étaient empilées.

— J'imagine qu'ils n'ont rien mis dessus, dit Thorne. Dieu merci, ce n'est pas un cargo de vingt mille tonnes!

Ce qu'ils cherchaient, c'était dix ou douze caisses, longues et étroites. Il n'y avait rien, dans la cale numéro deux, qui leur ressemblât. Ils passèrent par une autre porte ovale, dans la cale numéro un. Il y faisait beaucoup plus sombre; plusieurs ampoules étaient brûlées. Abramov alluma une torche électrique et la dirigea sur les caisses.

— Là! exulta Thorne.

Ils se trouvaient tout à fait à l'avant du cargo, à l'endroit où la coque s'effilait jusqu'au *peak* avant. Dix caisses longues de cinq mètres, sans aucune marque d'identification, s'alignaient au centre du cargo. Thorne s'arrêta devant la plus proche et se mit à l'examiner.

— Qu'est-ce qui ne va pas? s'enquit Abramov.

— Ça me paraît bizarre, c'est tout. Par mauvais temps, les armes se feraient drôlement tabasser ici. Je me demande pourquoi ils ne les ont pas logées dans la partie arrière de la cale deux, plus près du centre du bateau.

— Je vais vous faire porter votre caisse à outils, dit Abramov. Il pesa sur le côté d'une boîte noire pas plus grosse qu'un poing, et y parla.

Thorne se sentit soudain très isolé dans les profondeurs de la cale. Avec ses caisses énigmatiques, indifférentes, tapies dans l'ombre. Et le suroît qui faisait danser l'*Al-Mansour*. Quelque part, une tôle ou une poutre craqua.

Il marcha sur les tôles huileuses de la cale jusqu'à la caisse la plus proche, et s'accroupit, pour l'examiner de plus près.

Elle était faite de planches d'un bois pâle — du sapin probablement — grossièrement équarries. Le haut en était solide-
ment cloué.

Le couvercle de la caisse lui parut soudain suspect. On
aurait normalement dû prendre bien plus de précautions en
emballant ces armes. Ces contenants n'étaient différents en
rien de ceux qu'on utiliserait pour le transport de pièces de
moteur.

«À moins, raisonna-t-il, que la caisse ne soit qu'une
coquille et que l'emballage véritable se trouve à l'intérieur. Ce
doit être ça. Mais quand même, pourquoi les avoir placées ici,
dans la partie la plus vulnérable du bateau?»

Il fut brusquement persuadé qu'il ne devait pas ouvrir ces
caisses par le haut.

Des pas se firent entendre derrière lui. Deux commandos
lui apportaient sa caisse d'outils. Celle-ci contenait des dispositifs assez peu courants, choisis par deux technologues en
armements et Thorne lui-même, à Washington. Les soldats
déposèrent la caisse et disparurent.

— Qu'en pensez-vous? demanda Abramov.

— Je pense qu'elles sont piégées, répondit Thorne.

— Ah... dit le major israélien, nullement étonné. Qu'est-
ce qui vous fait penser ça?

Thorne lui expliqua ses soupçons. Abramov regardait les
caisses.

— Nous avons envisagé cette possibilité... J'ai déjà fait
du désamorçage. On devrait pénétrer par le bas.

— Ce serait plus sûr de couler le bateau, dit Thorne.

— Impossible, il nous faut à tout prix examiner ces
armes, insista Abramov. Au cas où on n'aurait pas le temps
d'en sortir une avant de repartir. Regardez. Il faut qu'il s'agisse
d'une charge antipersonnel de petit calibre; sinon, ils risque-
raient de faire sauter le fond du bateau en amorçant une
détonation en chaîne dans les autres caisses. Je vais essayer

130

d'aller voir. On n'a pas ce qu'il faut pour les soulever; je vais donc tenter de m'y introduire par le côté. Retournez à la cale deux. Éloignez-vous des portes, au cas où ça tournerait mal. Je vais vous crier ce que je fais et laisser mes moniteurs ouverts pour que le *Reshef* puisse me suivre. Si je commets une erreur, vous en saurez probablement assez pour pouvoir vous introduire sans risque dans une autre caisse. Le capitaine Barak s'y connaît aussi en désamorçage. Au besoin, il pourrait vous seconder.

Thorne dévisagea l'Israélien.

— Je reste, dit-il, tout en sachant qu'agir ainsi serait pure folie.

— Je regrette, dit Abramov, sans perdre patience. Vous êtes le seul spécialiste nucléaire à bord. De plus, il faut faire vite. Y a-t-il une scie dans votre boîte à malice?

— Oui. Offerte par la C.I.A.

Thorne lui indiqua son fonctionnement, puis se retira dans l'autre cale.

— Je commence! dit Abramov. Je découpe d'abord un carré de dix centimètres dans la partie avant inférieure du côté de la caisse.

La scie gémit. Elle s'arrêta, et redémarra par trois fois.

— J'ai découpé la section! cria l'Israélien. Sa voix résonnait métalliquement dans la pénombre. Je suis maintenant en train de l'enlever. (Un silence.) Il ne semble pas y avoir d'emballage. Mais il y a une sorte de berceau. Avec quelque chose dedans; je n'arrive pas à voir ce que c'est. Je vais découper un autre carré au-dessus du premier.

Nouveaux gémissements. Thorne consulta sa montre. À moins de risquer de se trouver à bord de l'*Al-Mansour* au moment de la tempête, il allait avoir tout au plus une heure pour examiner les armes. Le col de sa chemise était trempé de sueur.

— La deuxième section est enlevée! cria Abramov. Il y a un objet cylindrique à l'intérieur. Je peux voir l'envers du couvercle à présent. Oui. Il y a une grenade antipersonnel, amorcée de façon à exploser au lever du couvercle. Il y en a probablement une à l'autre bout aussi. Elle est rudimentaire — comme si on y avait pensé après coup. Je vais maintenant retirer une grande section du côté.

Thorne sentit ses dents vibrer au grincement de la scie.

— Vous pouvez venir voir maintenant! cria Abramov. Ensuite, je retirerai les grenades et vous pourrez continuer votre boulot.

Thorne allait se diriger vers la cale numéro un, quand une exclamation d'Abramov le cloua sur place.

— Qu'y a-t-il?

— Venez voir!

Thorne alla rapidement s'accroupir à côté d'Abramov. À l'intérieur de la caisse, il aperçut un long objet métallique, de forme tubulaire, taché par la rouille. Thorne choisit un tourne-vis non magnétique dans sa boîte à outils, et tapa sur le métal. Celui-ci aurait dû émettre le même son léger que celui qu'aurait fait une carlingue d'avion. Au lieu de quoi, il résonna comme un gong. Thorne dut chercher dans sa mémoire avant de reconnaître ce son.

— Nom de Dieu! dit-il, ce n'est qu'une putain de réservoir à eau!

Six heures plus tard, à la base militaire d'Okba bin Nafi, en Libye, un transport aérien Antonov portant les couleurs de l'aviation militaire libyenne, roulait lentement vers un groupe de camions en attente. Dans la soute de l'Antonov, emballés dans des contenants de fibre de verre verte, se trouvaient dix missiles cruise à ogive nucléaire.

Centre de statistiques et d'évaluations de la Centrale de renseignements Langley (Virginie) 18 juillet

Ramsden vint la chercher à 8 heures.

Elle avait passé une journée et demie enfermée dans une pièce où il n'y avait qu'un lit de camp et une chaise droite. Elle savait que la pièce se trouvait dans le Centre, mais ne savait pas exactement où la situer. Un garde, posté devant sa porte, lui avait apporté du café lorsqu'elle en avait réclamé. On lui avait également offert à manger, mais elle n'avait pratiquement rien touché. On l'avait emmenée directement ici, de la salle des ordinateurs; sachant la chose inutile, elle n'avait pas réclamé un avocat.

Elle leva les yeux et regarda sans un mot Ramsden, debout dans l'encadrement de la porte.

— Suivez-moi, je vous prie, docteur Petrie.

Elle l'accompagna jusqu'à une grande pièce aménagée en pavillon de chasse, qu'elle crut être le bureau de Northrop, car celui-ci y était assis à la table de travail. Harper occupait un fauteuil de cuir, placé à côté. Les deux hommes gardèrent le silence jusqu'au départ de Ramsden, qui referma doucement la porte derrière lui. Son léger claquement sonna sinistrement aux oreilles de Jocelyne.

— Docteur Pétrie, commença le directeur-adjoint des Opérations, pourquoi vous êtes-vous introduite dans la simulation du PLAN UN de RUBICON?

Il n'aurait servi à rien de tergiverser.

— J'avais l'impression que le docteur Thorne se faisait manipuler et qu'on se servait de moi pour y arriver. J'étais au courant de l'existence du PLAN UN, et qu'on y avait fait une entrée peu de temps après la visite de Dav — du docteur Thorne — au Centre. Je savais aussi qu'il avait travaillé à ce dossier, il y a quelques années. J'espérais, en le consultant, me renseigner sur ce que vous vouliez faire de lui.

— Et qu'alliez-vous faire si vous trouviez ces renseignements dans le dossier?

— Je n'avais pas pensé si loin.

— Avez-vous toujours le sentiment que nous vous manipulons, tous les deux?

— Oui. (Avec défi.)

Le D.C.I. parla pour la première fois :

— Vous devez vous rendre compte de la gravité de votre transgression. La nature précise de ce dossier n'est connue que de quatre personnes : moi-même, le directeur-adjoint, M. Northrop, le docteur Aubrey et le docteur Partington. Les programmeurs analystes qui ont aidé à le rédiger, ont construit leurs modules dans le plus grand isolement, et ne savent pas eux-mêmes comment ceux-ci ont été intégrés. Nous ne voulions pas d'une cinquième personne dans le secret. Mais maintenant, c'est fait.

— La question demeure, enchaîna Northrop, de ce que nous allons faire de vous.

Un ange passa. Pour la première fois, Jocelyne eut le sentiment qu'ils pourraient la tuer. Northrop la fixait. Ses yeux verts, vides d'expression, lui parurent ceux d'un bourreau.

Elle dit d'une voix tremblante:

— Renvoyez-moi, c'est certainement prévu dans le contrat.

— Ce n'est pas notre intention, dit Northrop.

— Nous pourrions effectivement le faire, vous avez parfaitement raison, dit Harper. Seulement nous perdrions ainsi un membre fort utile de l'équipe RUBICON. Sans compter, qu'avec vos connaissances, si vous deviez tomber dans de... mauvaises mains... vous voyez le risque que vous représentez?

— Alors? demanda Jocelyne d'une voix blanche.

— Ça s'appelle, je crois, de la cooptation. Vous ferez dorénavant partie du projet. Il nous aurait fallu quelqu'un de plus, dans tous les cas. Vous vous êtes trouvée au bon — ou au mauvais — endroit, au bon — ou au mauvais — moment.

— Mais je ne suis pas un agent secret! s'exclama Jocelyne, prise de court.

— Nul besoin pour vous de l'être, dit Northrop. Vous servirez de liaison dans nos communications.

— Vous avez toujours l'option de refuser, intervint Harper. Nous serions alors forcés de vous libérer de votre contrat. Il n'y aurait aucune autre sanction. Seulement, vous ne pourriez jamais plus travailler dans une installation gouvernementale: parce que vous ne passeriez pas le contrôle de sécurité. Vous n'auriez plus accès, non plus, à aucun travail industriel ou universitaire jouissant de subventions fédérales ou étatiques.

— Ça restreint les possibilités, fit Northrop sèchement. Surtout pour quelqu'un possédant vos talents.

— Vous voulez dire que je peux sortir d'ici et rentrer chez moi?

— Absolument répondit Harper. À condition, bien entendu, que vous soyez prête à en subir les conséquences.

Vous seriez évidemment sous surveillance. Pendant fort long-temps.

— Que voulez-vous de moi? demanda Jocelyne, vain-cue.

— C'est trop tôt, dit Northrop. Vous en serez informée le moment venu.

Washington
25 juillet

Northrop avait loué cette chambre à l'hôtel Trevanion. Une demi-heure avant la réunion. Il avait refusé la première qu'on lui avait proposée, en avait réclamé une autre, deux étages au-dessus et éloignée de la première de plusieurs douzaines de mètres. Même après cela, il passa un bon quart d'heure, rideaux tirés, à vérifier minutieusement, à l'aide d'un détecteur, les murs et l'ameublement pour s'assurer qu'il n'y avait pas de micros cachés. Il trouva effectivement, derrière un tiroir de bureau, un micro-transmetteur. Mais il était couvert de toiles d'araignées et d'un modèle désuet depuis deux ans. Il en retira quand même la batterie, par précaution.

Harper arriva, suivi de Thorne, alors qu'il terminait. Ils s'étaient tous deux rencontrés dans un centre commercial bondé de la banlieue de Washington, et avaient passé deux heures à s'assurer qu'ils n'étaient pas suivis. Ils n'avaient rien remarqué. Thorne était mort de fatigue; il avait atterri à la base aérienne de Bolling seize heures plus tôt.

— Stein? demanda Northrop.

— Il sera là à 14 heures, dit Harper, en s'asseyant sur le lit et en défaisant son nœud de cravate. Qu'est-ce qu'il fait chaud dehors! Ça va, la chambre?

Il connaissait déjà la réponse, sans quoi Northrop n'aurait pas mentionné Stein.

— O.K., oui. J'ai trouvé un micro fossilisé, mais il est maintenant hors de service.

— Washington! dit Harper. Là où même les chambres qui n'intéressent personne ont des micros. Et où les micros ont d'autres micros qui les écoutent...

— Mm, fit Northrop.

Il tira la chaise du bureau et s'y assit. Thorne était toujours debout.

— Asseyez-vous, docteur Thorne, dit-il, plutôt aimablement. Vous paraissez à bout de forces.

Thorne s'assit à côté de Harper, sur le lit. Que n'aurait-il pas donné pour pouvoir se coucher et dormir! La dernière semaine avait vu un enchevêtrement d'événements à demi reliés; il avait besoin de temps et de repos pour les démêler. Après avoir vainement cherché les armes dans le reste de l'*Al-Mansour*, les Israéliens et lui avaient rembarqué sur les navires d'attaque, laissant à l'équipage du cargo la tâche d'éteindre l'incendie de la passerelle. Ils avaient, avant de partir, saccagé tout l'équipement radio du cargo libyen. Après quoi, ils étaient repartis vers la Corne de l'Afrique et le pétrolier qui les attendait, adoptant la vitesse de croisière la plus économique. À cause de la tempête, il leur restait peut-être juste assez de fuel pour faire bouillir de l'eau pour le thé. Puis il y avait eu la course à Eilat, par la mer Rouge, et la crainte, à tout moment, de se faire attaquer par des avions libyens ou pakistanais, voulant assouvir leur vengeance, qui auraient utilisé des terrains d'aviation de l'Irak ou de l'Arabie Saoudite. De quoi vous mettre les nerfs à vif. Après avoir atteint Eilat, Thorne avait donné un bref compte rendu de sa mission à Gefen, puis on l'avait envoyé à Hazor, où il avait pris un avion militaire jusqu'à Lajes, aux Açores, et de là à Bolling. Aujourd'hui encore, il ne comprenait pas comment il se faisait qu'ils n'avaient pas été attaqués en mer Rouge. C'était comme si personne n'avait été au courant de l'opération. Harper lui avait dit, dans la voiture, que l'*Al-Mansour*, très éclopé, était arrivé au port de Mogadiscio, en Somalie, le matin même de son retour aux États-Unis. La chose n'avait eu aucune répercussion diplomatique.

On frappa à la porte, et Northrop fit entrer Stein. L'Israélien paraissait beaucoup plus vieux et fatigué qu'il ne l'avait été lors de leur dernière rencontre, à Round Lake. Même dans la pénombre de cette chambre, il paraissait épuisé et bouffi.

— Allô, Isser, dit Thorne.

— Allô, David. Je suis heureux de te voir de retour et en bonne santé.

Il y avait une chaise de modèle scandinave près de la fenêtre. Stein s'y laissa choir.

— J'ai moins d'une heure, les avertit-il. C'est très occupé au département en ce moment. Et puis, tout le monde et sa tante veut me surveiller. J'ai mis une heure et demie à les semer tous. (Il se tourna vers Thorne.) Que s'est-il passé? J'ai eu le rapport de nos gens, mais je voudrais avoir aussi ton point de vue.

Thorne le lui donna. Lorsqu'il eut terminé, Northrop demanda à Stein:

— Est-il possible que les armes ne se trouvent pas en Libye? Qu'on ne les ait pas encore envoyées?

— Elles y sont. (Stein parut momentanément furieux.) Il y a deux jours, un homme des services secrets libyens à Alger a eu la délicatesse d'informer son homologue égyptien que les «choses» étaient bien arrivées, le matin du 18. Il savait très bien que les Égyptiens nous en informeraient — en riant sous cape.

Puis il ajouta, avec amertume:

— Nous ne nous sommes pas fait rouler de la sorte depuis la guerre du Yom Kippur.

— Ils bluffaient peut-être? suggéra Harper.

— Non. Un homme à nous a vu arriver l'avion de transport à Okba bin Nafi. Il ne les a pas vus déchargés, mais nous sommes sûrs, en y réfléchissant après coup, que c'était le chargement.

— Comment expliquez-vous le manque de réaction après l'attaque du cargo? demanda Thorne.

Stein regarda Harper:

— Que pensent vos gens?

Le D.C.I. alluma une cigarette, l'air pensif.

— Que la Libye et le Pakistan brassent des affaires plus importantes ou que quelqu'un d'autre le fait. Quand vous nous avez appris que les armes n'étaient pas à bord du cargo, nous avons tout de suite soupçonné une fuite, de votre côté ou du nôtre. En analysant la situation, au cours de la dernière semaine, toutefois, nous pensons que le fait qu'on ait changé le mode de transport indique que le K.G.B. a voulu se donner une police d'assurance. Le chargement a été effectué très prudemment. Jamais les Libyens ou les Pakistanais n'auraient pu réussir le coup sans l'aide des Russes. Hasan, le chef des Services secrets pakistanais, a fait appréhender bon nombre de nos gens avant le départ du bateau. Ils avaient sans doute obtenu des renseignements utiles du chef de la station du K.G.B. à Islamabad.

Harper tirait furieusement sur sa cigarette.

— Nous pensons que le manque de réaction sur le plan diplomatique indique que Moscou est à la recherche de quelque chose de beaucoup plus grave qu'un simple incident diplomatique; et qu'ils ne veulent pas que Tripoli ou Islamabad se mêlent de faire des vagues avant que la Russie ne le leur permette. Ce qui signale un rapprochement inquiétant entre les Soviets et le Pakistan. On pense, au Secrétariat d'État, que le Pakistan va bientôt se retirer de nos programmes d'aide. Ils doivent donc avoir reçu, en compensation, des promesses de Moscou — avec tout ce que cela implique.

140

— Quelle emprise ont-ils sur la Libye? demanda Thorne. Je n'aurais pas cru que Kadhafi fermerait les yeux devant des... contre-mesures d'Israël, pour obéir au Kremlin.

— C'est une des choses qui m'inquiètent, marmonna Stein. Les Russes ont dû lui garantir le transport des armes en échange de son silence au sujet de notre attaque — ce qui sous-entend qu'ils veulent que les Libyens aient les armes. C'est un revirement complet de leur politique.

— Situation très dangereuse, acquiesça Harper. Mais je ne pense pas avoir à développer ce point. Cela confirme nos prédictions d'il y a quelques semaines concernant les agissements probables des Soviétiques sous Boyarkine. Jusqu'à maintenant, elles ne se sont pas démenties.

— Monsieur Stein, demanda Northrop, de quel genre de coopération vos gens ont-ils besoin?

Stein parut mal à l'aise.

— Les opinions diffèrent sur ce sujet, en Israël. On craint que la livraison ait pu s'effectuer à cause d'une fuite, de votre côté. En bref, nous sommes d'accord pour vous fournir des renseignements sur les agissements de l'opposition. Mais, pour l'instant du moins, nous préférerions agir seuls lorsqu'il nous faudra prendre des mesures délicates.

— N'incluant tout de même pas une première frappe? demanda Harper.

— Nous ne serons jamais les premiers à utiliser des armes nucléaires, répliqua Stein.

— Excusez-moi, Monsieur Stein, dit Northrop, mais je ne suis pas d'accord. Un pays de petite taille comme Israël ne peut pas se payer le luxe de ne frapper qu'en second. S'il apparaît que la Libye va vous lancer une douzaine de bombes sur le coin de la gueule, vous devez agir les premiers. Sinon, vous risqueriez de perdre non seulement le tiers de votre population et de vos industries, mais aussi toute possibilité de riposte. Je sais ce que pensent vos hommes politiques. Mais votre état-major, lui?

Stein coupa l'air d'un geste de la main.

— Je n'établis pas les politiques, Monsieur Northrop, dit-il d'une voix devenue soudainement agressive.

Thorne vit brusquement dans l'Israélien le jeune homme qui s'était battu contre les Arabes en 1948.

Harper regardait attentivement la volute de fumée qui s'élevait de sa cigarette.

Stein demanda alors calmement:

— Je pose la question à titre personnel, non pas officiellement: Comment les États-Unis réagiraient-ils à une première frappe justifiée? A-t-on envisagé cette possibilité?

— Pas en détail, répliqua Harper, sans sourciller. Mais vous comprendrez que la réaction ne serait pas très favorable, surtout à ce stade de nos relations avec le Kremlin. Je suis certain que, si nous devions être consultés, nous plaiderions la thèse contraire. Je parle officieusement, bien entendu.

— Et une fois que vous nous auriez persuadé de laisser la Libye bombarder Tel-Aviv et Haïfa, que se passerait-il? Nous permettriez-vous de contre-attaquer? Ou diriez-vous qu'il est inutile de poursuivre la destruction? Et que vous nous fourniriez votre aide pour rebâtir? Enverriez-vous alors des troupes pour arrêter l'avance des chars syriens dans ce qui resterait de nos villes? Quand en prendriez-vous la décision? Que va faire votre pays, Monsieur Harper?

Il y eut un silence embarrassé, brisé par Stein:

— Je suis désolé. Mais nous n'avons jamais été exposés à une telle menace depuis la création de l'État d'Israël. C'est la raison pour laquelle nous prisons moins aujourd'hui la coopération active. (Il regarda sa montre.) Je dois me sauver. Nous vous tiendrons au courant autant que possible! (Il se leva.) Au revoir, David. Nous apprécions énormément tout ce que tu as fait pour nous. Je ne te reverrai peut-être pas d'ici un moment; on me rappelle à Jérusalem.

Une fois qu'il fut parti, Northrop expira lentement.

— J'ai craint qu'il ne vous foute une baffe.

— Je ne lui en aurais pas voulu, dit Harper sèchement. David, vous pouvez retourner à votre hôtel, si vous le désirez. Appelez-moi ce soir à 19 heures, et nous verrons ce que vous pourriez faire pour nous à partir de maintenant — si toutefois vous êtes toujours d'accord pour continuer.

— Je suis curieux de voir comment ça se terminera, dit Thorne.

— Ne soyez pas si pessimiste. Nous en viendrons bien à bout, dit Harper.

Lorsque la porte se fut refermée sur Thorne, Northrop fit:

— Alors?

Harper fixa le bout de sa cigarette, dont il ne restait plus que le filtre et une bande de cendre blanchâtre. Il l'éteignit et dit:

— Il nous faut procéder à la prochaine étape. J'avais espéré que le raid nous l'aurait évitée, mais...

— Toute cette affaire est remplie de «mais», dit Northrop. Pensez-vous vraiment que nous avons atteint le point d'exécution du PLAN UN de RUBICON?

— Les dernières phases peuvent s'avérer inutiles; nul besoin alors de les mettre à exécution. C'est là toute la beauté de ce scénario. Nous pouvons tout mettre en place, et agir seulement si le G.R.U. et le K.G.B. en viennent aux prises.

— Cela arrivera-t-il?

— Je m'attends à quelque chose d'un jour à l'autre. Le plus difficile, c'est d'arriver à convaincre le président. D'une certaine façon, nous parlons de l'équivalent pour nous d'une première frappe israélienne.

— Oui, acquiesça Northrop, en ne pouvant retenir un frisson. Tant de choses dépendent de Thorne.

— Et de Jocelyne Petrie.

— Va-t-elle coopérer?

— Elle n'a pas le choix.

Harper réfléchit un instant et consulta sa montre.

— Je dois me rendre à la Maison-Blanche pour le briefing sur les Services secrets étrangers. Ne perdez pas Thorne de vue.

Demeuré seul, Northrop replaça la pile dans le vieux micro et le cacha, comme avant, derrière le tiroir. Il défit le lit et fit mousser le savon dans la salle de bains avant de s'en aller. Northrop était un être méticuleux.

En dehors du fait que le président Jason Law était affalé sur un canapé, à côté de la cheminée de marbre du Salon ovale, cette réunion du Comité sur les Services secrets étrangers ressemblait à s'y méprendre à celle du 22 juin. Harper vit Law tourner à la deuxième page du rapport quotidien (un résumé des questions importantes communiqué chaque matin par le Centre national d'évaluation de l'étranger) et relire l'analyse spéciale des Services de renseignements qu'il avait apportée avec lui.

Harper se tortilla sur son fauteuil de cuir. Law leva les yeux.

— Oh! excusez-moi, Cam, Simon... Vous pouvez fumer. Je termine dans un instant.

Harper et Parr, reconnaissants, allumèrent, le premier, une cigarette, le second, une pipe malodorante. Law referma le dossier, se redressa et posa le document sur la table à café.

— J'aurais dû être plus réceptif lorsque vous m'avez averti, en juin, au sujet de Boyarkine, admit-il. Je ne sais pas ce que nous aurions pu faire. Mais les projections de votre ordinateur semblent avoir été très justes. Pensez-vous que le nouveau Secrétaire général veuille la guerre à tout prix? Pat?

144

Gellner se mordilla la lèvre inférieure.

— Il n'y a pas eu de mouvement inusité de troupes dans les pays du Pacte de Varsovie depuis que les armes pakistanaises sont parvenues en Libye. Toutefois, ils ont envoyé dans l'Atlantique un porte-hélicoptères, le *Kiev*, et une escadre composée de croiseurs porte-missiles, de frégates et de navires d'appui. Ce détachement spécial filait à toute vapeur vers Gibraltar, à 8 heures, notre heure, ce matin. Rien à signaler non plus du côté de leurs sous-marins atomiques; ils sont normalement actifs, en nombre habituel au port, et cætera. Image assez confuse, si l'on veut, mais qui ne donne pas nécessairement à penser qu'ils vont se lancer dans l'aventure. Vous pouvez voir les détails de tout cela dans le rapport quotidien national des services de renseignements.

— Je l'ai lu, dit Law. Mais les gens de Cam semblent penser qu'ils n'ont pas pu déjouer les Israéliens sans appuis puissants. Cam?

— Je suis forcé de différer d'opinion avec les Services de renseignements de la Défense, répondit Harper. Je pense que les Soviétiques sont prêts à entrer en action en cas de crise; mais je pense aussi qu'ils ne s'attendent pas à voir se développer une situation critique avant plusieurs semaines. Le pire aspect de la situation — le plus immédiat, en tout cas — consiste en ce que nous ne savons pas où sont allées ces armes après avoir atteint la Libye. Il y a eu interférence dans nos services là-bas. Une gracieuseté du K.G.B., sans doute. La même chose qu'au Pakistan.

— Que va faire Boyarkine, selon vous? Simon?

Parr retira sa pipe de sa bouche.

— Je pense qu'il va tenter de nous mettre dans une situation intenable vis-à-vis d'Israël (l'assistant à la Sécurité nationale tambourina sur le bras de son fauteuil), partant du principe que nous ferons tout pour éviter une guerre atomique au Moyen Orient. Les scénarios RUBICON de la semaine dernière en traçaient les grandes lignes. Si la guerre devait éclater là-bas, et qu'Israël soit vaincu, nous perdrions notre principal et plus fidèle allié ; les Soviets, eux, se seraient fait du capital en aidant la Libye à obtenir les armes dont elle avait besoin pour vaincre Israël. En revanche, si Israël gagne, on dira que nous l'avons aidé à dévaster ses voisins. Les pays arabes seront trop heureux d'accepter l'aide soviétique de façon à circonscrire le potentiel nucléaire des Israéliens. Dans un cas comme dans l'autre, nous perdons notre pétrole et notre position stratégique. Et si nous ne réagissons pas le plus fortement possible, l'O.T.A.N. pourrait s'effondrer... c'est une question de crédibilité.

— Et si nous réagissons fortement?

— Nous risquons une guerre thermonucléaire. Le problème, c'est que, étant donné son tempérament et sa situation du point de vue politique, Boyarkine ne peut pas se permettre de reculer devant une opération de cette envergure. Il lui arriverait la même chose qu'à Khrouchtchev au moment de la crise cubaine. L'abandon de la position de force dans laquelle il se trouverait au lendemain d'une guerre au Moyen-Orient porterait atteinte à la crédibilité de son gouvernement, au même point qu'au nôtre en cas de défaite israélienne. Il ne pourrait pas reculer.

— Alors, dit Law, on joue les matamores — comme deux ivrognes au volant de leurs bolides, sur une route droite. Si aucun des deux n'accepte de perdre la face, on se retrouve finalement avec deux ivrognes morts. En sommes-nous arrivés à ce point, Cam?

— La situation est grave, Monsieur le Président. À titre de comparaison, nous avons introduit la crise des missiles à Cuba dans les programmes RUBICON. Nous leur avons fourni ce que Kennedy savait à l'époque, ainsi que les profils des dirigeants soviétiques en 1962. La simulation concluait à une guerre mondiale dans soixante pour cent des cas.

— Et quelles sont les projections pour la situation actuelle?

— Quatre-vingts pour cent. Non pas une guerre locale, mais une guerre mondiale, thermonucléaire. Le pourcentage pour la guerre locale est de quatre-vingt-quinze pour cent.

146

— Et tout tourne autour de Boyarkine?

— Oui.

— J'hésite à même le mentionner, étant donné ma réaction de juin dernier. Mais, où en sommes-nous concernant Longstop?

— Nous avons étudié cette possibilité. Les résultats en sont aussi mauvais que pour les autres solutions envisagées. Boyarkine exerce un tel contrôle, que son élimination pure et simple sèmerait le chaos en haut lieu. Et sans gouvernement organisé, ce qu'ils pourraient bien déclencher contre nous serait un paroxysme thermonucléaire. Ce qu'il faut arriver à faire (il parlait maintenant avec prudence, évitant de regarder les autres), c'est éliminer Boyarkine tout en conservant un leadership soviétique organisé.

—. Nul besoin de vous demander si vous avez aussi étudié cette hypothèse?

— En effet, dit le directeur de la Centrale de renseignements. Il y a déjà plusieurs années, nous avions élaboré une section du programme RUBICON ayant pour but de lui faire produire un scénario sur la déstabilisation du gouvernement soviétique. C'était tellement réussi — dans des circonstances particulières — que nous l'avons conservé et passablement développé.

— Dans quelles circonstances le scénario était-il particulièrement réussi?

— Il fallait, au départ, une scission entre le parti communiste et les militaires. Comme cela nous paraissait impensable avant la mort d'Andropov, nous l'avions écarté. Mais lorsque le secrétaire général Leschenko lui succéda, le G.R.U. recouvra sa liberté, au grand dam du K.G.B., qui fait tout depuis pour rétablir son contrôle. Nous avons intensifié notre étude, appelée RUBICON PLAN UN à l'époque.

— Et c'est la rivalité K.G.B.-G.R.U. qui vous sert de point de départ? suggéra Law.

— Exactement. Le scénario postulait de ne pas toucher au G.R.U. aussi longtemps qu'il causerait des ennuis au

K.G.B. Afin de permettre au G.R.U. de renforcer sa position au sein du Politburo, nous surveillerions ses opérations mais sans intervenir — dans la mesure où elles ne deviendraient pas trop dangereuses. Étant un service de renseignements militaire, le G.R.U. comprend généralement mieux les réalités politiques et militaires que le K.G.B. Dans son ensemble, l'état-major soviétique n'envisage de faire la guerre qu'à ses propres conditions.

Harper alluma une autre cigarette, toussa, et poursuivit:

— La politique de Boyarkine nous pousse tous vers une période critique. Nous pensons que nous aurions peut-être la possibilité de, ah!..., recruter le G.R.U. afin d'empêcher la situation de se détériorer davantage. Si nous arrivions à le persuader que les méthodes de Boyarkine finiront par plonger le pays dans une guerre pour laquelle ils n'auront pas eu, selon eux, le temps de se préparer, l'état-major pourrait peut-être se laisser convaincre de priver Boyarkine et le K.G.B. de l'influence dont ils jouissent dans le Politburo.

Le directeur-adjoint du Secrétariat d'État aspira profondément.

— Vous rendez-vous compte de ce que vous dites? C'est une chose de se mêler de politique interne dans les pays d'Amérique du Sud ou d'Afrique, mais une autre... C'est une attaque directe contre l'État étranger le plus puissant, que vous envisagez!

— Nous n'aurons peut-être pas le choix, dit Harper. Si Boyarkine devenait incontrôlable, il nous faudrait l'éliminer. C'est aussi simple que ça.

Le président regarda Harper un long moment.

— On ne pourra jamais vous accuser de voir petit, Cam. Comment auriez-vous l'intention de réaliser ce... projet? L'exécution en serait sûrement plus complexe que la théorie, j'imagine; comme toujours.

— En effet, la première chose à faire, c'est d'arriver à convaincre le G.R.U. que nous n'interviendrons pas dans leurs affaires, et que nous ne profiterons pas non plus d'une désorganisation momentanée de son gouvernement pour attaquer l'U.R.S.S. Nous devons, par conséquent, entrer en contact avec un membre haut placé du G.R.U. Il serait évidemment de beaucoup préférable que l'initiative vienne d'eux. Il y a d'ailleurs moyen d'arranger cela.

— Continuez, dit Law.

La pipe de Gellner s'était éteinte.

— À ce moment-là, il nous faudrait établir une liaison sûre avec le bureau central du G.R.U., à Moscou. Une liaison directe ne passant pas par leur ambassade, ici, mais plutôt par la nôtre, là-bas. Il faudrait également introduire une autre liaison dans notre chaîne de communications — toujours par notre ambassade à Moscou — dont je serais personnellement responsable avec le directeur-adjoint des opérations. Notre agent communiquerait avec le G.R.U. à l'extérieur; la liaison interne s'occuperait des affaires courantes et de faire circuler les informations. Il serait trop dangereux, côté sécurité, de confier à un des officiels d'ambassade chargés du cas, le soin de s'occuper de notre agent extérieur. L'agent de liaison interne n'aurait pas le droit de sortir du périmètre de l'ambassade, non plus que de frayer avec le résident de la C.I.A. ou les agents chargés du cas.

— J'espère pour eux qu'ils connaissent leur boulot, dit Parr. Je n'aimerais pas tellement, pour ma part, flirter avec le G.R.U. quand il y a un gorille du K.G.B. posté à chaque coin de rue.

— La liaison interne ne courra aucun risque, dit le D.C.I. Celui que nous avons choisi pour l'extérieur, a énormément d'expérience.

— Et s'il se faisait malgré tout appréhender par le K.G.B.? demanda Gellner. Je ne peux penser à rien qui soit plus susceptible de déchaîner Boyarkine.

— Notre agent de l'extérieur ne saura rien d'autre que ce qu'on lui aura ordonné de dire au G.R.U.

— Qui est?

— Tout ce qui peut encourager le G.R.U. à foncer.

— Et qui ne sera pas nécessairement vérité d'évangile? demanda Law.

— C'est l'essence même de RUBICON PLAN UN, dit Harper, de dire au G.R.U. ce qu'il faudra pour qu'il élimine Boyarkine et sa clique.

— Y compris l'assurance que nous ne profiterions pas, chez eux, d'un moment de faiblesse, enchaîna Gellner.

— Ce serait leur principale préoccupation, bien sûr.

— Mais nous ne respecterions pas forcément cette promesse...

Harper alluma une autre cigarette, notant avec un froid détachement que ses mains tremblaient un peu.

— Il s'agit d'une sous-option de RUBICON PLAN UN; non pas d'une option essentielle. Elle prédisait une première frappe parfaitement réussie, comportant des pertes minimales pour l'Ouest, si nous les prenions par surprise.

— Seigneur! s'exclama malgré lui Gellner.

Le président dévisagea le D.C.I. Celui-ci baissa les yeux sur sa cigarette. Les légères rayures du papier s'y distinguaient clairement.

— Je suis une des personnes les moins favorables à une telle façon d'agir. Cela tiendrait du génocide; serait un acte éminemment répréhensible, dont le souvenir hanterait notre pays pour des années à venir. (Il s'arrêta de parler durant ce qui sembla un siècle à ses interlocuteurs.) Mais qui serait néanmoins préférable à une guerre thermonucléaire mondiale.

Il laissa à ses auditeurs le temps de digérer ce propos, puis enchaîna:

— Le nombre de nos options et les décisions correspondantes est allé en diminuant, depuis le jour où l'Union soviétique s'est mis en tête d'atteindre la parité, voire la supériorité, en matière d'armes stratégiques. Si la situation au Moyen-Orient ne change pas du tout au tout, cela entraînera probablement une guerre atomique. Simon l'a dit très clairement tout à l'heure; qu'Israël sorte vainqueur ou vaincu d'une guerre, nous sommes de toute façon perdants. Il faut coûte que coûte arrêter Boyarkine. Parce que s'il y avait une guerre atomique israélo-arabe, nous n'aurions pas le choix: ou bien les menacer d'une attaque de grande envergure — ce qui provoquerait sans doute la réciproque de la part des Russes — ou bien nous résigner à nous retrouver totalement isolés, militairement, diplomatiquement et économiquement avant la fin du siècle. En revanche, si les militaires soviétiques réussissent à éliminer Boyarkine, nous aurons affaire, ou bien à un gouvernement en pleine débandade, ou bien à des gens plus sensés. Si leur coup semble voué à l'échec, nous pourrions alors, profitant du chaos... (Il hésita.)

— ... recourir à l'option de la première frappe, suggéra le président.

Le silence parut interminable.

— Cam, demanda le président d'une voix lasse, ce projet, une fois entrepris, faut-il aller jusqu'au bout?

— Non, Monsieur le Président. Nous ne pouvons pas forcer les militaires russes à renverser Boyarkine, évidemment. C'est une décision qu'ils doivent prendre eux-mêmes. Mais nous pouvons leur fournir un environnement où ils se sentiront libres d'agir. C'est là la raison de notre liaison avec le G.R.U: les rassurer sur nos intentions, et nous renseigner sur «l'insurrection». Nous devons être au fait de leurs agissements. Autrement, nous ne pourrions pas prendre le risque de les appuyer.

— Nous n'avons aucune garantie qu'ils nous diront la vérité.

— Eux non plus n'en ont pas en ce qui nous concerne. Cette fois, exceptionnellement, il faudra faire preuve de confiance des deux côtés. Jusqu'à un certain point.

151

— Tout ceci devra être soumis aux Comités du renseignement et de l'espionnage de la Chambre et du Sénat, souligna Matthew Goodhand. Avec beaucoup de circonspection...

— Dites-leur que ce n'est qu'une opération d'information, dit Harper; qu'il ne s'agit aucunement d'intervenir directement dans les affaires d'un pays étranger.

— Quelle serait la prochaine étape? demanda Law. Avant que cela n'aille aux comités?

— Un premier contact avec le G.R.U.

— D'accord, dit le président. Vous pouvez aller jusque-là. Mais nous devons être prêts à nous arrêter à tout moment. Il ne faut absolument pas risquer que cela devienne incontrôlable. (Un silence.) Attendez. Si votre liaison extérieure se faisait appréhender, et si Boyarkine soupçonnait que nous voulions l'éliminer, se mettrait-il à appuyer sur des boutons rouges?

— Je n'ai pas tout à fait terminé, dit Harper. Ayez la patience de m'écouter jusqu'au bout, s'il vous plaît. Il y a quatre scénarios associés au PLAN UN. Dans le premier, nous ne mettrons pas à exécution le PLAN UN, auquel cas les projections du programme RUBICON lui-même deviennent valables : la guerre, dans un avenir plus ou moins rapproché. Dans le deuxième, le complot du G.R.U. est mis à jour très tôt, ce qui pourrait nous impliquer. Mais alors nous prendrions des mesures pour donner l'impression qu'il s'agit seulement, comme d'habitude, de semer la zizanie dans les forces de l'ordre du camp opposé. Nous sommes habitués à ce petit jeu, des deux côtés. De toute façon, Boyarkine serait tellement ravi de pouvoir prendre prétexte de la situation pour en finir avec le G.R.U. qu'il oublierait la confrontation. Nous envisagerions alors une guerre future, à une date indéterminée, car Boyarkine resterait bien en selle. Dans le troisième scénario, Boyarkine est éliminé et un régime militaire plus ou moins modéré lui succède. La guerre est évitée, mais nous sommes en face d'un Kremlin puissant. La quatrième option est, à notre point de vue, la plus séduisante. Ici, le complot du

G.R.U. est démasqué alors qu'il est très avancé, ou même en partie réalisé. On y met fin. Peu importe, en ce cas, que Boyarkine y ait ou non survécu — bien que nous préférerions, bien entendu, le savoir mort. Une purge est effectuée par le K.G.B. au sein du corps des officiers soviétiques, qui est peut-être même éliminé complètement. Privés de leur haut commandement militaire et en proie aux problèmes moraux qu'une telle situation engendrerait, les Russes auraient trop à faire chez eux pour continuer d'intervenir au Moyen-Orient. Boyarkine lui-même, s'il devait survivre, devrait porter toute son attention sur les problèmes domestiques. Il ne saurait jamais si l'armée obéirait à ses ordres. Et ils mettraient des années à reconstituer leur corps d'officiers. Nous aurions, pendant toute cette période, les mains relativement libres.

— Et comment, demanda Law d'un ton légèrement ironique, expliquerions-nous à Boyarkine pourquoi nous avons appuyé le G.R.U. et l'armée? Il pourrait bien décider de se battre d'abord et de purger ensuite.

— Ah! s'exclama Harper, voilà la beauté de cette quatrième option. (Il regarda le plancher.) Nous serions des bienfaiteurs. Au moment même où le G.R.U. et l'armée se mettraient en mouvement, nous les dénoncerions au K.G.B.

Jérusalem
28 juillet

C'est le soir. Sur les crêtes des collines gris-mauve, se dressent les vastes murs d'enceinte: gris-blanc à midi, ils sont orange, à cette heure, irradiant leur chaleur millénaire. Dômes, vieilles pierres tombales transformées avec le temps en poussière. Dans les rues, partout, des mots en hébreu et en arabe — éclairés au néon, inscrits sur feuille d'or, sur acier inoxydable, dans la mosaïque. Formes polies par les sables, répétées dans la pierre du Sanctuaire du Livre. Hommes en robes souillées, portant des cageots d'oranges et de volailles, dans des rues pas plus larges que deux bras en croix. Au travers des moucharabiehs, les notes en quart de ton des mélodies arabes; l'air, lourd d'odeurs: café, tabac, fumées de charbon et d'huile lourde, vieux mortier et béton tout neuf.

Et partout des armes. Sur la place de Sion, des soldats, l'éclat d'un dernier rayon sur le canon d'une mitraillette; dans la Vieille ville, des patrouilles. Plus loin, dans les hangars et les abris des bases aériennes, les silhouettes des Skyhaws, Phantom, F15 et 16, Kfir; dans les parkings de blindés, les chars, les transports de troupes, les mitrailleuses sous leurs filets; partout des bases militaires: au nord, près de Ramet David, Haïfa, Manahanayim; au sud, vers Herzliya, Yafa, Hazor, Sedom, jusqu'à Dimona et le complexe trapu strictement interdit de

155

son réacteur. Planant au-dessus : des oreilles aux écoutes, les postes de radar, d'Eilat au mont Hermon, le tout se fondant peu à peu, à l'ouest, dans les ombres allongées du couchant.

Les ombres étaient particulièrement sombres dans les bureaux de la Knesset, le Parlement d'Israël. Haim Choresh, le chef de Mossad, s'arrêta un instant devant la porte du Cabinet, son porte-document tirant sur son poignet. Celui-ci était d'un poids effrayant ; jamais, en effet, depuis la naissance d'Israël, le fardeau n'avait été aussi lourd. Même pas au Yom Kippur, en 1973, même pas peut-être depuis les débuts de la Diaspora, deux mille ans plus tôt.

Il frappa et entra. Il y avait trois hommes dans la pièce : Chaim Reisman, premier ministre d'Israël ; Mordecaï Seri, ministre de la Défense, et Avshalom Eldad, ministre des Affaires étrangères. Ils attendaient en silence, tandis que Choresh s'asseyait à la table de conférence et ouvrait son porte-documents. Il sortit un dossier et le posa avec précaution sur la table. L'échec de Mossad dans la catastrophe de l'*Al-Mansour* pesait lourdement sur la réunion.

— Présentez-nous s'il vous plaît votre rapport, dit Reisman, d'une voix neutre, qui ne blâmait ni n'approuvait.

Choresh ne prit pas la peine d'ouvrir le dossier. Son contenu était gravé dans sa mémoire en lettres de feu.

— Monsieur le Premier Ministre, la Libye possède maintenant dix armes nucléaires, de dix à vingt kilotonnes chacune. Ils ont pour chaque ogive, un véhicule de livraison, soit un missile cruise en appui éloigné, d'une portée de quelque mille kilomètres. Ces missiles peuvent être transportés par leurs avions Mig-27 — les Pakistanais ont modifié leur missile de façon à l'adapter au Mig-27 — et ceux-ci peuvent facilement atteindre une position d'attaque proche du littoral, à partir de leur base d'El Adem. Une consigne possible de mission consisterait à lancer les armes à environ 400 km de nos côtes. Leur système de guidage, assez primitif selon nos normes, serait suffisamment adéquat pour faire éclater une bombe à basse altitude au-dessus de Haïfa ou de Tel-Aviv. Jérusalem représenterait une cible plus difficile, mais d'ailleurs, pour des considérations religieuses et politiques, une attaque y paraît peu probable.

— Où se trouvent les armes actuellement?

Choresh retint mentalement son souffle.

— Elles ne se trouvent pas toutes en Libye. Nous avons d'abord pensé que les dix armes avaient été livrées à la base aérienne d'El Adem. Voyez-vous, nos gens se font passablement ennuyer en Libye depuis l'histoire de l'*Al-Mansour*. Même chose pour les Américains. Ce n'est pas vraiment grave, mais plusieurs de nos sources se sont taries. Nos renseignements nous parviennent donc sporadiquement.

— Vous dites que toutes les armes ne sont pas en Libye? demanda Seri.

— Non. Comme je le disais, nous ne recevons pas nos renseignements de façon suivie. Toutefois, depuis le milieu de l'après-midi, aujourd'hui, nous sommes certains que cinq seulement, des dix caisses qui sont arrivées à Okba bin Nafi, le 18, sont parvenues à El Adam. Les autres ont été chargées à bord d'un cargo russe, le *Vatutino*, dans le port de Tripoli, le même jour.

— Où va ce cargo?

— Nous n'avons pas d'informations précises à ce sujet. Mais pour ma part, je penserais qu'il se dirige vers Lattaquié, en Syrie. Il a pris la mer le 25.

Le silence parut interminable. Choresh fixait le mur, où un dernier rayon de soleil, en apparence stationnaire, se déplaçait néanmoins pouce à pouce vers le plafond.

— Nous pouvons faire notre affaire des missiles lancés du large, affirma enfin le ministre de la Défense. Nous avons le temps de les voir venir. Mais si les Syriens peuvent nous attaquer d'Homs ou d'Es Suweidiya, nous n'avons aucun préavis. Or, toute attaque aérienne peut être nucléaire. Il nous faudrait présumer le pire à chaque incursion.

— Et ils envoient toujours, de Damas, des chars vers le Golan, renchérit Avshalom Eldad. Et de l'artillerie. Ils l'ont déjà fait, il y a deux ans, pour ensuite se retirer. Ils n'avaient cependant pas le soutien en armes qu'ils reçoivent aujourd'hui.

Il se frotta le front, avec lassitude.

— Que vont faire les Américains? s'enquit Seri auprès du ministre des Affaires étrangères.

— Ils ne peuvent pas faire grand-chose ouvertement. Leur ambassadeur à Tel-Aviv m'a avisé que leur secrétaire à la Défense avait prévenu le premier attaché militaire russe à Washington, que toute présence soviétique dans cette affaire pourrait entraîner de graves sanctions économiques.

— Comme celles de Carter pour l'Afghanistan? demanda Reisman ironiquement. Et quel en a été le résultat?

— Les Russes n'ont même pas pris la peine de riposter.

Reisman se tourna vers le ministre de la Défense:

— N'y a-t-il rien que nous puissions faire au sujet du *Vatutino*? lui demanda-t-il.

— Un cargo libyen est une chose, dit Eldad. Un navire battant pavillon russe, c'est une autre paire de manches. Je ne vois pas comment nous pourrions toucher au *Vatutino*.

— Un raid aérien sur Lattaquié pendant le déchargement?

— Ciel non! En cas d'échec, notre situation serait encore pire; et si nous atteignions les armes, nous risquerions que le port tout entier soit contaminé par les matières fissiles. Nos meilleurs amis eux-mêmes n'accepteraient pas cela.

— Tout le monde n'est peut-être pas de cet avis, dit Eldad.

Seri montra ses paumes.

— Un raid sur l'entrepôt serait peut-être possible — à condition de le repérer. Mais il est probable qu'ils dissémineront les armes dès qu'elles auront quitté le *Vatutino*. On ne serait jamais sûrs de les avoir toutes détruites, non plus. Ce qui ne veut pas dire qu'on ne peut pas essayer.

— Quoiqu'il en soit, les carottes sont cuites, déclara Eldad sombrement. Rien ne les empêche de se procurer de nouvelles armes. Et nous n'avons aucun moyen de nous attaquer à la source, au Pakistan. Il faudra désamorcer cette affaire par voie diplomatique. Il y aurait eu moyen de le faire jadis. Mais avec cette nouvelle bande au Kremlin...

Reisman, les coudes sur la table, joignit les doigts et y appuya sa tête.

— Nous devons nous armer, dit-il. Nous n'avons pas le choix.

— Et les Américains?

— Il ne faut rien leur dire.

Le dernier rai de lumière s'éteignit au plafond avec le couchant. Haim Choresh, muet parmi ses collègues silencieux, eut l'impression non pas que le temps se faisait court, mais qu'il était irrémédiablement écoulé.

Moscou
28 juillet

— Boyarkine nous mène au désastre en arrêtant tous les intellectuels! se plaignait Gresko. Avez-vous lu les comptes rendus des journaux de l'Ouest, ces deux derniers jours? C'est à croire que nous avons de nouveau envahi l'Afghanistan! Et il asticote sans cesse Morosov pour qu'il foute à la porte les membres du Parti qu'il considère comme trop «libéraux» — ceux des échelons inférieurs, qui ne peuvent pas se défendre, évidemment. Morosov se conduit comme si le K.G.B. était un nouveau joujou. Mon personnel de bureau est tellement énervé qu'il n'arrive plus à faire son boulot.

— Je sais, répondit Kotsarev.

Ils étaient tous deux assis dans le douze pièces de Gresko, Perspective Koutouzovsky. L'appartement avait été soigneusement «nettoyé» deux heures auparavant, pour déceler la présence possible de micros.

— Ce ne serait pas si mal, si les gorilles de Boyarkine et de Morosov ne faisaient qu'appréhender les dissidents et les intellectuels. Mais ils commencent à fourrager dans les rangs de l'armée maintenant. Jusqu'à présent, seules les unités à fort pourcentage ethnique ont été importunées, mais ça va faire tache d'huile.

— Morosov... dit Gresko pensivement, je me demande ce qu'il a promis à Boyarkine pour se faire donner la présidence du K.G.B.?

— Morosov a toujours eu le nez fourré partout, dit Kotsarev. J'imagine qu'il a dû promettre de limiter son fouinage aux gens autres que Boyarkine. Personnellement, je ne ferais jamais confiance à Morosov.

— Boyarkine non plus, dit Gresko. D'ailleurs il n'a jamais fait confiance à personne.

Il y avait deux carafes sur la table en marquetterie à côté de Gresko; l'une, de vodka Stolichnaya, l'autre, d'eau minérale. Gresko remplit deux verres de vodka et en offrit un au ministre de la Défense. Ils burent quelques gorgées. Kotsarev avala de travers et se mit à tousser. Gresko lui fit boire de l'eau minérale.

— C'est aussi difficile à avaler que l'affaire syrienne, dit Kotsarev au bout d'un moment, en essuyant une larme. Il ne lui suffisait pas d'avoir fait cadeau des bombes à ce maniaque libyen. Il lui a fallu aider à en faire parvenir aux énergumènes de Damas. Les Américains sont furieux.

— Cela prouve à quel point Boyarkine a consolidé sa position depuis quelques semaines, remarqua Gresko.

Il se référait à la réunion de Politburo au cours de laquelle le nouveau Secrétaire général avait soulevé la question de faire parvenir les armes à la Syrie, à bord d'un navire soviétique. La décision avait été approuvée, sauf pour les voix dissidentes de Gresko, Kotsarev et Jigaline.

— Leschenko n'aurait jamais tenté de renverser une politique en si peu de temps.

— Son entente avec le Pakistan lui a beaucoup servi, dit Kotsarev. Le ministre des Affaires étrangères Distanov est heureux comme un *koulak* à qui on vient de donner six vaches. Les Indiens ne seront pas très contents, mais étant donné l'appui que nous leur avons accordé dans le passé, ils ne peuvent pas faire grand-chose; si ce n'est se plaindre.

— Les Américains vont être encore plus furieux une fois qu'ils auront été mis au courant, dit Gresko, à titre d'avertissement. S'ils ne le sont pas déjà. Zia rompra-t-il toute relation avec eux, croyez-vous?

— C'est peu probable. Il tentera de jouer l'un contre l'autre comme d'habitude.

Gresko ruminait. Faire en sorte que le Pakistan devienne un État-client était, en soi, une excellente chose... Et il y avait toujours la possibilité que le Baluchistan, mécontent de son statut de province du Pakistan devienne un État islamique socialiste indépendant — à condition que l'on sache manipuler Islamabad et Zia. Ainsi l'Union soviétique aurait un allié sur l'océan Indien qui pourrait être atteint par voie de terre en passant par l'Afghanistan. C'était déjà le rêve des tsars. Et Boyarkine est à un cheveu de le réaliser.

«Si seulement il n'y avait pas les Américains, pensait Gresko. Ils vont être outrés du rapprochement avec le Pakistan. Déjà qu'il y a eu l'histoire de la Syrie. Tout cela s'est fait trop vite...»

— Encore heureux que les Américains n'aient toujours pas mis sur pied leur force de première frappe, dit Kotsarev, lisant sa pensée. La situation serait alors hypercritique.

— Au lieu de seulement critique.

— Oui.

— Boyarkine doit partir, dit Gresko. Vos jours sont comptés, les miens aussi. Il sait très bien que nous ne plierons jamais. Je suis moins important que vous, à ce point de vue-là. Il a besoin d'un ministre de la Défense qui ne lui tienne pas tête. Il serait capable de nous impliquer dans une guerre que nous ne pouvons pas être sûrs de gagner. Avez-vous pensé à des moyens de régler le problème?

Kotsarev indiqua la carafe de vodka. Gresko remplit de nouveau les verres. Le ministre avala correctement cette fois, et posa ensuite son verre sur le bras de son fauteuil.

— Cette... proposition comporte deux éléments, dit-il. D'abord, il nous faut une liaison avec les Américains, comme nous le disions il y a quelques semaines. J'ai déjà établi les prérequis. Un des hommes du général Youchenko, un major Andreyev qui suivait les activités du K.G.B. dans le sud, a été rappelé juste avant la mort de Leschenko. Nous allions le poster à Varsovie, après une période de debriefing dans l'Est. Mais, à la suite de la conversation que nous avons eue à Uspenskoye, j'ai donné l'ordre au général Youchenko de retarder son départ. Nous préparons maintenant le major Andreyev à servir en Occident. Nous devons absolument l'insérer à partir de chez nous; passer par le personnel de la station du G.R.U. à Washington serait trop risqué. Tout ce que nous leur demanderons, à eux, c'est de mettre notre agent en communication avec les services de renseignements américains. Le chef de la station du G.R.U. à Washington est en très bons termes avec le général Youchenko.

— Pouvons-nous faire confiance à Youchenko? demanda Gresko.

Il versa encore de la vodka. Cette conversation lui faisait peur. Il devait sans cesse se rappeler qu'ils essayaient seulement d'empêcher les Américains de bouger tant que la situation qui menaçait l'Union soviétique de l'intérieur n'aurait pas été résolue. Ce n'était pas là de la trahison. C'était Boyarkine le véritable traître, avec sa politique insensée.

Kotsarev émit un jappement dépourvu d'humour, qui se voulait un éclat de rire.

— Absolument, dit-il. Vous savez que c'est Youchenko qui avait fait l'étude préliminaire touchant ce genre de... projet? Ses intérêts coïncident étroitement avec les nôtres.

— Le premier élément de cette proposition serait donc la liaison avec les Américains mais après cela? demanda Gresko.

— Ça devient alors plus difficile, admit le ministre. Ce n'est pas une idée nouvelle, vous savez. Les Allemands ont tenté de la mettre en pratique pour renverser Hitler en 1944; mais ils ont été pris de panique au dernier moment, et ils n'ont eu ni le cran ni l'organisation pour mener la chose à bien. Le coup avait été monté sous le couvert d'un plan existant, portant le nom de Valkyrie. Celui-ci était un exercice de service courant mis sur pied en cas de révoltes possibles en Allemagne même, ou dans les territoires occupés. Dans le complot de 1944, les S.S. et les plus importants nazis étaient visés. Les S.S. de Berlin devaient être désarmés, et Goebbels, Himmler, Hitler et Goering, arrêtés. L'armée avait bien cochonné ce coup-là, en tout cas.

— Comme vous dites. Et il existe sans doute ici de semblables plans de contingence — en cas de rébellion interne, naturellement. Et mieux organisés.

— Bien entendu. Le hic, c'est que pour qu'un mouvement de troupes de cette importance, à Moscou, n'éveille pas les soupçons du K.G.B., il nous faut une crise internationale de première importance. Il faudrait, de plus, que ce soit minuté à la seconde. Il y a une courte période, juste avant d'atteindre le point où la guerre risque d'éclater, durant laquelle nous pourrions mettre au pas le K.G.B. et avoir la possibilité de désamorcer la crise. Trop tôt ou trop tard et tout est fichu. Il faudrait être absolument certains de prendre Boyarkine, Morosov et tous les chefs et sous-chefs de départements du K.G.B., dans nos filets. À ce moment-là, vous deviendriez Secrétaire général intérimaire; avec l'aide de l'armée, vous effectueriez un grand nettoyage, tout en traitant avec les Américains. Ce ne sera pas facile. Mais il faut à tout prix éliminer les têtes dirigeantes du K.G.B. à Moscou. Les chefs régionaux ne tenteront rien d'eux-mêmes; du moins pas avant que les quartiers généraux des districts militaires ne reçoivent l'ordre de s'occuper d'eux.

— L'opération se limiterait à Moscou, si je comprends bien?

— On ne pourrait pas faire autrement. Tout projet impliquant plus de quelques unités de l'armée, serait sûrement éventé.

Gresko eut envie de servir de nouveau de la vodka, mais changea d'idée.

— Comment entendez-vous garder les officiers politiques des unités utilisées dans l'ignorance de la situation? Ils sont censés vérifier tous les ordres et tous les déplacements.

— Encore une fois, ce ne sera pas facile. Mais nous avons déjà commencé à remplacer certains membres des unités du G.R.U. qui pourraient avoir, euh, des sympathies vis-à-vis du K.G.B., par des gens sûrs. Les commandants de régiments recevront, par ailleurs, l'ordre de mettre sous arrêt leurs officiers politiques, dès que commenceront les soi-disant manœuvres de routine. Les commandants recevront leurs ordres de l'état-major, afin que des officiers ayant rang au-dessus du niveau régimentaire, soient incapables d'intervenir rapidement même si leurs homologues politiques tentaient de les en persuader. En fait, nous tenterons, si possible, de neutraliser tous les officiers politiques rattachés aux unités de Moscou. Nous ne voudrions surtout pas que des unités n'appartenant pas aux exercices prévus reçoivent l'ordre d'attaquer ceux qui en font partie.

Gresko claqua des dents d'énervement. Il entrevoyait pour lui-même, dans le plan envisagé, bon nombre de difficultés. Une fois le K.G.B. privé de ses dirigeants et l'armée au pouvoir, Kotsarev pourrait fort bien décider que lui, Gresko, était de trop — à condition, bien entendu, que le coup réussisse. Il lui faudrait prendre ses précautions, malgré l'estime qu'il portait au ministre de la Défense.

— Autre chose, reprit Kotsarev. Le K.G.B. a commencé à attaquer sournoisement le G.R.U. Nous avions mis le sous-chef de la station du K.G.B. à Islamabad de notre côté. Il est mort; suicidé apparemment. Le général Youchenko n'en croit rien. Il pense plutôt que ce serait un avertissement.

Gresko fit un effort pour rassembler ses pensées.

— Jusqu'où le K.G.B. a-t-il pénétré le G.R.U.? demanda-t-il.

— On ne peut pas empêcher que ça se fasse. Mais Youchenko m'assure qu'aux échelons supérieurs il n'en est rien.

166

— D'accord. Il nous faut donc procéder. Je vais faire de mon mieux pour bloquer les plus graves excès de Boyarkine, tandis que vous terminerez les préparatifs de l'opération. Combien de temps vous faudra-t-il?

— Deux semaines.

— Après quoi, nous attendrons une bonne crise internationale.

— Pas longtemps, répliqua Kotsarev, en fronçant les sourcils. Pas avec Boyarkine comme secrétaire général. Passez-moi la Stolichnaya.

École de formation tactique 119
District militaire du fleuve Amour
29 juillet

Une steppe bleu-vert. Un ciel gris et lourd, lisse comme la pierre. Et de la pluie, qui tombait pour la première fois en deux semaines, apportée par les nuages venus des lointains horizons de la Russie d'Asie, accumulés par le vent d'ouest. Une pluie fine, de la bruine plutôt, qui perlait lentement aux fenêtres des longues rangées de baraquements, dégouttait des coins de leurs toits recouverts de bardeaux, transformant la terre nue autour des postes de garde en boue noirâtre dans laquelle les bottes faisaient des bruits de succion.

Image de la désolation, même aux yeux de ceux qui étaient nés là — ce qui n'était pas le cas du major Andreyev. Autour de Smolensk, où il avait vu le jour, le paysage était également plat et bleu-vert; mais il y avait toujours une ville ou un village au-delà de l'horizon, de sorte qu'on avait le sentiment d'un paysage malgré tout habité. Ici, à 130 km au nord de Khabarovsk, de l'autre côté du fleuve Amour, rien de tout cela. C'était comme de vivre juché sur le dos de quelque monstre endormi, qui ne vous accorderait pas plus d'importance qu'aux nuées de moucherons qui pullulaient dans les marécages de long de l'Amour.

Andreyev s'éloigna de la fenêtre et alla s'asseoir à la table de bois mal équarrie qui, dans ce baraquement, lui servait de bureau. Il régnait dans cette école, des conditions spartiates; seule l'excellente cuisine trahissait le fait que les hommes à l'entraînement étaient des officiers du G.R.U.

L'école tactique 119 n'était pas ce que son nom laissait croire. C'était en réalité une institution d'études supérieures et de réentraînement destinée aux plus doués parmi les spécialistes des Services de renseignements du G.R.U. Andreyev y avait passé quatre mois, avant d'aller en Afghanistan. Sa compétence avait impressionné jusqu'à ses instructeurs, et c'est la raison pour laquelle on l'avait choisi pour participer aux opérations qui devaient avoir lieu dans le sud.

Il était maintenant de retour ici, sans savoir exactement pourquoi. Les cinq premiers jours avaient été consacrés à d'intenses séances de debriefing concernant les activités des agents provocateurs du K.G.B. dans les républiques musulmanes. Les cinq jours suivants, à une analyse approfondie de la situation en Pologne — d'où il avait déduit qu'il serait posté à Varsovie. Après quoi, il y avait eu un changement radical. On l'avait retiré de la Section du Pacte et on lui avait donné un instructeur particulier, le colonel Aistov, spécialiste des opérations des Services de renseignements américains. Le colonel Aistov enseignait normalement à une autre section aussi, mais on l'avait relevé de ses fonctions, afin qu'il consacre tout son temps à Andreyev. De son côté, ce dernier avait été isolé des autres élèves. Il prenait ses repas et faisait ses exercices en compagnie d'Aistov.

Son entraînement se faisait dans trois domaines spécifiques. D'abord, la situation politique aux États-Unis, ainsi que les méthodes et l'organisation de la C.I.A. et de ses Services de renseignements subsidiaires. Ensuite, une analyse en profondeur des relations israélo-arabes. Enfin, la mise au point d'une nouvelle identité, comme homme d'affaires suisse-allemand, propriétaire d'une petite usine de fabrication de machines-outils, près de Genève. Son but était censément de se renseigner sur la technologie des micro-processeurs américains, en vue de l'adapter à sa propre affaire.

La question de son identité inquiétait Andreyev. Il n'était pas possible d'élaborer une couverture à l'épreuve de tout dans le peu de temps que le colonel Aistov y avait consacré. Il lui apparaissait probable que ce qu'on exigerait de lui devrait se faire rapidement et simplement, la couverture ne devant servir que pour une très courte période.

Il y avait eu aussi de nombreuses heures consacrées aux leçons d'anglais. Andreyev s'attendait donc maintenant à être envoyé aux États-Unis. Cette perspective l'exaltait, tout en l'effrayant, car il ne se sentait pas protégé par sa piètre couverture. Il avait déjà appris énormément, au cours de son séjour à Washington, deux ans plus tôt. L'opulence dont jouissait la capitale américaine lui était d'abord apparue comme exceptionnelle, réservée à ses seuls résidants, minorité privilégiée d'un Occident en pleine décadence.

— Ne faites pas l'idiot, lui avait dit le chef de la station du G.R.U., lorsqu'il avait timidement émis cette opinion dix jours après son arrivée. Payez-vous un voyage d'une semaine en car, n'importe où. La majorité des gens vivent de cette façon ici, ou à peu près, selon nos normes. Les seuls endroits à problèmes sont les quartiers pauvres des grandes villes; et même là, les gens vivent mieux que la plupart des paysans chez nous. (Le chef de station s'était tu un instant, comme s'il avait craint de trop louanger l'Ouest.) Tout repose sur le pillage systématique du reste du monde, bien entendu. Mais allez voir, et vous saurez ce à quoi nous avons à faire face.

Andreyev avait compris alors, et comprenait toujours. Le seul souvenir des richesses entrevues le laissait aujourd'hui encore bouche bée d'émerveillement.

Il avait acquis une bonne connaissance de l'anglais au cours de ces quelques mois, étant doué pour les langues, en plus du reste.

Il se mit à dessiner des carrés et des fioritures sur le bloc-notes dont il se servait pendant les cours du colonel Aistov. Petit à petit, ses griffonnages ressemblèrent à des seins de femme. Il en ombra les contours. Tout était silencieux dans l'enceinte ; la classe précédente avait terminé ses cours la veille, et les nouvelles recrues n'étaient pas encore arrivées.

Andreyev se sentait très seul. Il s'arrêta de griffonner et écouta tomber la pluie. Elle sonnait différemment qu'à Smolensk, comme s'il pleuvait ici depuis des siècles...

Un bruit se fit entendre sous celui de l'averse. Un bruit de moteur. Andreyev se redressa, puis alla regarder par la fenêtre. Celle-ci ne donnait que sur la grille barbelée de l'entrée principale. Le bruit de moteur augmenta par saccades, alors que le véhicule glissait dans la boue de la route d'accès. Un B.R.D.M. s'arrêta devant la grille. Andreyev retourna à sa table. C'était un des B.R.D.M. du camp dont on se servait pour atteindre l'aéroport de Khabarovsk lorsque les routes étaient mauvaises — ce qui était généralement le cas.

Au moment où il dessinait un visage au-dessus des seins, il entendit un bruit de bottes dans le couloir, puis un coup frappé à sa porte et la voix du colonel Aistov :

— Major?

— Mon colonel.

Andreyev se leva et alla ouvrir. Les bottes couvertes de boue, le colonel Aistov se tenait immobile devant lui, le visage inquiet.

— Il est arrivé, dit-il.

— Qui cela, mon colonel?

— L'officier chargé de votre cas. Ou du moins je pense bien que c'est lui. Vous avez été un bon élève. Je compte sur vous...

— Bien sûr, mon colonel. Je ferai tout mon possible.

Andreyev sentit ressurgir la vieille peur qui s'était installée en lui le jour où il avait reçu l'ordre à Alma-Ata, de se rendre à l'aéroport de Koubinka. «Il se passe quelque chose d'extrêmement bizarre, pensa-t-il. J'espère que je n'y laisserai pas ma peau.»

172

— Il est arrivé dans le B.R.D.M., reprit Aistov, entrant dans la pièce, et lissant sa tunique. Il sera ici d'un moment à l'autre.

De nouveaux pas dans le couloir, moins assurés que ceux d'Aistov. Un homme grand et mince, aux pommettes mongoliques, se présenta à la porte. Andreyev et Aistov se mirent au garde à vous.

Le nouveau venu leur rendit un salut impeccable. Si la pointe de ses bottes était tachée de boue, la partie supérieure, perlée de pluie, luisait comme un sou neuf.

— Camarades, bonjour. Je suis le colonel Loukachine.

«Je ne vous crois pas, pensa Andreyev. Si cette opération est aussi étrange qu'elle me paraît, ce n'est pas là votre nom.»

— Asseyez-vous, dit le colonel Loukachine. Mettons-nous à notre aise.

Andreyev et le colonel Aistov s'assirent sur le lit; le colonel Loukachine, sur la chaise devant la table. Loukachine les regarda fixement.

— Je suis fatigué et irritable, leur avoua-t-il. J'ai quitté Moscou il y a douze heures. Il faut m'excuser si je vous parais abrupt.

Ses deux interlocuteurs hochèrent la tête.

— Major Andreyev, reprit le colonel Loukachine, nous vous envoyons aux États-Unis. (Il tira une épaisse enveloppe de sa tunique.) Voici vos ordres de marche et les documents dont vous aurez besoin pour le voyage. Le colonel Aistov les reverra avec vous. Il y aura des forces de sécurité sur votre route; vous ne serez donc pas seul. (Il s'arrêta, frotta une tache de boue sur le genou de son pantalon.) Ce que j'ai à vous dire maintenant est beaucoup plus difficile. Pour être précis, nous vous envoyons à New York. Une fois là, vous serez contacté par le chef de la station du G.R.U. Il est impératif que le K.G.B. ignore votre venue. La raison ne vous regarde pas pour l'instant, mais il doit en être ainsi. Vous avez bien compris?

— Oui, colonel, répondirent d'une seule voix Aistov et Andreyev.

Andreyev se dit : «C'est encore pire que ce que j'aurais pu imaginer. On peut dire ce qu'on veut du K.G.B., mais il est loyal à la Russie. Il doit s'agir de trahison.»

— Le major Andreyev est-il bien préparé? demanda le colonel Loukachine.

— Oui, répondit Aistov, très bien.

Les yeux mongoliques se rétrécirent.

— Cela vaudrait mieux. Le major a pu se rendre compte par lui-même des agissements du K.G.B. pour semer la dis-senssion entre socialistes dans les républiques du sud. Cela va à l'encontre de tous les préceptes de Lénine. Tous les peuples de l'Union doivent être libres de préserver leurs traditions à l'intérieur de la grande famille soviétique. S'attaquer à ce droit, c'est trahir.

Le colonel Loukachine fit une pause, regarda tomber la pluie par la fenêtre. Puis il enchaîna:

— Si les activités du major Andreyev devaient venir aux oreilles du K.G.B., et qu'ils sachent que nous leur avons caché les renseignements le concernant, nos vies seraient dorénavant très courtes. Et douloureuses.

— Je demande la permission de poser une question, dit Andreyev.

— Accordée, répondit le colonel Loukachine.

— Que vais-je faire en Amérique?

Loukachine eut un bref sourire, qui ne se refléta pas dans ses yeux.

— Vous en serez informé à votre arrivée.

— Je n'ai pas confiance dans ma couverture, dit Andreyev, jetant la prudence aux orties.

— Elle n'est pas destinée à cacher votre présence aux Américains, précisa le colonel Loukachine, en plissant le front.

J'en ai déjà trop dit. Oubliez cela. (Il regarda de nouveau tomber la pluie.) Je dois partir. Vous suivrez vos ordres à la lettre. Dès votre départ d'ici, vous serez contrôlé directement de... (Il hésita.) Moscou. Je ne veux pas d'erreurs dans sa préparation, colonel Aistov.

— Il n'y en aura pas.

— Parfait, dit Loukachine. Major Andreyev, bonne chance!

Il releva son col et sortit.

Lorsqu'ils entendirent démarrer le B.R.D.M., Aistov dit:

— Vous avez entendu ce qu'il voulait? Mettons-nous au travail!

Washington
29 et 30 juillet

Deux hommes se trouvaient dans un bar de la rue M. L'un des deux — blond, trapu, près de la quarantaine — surveillait l'autre depuis une heure. Le sujet de cette attention suivie en avait conscience depuis presque aussi longtemps. Il en avait l'habitude; ça venait, comme on dit, avec le territoire. Il était un des assistants départementaux du directeur du Centre de renseignements.

Il avala son whisky, quitta son tabouret et se dirigea vers le compartiment où l'homme blond jouait avec son verre de bière. Il s'y assit. L'autre lui jeta un coup d'œil hésitant.

— Il ne se passe rien, le soir — en dehors de vous. Que cherchez-vous?

— Vous ne m'avez jamais vu! protesta l'homme blond avec un accent prononcé.

— Je reconnais toujours un Slave. J'ai choisi ce bar parce que personne ne m'y avait jamais suivi. Pourquoi vous?

— Les contacts officieux s'effectuent parfois mieux dans des lieux écartés.

L'Américain réfléchit un instant. De nombreuses informations étaient constamment échangées entre les agents

177

secrets des deux côtés, suivant le principe qu'il valait mieux — dans certains cas — montrer ses couleurs. D'une certaine façon, cette habitude dépassait les loyautés nationales : c'était plutôt comme d'établir les règles du jeu. À certains moments, cela vous procurait aussi une sorte d'assurance-vie, dans le sens littéral du terme.

— Tout à fait vrai, dit l'Américain. Comment vont les choses de votre côté?

— Elles sont intéressantes. À propos, je ne suis pas K.G.B.

— Ah non? (Manque d'intérêt poli.)

— G.R.U.

— Ah, c'est donc là que je vous ai déjà vu. En observateur attentif lors d'une visite publique du Pentagone. Ils ont la manie de tout photographier, non?

— En effet, répondit le Russe, qui commençait à s'énerver. Écoutez-moi, un instant. Quelqu'un veut absolument voir votre M. Harper.

— Ah?

— Il est impératif d'arranger une rencontre.

— Avec le G.R.U.?

— Oui, et personne d'autre.

— Pas même vos, euh, frères?

— Surtout pas eux.

— Pourquoi pas?

— Je ne peux pas vous le dire.

L'Américain commençait à ressentir un certain intérêt. La sueur perlait sur ses aisselles, malgré la climatisation du bar.

— Le D.C.I. ne rencontre pas habituellement les gens de votre organisation, dit-il. Je ne vois pas pourquoi il le ferait maintenant.

178

La paume du Russe se resserra sur son verre. L'Américain se rendit soudain compte que celui-ci avait peur.

— Le K.G.B. pense que j'essaie de vous recruter, dit l'agent du G.R.U. Ne cochonnez pas ma couverture, ou je suis mort. Écoutez. Votre D.C.I. doit absolument accepter de rencontrer quelqu'un. Dites-lui qu'il s'agit d'une livraison d'armes à la Libye. Et à la Syrie. Il viendra.

L'Américain leva les sourcils.

— Il y a constamment des livraisons d'armes à la Libye et à la Syrie. Je ne vois pas pourquoi cela l'intéresserait plus que d'ordinaire?

— C'est que ce ne sont pas des armes ordinaires, dit le Russe, en se levant. Elles sont semblables à celles que vos amis les Israéliens cachent depuis des années. (Il baissa les yeux sur son compagnon.)

— Oh? dit l'Américain. Ils ont finalement réussi à s'en procurer?

Il appartenait au secteur d'Amérique latine et, dans le monde étroitement compartimenté de la C.I.A., n'avait pas droit aux renseignements autres que ceux touchant directement son secteur — sauf circonstance exceptionnelle. La situation était nettement exceptionnelle.

— Oui, bredouilla le Russe. S'il accepte, rencontrez-moi ici, demain à 22 heures. Ne m'adressez pas la parole. Je laisserai les indications derrière le réservoir des toilettes, le troisième à partir de la gauche quand vous entrez. La position de repli est chez Blake's, rue K, deux heures plus tard. Deuxième réservoir à partir de la droite.

— Ils vont exiger des preuves de votre bonne foi.

— Elles seront avec les autres renseignements. Je n'ai plus de temps.

Et il s'esquiva.

L'Américain expira lentement. Il attendit quarante minutes, et marcha ensuite six coins de rue jusqu'à un téléphone public.

C'était bien de lui d'avoir spécifié le Watergate pour la rencontre, pensait Harper en marchant dans le couloir vers la salle du coffre-fort. Il a toujours eu cet humour russe. Comment a-t-il réussi à tromper la surveillance pour venir ici? Le K.G.B. s'énerve ces temps-ci. Rien d'étonnant avec ce fou furieux au Kremlin, Boyarkine. Qu'entend faire de lui le G.R.U.?

Il atteignit la porte et chercha la clef dans sa poche. L'original se trouvait maintenant à la réception de l'hôtel, laissé là une heure plus tôt par un employé anonyme de la C.I.A. Il n'était pas très compliqué de copier des clefs rapidement, à condition d'avoir la technologie.

«La technologie: ça nous l'avons, pensa Harper, introduisant la chef dans la serrure. Et nous avons RUBICON, et grâce à lui, le PLAN UN. Quant à l'humanité, ça c'est une autre question. Je vieillis peut-être».

Il ouvrit la porte et entra. Le colonel Pyotr Kareline du G.R.U., était assis près de la fenêtre. Les rideaux étaient tirés. Harper ferma la porte.

— Allô, Cameron, dit le Russe.

Il avait un visage large et plat, aux sourcils étroits.

— Il y a longtemps que nous ne nous sommes pas rencontrés privément.

— C'est vous qui avez demandé à me voir, dit Harper. L'endroit vous va?

À cause du K.G.B., Kareline avait plus à perdre que Harper en cas d'oreilles indiscrètes. C'est pourquoi on lui avait accordé une demi-heure pour inspecter la pièce avant l'arrivée de ce dernier.

— Je ne suis pas très calé, dit le colonel Kareline, son accent, un étrange mélange de russe et de britannique. Mais grâce à ces dispositifs (il indiqua un petit sac à l'intérieur du tiroir), je ne pense pas que qui que ce soit réussisse à nous écouter. Tout mon arsenal de détection est dû à votre techno-logie américaine. J'ajouterai que vous y excellez.

— Merci, dit Harper sèchement. Une technologie acces-sible à peu près à tout le monde ne peut pas tout détecter. Je puis toutefois vous assurer que nous n'avons rien de dissimulé ici.

— Voilà qui me met de bonne humeur! dit Kareline. Puis-je vous offrir un verre de quelque chose?

Harper en mourait d'envie.

— Non, merci.

— Vous ne pouvez pas faire affaire avec un Russe sans prendre un verre!

— Il s'agirait donc d'une affaire?

Le colonel Kareline leva les sourcils.

— Vous ne pensez tout de même pas que je me soustrais aux attentions du K.G.B. pendant deux heures pour discuter des méthodes propres à surprendre les conversations d'autrui?

— Évidemment pas, convint Harper. D'accord, prenons un verre. Mais ensuite, allons droit au but.

Il y avait une serviette de cuir posée à côté du fauteuil de Kareline. Il l'ouvrit et en sortit un thermos et deux petits verres à vodka.

— Elle devrait être encore froide, dit-il, en versant le liquide incolore. Préférez-vous que je boive d'abord?

Harper accepta le verre offert.

— Je doute que votre département s'amuse à ce genre de jeu — surtout dans les circonstances présentes.

181

— Nous n'avons certainement pas recours à certaines des plus macabres tactiques de l'infâme Département V du K.G.B., dit Kareline. Quand même.

Il avala sa vodka d'un trait et appuya le verre sur son genou.

Harper goûta à l'alcool. Il était glacé et pur.

— Qu'avez-vous d'autre dans cette serviette?

— Rien, répondit le chef de la station du G.R.U. Ce dont je veux discuter n'est pas à écrire.

«Il paraît mal à l'aise», pensa Harper, en lui laissant prendre tout son temps.

— Vous savez certainement que les Libyens se sont procuré des armes nucléaires et qu'ils en ont passé quelques-unes à la Syrie.

— D'accord. Avec un peu d'aide de la part de votre marine marchande.

— Comment votre gouvernement réagit-il à cela?

— Nous sommes loin d'en être heureux.

— Et vos militaires?

Harper haussa les épaules.

— Jugez par vous-même.

Le Russe déposa son verre sur le bureau et prit une cigarette dans un paquet froissé. Il lança celui-ci à Harper, qui se servit et le renvoya à son tour. Kareline fouillait dans ses poches.

— Merde! dit-il, je n'ai pas d'allumettes.

— J'ai un briquet.

«Quelle perte de temps, pensait Harper en allumant la cigarette du Russe. Pourquoi n'en vient-il pas au fait?»

— La question, dit enfin le Russe, en se calant dans son fauteuil, c'est que certains d'entre nous sommes également inquiets de la situation. Il y a malheureusement des factions dans notre gouvernement qui ne partagent pas cette inquiétude. Étant donné votre tendance, vous les Américains, à tirer d'abord et poser des questions ensuite, la situation pourrait devenir fatale si les circonstances s'y prêtaient.

— La tendance dont vous parlez n'est pas exclusive aux États-Unis, remarqua Harper. Quelles circonstances entendez-vous?

— Une guerre atomique au Moyen-Orient. Israël possède la bombe. Nous le savions depuis longtemps. D'ailleurs, Mossad a certainement averti Jérusalem des acquisitions faites par la Syrie et la Libye. Israël assemble ses ogives en ce moment même, si ce n'est pas déjà fait.

— Pouvez-vous l'en blâmer?

— Certainement pas. Nous ferions — aurions fait — la même chose. Il n'en reste pas moins qu'une guerre nucléaire entre les Arabes et les Israéliens devient beaucoup plus possible qu'il y a quelques mois.

— Surtout depuis que Boyarkine s'est nommé Secrétaire général.

Kareline détourna les yeux.

— Est-ce pour cela que vous êtes ici? demanda Harper, partagé entre la crainte et l'exaltation. Parce que le G.R.U. n'est pas d'accord avec ce que Boyarkine est en train de faire?

Le Russe demeurait de glace.

— Ce n'est pas à moi de discuter de cela. Je vous dis seulement ce qu'on m'a ordonné de dire, ni plus, ni moins.

— Bon, d'accord. Je comprends.

— Certains d'entre nous n'aiment pas l'idée de se faire entraîner dans une guerre générale à cause d'une flambée au Moyen-Orient. S'il devait y avoir une guerre, nous souhaiterions en choisir le moment et les circonstances. Comme vous d'ailleurs, c'est un vieux principe.

Harper acquiesça.

— Ces mêmes personnes, poursuivit le colonel Kareline, en passant sa langue sur ses lèvres comme si elles étaient desséchées, aimeraient mettre sur pied une voie de communication officieuse afin de réduire les risques d'un malentendu si les choses se gâtaient au Moyen-Orient.

— Qui veut cela? demanda Harper. Le K.G.B.? Le G.R.U.? L'état-major?

— Vous ne pouvez tout de même pas penser que c'est le K.G.B.? Ils sont trop près de Boyarkine.

— Non. Autrement, c'est au colonel Antipov que je serais en train de parler, et non à vous.

— Le K.G.B. ne doit pas avoir vent de ceci, insista Kareline en passant de nouveau sa langue sur ses lèvres. Votre personnel et vous pourriez être tentés de désorganiser notre station de Washington en révélant le contenu de notre conversation à Antipov. Je vous préviens qu'agir ainsi serait aller à l'encontre de vos intérêts.

— Sans compter des vôtres.

— Bien entendu, admit Kareline d'un haussement d'épaule.

— Entre quelles personnes cette voie officieuse serait-elle établie? Moi-même et qui d'autre?

Le Russe plaça une autre cigarette entre ses lèvres. Harper la lui alluma.

— Il a un nom de code: Mélèze.

— Allons, Piotr. Vous savez bien qu'il me faut plus que cela.

Kareline respira profondément.

— Le général Youchenko.

Harper le regarda d'un air abasourdi.

— Comment? dit-il.

— Vous m'avez très bien entendu.

— Qu'est-ce qui a poussé le chef du G.R.U. à prendre une telle décision?

— Je ne sais pas.

«Mais moi je le sais, pensa Harper. Mieux que vous, sans doute. Youchenko trame quelque chose avec Kotsarev, et probablement avec Gresko aussi. Même s'il est chef du G.R.U., il ne se lancerait pas seul dans une telle aventure. Comment cet ordinateur-de-nom-de-Dieu a-t-il pu prévoir ce que les Russes allaient faire avant qu'ils ne le sachent eux-mêmes? Ou ne serait-ce qu'une coïncidence? Kareline est-il en train de monter un énorme bateau dont le K.G.B. ferait les frais? Boyarkine et la bande Gresko-Kotsarev-G.R.U. ne sont peut-être pas de tels ennemis après tout? Nous allons devoir aller au fond des choses.»

— Le général Youchenko n'agit sûrement pas seul? dit-il à Kareline. Qui l'appuie? Il finira au goulag s'il n'est pas bien protégé, et si Boyarkine et le K.G.B. ont vent de ce qui se prépare.

— Il a de puissants appuis.

«C'est peut-être vrai.»

— Qu'attendez-vous de nous, précisément? demanda Harper.

— Je vous l'ai dit: établir une liaison. (Kareline regarda sa montre.) Nous avons perdu du temps. Nous voulons établir une liaison de façon que les éléments les plus... prudents dans notre gouvernement puissent avertir vos gens des mesures qu'ils adoptent, pour éviter une guerre mondiale en cas de conflit nucléaire israélo-arabe.

«Il l'a vraiment dit, pensa Harper dans le silence qui suivit. Ils envisagent un coup d'État et ils ne veulent pas que nous intervenions, mais en même temps ils n'osent pas non plus nous laisser dans l'ignorance.»

— À qui pensiez-vous? Pour servir de liaison?

185

— Un homme que nous avons choisi, il y a quelque temps. Il sera bientôt au pays. Il n'est pas rattaché à notre station. (Kareline sourit.) C'est un illégal.

— C'est toujours aussi facile, alors?

Nouveau haussement d'épaules de Kareline.

— Nous ne pouvons utiliser aucun membre de notre personnel; ils ne sont pas libres de leurs allées et venues, à cause de la surveillance du K.G.B., et de la vôtre. La liaison se rapporterait directement à Moscou tout le temps qu'elle serait dans ce pays. Mais pour le gros du travail, nous la voudrions à Moscou. Elle communiquerait plus facilement avec vous, si elle était là-bas. Cela pourrait avoir de l'importance.

— Si je comprends bien, votre homme n'aurait qu'à se présenter à la grille de notre ambassade, à frapper, et à dire: «J'ai des informations à communiquer à la C.I.A. de la part du G.R.U.?»

— Ne faites pas l'imbécile, dit Kareline d'un ton cassant. Il vous faudra désigner quelqu'un là-bas qui a sa liberté de mouvement, quelqu'un qui est rattaché à l'ambassade. Nous nous occuperions des contacts à l'extérieur.

— Pourquoi faites-vous venir votre liaison à vous ici?

— Nous voulons que votre homme le connaisse. Il faudra établir des façons de procéder. Cela se fera plus facilement ici que chez nous.

— Quelle décision attendez-vous de moi, aujourd'hui?

— Que vous considériez ma proposition. Si vous l'acceptez, nous organiserons une rencontre entre notre agent et celui que vous aurez vous-mêmes choisi.

— Quand cela?

— Aussitôt que possible.

— Ça ne nous donne pas beaucoup de temps.

— Je sais de source sûre qu'il en reste très peu.

— Ceci devra être présenté au Comité des Services secrets étrangers ainsi qu'au Président. Je ne peux rien vous promettre.

Kareline eut un geste d'impatience.

— Vous connaissez notre offre. À vous de jouer.

— Nous considérerons la chose. Pouvez-vous me rencontrer ici, le 1er août, à 17 heures?

— C'est plus sûr en effet de se revoir une fois de plus.

— Entendu. Je vous communiquerai notre réponse à ce moment-là.

Harper se leva pour partir.

— Une autre chose, lui dit Kareline. (Il éteignit sa cigarette pendant que Harper attendait.) Il y a un message d'une importance particulière. Si les États-Unis devaient profiter malhonnêtement des problèmes domestiques de l'Union soviétique, ils seraient les seuls responsables d'un risque de guerre. Vous comprenez?

Harper acquiesça sombrement.

— Oui, dit-il, nous comprenons très bien.

Selznevo — Helsinki — Zurich
31 juillet

Il y a, près de Selznevo, à quelque 150 km au nord-ouest de Leningrad et à proximité de la frontière finlandaise, une base de la Défense aérienne soviétique. Le matin du 31 juillet, vers les neuf heures, un avion de transport Iliouchine-14, d'un modèle ancien, atterrissait à l'extrémité est de la piste, roulait jusqu'à la tour de contrôle et là, déposait trois officiers de l'armée. De ceux-ci, deux rentraient de permission pour rejoindre leurs régiments à la frontière russo-finlandaise. Le troisième était Andreyev, bien que ce n'ait pas été ce qu'indiquaient ses papiers d'identité.

Un camion de l'armée l'attendait derrière la tour de contrôle. Andreyev salua ses compagnons d'un coup de tête — il n'était monté à bord de l'Iliouchine que trois heures plus tôt — et monta dans le camion.

— Il aurait au moins pu offrir de nous prendre, grogna l'un des deux officiers alors que le camion démarrait. (La chaleur, bien que matinale, le faisait déjà transpirer.)

— Un de ces *nachalstvos*, répondit l'autre. Fils de général ou quelque chose comme ça. (Il alluma une cigarette et toussa.) Allons, ça pourrait être pire. Pense si on avait dû venir en train! C'est la première fois qu'on me renvoie par avion.

Le premier officier fut d'accord. Lorsqu'ils eurent réglé les problèmes de transport de façon à regagner leurs unités, ils avaient déjà oublié les traits d'Andreyev et jusqu'au nom qu'ils lui croyaient porter.

Dans la cabine cahotante du camion, Andreyev examinait subrepticement le chauffeur. Celui-ci était jeune et ne paraissait pas du tout slave. Il semblait toutefois trop âgé pour le rang de caporal que ses insignes indiquaient. «Lieutenant ou capitaine du G.R.U. alors», pensa Andreyev. Ce qui lui permit de se détendre un peu.

La route menant à la frontière finlandaise n'était pas en bon état; le dégel printanier en avait fissuré l'asphalte qui avait été mal réparé. Paisibles et verdoyants sous le soleil du matin, des forêts de mélèzes, de pins et de bouleaux la bordaient de chaque côté. Comme il n'y avait pas de vent, les feuilles des bouleaux pendaient à la verticale.

À une quinzaine de kilomètres de la base aérienne, le chauffeur se mit à regarder à chaque instant dans son rétroviseur de gauche. Jusque-là, il avait conduit lentement; maintenant, il ralentissait encore plus. Andreyev surveilla alors le rétroviseur de son propre côté. À plusieurs centaines de mètres derrière eux, il aperçut un autre camion: civil, anodin. Andreyev se raidit.

— On nous suit...

— Oui, répondit le chauffeur, qui zézayait légèrement. C'est le camion de relève. Préparez-vous à descendre.

Il conduisit le camion sur le bas-côté, en sortit et souleva son capot. Andreyev ouvrit sa portière et traîna son barda le long du camion, du côté des arbres. Il se dirigea ensuite vers le capot levé.

Le camion civil vint s'arrêter derrière eux. Deux hommes étaient dedans. Le passager en descendit et s'approcha du

190

chauffeur d'Andreyev, qui marmonnait, le nez sous son moteur.

— Fichu! déclara celui-ci. Pourriez-vous prendre mon passager?

— Nous sommes très près de la frontière, dit le passager de l'autre camion, qui était en tenue de cultivateur.

— Les gens s'en font toujours trop, dit le chauffeur, en faisant un signe d'adieu à Andreyev.

— Montez à l'arrière, il y a de la place, dit le civil à Andreyev. Ici, devant, on serait trop serrés à trois.

Andreyev hocha la tête, alla à l'arrière de l'autre camion, et grimpa par-dessus le hayon boueux. Le civil le suivit. Le moteur, qui tournait toujours au ralenti, poussa un rugissement et le camion bondit sur la route. Le civil recouvrit d'une bâche les trois quarts de l'arrière découvert du camion, plongeant l'intérieur dans la pénombre. Il sortit un couteau de poche et se mit à entamer le plancher. Une section de planche se souleva, révélant un compartiment exigu. Celui-ci contenait deux paquets de linge, une petite valise en cuir de qualité, une mince serviette, et une bouteille d'un demi-litre de vodka. Le civil tendit l'un des paquets à Andreyev.

— Changez-vous. Vos papiers sont dans le coupe-vent.

C'étaient de gros habits d'ouvriers: coupe-vent, chemise de flanelle, pantalon bouffant, chaussettes de coton. Les bottes étaient lourdes, usées et à semelles épaisses. Andreyev revêtit le tout; le civil fourra son uniforme dans la cache et la scella de nouveau. Le panneau d'accès était redevenu tout à fait invisible.

— Vous ne parlez pas le finlandais?

— Non, répondit Andreyev, en faisant jouer ses doigts de pieds, car les bottes lui faisaient mal.

— Consultez vos papiers. Nous faisons une installation électrique à Vybord. C'est du matériel finlandais, et nous faisons partie de l'équipe. Vous aussi.

— Vous êtes des Finlandais? demanda Andreyev étonné; il ne s'y attendait pas.

L'homme fit un geste d'impatience:

— Quelle importance? Comme vous ne parlez pas finlandais, vous allez devoir paraître soûl au moment où nous passerons la frontière. Vraiment soûl, ivre-mort. Renversez de la vodka sur votre coupe-vent, quand je frapperai sur l'arrière de la cabine, et buvez un bon coup. Cognez à votre tour pour me faire savoir que vous m'avez entendu, et étendez-vous sur le plancher. Ayez l'air débraillé. Assurez-vous que la bouteille est vide. Quand ils vérifieront nos identités, je viendrai ici leur montrer vos papiers. Ronflez, si vous pouvez le faire en semblant naturel. Surtout, n'ouvrez pas la bouche. Passé la frontière, vous pourrez revêtir les vêtements convenant à votre couverture pour le voyage. Après cela, vous savez quoi faire. Avez-vous tout compris?

Andreyev fit signe que oui. Le Finlandais cogna sur la séparation entre la cabine et la benne du camion, et celui-ci ralentit. Il passa alors par-dessus le hayon; quelques secondes après, la portière avant claqua et ils reprirent de la vitesse.

Andreyev s'assit dans la partie avant de la benne, le dos contre la séparation. Par l'ouverture de dix centimètres entre la bâche et le côté du camion, il admira les mélèzes et les bouleaux.

Le Finlandais était sûrement un homme du G.R.U., qu'ils avaient glissé là-bas dans l'industrie, au début des années cinquante. Ils avaient dû être trois à bord lorsque le camion était entré en Russie; Andreyev remplaçait le troisième, afin que le compte y soit au retour, la frontière étant étroitement surveillée. Il se demanda comment ils allaient faire pour ramener celui qu'il avait remplacé.

Bof! Il y avait plus d'un truc pour passer une frontière. Il n'avait pas encore essayé celui-ci. Il espérait que ça marcherait.

Malgré l'énervement, il commença à s'assoupir. Il avait très peu dormi depuis son départ de l'école de formation. Loukachine était déjà reparti depuis longtemps.

Sa tête retomba sur sa poitrine. Une écharde lui entra dans la fesse gauche. Il laissa échapper un juron et changea de position. Puis il aperçut la bouteille de vodka. «Préparons-nous à jouer un peu notre rôle», se dit-il. Il enleva son coupe-vent, en fit un oreiller et ouvrit la bouteille. Après en avoir bu une once et demie, il la reboucha et se coucha, la tête sur le coupe-vent.

Au bout de quatre minutes, il s'était endormi.

Il fut réveillé par des coups frappés violemment sur la séparation. Il secoua la tête, s'assit, et cogna en retour. Les cognements cessèrent.

«Merde!» pensa-t-il, quel départ! Où était passée la bouteille maintenant! Ah, là! Il l'ouvrit de nouveau, en versa la moitié sur sa chemise, but près de la moitié de ce qui restait, et la vida finalement sur son coupe-vent. Il s'étendit ensuite mollement sur le plancher raboteux et se mit à respirer bruyamment par la bouche.

Le camion maintint son allure pendant moins de dix minutes. Andreyev commençait à avoir la langue desséchée. Il ferma la bouche et se mit à respirer par le nez. Les vapeurs d'alcool pénétraient maintenant son cerveau, le réchauffant tout entier. «Ça va aller comme sur des roulettes, se dit-il. Pas de problème.»

Le camion ralentit, puis stoppa dans un crissement de freins. Il ne se passa rien pendant quatre ou cinq minutes. Malgré la vodka, Andreyev se mit à s'inquiéter.

Il entendit les voix de ses compagnons dans la cabine; puis, une troisième voix. Toutes parlaient russe.

— Vous revenez, dites-vous? D'où cela?

— Vyborg. Voici nos passes de transit.

Silence.

— Où est le troisième.

— En arrière. Il est soûl.

— Laissez-moi le voir.

— Si vous insistez, mais il est soûl comme un porc.

Une portière claqua; il entendit le crissement du gravier et le bruit de lourdes bottes par-dessus le hayon.

— C'est un vrai cochon, dit le civil, au-dessus de lui. Il avait dû cacher cette autre bouteille dans sa chemise. Il n'a rien foutu depuis qu'il a été engagé.

— Passez-moi ses papiers, dit le garde-frontière.

Andreyev sentit arracher son coupe-vent de sous sa tête. Il relâcha les muscles de sa nuque comme sa tête retombait sur le plancher.

— Les voici.

Le garde les feuilletta.

— Très bien. Tenez. Vous faites mieux de les garder jusqu'à ce qu'il se réveille. On pourrait les lui voler.

— Comme vous voulez.

La tension apparente dans la voix du garde faillit faire perdre courage à Andreyev. Il se força à se détendre. L'effet de la vodka s'était dissipé.

Quelque chose de dur et de contondant s'abbatit sur le haut de son bras. Le coup avait été assez fort pour faire glisser ses omoplates sur le plancher de trois ou quatre centimètres.

Son entraînement pris le pas sur la douleur. Il renifla bruyamment, rota et s'immobilisa. Une épée de feu transperça son bras et son épaule.

Le garde éclata de rire.

— Pour être soûl, il est soûl!

Le civil cracha par terre.

194

— Je lui dirai qu'il est tombé en bas du chemin. Ça lui fera peut-être oublier son mal de crâne.

— Vous pouvez traverser. La prochaine fois, surveillez la vodka.

Andreyev entendit le Finlandais — dont la voix se perdait au-delà du hayon — dire :

— Ça va finir par le tuer. Et le plus tôt sera le mieux!

La même procédure se déroula du côté finlandais, sauf que le garde ne lui donna pas de coup de pied.

Le complet lui allait, mais la marque du caleçon, posée à l'arrière, lui griffait le creux du dos, juste au-dessus du coccyx. C'était une marque suisse. Andreyev feignit d'ignorer l'élancement de son bras, et examina les occupants de la salle des départs. À l'extérieur, l'aéroport Sentula d'Helsinki baignait dans le soleil de l'après-midi. Les lointaines collines, d'un vert froid et épaissement boisées, s'étendaient jusqu'à l'horizon.

Personne ne lui prêtait attention visiblement. Mais aucun professionnel ne le ferait. Andreyev tentait de surprendre un geste révélateur, un regard fuyant, une certaine position des pieds. En dehors du personnel de sécurité de l'aéroport, il n'y avait pas signe d'un guetteur.

Il allait se frotter l'épaule, mais d'instinct il se gratta le nez à la place. Si jamais quelqu'un cherchait à trouver un homme d'affaires suisse qui avait mal au bras, ce n'était pas la peine de crier son état sur les toits.

Au début, après que le camion l'eût laissé au premier endroit convenu, il avait craint de ne plus pouvoir se servir de son bras, tellement il s'était raidi. Mais le Finlandais, avec une douceur inattendue, l'avait massé et aidé à endosser son complet d'homme d'affaires à fines rayures.

— Je vais vous aider à descendre du camion, avait-il dit. L'arrêt de l'autobus est à gauche, après que vous aurez tourné le coin. Portez votre valise de la main gauche. Elle est plus légère que la serviette.

«Voilà au moins une personne de mon côté, se dit Andreyev. Maintenant, pourvu que l'avion soit à l'heure!»

Sa montre indiquait 16 h 10. Dix minutes encore avant l'embarquement... en supposant que le K.G.B. n'ait pas exercé son influence auprès du contrôle de l'aéroport.

Le temps passait. Une enfant blonde courut lui demander quelque chose en allemand. Mais comme elle zézayait, les mots lui parurent inintelligibles. Andreyev lui sourit néanmoins et lui dit une ou deux phrases. Apparemment déçue, l'enfant retourna du même pas à sa mère également blonde, assise de l'autre côté de la salle. Celle-ci sourit vaguement à Andreyev, qui lui rendit son sourire.

Annonce inintelligible au haut parleur, répétée en allemand, français et anglais: «L'embarquement doit commencer dans cinq minutes.» Des passagers faisaient déjà la queue à la sortie. Andreyev se glissa parmi eux.

Lorsqu'il s'installa dans le fauteuil sur l'allée de la rangée G du 737 de Swissair, il n'avait toujours pas noté de surveillance. L'instant d'après, la mère et l'enfant blondes vinrent occuper les deux fauteuils donnant sur l'allée de l'autre côté du sien. Andreyev sourit de nouveau à la fillette et s'appuya ensuite la tête sur le haut de son dossier. C'était beaucoup plus confortable qu'adossé à la séparation du camion. Il était épuisé.

— Monsieur? Excusez-nous, s'il vous plaît.

Il savait assez de français pour avoir compris cela. Il se leva donc pour laisser passer deux femmes d'un certain âge, au nez aigu comme deux souris, qui s'assirent dans les deux fauteuils près du hublot. Elles se mirent à bavarder doucement.

«Ça m'étonnerait qu'elles soient du K.G.B.!» pensa Andreyev en fermant de nouveau les yeux. Les frères s'assiéraient plus loin derrière, d'où ils pourraient le voir s'il quittait son siège.

Au bout d'un moment, les signaux d'usage s'allumèrent et l'avion se mit à rouler. L'hôtesse donna les instructions habituelles en cas de malheur, puis disparut.

Andreyev dormait déjà lorsque le 737 atteignit son altitude de croisière. Les hôtesses passèrent à côté de lui, offrant oreillers et revues. Le tintement du chariot des boissons à proximité de son épaule, ne le gêna même pas.

Il rêvait que Loukachine le surplombait de toute sa taille, et qu'il lui criait quelque chose en allemand, qu'il répétait sans cesse; mais il n'arrivait pas à comprendre les mots. Le colonel se mettait de plus en plus en colère, lui faisant de plus en plus peur. Puis l'homme du G.R.U. lui attrapa le bras gauche et se mit à le tirer.

Loukachine disparut, mais on lui tirait toujours le bras. Andreyev se rendit compte qu'il ne rêvait plus. Il se redressa vivement dans son fauteuil. L'enfant blonde était debout à côté de lui dans l'allée, sa menotte rose agrippée à sa manchette. Elle lâcha prise et recula en hésitant. Andreyev la regardait, les yeux lourds de sommeil.

— Tu dors? lui demanda-t-elle en zézayant.

Cette fois, il la comprit.

— Pas maintenant, non.

Il passa sa langue sur ses lèvres. Elles étaient desséchées et avaient un goût de sel.

— Je t'ai réveillé?

— Brigitte!

La mère venait elle aussi de se réveiller. Rougissant d'embarras, elle se tourna vers le Russe.

— Je suis désolée. Elle parle toujours aux étrangers. Vous a-t-elle réveillé?

— Oui, mais ne vous inquiétez pas. C'est sans importance.

Il ne voulait surtout pas parler allemand. Son accent était difficile à identifier, mais il avait eu l'intention de parler allemand le moins possible quand il se trouvait en compagnie d'Allemands, qu'ils soient suisses ou non. La poisse voulait que cette femme soit sans doute suisse allemande...

Elle était plutôt jolie, quoique un peu forte. Il fouilla dans sa mémoire. «Bien en chair», voilà l'expression juste.

— Je suis vraiment désolée, répéta-t-elle.

— Ça ne m'a vraiment pas gêné, répondit-il. Arrivons-nous bientôt?

— Dans trois quarts d'heure, environ, dit-elle en regardant sa montre.

— Il était temps que je me réveille, de toute façon.

— Tu ressembles à mon papa, dit la petite.

Andreyev aimait bien les enfants. Mais aussitôt qu'elle lui eut dit cela, il se mit à la considérer non plus comme une enfant mais plutôt comme quelqu'un qui, avec sa mère, pourrait servir à masquer sa vulnérabilité lors du passage à la douane, jusqu'à ce qu'il ait pu se perdre dans l'aéroport de Zurich.

C'était chez lui cet opportunisme qui faisait de lui l'excellent agent secret qu'il était.

Il sourit à l'enfant, en lui demandant:

— Et où est ton papa?

— À la maison.

— Oh? Et c'est où cela?

— À la maison, répéta-t-elle le plus sérieusement du monde.

198

— Elle n'a que trois ans et demi, intervint sa mère. Elle ne sait vraiment pas où se trouve la maison.

— Vous rentrez de vacances?

— Oui, en Finlande. (Elle lui sourit.) J'imagine que c'est évident! Mon mari a dû revenir une semaine plus tôt que prévu. Les affaires, vous savez.

Elle cessa de sourire.

— Ah oui, les affaires.

Il cherchait quoi dire.

— Vous habitez Zurich?

— Genève. Mais nous allons rendre visite à la grand-mère de Brigitte, à Zurich, avant de rentrer chez nous. N'est-ce pas, mon petit chou?

La petite acquiesça d'un air grave.

— Le chat lui mange la langue quand je suis là, dit la mère.

Une hôtesse arriva de l'arrière.

— Attachez vos ceintures, s'il vous plaît. Nous amorcerons bientôt notre descente et il peut y avoir des secousses.

La mère de Brigitte s'occupa d'attacher sa fille. Andreyev resserra sa ceinture, et se mit à tirer des plans.

L'avion fut mis en attente pendant vingt minutes avant de pouvoir atterrir. Andreyev regarda la ville de Zurich, sur laquelle le couchant dessinait de longues ombres, glisser sous l'aile inclinée de l'avion qui tournait pour atterrir. La mère de Brigitte était assise toute droite à côté de sa fille, visiblement inquiète du retard. Brigitte, elle, tripotait le cendrier sur l'accoudoir de son siège; quand finalement les pneus crissèrent sur la piste, elle avait les mains couvertes de cendre. Sa mère ne s'en aperçut qu'au moment où l'on installait les passerelles.

— Brigitte! Petit poison, va! Que va penser ta grand-mère en t'apercevant?

Elle se mit à fouiller dans son sac pour trouver un papier mouchoir.

Les gens commençaient à s'aligner dans l'allée. Andreyev se souvint qu'il avait une pochette de lin. Il la lui tendit.

— Voici, dit-il.

La mère de Brigitte leva les yeux.

— Je vous en prie, non. Elle va le salir.

Andreyev n'avait nullement l'intention de quitter l'avion sans la mère et l'enfant. Il allongea le bras entre deux personnes dans la file, et se mit à essuyer la cendre sur la main de l'enfant. La mère avait enfin trouvé des papiers-mouchoirs froissés dans son sac. Trop tard; elle ne pouvait que laisser faire Andreyev. L'enfant le regardait pensivement.

Il dut finalement mettre fin à son petit manège. Il tendit le mouchoir souillé à la mère, et l'hiatus se referma.

Il attendit un moment. Les deux passagères passèrent devant lui, en se serrant pour se rendre dans l'allée. Un pleurnichement, suivi d'un hurlement, leur parvint de l'autre côté de l'avion. Bruit de claque. Nouveaux hurlements. Silence.

Andreyev attendit encore un peu. La queue se fit moins dense. Brigitte avait la tête dans le giron de sa mère. Les petites épaules étaient secouées sporadiquement. Sa mère jeta à Andreyev un regard exaspéré.

— Laissez-moi vous aider, dit Andreyev, en se levant. Elle est fatiguée. je vais la porter.

La mère le regarda avec hésitation. Devait-elle confier sa fille à cet étranger?

— Merci, dit-elle enfin, se décidant à accepter. Nous sommes toutes les deux exténuées. Mais n'avez-vous rien à porter vous-même?

200

«Une faille dans mon armure. Un homme d'affaires aurait pris sa serviette avec lui dans l'avion.»

— Non. J'ai décidé d'oublier le travail pendant quelques heures.

— Très sage de votre part. Tout le monde ne fait pas comme vous.

Pour la première fois, elle le considéra non plus comme un compagnon de voyage, mais comme un homme, les yeux dans les yeux. Cela dura un peu trop longtemps; Andreyev détourna son regard.

— Il faut descendre, chérie, dit-elle à sa fille. Monsieur...

— Leuteritz, répondit Andreyev avec grand naturel. Heinz Leuteritz.

Il se fustigea mentalement d'avoir révélé son nom d'emprunt.

— Monsieur Leuteritz va te porter. Maman est trop fatiguée. (Silence.) Moi, je m'appelle Lise Wegman.

— Enchanté.

Brigitte descendit de son siège et Andreyev la souleva. Elle était légère comme un oiseau.

— Elle a le nez qui coule, remarqua sa mère en le lui essuyant.

Tous trois remontèrent l'allée vers la sortie, où une hôtesse impatiente attendait leur départ.

Andreyev tenait toujours l'enfant dans ses bras lorsque en passant la douane, il se rendit compte qu'on le surveillait. Sans le montrer, il avait jusque-là examiné attentivement les groupes de parents et de curieux assemblés au-delà de la baie vitrée qui séparait la Suisse du no man's land de la douane. Il n'avait rien aperçu d'alarmant jusqu'à ce qu'un homme de forte taille, portant des lunettes à monture noire, se soit frayé un chemin jusqu'à la sortie de gauche. Le mot «équipe de filature» était inscrit sur toute sa personne, ses vêtements mal coupés, sa démarche.

«Là où il y en a un, il est sûr d'y en avoir deux, pensa Andreyev. Sont-ils ici pour exercer une surveillance générale? Ou bien ont-ils à s'occuper de quelque chose de plus concret? Comme de me cueillir, par exemple?»

— Monsieur?

L'officier de douane l'attendait. Andreyev déposa Brigitte et plaça ses bagages sur la table.

— Avez-vous quelque chose à déclarer?

— Non.

— Vous voyagez pour affaires?

— Oui.

— Quelle jolie petite fille. Quel âge a-t-elle?

— Trois ans, environ. Je ne suis pas sûr. Je ne fais que donner un petit coup de main à sa mère.

— Ah, je vous prenais pour son père. Depuis combien de temps avez-vous quitté la Suisse?

La litanie se poursuivit. Enfin satisfait, le douanier cocha ses bagages d'un coup de craie. Une fois la vérification terminée, Andreyev alla se poster le dos à la baie vitrée en attendant que Brigitte et sa mère aient franchi la douane. Il n'avait pas l'impression d'avoir été repéré, mais ne tenait néanmoins pas à sortir dans le hall d'attente jusqu'à ce qu'il ait de nouveau Brigitte dans les bras. Il lui restait 90 minutes avant d'embarquer à bord du vol de Pan American à destination de Washington.

Un porteur arriva. Andreyev lui indiqua la pile de bagages à côté de l'enfant, et souleva celle-ci. La mère jetait des regards inquiets sur la foule qui attendait.

— Vous ne la voyez pas?

Andreyev interposa prudemment la tête de Brigitte entre la sienne et le guetteur.

— Non. Elle doit être en retard.

— Où est grand-maman? demanda la petite.

— Elle va arriver, ma chérie.

Ils suivirent le porteur et leurs bagages dans le hall des arrivées. L'homme aux lunettes à monture noire était quelque part à la gauche d'Andreyev. Celui-ci risqua un œil au-delà des boucles de Brigitte. «Lunettes» s'intéressait toujours aux passagers demeurés à la douane.

«Mais où était donc l'autre?»

— Voilà grand-mère! cria Brigitte à l'oreille d'Andreyev.

Elle sauta de ses bras et courut vers une dame d'âge mûr, à lunettes sans montures et aux cheveux châtains. Sa mère se dépêcha de la suivre.

«Merde! Elle va attirer l'attention sur moi en gueulant comme ça», pensa Andreyev. Le porteur lui fit un large sourire, espérant que l'intérêt qu'il portait à la petite famille lui vaudrait un pourboire plus généreux. Andreyev lui fourra une poignée de monnaie dans la main, ramassa ses bagages et se dirigea vers la sortie. Il sentit l'attention de l'homme aux lunettes à monture noire se porter sur lui.

— Oh, monsieur Leuteritz!

Lise Wegman, tout sourire, lui faisait de grands signes, détruisant instantanément sa stratégie. La maudissant intérieurement, il se dirigea vers elle, tâchant de mettre autant de gens que possible entre «Lunettes» et lui.

— Monsieur Leuteritz, dit Lise, j'aimerais vous présenter à ma mère. Maman, monsieur Leuteritz m'a aidée avec Brigitte et les bagages. Je vous suis très reconnaissante, cher Monsieur.

La mère eut un petit sourire suspicieux.

— Ce n'est rien, dit Andreyev maintenant au bord du désespoir, consultant sa montre sans même arriver à la distinguer. J'ai été enchanté de pouvoir vous être utile. Mais, si vous voulez bien m'excuser, je dois faire un ou deux appels urgents. J'espère avoir le plaisir de vous rencontrer de nouveau.

Il se savait abrupt, mais ne pouvait s'empêcher d'être persuadé que deux yeux éminemment professionnels étaient vrillés sur l'arrière de sa tête.

Le sourire de Lise perdit un peu de son éclat.

— Au revoir, alors.

— Au revoir, dit à son tour Andreyev, en les quittant rapidement. Tout en se dépêchant, il cherchait à reconstituer dans sa tête le plan du terminus, étudié à l'école de formation. Il lui fallait à tout prix trouver un endroit où se cacher, un endroit donnant sur plusieurs sorties.

S'il s'orientait correctement, il arriverait bientôt à un couloir prenant sur la gauche du grand hall qu'il avait devant lui, et dans l'entrée duquel débouchaient des escaliers roulants montants et descendants. L'escalier descendant menait à des garages et à des parkings extérieurs. Il n'arrivait pas à se rappeler où allait l'autre.

Il fallait s'y risquer. Le pire qui pouvait lui arriver, c'était qu'un employé de l'aéroport redirige un voyageur égaré.

Une rangée de boutiques bordait le grand hall. L'une d'entre elles comportait, à côté de la porte d'entrée, une vitrine en coin, qui reflétait parfaitement le hall derrière lui. Andreyev s'y arrêta pour regarder, et attendit.

«Lunettes» se trouvait à moins de vingt mètres de lui, et il ne prenait pas la moindre précaution. Apercevant Andreyev, il s'agenouilla et attacha son lacet.

Andreyev se dit: «S'il n'est pas plus malin que ça, je ne devrais pas avoir de mal à le semer.»

Il se remit en marche. Ah! la porte de service se trouvait dans un renfoncement, à quelques pas de lui. Il s'y engouffra, sans se préoccuper de «Lunettes». Il courut jusqu'à l'escalier descendant, malgré ses bagages qui le gênaient. À bout de souffle, il s'arrêta sur le premier palier et tendit l'oreille. Il entendit claquer la porte de service à l'étage supérieur.

Il avait fait une erreur de calcul. Il n'arriverait jamais, bagages en main, à semer «Lunettes»; et il ne pouvait pas non plus les abandonner sur place. Leurs compartiments secrets contenaient trop de documents essentiels.

«Descendons encore un étage.» Un autre couloir, des murs de béton rugueux, le plancher également de béton mais plus lisse. Il lui fallait absolument trouver un placard, une pièce quelconque. Il y avait forcément un endroit où ranger les balais dans un couloir de service.

Il en trouva un, situé idéalement, à un tournant. La porte n'était pas verrouillée. À l'intérieur, il y avait un évier, une serpillière, un savon et une boîte de détersif. Il y avait suffisamment de place pour un homme, et la porte se verrouillait.

Andreyev déposa ses bagages trois mètres au-delà de la porte, puis revint au tournant pour attendre. Des pas approchèrent, ralentirent en hésitant, puis s'arrêtèrent.

Il entendait la respiration précipitée de l'autre. Lui-même comprimait son diaphragme pour arriver à respirer moins vite.

Où était l'acolyte de «Lunettes»?

Un autre pas hésitant. Puis un autre...

«Lunettes» contourna le coin. De sa main droite, transformée par la tension des muscles en une lame de chair et d'os, Andreyev frappa là où la carotide de «Lunettes» aurait dû être.

Elle n'y était pas. «Lunettes» s'était accroupi pour tourner le coin.

Andreyev réussit à modifier l'angle du coup porté, mais celui-ci avait perdu énormément de sa force. Il en restait toutefois assez pour faire perdre l'équilibre à «Lunettes» lorsqu'il s'abattit sur le coin de sa bouche.

En un éclair, Andreyev planta ses pouces sur la carotide de l'homme, coupant l'apport de sang au cerveau.

Mais «Lunettes» n'était pas aussi étourdi qu'il l'avait laissé croire. De sa main droite, il frappa Andreyev sur son biceps gauche. Sous le coup, le bras de celui-ci s'ankylosa et son pouce glissa de la gorge de «Lunettes». L'homme, de sa position couchée, donna alors un puissant coup de genou à Andreyev qui, déjà en équilibre instable, tomba par terre. Andreyev avait momentanément perdu le contrôle de la situation.

«Lunettes» n'en prit pas avantage.

— Bon dieu de merde! croassa-t-il.

Sa bouche était ensanglantée, ses lunettes de travers. Il les remit d'aplomb en se rasseyant.

— Oui, merde de merde! Qu'est-ce que vous essayez de faire? Pour qui me prenez-vous? Un gorille de la C.I.A.?

Andreyev le dévisageait.

— Ou du K.G.B.? continua «Lunettes». (Il étanchait son sang.) J'ai quelque chose pour vous dans ma veste. Puis-je l'ouvrir?

— De la main gauche. Lentement.

La poche intérieure ne contenait rien d'autre qu'une enveloppe d'une compagnie d'aviation. L'homme la lança à Andreyev.

— J'ai reçu l'ordre de vous remettre ceci. Je n'avais pas de photo et vous avez été très prudent. À cause de l'enfant, je ne pensais pas que c'était vous.

— Pourquoi ne m'a-t-on pas averti?

— Comment voulez-vous que je le sache? Aimeriez-vous venir poser la question au résident du G.R.U.?

Andreyev ignora la question et ouvrit l'enveloppe. Il y trouva un billet pour une envolée partant une heure plus tôt que prévu. Procédure normale. Mais la façon de lui avoir fait

206

parvenir le billet ne l'était pas. Celui-ci aurait dû être déposé à un endroit prévu d'avance. Irrité, Andreyev exprima à l'autre sa façon de penser.

— Je ne crois pas qu'il y ait eu assez de temps. Ça a été décidé très vite.

— Avez-vous été suivi?

— Non.

— Comment l'auriez-vous su, si votre façon de dissiper les soupçons consiste à attacher vos lacets? Je n'ai jamais rien vu d'aussi amateur.

L'homme fit la grimace.

— Je ne vous suivais pas vraiment, souvenez-vous. Je voulais m'assurer que c'était bien vous. Montrez-moi votre preuve d'identité.

Andreyev lui montra le passeport Leuteritz.

— Qu'est-ce qu'il leur a pris de tout chambouler comme ça?

— Je n'en sais rien.

Andreyev, lui, pensait le savoir. Quelqu'un de haut placé, Loukachine peut-être, s'inquiétait pour lui. D'un autre côté... Il considéra l'agent du G.R.U. Mais il n'y avait aucun moyen de savoir s'il appartenait vraiment au G.R.U. ou à quelque autre organisation.

— D'accord, dit-il. Et maintenant, foutez-moi le camp. Si je vous revois, je vous casse la figure!

Une heure plus tard, Andreyev s'envolait de Zurich, mais non pas par Pan American. Il utilisa une bonne part de son argent comptant pour payer son envolée à bord de JAL; la comptabilité n'aurait qu'à s'arranger avec le reste.

Washington
31 juillet

Thorne se réveilla avec peine. Il ne se rappela pas d'abord où il était. Puis, se redressant dans son lit, il reconnut la chambre tout ensoleillée grâce à ses grandes baies vitrées. La sueur lui collait à la peau. Il venait de faire un cauchemar : des missiles fusant dans le ciel bleu.

Il s'étendit de nouveau, repoussa la couverture d'un coup de pied et ferma les yeux. Le grondement lointain de la circulation de Georgetown lui parvenait faiblement. Jocelyne s'agitait en bas ; et tout autour de lui — sur les draps, ses mains, ses cheveux — flottaient des odeurs provocantes de parfum et de sexe.

Des images de Round Lake passèrent devant ses yeux, s'évanouirent, passèrent de nouveau. Jocelyne faisant la planche près du radeau ; Jocelyne assise sur le perron à la tombée de la nuit. Elle était arrivée au lac à l'improviste, quatre jours auparavant. Ils s'étaient baignés, avaient dîné, et elle y avait passé la nuit, comme si cette séparation de quatre ans n'avait jamais existé. Sa façon d'agir, si différente de celle de la Jocelyne qu'il avait connue, le rendait perplexe ; mais peut-être avait-elle changé au cours de ces quatre années, plus qu'il n'était en mesure de le deviner.

— Bonjour! Tu es réveillé? Je t'apporte ton petit déjeuner.

L'arôme du café emplit bientôt la pièce. Lorsque Jocelyne posa le plateau sur la table de nuit, il décela aussi en elle le parfum de son shampooing.

Thorne se frotta les yeux.

— Mal à la tête?

— J'ai fait un mauvais rêve.

— Oh!

Elle s'assit sur le lit à ses côtés. À la lumière qui venait de la fenêtre derrière elle, ses cheveux paraissaient de flamme.

— À quel sujet?

— La guerre.

Elle lissa distraitement les couvertures.

— J'en rêve aussi parfois. Comment en est-on arrivé là?

— La stupidité et l'âpreté au gain, répondit Thorne, sa voix exprimant un étrange mélange de colère et de résignation. Et la peur.

Il prit le temps de réfléchir.

— Je me demande souvent si je devrais prévenir Alison. À cause des mômes. Ils sont à Los Angeles. Ce serait une des premières villes attaquées s'ils devaient aller au-delà d'une frappe de contre-force.

Il lui avait rarement parlé de sa femme et de ses enfants.

— Je comprends très bien ton sentiment, dit-elle d'un air sombre. Mais en dehors de l'infraction aux règlements de sécurité, la situation est loin encore d'être désespérée. Personne, jusqu'à maintenant, n'a menacé de se servir de ces inventions démoniaques.

— Jusqu'à maintenant...

— Va-t-on s'en sortir?

Il ne répondit pas. Et Jocelyne sentant par son silence qu'il valait mieux ne pas insister, se mit à beurrer les toasts.

— Mangeons. Ça va être froid.

Comme ils terminaient leur café, elle lui demanda s'il avait l'intention d'aller au Centre ce matin-là.

Aubrey y avait temporairement installé Thorne dans un bureau situé non loin de celui de Jocelyne, au quatrième niveau. À la suite du fiasco de l'*Al-Mansour*, une équipe de gestion en temps de crise avait été formée, et celle-ci, avec l'aide de RUBICON, travaillait nuit et jour pour trouver le moyen d'éviter la catastrophe. Deux jours après la visite de Jocelyne à Round Lake, Aubrey avait demandé à Thorne d'en faire partie. Et il avait accepté.

Pas du tout à cause de Jocelyne. À son arrivée à Washington, il avait d'abord loué un appartement avec cuisinette dans un motel de banlieue, mais s'était rendu compte, au bout de deux jours, que ce n'était pas ce qu'il lui fallait; il n'était jamais là. Le troisième jour, Jocelyne l'avait invité à s'installer dans sa maison de Georgetown «jusqu'à ce qu'ils se soient fatigués l'un de l'autre, ou pendant la durée de la crise».

La crise n'était pas très évidente. Ni les Syriens ni les Libyens ne s'étaient vantés de leurs nouvelles acquisitions, et ils n'avaient pas non plus mentionné l'incident de l'*Al-Mansour*. Pas un journaliste n'avait pu glaner de rumeurs. Le monde semblait aller son petit bonhomme de chemin.

Ce n'était qu'une illusion.

— Alors, tu viens? dit-elle en se levant du lit et en enlevant son peignoir.

Sa combinaison était d'un bleu très pâle, de la couleur de l'eau. Il saisit sa main. Elle consulta l'horloge, et dit:

— Si nous y allons, il faudrait vraiment se décider à partir. Le Comité de révision des contingences se réunit à neuf heures et demie. Ils tiennent à ce qu'on y soit.

— On a tout le temps, dit-il, en l'attirant de nouveau doucement à lui. D'un lent mouvement circulaire de la main, il caressa l'intérieur de sa cuisse jusqu'à ce qu'apparaisse son petit caleçon de soie bleu pâle. Elle laissa échapper un petit gémissement de plaisir.

Il avait eu raison. Ils avaient tout leur temps.

En réalité, le Comité des organisations n'avait pas grand-chose de neuf à discuter. Le peu d'informations qu'ils avaient en mains concernant les véritables intentions de la Syrie, de la Libye, de la Russie et d'Israël ne leur permettaient pas d'élaborer des scénarios dépassant un certain point. Après cela, les sorties imprimées de RUBICON ne faisaient que se répéter. C'était pour cette raison que le Secrétariat d'État et le ministère de la Défense faisaient pression sur Aubrey.

Il manque une chose aux simulations, réfléchit Jocelyne en se rendant à son bureau, après la réunion. Ce programme caché que j'ai réussi à trouver: LE PLAN RUBICON UN. Pourquoi n'a-t-on jamais considéré de l'appliquer?

«Trop délicat», se dit-elle, en frissonnant à la pensée de la session dans le bureau de Northrop qui l'avait surprise en flagrant délit. «Après tout, ils ont peut-être décidé de laisser tomber l'idée. Et de m'oublier, par la même occasion!»

Elle ouvrit la porte de son bureau. Northrop était assis face à sa table de travail.

— Bonjour, docteur Petrie, lui dit-il. Vous êtes prête à vous mettre au travail?

Le Watergate
1er août

Harper rencontra Kareline à 17 heures. Le Russe avait l'air débraillé.

— Alors? s'empressa-t-il de demander dès que Harper eut fermé la porte.

— Nous sommes prêts à vous appuyer jusqu'à un certain point. Renseignez-nous sur la façon dont votre opération progresse. Nous ne nous attendons évidemment pas à ce que vous nous fournissiez beaucoup de noms ou de détails. Mais nous devons être tenus au courant de tout bouleversement possible et du moment où il aura lieu. Si vous changez d'idée, dites-le-nous. Vous pouvez être assuré que nous ne bougerons pas, aussi longtemps que nous saurons à quoi nous attendre.

— Malgré les tentations?

— Absolument. Car quelle que soit la réussite d'une première frappe lancée par nous, nous ne pourrions pas éliminer tous vos sous-marins porte-missiles. Le jeu n'en vaudrait pas la chandelle.

— Je suis heureux de voir que nous nous entendons sur ce point.

— Moi aussi, dit Harper. Quand pouvons-nous arranger une rencontre entre le responsable du bout de votre liaison et le nôtre? Il y a certaines questions de logistique à régler.

— Je n'aime pas beaucoup l'idée de les faire se rencontrer, dit Kareline. C'est un bris de procédure des plus graves.

— Alors, pourquoi vos gens ont-ils pris la peine de l'envoyer en Amérique?

— Ça se présente de façon assez inhabituelle, expliqua le Russe. Du moment où je l'aurai mis en contact avec vous, vous vous chargerez de lui complètement jusqu'à son retour à Moscou. Vous lui indiquerez les protocoles de communications que vous entendez suivre. De retour en Russie, il en avisera son contrôle, qui s'occupera de mettre sur pied la participation du G.R.U. Cela élimine tout besoin de contacts entre son contrôle et celui de votre homme.

— C'est raisonnable. Quand doit-il être de retour à Moscou?

— Au plus tard, le 11 août. Et pour en être sûr, il doit partir d'ici le 9.

— Nous ne pouvons pas endosser la responsabilité de son retour.

— Il n'en est d'ailleurs pas question. Il a ses instructions, et moi je vais aviser Moscou de votre décision. À partir de maintenant, je ne dois être contacté qu'en cas d'extrême urgence.

— O.K., dit Harper. Quand et comment devons-nous le récupérer?

À peu près au même moment, Vladimir Antipov, le résident du K.G.B. à Washington, terminait une réunion avec le chef de la Section opérationnelle 2, chargée de surveiller, entre autres, la loyauté du personnel de l'ambassade et des autres citoyens soviétiques vivant aux États-Unis. La réunion avait été longue, et Antipov avait hâte de quitter son bureau.

— Y a-t-il autre chose? demanda-t-il enfin, coupant le chef de section au milieu d'une phrase.

— Non, c'est tout. Sauf, c'est-à-dire, pour une question d'importance relative. Nous n'avons pas parmi nos habitudes de surveiller tous les faits et gestes du colonel Kareline. Toutefois, lors d'une vérification de routine, nous avons noté qu'il avait disparu durant une heure et demie, le 30 au matin.

— Où était-il?

— Nous n'en savons rien. Comme vous le savez, il a une maîtresse. Mais il n'était pas à son appartement.

— Rédigez-moi un rapport, dit Antipov, qui détestait Kareline. Je l'inclurai dans mon envoi hebdomadaire au Centre. Et surveillez-le de plus près. Depuis qu'ils sont devenus indépendants de nous, ces gens du G.R.U. pètent plus haut que leur cul. (Une pause.) Attendez. N'y a-t-il pas eu une directive du Centre de Moscou, la semaine dernière, concernant une surveillance à exercer sur des intiatives du G.R.U. prises à l'insu de notre ambassade?

— Oui. Voulez-vous que j'aille vous la chercher?

— Demain. Dans l'immédiat, contentez-vous de faire ce que je vous ai dit. C'est peut-être précisément le genre de chose qui inquiète le Centre.

Kirov
Zone de manœuvres
1er août

La plaine était jaune et desséchée. Une brume de chaleur, lourde de particules de poussière, planait à l'horizon. L'air tremblait et miroitait sous le ciel oriental. Ici et là s'apercevaient de rares cirrus. Il n'avait pas plu depuis deux semaines.

— Ils vont être couverts de poussière quand ils émergeront de l'aire d'atterrissage, dit le lieutenant-colonel Ivan Douchkine, faisant la conversation pour cacher son énervement.

Il était responsable de la réussite de ces exercices exécutés pour le bénéfice de plusieurs fonctionnaires haut placés, venus de Moscou. Parmi eux, se trouvaient le ministre de la Défense et le président du Conseil des ministres, Viktor Gresko, sans oublier le général d'armée Pavel Travkine, chef de l'état-major.

— Ne vous inquiétez pas, conseilla Kotsarev. Je fais entièrement confiance à l'habileté de votre régiment. Si les Américains ont pu réussir cela au Viet-Nam, nous le pouvons aussi ailleurs. Et mieux qu'eux.

Douchkine parut quelque peu rassuré. Gresko l'étudiait sans en avoir l'air. C'était un homme d'une quarantaine d'an-

217

nées, grand et élancé, les cheveux blonds plutôt clairsemés, le menton en galoche. Il donnait l'impression d'être à la fois énergique et compétent. «J'espère qu'il est aussi sensationnel que Kotsarev le prétend, pensait Gresko. Son unité a été choisie par Youchenko pour être au centre des choses. Il sera de retour à la caserne, à Moscou, avec ses troupes, dans deux semaines. Juste à temps.»

Gresko jeta un œil sur le chef d'état-major Travkine. Il soupçonnait celui-ci d'être l'un des auteurs des plans de contingence anti-K.G.B. servant de modèle à Kotsarev et Youchenko; mais il ne tenait pas à en être certain. Le coup d'État ne serait sans doute à peu près pas réalisable sans la collaboration au moins passive du chef d'état-major.

— Les voici, dit Douchkine.

Gresko et Kotsarev quittèrent l'herbe sèche de la plaine et retournèrent à l'abri où attendaient les autres membres du groupe d'observation. La plupart d'entre eux étaient des officiers mandatés par leurs commandants pour étudier les manœuvres d'un régiment d'assaut par hélicoptère. Les autres étaient des gens du ministère de la Défense et Lev Novikov, premier secrétaire pour Leningrad, l'œil et l'oreille de Boyarkine.

«Il n'a pas envoyé Morosov, pensa Gresko. Et il n'est pas venu lui-même. Non, Boyarkine est trop malin pour cela. Mais il mijote quelque chose. Il ne s'est pas rendu à la datcha de Morosov, l'autre soir, pour lui faire une visite de politesse. Combien de temps avons-nous encore?»

— J'espère que la mission de feu de repérage a été bien faite, dit Novikov, comme ils descendaient les marches de l'abri. Je n'aimerais pas trop sauter au cours d'un exercice.

— Ne vous en faites pas, trancha Kotsarev.

Le ministre de la Défense se fraya un chemin parmi les officiers massés devant les épais hublots d'observation, et s'installa pour surveiller la manœuvre. Gresko, puis Douchkine lui emboîtèrent le pas.

Au début, ils ne distinguèrent que quelques points épars au-dessus de l'horizon. Une douzaine d'abord, auxquels d'autres s'ajoutèrent. Ils venaient droit sur l'abri, mais il était difficile d'estimer leur vitesse.

— Il y a un E.C.M. volant en ce moment à 5000 m, précisa l'officier de liaison de l'aviation. Les avions d'appui entreront en action dans trente secondes.

Légèrement au-dessus des douze premiers points, douze autres apparurent. Ils grossirent à vue d'œil. Puis ils virèrent à la droite de Gresko et disparurent.

— La manœuvre commence maintenant, dit l'officier de l'air.

Les avions de combat modernes font peu de bruit en approchant; c'est à l'arrière que résonne le vrombissement de leurs moteurs. Aussi, protégés par les murs de l'abri, les observateurs n'eurent-ils connaissance de la venue de l'avion de combat Sukhoï-17 que grâce à un faible bourdonnement qui se transforma bientôt en tonnerre alors que les avions fusèrent à 200 m au-dessus de la zone d'atterrissage. Des rafales de boulets tirés du canon du Sukhoï, labourèrent le sol; des fusées furent projetées, hurlantes, des points d'attache sous les ailes profilées en delta jusqu'à leurs cibles, les transformant en fleurs de flammes et de feu. Le bruit était horrifiant; ce n'était pas vraiment du bruit, mais plutôt des masses d'air déplacées qui secouaient votre corps tout entier.

Les Sukhoï étaient repartis aussi vite qu'ils étaient venus, leur vrombissement s'affaiblissant lentement après leur passage. Un autre genre de bruit maintenant: un son saccadé d'hélices. Les hélicoptères d'assaut Mil-24 se posaient sur l'aire d'atterrissage, leurs mitrailleuses d'avant crachant du feu. Des nuages de poussière ocre les enveloppèrent. L'instant d'après, des hommes en jaillissaient, courant à toutes jambes: les troupes du premier bataillon d'élite du 6e régiment d'assaut aéroporté. À peine trente secondes plus tard, les hélicoptères s'élevaient au-dessus des nuages de poussière, et retournaient à leur base chercher le deuxième bataillon qui constituait la vague d'appui. Comme les nuages de poussière se dissipaient, les hommes se regroupèrent en sections d'assaut, fournirent le tir de couverture, et commencèrent à avancer sur les positions de l'adversaire. Des coups de feu retentirent, accompagnés du sourd martèlement de mortiers de petit calibre. Ces exercices étaient effectués à tir réel. On compterait donc une douzaine de blessés, ou plus — aucun, peut-être, fatalement.

— Je voudrais observer la vague d'assaut du haut des airs, dit Kotsarev à Douchkine. Auriez-vous un moyen de transport pour moi?

— Il y a un hélicoptère Mil-3 de commandement posté près de la route. Vous pouvez vous en servir, Monsieur le Ministre. Si vous n'y voyez pas d'objection, je devrai rester ici.

— Oui, restez. Mais j'aimerais emmener aussi le président Gresko. (Il sourit.) Il aimerait savoir où vont les crédits...

Douchkine affecta un lieutenant pour les conduire à l'hélicoptère. Au moment où l'appareil s'élevait, Kotsarev cria dans l'oreille de Gresko, par-dessus le tintamarre du moteur:

— C'est commencé! Youchenko dit que nous avons contacté les autres.

Gresko jeta un coup d'œil affolé du côté du pilote assis devant. Celui-ci portait un casque et des écouteurs, et ne pouvait absolument pas les entendre.

— À la bonne heure! qu'en disent-ils?

— Ils n'interviendront pas. Une équipe de liaison va être mise en place.

— Et notre homme?

— De retour le 11. On est en train de mettre sur pied un système de contrôle ainsi que sa couverture. Notre homme devra donner l'impression qu'il est en train de recruter le leur. On pourra les voir ensemble, pendant quelque temps, sans qu'ils éveillent les soupçons.

On apercevait maintenant à l'horizon les hélicoptères de combat qui revenaient. Le pilote fit monter le Mil-3 1500 m plus haut. Au sol, sur la steppe, les soldats, déployés en éventail, avançaient vers les positions ennemies.

— Pouvons-nous être sûrs que les Américains ne nous joueront pas dans le dos ? demanda Gresko. La tentation sera très grande...

— Nous nous mettons en état d'alerte au début du projet. À titre d'exercice. Dans la mesure où les Américains sauront que nous sommes en mesure de faire face à toute éventualité, ils se contenteront de faire de même. Ils ont trop à gagner en collaborant. Nous aussi, ajouta-t-il après coup.

— C'est risqué. Si jamais ça tourne mal ici, ils pourraient essayer de recouper leurs pertes.

— Pas avec la plupart de nos sous-marins I.C.B.M. en position. Les ordres ont été donnés. J'ai moi-même proposé la chose au Conseil de la Défense lorsque le détachement spécial à bord du *Kiev* a atteint Gibraltar. Les sous-marins en service sont partis ce matin. Boyarkine a trouvé l'idée excellente.

— On ferait mieux d'expliquer ce qui se passe aux Américains.

— Nous le ferons.

Les Mil-24 déversaient d'autres troupes sur la plaine poussiéreuse. L'avant-garde de la première vague avait maintenant atteint les positions ennemies.

— On ne peut plus arrêter, alors, cria Gresko, dont le tympan lancinait.

— Non, dit Kotsarev, il faut foncer. Boyarkine a rendu visite à Morosov, hier soir. Youchenko pense qu'il se prépare à nous attaquer.

Les troupes d'assaut s'étaient emparées des positions ennemies. Gresko imagina les longs fuseaux noirs des sous-marins porte-missiles glissant sous les glaces de l'Arctique, et ce que les Américains en penseraient. Il fut parcouru d'un frisson.

«Si seulement ils nous donnent le temps, pensa-t-il. Si seulement nous avons le temps...»

Round Lake
4 août

Thorne buvait du café, assis à la table de sa cuisine, lorsque la sonnerie de l'allée retentit. Il l'arrêta et sortit sur la véranda, en emportant sa tasse. La pluie avait cessé une demi-heure plus tôt, et les feuilles dégouttaient silencieusement. L'air sentait l'écorce et l'herbe mouillée. Les nuages se dissipaient; ici et là la pelouse s'ensoleillait.

Une Oldsmobile jaune, anonyme, contourna l'allée et vint s'arrêter devant les marches; Northrop en descendit.

— Bonjour, dit Thorne.

— Bonjour, répondit Northrop en refermant doucement la portière. (Il avait les traits tirés.)

— Où est le major Andreyev? demanda Thorne.

— À New York, dit Northrop sèchement. Nous avons un problème. A-t-on tout bien nettoyé ici?

— Non.

— Northrop alla chercher une valise de cuir dans sa voiture.

— Je vais vérifier la maison, O.K.?

— O.K.

223

Thorne retourna à la cuisine, sirotant son café tandis qu'il terminait la lecture de la première page du *Washington Post*. Les manchettes se lisaient:

APPAREILLAGE DE SOUS-MARINS PORTE-MISSILES DE L'U.R.S.S.
UNE ESCADRE SOVIÉTIQUE EN MÉDITERRANÉE

Thorne se massa les tempes. La situation internationale avait encore empiré depuis la rencontre dans le bureau de Northrop, le 2 août. Harper avait alors apporté une série de prédictions de RUBICON — toutes plus noires les unes que les autres — auxquelles il s'était sans cesse référé en décrivant l'opération. Thorne maintenant tiendrait le contact à Moscou avec les responsables du complot au G.R.U., et ferait parvenir toute information utile à Washington; rien de plus. Thorne avait demandé si Jocelyne était impliquée. Oui, avait spécifié Harper, elle maintiendrait le contact entre Washington et Thorne. Elle ne pourrait pas sortir de l'ambassade et recevrait des instructions très précises relativement à ce que Thorne devrait savoir — étant donné qu'il risquerait à tout moment de se faire appréhender et interroger par le K.G.B. Le salaire de Thorne se situerait à un niveau élevé de la grille des consultants; il recevrait, de plus, un boni pour son activité sur le terrain, ainsi que les autres avantages habituels. Ce serait un peu comme de travailler pour une compagnie d'assurances — exception faite des sorties imprimées de RUBICON.

«D'accord, avait dit Thorne. Quand commence-t-on?»

«Nous voulons faire venir le Russe à Round Lake pour lui donner nos instructions», avait expliqué Northrop. Nous préférons ne pas nous servir d'une des maisons censément sûres.»

«Il y a eu un pépin, se dit Thorne en faisant tournoyer dans sa tasse le reste du café. Ils ne peuvent plus le faire venir ici.»

Northrop revint en refermant la valise de cuir, une fois sa vérification terminée. Il la déposa sur la table, à côté du journal.

— Qu'est-ce ça veut dire? demanda Thorne en indiquant les manchettes.

— Nous pensons que c'est un message de la faction anti-Boyarkine de ne pas intervenir, seulement d'observer. Boyarkine et le K.G.B. ne sont évidemment pas au courant — du moins, c'est ce qu'il faut espérer. Ils vont penser que c'est une manœuvre d'intimidation, à cause du Moyen-Orient. Mais laissons cela. Nous avons des problèmes plus pressants. Votre liaison est finalement arrivée à New York, mais le G.R.U. de Washington n'ose pas s'occuper de lui. Kareline, le chef de station, semble avoir rencontré Harper une fois de trop. La station du K.G.B. cherche à savoir où était passé Kareline ce fameux jour. Ils le soupçonnent de mener des opérations à leur insu. Kareline refuse de parler sans en avoir reçu l'autorisation de ses supérieurs du G.R.U. Il va donc y avoir une petite querelle administrative à ce sujet pendant quelques jours. Entre temps, le K.G.B. est à la recherche d'un agent du G.R.U. en liberté dans les parages — c'est-à-dire Andreyev. Nous le sortons du pays; vous le rencontrerez outre-mer.

— Où cela?

— Nous allons faire d'une pierre deux coups. Mossad doit ête mis au courant de ce projet — en partie, du moins — si nous ne voulons pas faire monter sa fièvre. Et nous cherchons, d'autre part, un endroit où le K.G.B. n'a pas les coudées franches. Vous allez tous deux vous rendre en Israël. Mais les Israéliens ne doivent rien savoir d'Andreyev. Ce n'est pas la peine, pour le moment.

Tel-Aviv
7 août

Stein accueillit Thorne à l'aéroport de Lod. Ils passèrent de la fraîcheur du terminus à la chaleur du jour. Thorne avait terriblement soif.

— Ma bagnole est là-bas, dit Stein, pointant vers un minibus V.W. qui avait vu de meilleurs jours. Ils y montèrent et Stein appuya sur le démarreur. Le moteur toussa d'abord, puis se mit à tourner irrégulièrement.

— Il aurait besoin d'un nouveau roulement à billes, confia l'Israélien à son passager. Je n'ai pas eu le temps de m'en occuper. Ça va coûter plus cher que ne vaut la bagnole, de toute façon. (Il fit une pause.) Quel effet ça te fait de te retrouver espion de la C.I.A.?

— Je ne suis pas un espion, protesta Thorne. Je suis engagé comme civil pour fins de consultation. Mon nom n'apparaît même pas sur leur liste de paie.

— Les plus importants espions n'y figurent jamais, souligna Stein.

Ils approchaient de Tel-Aviv. La ville présentait un ensemble architectural assez hétéroclite; il était évident qu'aucun plan directeur n'avait présidé à son développement.

227

Quelques tours se détachaient sur le ciel méditerranéen, surplombant une agglomération d'immeubles de rapport et de bureaux en béton grisâtre.

— Ce n'est pas très joli, hein? remarqua Stein. Ils ont toujours l'intention de faire quelque chose pour l'améliorer, mais une guerre ou une vague d'inflation survient toujours pour les empêcher de commencer à se mettre au travail. Mais soyons justes: ce n'est pas mal, l'hiver.

— Je me souviens, dit Thorne.

Il avait séjourné deux fois à Tel-Aviv, travaillant avec Stein à réparer les dommages infligés par la guerre du Yom Kippur à la coopération Mossad-C.I.A. C'était après le Viet-Nam et le Cambodge.

«J'ai tout de même voyagé, se dit Thorne. N'y aurait-il que cela.»

— Qu'y a-t-il à l'agenda?

— Une réunion, dit Stein, en dépassant un autobus puant et asthmatique.

La circulation, au milieu de l'après-midi, empestait les gaz d'échappement et un mélange d'odeurs orientales non identifiables. Vu des États-Unis, il était difficile d'imaginer Israël comme étant autre chose qu'un État européen transplanté. Thorne avait cette impression, malgré les mois qu'il y avait passés. Mais ce n'était pas un pays européen; c'était un curieux mélange d'institutions européennes recouvrant une culture beaucoup plus ancienne.

— Qui allons-nous rencontrer? demanda-t-il, voyant que Stein ne poursuivait pas.

— Mon patron, Haim Choresh. Le chef de Mossad. Tu l'avais rencontré en 1975, tu te souviens?

— Oui.

— L'autre, c'est le ministre de la Défense.

Thorne parut abasourdi.

228

— Quelqu'un de cette importance?

— Il est inquiet. Nous le sommes tous. Vous êtes au courant des nouveaux jouets des Syriens, je présume?

— Northrop m'en a parlé, oui.

Stein freina brutalement et se mit en première, en lâchant un juron. Une vieille Renault dépassa le minibus à toute vitesse, et se rabattit soudain. Thorne se raidit. Stein, conduisant de la main gauche, glissa la droite à l'intérieur de sa veste. La Renault s'éloigna.

— Pas cette fois, dit Stein.

— Tes compatriotes conduisent toujours aussi bien, je vois.

— Tu peux le dire! Tu as vu mon pare-chocs avant? Un type m'est rentré dedans en marche arrière, et ensuite il a eu le culot de prétendre que c'est moi qui lui étais entré dans le cul! Heureusement, il y avait un témoin. Quoi qu'il en soit, tu arrives toi-même avec des lettres de créance assez impressionnantes. Du D.C.I., avec l'implication que d'autres au-dessus de lui, les ont approuvées. J'espère que tu vas pouvoir nous aider.

— Isser!

— Je sais, dit Stein, avec lassitude. (Il tourna dans une rue de côté.) Tu vas nous dire de ne pas céder à la panique, que la situation est bien en main.

Thorne, se sentant coupable, ne répliqua pas.

Stein arrêta le moteur et surveilla son rétroviseur. Thorne attendit.

Un coup de klaxon énervé leur parvint de la rue principale, derrière eux. D'autres l'imitèrent.

Stein grogna:

— Ça va. On n'a pas été suivis.

Il descendit du bus, précédant Thorne. Ils entrèrent dans une boutique spécialisée dans le toc, les articles de métal et de cuir. Ils la traversèrent et s'engagèrent ensuite dans un escalier. Thorne entendit démarrer la V.W. On effaçait leurs traces.

— Il y a un appartement là-haut, dit Stein, essoufflé, en atteignant la dernière marche. Nous le louons au propriétaire afin de le mettre à la disposition de nos invités de marque pour qu'ils s'y reposent en toute tranquillité.

— On ne m'a jamais décrit de cette façon, que je sache!

— Nous préférerions que tu ne sortes pas, dit Stein.

C'était, selon les normes américaines, une garçonnière typique avec tout le nécessaire dans l'unique pièce, sauf la salle de bains. La partie cuisine était séparée du divan — sans doute transformable en lit, puisqu'il n'y en avait pas d'autre dans la pièce — par une cloison de bois. Une table et deux chaises, une lampe sur pied, un fauteuil et une table à café complétaient l'ameublement. Aux fenêtres, des rideaux de gaze laissaient entrer la lumière mais non les regards des curieux.

— Désolé au sujet de la climatisation, dit Stein. Il n'y en a pas. C'est propre, par contre.

— De plus d'une façon j'espère...

— Absolument.

Stein s'affaissa dans le fauteuil.

— Pardonne-moi de prendre le meilleur siège, dit-il, mais ma condition physique n'est plus ce qu'elle était.

— Comment va ton cœur?

— Toujours un problème.

Stein ferma les yeux un instant.

— Tu sais, poursuivit-il, en les rouvrant, il m'arrive de souhaiter que cet emmerdeur me lâche avant que je sois forcé de voir ce qui va probablement se passer. Je suis né ici. J'ai combattu contre les Arabes en 48, 56, 67 et 73. Je ne sais pas si je serais prêt à recommencer.

— Isser!

— En tout cas, il m'arrive de penser cela. Tu trouveras de la bière dans le frigo. De la Budweiser. Je me suis souvenu que c'était ta préférée. Si on en prenait une? Ils ne seront pas là avant une dizaine de minutes.

Le ministre et Haim Choresh arrivèrent alors que Stein vidait son verre. Thorne et lui se levèrent.

— Bonjour, docteur Thorne, dit le chef de Mossad, nous nous sommes rencontrés il y a bien des années. Heureux de vous revoir. Laissez-moi vous présenter à notre ministre de la Défense, Mordecai Seri.

— Monsieur le Ministre.

Ils se serrèrent la main, puis tous s'assirent.

Sans le moindre préavis, Thorne eut brusquement un sentiment de déjà vu. Il eut momentanément l'impression d'avoir déjà assisté à cette rencontre, jadis, dans une chambre d'hôtel, ou ailleurs à Washington, à Tel-Aviv, à Saigon, Phnom Penh, Jérusalem. Il y en avait tant eu...

Un avion à réaction tonna au-dessus d'eux, allant vers l'ouest. Thorne imagina Los Angeles, qu'un immense panache de flamme surplombait.

— Docteur Thorne, disait Seri, vous avez, je crois, des informations à nous communiquer?

Thorne rassembla ses esprits. Il se sentait épuisé.

— Les instructions que j'ai reçues sont les suivantes : Les États-Unis sont présentement engagés dans une opération qui éliminera la menace de guerre à laquelle vous avez à faire face, à laquelle nous devons tous faire face. Il existe, dans le gouvernement soviétique, des éléments qui désapprouvent la politique de Boyarkine. On encourage ces éléments à l'éliminer. Ceux qui lui succéderont forceront la Libye et la Syrie à se défaire de leurs armes nucléaires. Nous vous demanderons de ne pas commencer d'hostilités, ou paraître en commencer, avant que ladite opération soit terminée.

— Je suppose que «terminée» signifie «avec succès». Que se passe-t-il si le contraire se produit?

— Dans ce cas, nous pourrions tous avoir à faire face au même problème: une guerre générale.

— Thermonucléaire? demanda Seri.

— À peu près toutes nos prédictions le laissent croire.

— À peu près toutes?

— Nous avons dix pour cent de chances de pouvoir l'éviter.

Il y eut un silence prolongé; au terme duquel le ministre dit:

— Si seulement vous aviez pu arrêter le Pakistan.

— Je le souhaiterais aussi, dit Thorne, en évoquant par la pensée Los Angeles et ses enfants. De tout cœur.

— J'aimerais avoir plus de détails, dit Seri. Comment vos gens ont-il l'intention de mettre à exécution cette... intéressante manœuvre?

— Le G.R.U. veut conserver son autonomie, commença Thorne, allant droit au but. Boyarkine essaie de la lui enlever. Les militaires russes ne veulent pas d'une guerre qu'ils ne commenceraient pas eux-mêmes. Les hommes politiques sont affolés par les purges que Boyarkine a commencées. Nous ne faisons rien d'autre qu'assurer la faction anti-Boyarkine que nous n'attaquerons pas l'U.R.S.S. tandis qu'ils l'éliminent, alors qu'une période d'instabilité s'instaurera iné-vitablement. Le G.R.U. doit nous tenir au courant de ses mouvements: une assurance contre les malentendus. Ils ont eux-mêmes pris d'autres formes d'assurance. Leurs sous-marins sont lâchés. Les nôtres aussi.

— C'est ce que j'ai lu, dit le ministre de la Défense. Et une fois que ce coup d'État aura été mené à bonne fin, quoi alors? Qui donnera l'ordre aux Libyens d'abandonner leurs armes? Et aux Syriens?

232

— Je ne sais pas, répondit Thorne. Je n'ai pas droit aux confidences de cette importance. Mais si nous arrivions à un accord avec les Russes à cet effet, je suis certain qu'ils les abandonneraient.

— En êtes-vous sûr, ou le pensez-vous seulement?

— C'est ce que je pense.

Le ministre réfléchit un instant.

— De qui tenez-vous ces informations?

— De leurs plus hautes autorités — à l'exception de Boyarkine.

— Et c'est pour quand?

— Nous pensons dans deux ou trois semaines.

— Par conséquent, nous ne devons rien faire pendant ce temps-là? Les Syriens ont envoyé ce matin une autre division blindée accompagnée d'unités de soutien au Golan. Ce n'est pas la première fois. Mais cette fois, nous pensons qu'ils vont attaquer. Et qu'ils sont persuadés que nous ne répliquerons pas durement, parce que les Américains ne nous laisseront jamais courir le risque d'une guerre nucléaire, les privant peut-être de leurs sources d'approvisionnement en pétrole.

— Vous attendez-vous à une première frappe syrienne? demanda Thorne.

— Non, pas encore. Nos propres armes sont maintenant efficacement dispersées; nous avons commencé leur répartition, il y a déjà plusieurs jours. Ce fait a été communiqué à Damas. Même s'ils détruisent nos villes, nous serions en mesure de détruire les leurs. C'est un peu comme pour votre pays et les Russes, n'est-ce pas, docteur Thorne. (La question était posée d'une voix acidulée.)

— Oui, dit Thorne. Donnez-nous seulement le temps nécessaire.

— D'accord, dit le ministre. Nous ferons de notre mieux pour ne pas commettre d'imprudences jusqu'à ce que vous nous donniez des nouvelles de votre projet — à moins que les Syriens ou les Libyens ne précipitent les choses. Je vais communiquer votre demande au Cabinet. Vous aurez une réponse demain soir. Entre-temps, Isser, voudriez-vous conduire le docteur Thorne au Golan ? Il lui serait sans doute utile, pour la gouverne de ses supérieurs, de voir ce qui se passe là-bas, au lieu de seulement étudier des sorties d'imprimés au calme, à Langley.

Seri quitta la pièce.

Choresh demeura un instant de plus.

— Je vais vous trouver un moyen de transport, dit-il. Soyez au complexe militaire de Lod, à 5 heures, demain matin. (Regardant par-dessus son épaule.) Vous n'avez pas dit exactement ce qu'il aurait aimé entendre, docteur Thorne. Je suis désolé. Pour votre protection, nous garderons cet immeuble sous surveillance jusqu'à votre départ. Vous pourrez donc dormir sur vos deux oreilles.

— Merci, dit Thorne, furieux.

Il aurait en effet dû rencontrer Andreyev à 22 heures, le soir même. La surveillance israélienne rendait cette rencontre impossible. Il ne s'était pas attendu à des mesures de sécurité aussi sévères ; pas pour un simple messager.

Cette fois, Northrop avait mal calculé son coup. À minuit, Andreyev s'arracherait les cheveux.

Au moment précis où Seri quittait l'appartement, Andreyev descendait d'un avion d'Alitalia, à l'aéroport de Lod. Il avait reçu l'ordre de se rendre à l'hôtel Tamar, et d'attendre que Thorne entre en contact avec lui. Il resterait à l'hôtel jusqu'au 9, ensuite il retournerait à Helsinki par avion, et regagnerait Moscou par la route finlandaise.

Il prit un taxi jusqu'à l'hôtel. Cela coûtait affreusement cher. Mais les Américains lui avaient donné une grosse somme d'argent, et aussi, une carte American Express, ce qui n'arrêtait pas de l'émerveiller. Il avait entendu parler du système de crédit américain, mais le fait qu'un arrangement aussi complexe fonctionne sans anicroches, le renversait. La puissance d'ordinateur nécessaire à l'administration d'un tel système, lui paraissait incompréhensible. Il n'existait rien de semblable en Russie, en tout cas pas à l'usage des simples citoyens.

Sa chambre était petite, mais claire et propre. Andreyev défit ses bagages, après quoi, prenant son courage à deux mains (il s'attendait à ce qu'on lui demande ses papiers à tout moment) il alla à la salle à manger. D'après son passeport, il s'appelait Helmuth Asch, un Allemand de l'Ouest naturalisé américain, qui avait émigré aux États-Unis à l'âge de vingt-deux ans et prenait des vacances en Europe et en Israël. Il trouvait cette identité assez perverse — un Allemand visitant la patrie des survivants de l'Holocauste — mais personne ne lui avait prêté la moindre attention.

Lorsque le garçon lui apporta son café, il avait retrouvé son calme. Le fait de payer avec sa carte d'American Express le ravit intérieurement. Il retourna à sa chambre pour attendre des nouvelles de Thorne.

La journée lui parut longue. Il alla de nouveau manger à 21 heures, et fut de retour dans sa chambre à 21 h 15. À 22 heures, il n'y avait toujours personne.

Onze heures, Thorne n'était toujours pas venu. Et il n'y avait pas de position de repli.

« Je ne peux qu'attendre qu'il vienne, pensa Andreyev. Et s'il ne vient pas, je pars quand même le 9. »

Mais que s'était-il passé?

Il se demanda — et ce n'était pas la première fois — s'il n'avait pas été trahi.

Quartier général syrien
Damas
7 août

Le général Riad Hallak, chef de l'état-major syrien et commandant en chef de l'armée, tira les rideaux rouges qui recouvraient la gigantesque carte suspendue au mur en face de sa table de travail. C'était une carte à grande échelle montrant la Syrie occidentale, le Golan et la frontière est d'Israël. Des drapeaux rouges et des rectangles de carton y étaient éparpillés, se concentrant le long de la zone démilitarisée séparant le Golan, entre les mains d'Israël, du territoire syrien.

En étudiant cette carte, Hallak éprouvait une vive satisfaction. Depuis six mois, il avait augmenté puis réduit, à intervalles irréguliers, le nombre de ses troupes sur la frontière litigieuse, tenu des exercices de grande envergure, donné puis retiré l'ordre d'en tenir d'autres, et tenté par divers moyens de mystifier les Israéliens quant à ses véritables intentions. Le stratagème avait eu une portée encore plus grande grâce à une habile manœuvre de désinformation effectuée par les services secrets syriens, secondés par le résident du K.G.B. à Damas. Hallak était satisfait de l'aide apportée par Moscou aux militaires syriens; il n'avait pas été du tout sûr, au départ, que les Libyens lui fourniraient, comme convenu, des missiles et des ogives nucléaires. Personne ne pouvait être sûr de ce que ferait Kadhafi; mais de prudentes pressions, exercées sur Tripoli par les Russes, lui avaient obtenu gain de cause. Les Israéliens étaient au courant de la présence des armes en Syrie; sinon, Hallak aurait pris les moyens pour le leur faire savoir. Il n'était pas question d'utiliser les bombes. Elles devaient servir à dissuader Israël de se livrer à une contre-attaque semblable à celle d'octobre 1973, alors que les Juifs avaient pénétré jusqu'à 20 milles de Damas. Hallak calculait que lorsque les Syriens seraient de nouveaux maîtres du Golan, les Américains ne permettraient pas à leurs protégés de Jérusalem de risquer une guerre nucléaire dans le seul but de recouvrer ce territoire. Et la réaction israélienne à la recon-quête syrienne serait circonscrite par la présence d'armes nucléaires à Damas.

Hallak croyait que ni la Syrie ni Israël ne se sentiraient suffisamment menacés pour devoir recourir aux armes ato-miques. La reconquête du Golan ne représentait après tout qu'une opération limitée; Hallak n'avait nullement l'intention de jeter les Israéliens à la mer, quelles que soient les vocifé-ra-tions de Radio-Damas. L'opération terminée, les Américains tenteraient de trouver une solution diplomatique du conflit — comme ils le faisaient toujours lorsqu'il n'y allait pas de leurs intérêts directs. Les succès de la Syrie rehausseraient consi-dérablement, d'autre part, le prestige de la nation, et celui d'Hallak, dans le monde arabe, au grand dam de l'Égypte.

Hallak n'avait qu'une seule inquiétude: le comportement imprévisible de Kadhafi. Mais il comptait sur la Russie pour lui tenir la bride.

Le chef syrien s'appuya sur le bord de son bureau. Il donna une autre tape amicale à l'exemplaire usagé de la biographie de Rommel qui s'y trouvait. Il avait beaucoup appris du maréchal allemand: la ruse, la surprise, le choix des objec-tifs, l'utilisation judicieuse et opportune des réserves, le com-mandement sur la ligne de feu. Il se considérait, avec raison, comme le meilleur soldat que la Syrie ait produit depuis cent ans.

Il avait même tourné à l'avantage de la Syrie la manie de son peuple de pousser les passions au paroxysme avant de partir en guerre. En 1973, des semaines avant que l'attaque ne se produise, Radio-Damas avait fait entendre ses vitupérations antisionistes; cette fois, exception faite de lui-même et de son cabinet, on s'attendrait au même phénomène.

Mais ce ne serait pas le même, justement.

Le timbre de l'intercom résonna.

— Oui?

— Votre état-major est arrivé, mon général, dit l'aide de camp.

— Faites-les entrer.

Les commandants de l'aviation militaire, de la défense aérienne et de la marine entrèrent dans le bureau, suivis de l'adjoint du général, le lieutenant-général Abdallah El Koussir. La présence de ce dernier irritait Hallak. Au point de vue militaire, il était assez compétent; mais pas au point d'occuper le rang auquel il avait accédé, grâce à l'influence qu'exerçait sa famille dans le régime du parti baas. Il n'était pas sûr, non plus, de ses réactions en temps de crise. Mais il y avait peu de chances qu'il ait à faire ses preuves dans la présente situation.

Le chef de l'état-major chassa ces pensées et dit:

— Vous serez heureux d'apprendre ce que je vais vous annoncer. Cet fois-ci, il ne s'agit pas d'un exercice. À neuf heures, demain matin, nous retournerons au Golan. Pour y rester.

Tel-Aviv — Le Golan
8 août

Un petit hélicoptère O.H.-6 les attendait déjà dans le complexe militaire de Lod, lorsqu'ils sortirent de la camionnette de Stein. L'appareil, avec sa queue fragile et son rotor-jouet, n'était guère plus qu'une larme de métal et de plastique. La dernière fois que Thorne avait voyagé à bord d'un de ces engins, c'était pour s'échapper du Cambodge en 1976.

— Allons-y! dit-il en grimpant maladroitement dans la cabine. Il avait l'impression d'avoir du sable dans les yeux, tellement il était fatigué.

Stein paraissait encore plus épuisé que lui. Il s'écroula sur le siège voisin de celui de Thorne, et prit plusieurs grandes respirations. Le pilote mit son moteur en marche, et les pales du rotor se mirent à clapoter au-dessus de leurs têtes.

— Ça va? demande Thorne avec inquiétude.

Stein fit signe que oui et marmonna quelque chose. Les mots se perdirent dans le bruit du moteur.

— Tu dis?

— Ça va aller. On a eu de mauvaises nouvelles, hier.

Thorne leva les sourcils.

241

— Radio-Damas, cria Stein. Ils ont commencé à réclamer la guerre sainte, une nouvelle Jihad.

L'O.H.-6 s'élevait dans la pâle lueur de l'aube. Les banlieues de Tel-Aviv et de Lod s'évanouissaient peu à peu dans le lointain.

— Et les Libyens chantent la même chanson. Ils les appuient. D'autre part, la 7e division syrienne de blindés a été alignée de l'autre côté de la zone démilitarisée. Elle reçoit des renforts d'artillerie.

— Ils vont attaquer.

— Oui, mais pas avant 96 heures. C'est le temps que ça leur prend normalement pour atteindre leur paroxysme.

— Qu'allez-vous faire?

— Je n'en sais rien. L'état-major ne m'a pas mis au courant. (Bref sourire.) Mais je ne serais pas étonné que l'on lance une attaque préventive. Pour les mettre en pièces avant qu'ils n'aient pu démarrer. Une autre surprise pour le monde, hein?

Thorne approuva.

— Mais leurs armes nucléaires ?

— Nous ne pensons pas que les Syriens attaqueront à moins que nous ne menacions de les mettre en déroute. Après tout, nous possédons plus d'ogives qu'eux. Nous sommes en mesure de neutraliser leurs forces terrestres et aériennes.

— Vos plans sont donc tirés?

— Tirés? dit Stein en sourcillant. Si tu veux. On pourrait dire cela.

— Et que se passe-t-il s'ils ne suivent pas le scénario.

Stein regarda par le hublot de l'hélicoptère. L'appareil prenait de l'altitude, s'éloignait de la plaine côtière, et se dirigeait maintenant vers les remparts déchiquetés de l'intérieur. Le soleil se levait, dessinant, à leur hauteur, une ellipse de feu aplatie. Au-dessous d'eux, le jour naissant n'avait que commencé à éclairer les escarpements des collines millénaires.

— J'avoue que je suis inquiet. Leur chef d'état-major, Riad Hallak, appartient à une nouvelle race. Nous ne savons pas grand-chose de lui, sauf qu'il est grand admirateur de Rommel.

Thorne avait mal aux cordes vocales, à force de crier pour couvrir le bruit de l'hélicoptère.

— Ils respecteront sans doute votre scénario, dit-il, et il se mit à regarder le paysage tourmenté qui se déroulait sous ses yeux. Stein s'affala sur son siège et ferma les yeux. Ils demeurèrent ainsi, jusqu'à leur arrivée à la base israélienne de Kafr Naffakh, à moins de 10 km des chars alignés au-delà de la zone démilitarisée, sur la route de Damas.

Stein dormait toujours lors de l'atterrissage de l'OH-6. Comme les pales du rotor ralentissaient, Thorne lui toucha le coude, puis regarda par la bulle de plastique la base de Kafr Naffakh qu'il voyait pour la première fois.

Le village en ruines ressemblait à un amas de morceaux de sucre éparpillés au hasard. Au-delà de la clôture de fil de fer entourant le complexe du quartier général, dans lequel s'était posé l'hélicoptère, on apercevait, ici et là, des minarets à moitié démolis.

Avant que la poussière ne soit retombée, Thorne vit accourir deux officiers qui venaient de sortir d'un édifice tout blanc, qu'il prit pour le bloc du quartier général, puisqu'un drapeau d'Israël était planté devant.

Stein se redressa en se frottant les yeux. Il paraissait désorienté et mal en point.

— Es-tu sûr que ça va?

— Dès que j'aurai bu en peu de thé. Voilà notre comité de réception.

Les deux officiers les emmenèrent au bloc du quartier général. Thorne ne pouvait pas suivre la conversation qu'ils avaient avec Stein, car ils parlaient en hébreu. L'un des officiers les laissa à la porte d'un bureau austère. L'autre se présenta:

— Colonel Eliad, Services de renseignements, zone d'administration militaire. Enchanté de faire votre connaissance, docteur Thorne. Le major Rath, mon aide de camp, vous apporte votre petit déjeuner à l'instant. Vous pourrez le manger ici et ensuite il vous emmènera aux premières lignes. Que voulez-vous voir exactement?

— Je laisserai le colonel Stein juge de cela, répondit Thorne. Mais l'idée, c'est surtout de me permettre de mesurer la situation. Il semble que les Syriens augmentent leurs effectifs?

— Depuis deux semaines. Ils nous ont déjà fait le coup. Mais cette fois, je crains que ce ne soit sérieux.

Eliad questionna Stein des yeux.

— Il est au courant, dit celui-ci.

Le colonel parut se détendre un peu.

— Nous nous attendons à une attaque, c'est un fait. On nous envoie des renforts afin de pouvoir y faire face. Comme d'habitude, ils sont plus nombreux que nous; mais ça n'a pas tellement compté la dernière fois. Nous prenons cependant des précautions antinucléaires.

— Une plus grande dispersion?

Eliad fronça les sourcils.

— Oui. Mais ça rend les choses plus difficiles comme l'ont découvert vos propres militaires sans toutefois en faire l'expérience, ce qui valait mieux pour eux. Si l'on concentre suffisamment de troupes et de véhicules de combat pour mener une attaque décisive, on constitue une cible parfaite pour une bombe atomique.

— C'est un dangereux équilibre, acquiesça Thorne.

244

— Rien de nouveau du côté de l'état-major, sur ce que nous devons faire maintenant? demanda Stein. Nous n'avons rien reçu par la radio de l'hélicoptère.

— Aucun changement depuis hier soir. On est d'avis, à Jérusalem, que les mouvements de troupes de la Syrie sont suffisamment importants pour laisser croire à une attaque. Mais Radio-Damas ne fait que nous injurier depuis hier. Alors ce n'est pas pour tout de suite.

— Avez-vous l'intention de prendre les devants? demanda Thorne, en regrettant aussitôt d'avoir posé la question.

— J'aimerais pouvoir vous le dire, docteur Thorne, dit Eliad. Mais vous comprendrez que cela m'est impossible.

— Bien entendu. Mes excuses.

— Aucune importance. On gagne souvent à être curieux dans notre métier. Tenez, voici votre petit déjeuner. Lorsque vous aurez terminé, le major Rath vous conduira jusqu'à nos positions avancées, sur la route de Kuneitra.

Une demi-heure plus tard, ils cahotaient en jeep sur la route Naffakh-Kuneitra. Stein et Thorne à l'arrière; Rath et le chauffeur devant. Une mitrailleuse lourde, de calibre 50, était montée sur une base flexible au centre de véhicule. Thorne avait dû poser ses pieds sur une boîte de munitions. Il n'était que huit heures du matin, mais déjà on aurait pu faire cuire un œuf sur la route tellement il faisait chaud. Celle-ci serpentait entre des tertres de basalte et des collines coniques, vestiges d'anciens volcans. De temps en temps, des murs en moellons de lave à demi écroulés délimitaient des champs arides, non labourés, qui étaient depuis longtemps retournés à leur état premier. Le Golan était un endroit inhospitalier, surtout en août. Ici et là, bien camouflés ou terrés le long de la route, ils voyaient des emplacements d'artillerie, et de petits groupes de chars et de transports de troupes. Thorne n'était pas familier avec ces chars, étant plus habitué aux profils surélevés des

M-60 américains, ou aux tourelles en poêle à frire des blindés soviétiques.

— Merkavas? demanda-t-il à Rath.

— Oui. Nous en avons équipé deux brigades ici. Les brigades de réserve utilisent des M-60.

— Je n'en avais jamais vu auparavant. Ils paraissent adéquats.

— Oui, ils ont été construits en vue de nos besoins particuliers.

Un Merkava bringuebalait lentement en avant d'eux sur la route, se dirigeant sans doute vers une position de tir. Thorne examina bien le gros véhicule en le dépassant. Il était bas et large, et comportait une tourelle faite de coins de métal destinés à faire dévier les balles. Des tôles de blindage léger étaient posées au-dessus de ses chenilles et de ses roues. Le long canon, recouvert d'une gaine thermique, était fixé sur le capot avant par un énorme crampon.

«Je n'aimerais pas être un capitaine de char syrien dans la ligne de feu de ce mastodonte», se dit Thorne.

— Un télémètre au laser? demanda-t-il à Rath. (Ils avaient maintenant dépassé le Merkava.)

Le major fit signe que oui.

— Doublé d'un ordinateur balistique. Celui que vous examiniez est un Mark I. Les II ont un moteur plus puissant. Nous n'avons en notre possession qu'une poignée de ceux-là, jusqu'à nouvel ordre.

— Le Mark I paraît suffisamment costaud.

Rath sourit et se remit à surveiller la route devant eux.

À 8 h 45, le chauffeur stoppa à une vingtaine de mètres d'un tournant de la route. Rath descendit de la jeep.

— On pourra voir l'autre côté de la zone démilitarisée de là-haut, dit-il, en indiquant une colline sur leur droite. Je ne veux pas aller plus loin sur la route; elle est directement en vue de leurs canons. De temps en temps, ils nous tirent un obus.

Thorne s'extirpa de la jeep. Stein descendit aussi, péniblement.

— Voulez-vous retourner à la base? lui demanda Thorne, alors qu'ils commençaient à grimper dans la pierraille vers le haut de la colline.

— Non, ça va.

Un bunker de communication et d'observation était situé au-dessous de la crête. Rath dit quelques mots en hébreu à un soldat penché sur un poste de radio, puis emmena Stein et Thorne jusqu'au poste d'observation dissimulé dans un abri, au sommet. Un officier scrutait l'horizon à l'aide de ses jumelles. Thorne regarda, au-delà de lui et de la zone démilitarisée, le territoire syrien. Il n'y avait pas grand-chose à voir. De la pierre, des collines, quelques arbrisseaux ou des buissons d'épines, luttant contre le soleil et la déshydratation. Les Syriens avaient bien camouflé leurs positions.

Un soldat fit irruption dans l'abri, et remit un message à l'officier. Après l'avoir lu, celui-ci fronça les sourcils. Il s'adressa d'abord au soldat, puis à Rath, chez qui la tension creusait des rides aux commissures des lèvres. Deux autres soldats entrèrent dans l'abri et se mirent en position de tir.

Rath se tourna vers Thorne.

— Le radar a décelé des objectifs qui avancent sur nous. Ils sont toujours du côté syrien de la frontière, mais il y en a un grand nombre. Plus qu'on n'en a vu au cours de nos exercices récents. Retournons à Naffakh.

— Vos avions sont-ils en l'air? demanda Stein en dégringolant la tranchée des communications jusqu'au bunker.

— Aux bases de Mahanayim et Ramat David, ils décollent sur alerte en ce moment même.

Ils traversèrent le bunker. La tension y était palpable. Sur la pente, près de la jeep, Rath dit, avec une lueur d'espoir:

— Il se peut qu'ils bluffent encore une fois. Ils ne font que ça depuis des semaines.

— Mais à ce point? demanda Thorne.

— Non.

Ils montèrent dans la jeep et le chauffeur reprit la route en s'éloignant du front. Rath décrocha un micro du poste de radio placé sous le tableau de bord et tenta d'atteindre le quartier général, à Naffakh. Après quelque difficulté, il y réussit, et ne fut visiblement pas content de ce qu'il entendit. Thorne jeta un coup d'œil à Stein. L'Israélien écoutait de toutes ses oreilles, penché en avant, dans la jeep cahotante. Rath mit fin à la communication et donna un ordre bref au chauffeur. La jeep accéléra brusquement.

— Les avions ne s'en retournent pas, dit Stein à Thorne. Cette fois, je pense que ça y est.

Thorne tourna les yeux vers l'ouest. Il distingua quelque chose de luisant au-delà de Naffakh, très haut dans le ciel, filant à toute vitesse. Puis le reflet disparut.

Stein l'avait également vu.

— Un des nôtres, dit-il.

La jeep roula encore aussi vite que possible pendant cinq minutes. Elle ne pouvait pas vraiment faire de vitesse, car la route était rocailleuse et creusée de nids de poule; mais les dents de Thorne claquaient quand même. Ils suivaient un étroit défilé, bordé de chaque côté d'affleurements rocheux.

Rath virevolta sur la banquette. En même temps, Thorne entendit, au-dessus du grondement du moteur, un autre bruit: un hurlement profond et en même temps grinçant. Il se tourna de façon à regarder en arrière.

Quatre formes sombres planaient au-dessus de la crête abritant le poste d'observation et le bunker. À leur suite, des nuages de fumée noire mêlée de flammes orange s'épanouissaient en fleurs gigantesques dans le ciel. Les formes grossirent à une allure vertigineuse — cercles noirs auxquels les ailes

dessinaient de chaque côté des traits d'union, et sous lesquelles étaient suspendues des bombes et des fusées. Les
racines des ailes de l'avion, à l'extrême gauche, se mirent à
clignoter.

La jeep fut deux fois projetée en l'air, violemment, et alla
se réfugier en dehors de la route derrière un rocher.

— Descendez! Descendez! cria Rath. Les quatre hommes
se jetèrent hors de la jepp et se précipitèrent à l'abri du rocher.
Thorne se fracassa la pommette gauche et le coude contre le
roc, et son bras perdit toute sensation.

Le hurlement devint un rugissement alors que les quatre
avions passaient au-dessus de leurs têtes. Des obus explosè-
rent dans le défilé; le pare-brise de la jeep s'étoila, puis vola en
éclats. «Des Sukhoi-22 d'attaque au sol, pensa Thorne. Je me
demande s'ils ont atteint le bunker.»

Ils n'en étaient apparemment pas sûrs; car ils parurent de
nouveau, à l'extrémité du défilé, grimpant et prenant un
virage. Le rugissement de leur postcombustion faisait battre
les tympans de Thorne.

Rath lui secoua le bras en indiquant du doigt six nouveaux points, très hauts dans le ciel, à l'ouest cette fois. Deux
d'entre eux se séparèrent des autres et se mirent à plonger.
Les Sukhoi-22 avaient déjà effectué la moitié de leur virage et
revenaient vers la crête. Les deux avions israéliens se glissè-
rent derrière eux, les serrant de près. Des traînées de fumée
blanche provenant des appareils israéliens atteignirent les jets
syriens. Deux d'entre eux se trouvèrent soudain reliés aux
avions israéliens par les tracés des fusées que ceux-ci lançaient. Quelques bouffées de fumée. Le Sukhoi qui venait en
tête se désagrégea; l'empennage de sa queue tournoya en
tombant comme une feuille. L'avion se retourna et plongea
hors de la vue de Thorne, au-delà de la crête du défilé. Un
autre Sukhoi tenta de grimper, le nez en l'air, et explosa. Les
deux survivants volèrent pleins gaz vers l'est, pourchassés par
les Israéliens.

Thorne se rendit compte que, tout ce temps-là, il avait retenu son souffle. Il expira lentement. Le vacarme des avions de chasse céda bientôt la place à un autre bruit, menaçant, continu et trop familier. Celui d'un barrage d'artillerie.

— On s'est fait avoir. Merde! lâcha Rath. Allons-y. Ils vont se demander ce qui m'arrive, à Naffakh. Ce n'est pas le moment de faire du tourisme!

— Désolé, s'excusa Thorne. Je n'avais pas prévu ce scénario.

— J'imagine! (L'Israélien sourit d'un air piteux.) Nous non plus. Venez. (Pâlissant.) Colonel Stein?

Thorne se retourna. Stein était étendu face contre terre, les mains jointes sur la nuque, la tête tournée vers la paroi rocheuse. Thorne le secoua doucement à l'épaule. Les mains de Stein retombèrent. Thorne le retourna sur le dos. Il avait les yeux ouverts et ils étaient voilés de poussière.

— Christ! jura Thorne, en cherchant le pouls sur son cou. (Il n'y en avait pas.)

— Il n'a pas été frappé, dit Rath.

— Non, c'est son cœur, je pense.

Thorne s'agenouilla à côté de Stein et commença à pratiquer sur lui la réanimation cardio-pulmonaire, tentant de faire repartir le cœur et les poumons.

Au bout de dix minutes, il se rendit compte qu'il n'y avait rien à faire. Ils étendirent Stein — Thorne ne l'envisageait pas encore comme un cadavre — en travers de la banquette arrière. Thorne resta assis sur la boîte à munitions durant tout le trajet jusqu'à Naffakh, pour l'empêcher de rouler sur le plancher.

Le chaos régnait à Naffakh; un chaos contrôlé. Une attaque aérienne syrienne s'était rendue jusqu'à la ville en ruines, mais avait manqué le quartier général. Trois colonnes de fumée noire marquaient les points de chute de deux avions syriens et d'un intercepteur israélien. On voyait peu de soldats ou de chars; les Israéliens évitaient les grands mouvements de troupes à proximité du front, de jour, tant qu'ils n'avaient pas la maîtrise de l'air.

Rath aida Thorne à sortir Stein de la jeep, et ils transportèrent son corps au bloc hospitalier de la base, où l'on avait installé une morgue provisoire. Puis Rath dit;

— Vous devez rentrer. Je m'occuperai du colonel... du corps du colonel Stein.

— Je sais, dit Thorne. (Les Israéliens n'abandonnaient jamais leurs morts ou leurs blessés en cas de retraite.)

— Je vais aller chercher votre pilote. Il volera bas.

— Tant mieux, dit Thorne. Je préférerais ne pas être pris pour un Syrien.

Rath rit jaune et s'empressa de partir. Thorne alla s'asseoir à l'avant de l'O.H.-6. L'instant d'après, le pilote le rejoignait et mettait son moteur en marche. Il lui indiqua un casque d'écoute. Thorne s'en coiffa.

L'hélicoptère clapota au-dessus du village, vers Tel-Aviv. En passant au-dessus du Jourdain et de l'escarpement du Golan, Thorne nota des panaches de poussière sur les routes. «Des renforts. Bien protégés par l'écran aérien fourni par les bases de Haïfa et de Herzliya.» À plusieurs reprises également, Thorne vit, au-dessus de l'hélicoptère, briller des ailes d'avions volant vers l'ouest et vers l'est. Il se demanda ce qui se passait sur la crête de la zone démilitarisée, autour du bunker et du poste d'observation.

— Comment vont les choses dans la zone démilitarisée? demanda-t-il au pilote.

— Je ne sais pas exactement. (L'hélicoptère descendit dans une vallée et clapota au-dessus d'un village.) J'ai entendu dire que les Syriens faisaient traverser des chars et des troupes d'infanterie motorisée. Il y a eu un barrage d'artillerie et des attaques aériennes sur nos positions avancées. (Le pilote avait un fort accent; Thorne avait du mal à le comprendre.)

— Rien d'autre?

— Non.

Thorne montra le poste de radio.

— Pouvez-vous communiquer avec votre quartier général?

— Je pourrais. Mais on a reçu l'ordre de ne pas nous servir de notre radio sauf pour les messages essentiels. Est-ce essentiel?

— Non, dit Thorne, en se renfonçant dans son siège. «Andreyev, mon Dieu, Andreyev! Il faut que je le rejoigne.»

Andreyev se réveilla aux bruits de la circulation. Il alla à la fenêtre, tira les rideaux, et regarda dehors. Quatre étages plus bas, une douzaine de camions militaires roulaient à toute vitesse sur le Choverei Sion, vers le nord. Ils étaient recouverts de bâches mais, par les hayons ouverts, il pouvait voir qu'ils étaient bondés de soldats.

Il consulta sa montre. 11 heures. Il se souvint qu'il avait attendu Thorne jusqu'à 3 heures du matin, étendu sur son lit tout habillé, sans fermer l'œil. Après cela, il avait dû s'endormir.

Il y avait une télé près de la porte. Andreyev joua un bon moment avec les boutons, et vit enfin apparaître sur l'écran un homme au visage sombre, assis à un bureau, en train de lire quelque chose. Andreyev ne comprenait pas la langue, mais il avait l'impression que c'était de l'hébreu. Il laissa marcher l'appareil et alla se raser dans la salle de bains.

Comme il s'essuyait le visage, la voix passa de l'hébreu à l'anglais.

«Nous demandons à tous les non-résidents d'Israël d'écouter attentivement ce qui suit: Ce matin, à neuf heures, les forces syriennes ont attaqué nos positions sur les hauteurs du Golan. De nombreux combats se sont déroulés sur terre et dans les airs, mais le territoire israélien, à l'ouest du Jourdain, n'a pas été attaqué jusqu'à présent.

«Cependant, nous incitons tous les non-résidants à quitter le pays aussitôt que possible. Pour vous assister, nous avons établi l'horaire suivant: Si vous devez partir aujourd'hui, rendez-vous immédiatement à votre zone de départ. Si vous n'avez pas de billet valable pour aujourd'hui, on ne vous permettra pas de pénétrer dans cette zone. Cette interdiction sera mise en vigueur par des unités de la police et de l'armée. Les non-résidants dont le départ a été prévu pour demain, devraient partir. Pour ceux dont les dates de départ ont été fixées au-delà de demain, nous sommes en train de faire des arrangements spéciaux. Vous êtes priés de synthoniser ce canal, toutes les heures, à l'heure, pour recevoir des détails additionnels. N'appelez pas votre compagnie de transport et n'utilisez pas le téléphone, sauf en cas d'urgence. Si vous n'avez pas besoin de sortir, nous vous prions de rester chez vous, étant donné qu'il est essentiel de laisser la voie libre aux véhicules de l'armée.»

L'homme se mit à répéter la même annonce en français. Andreyev le coupa au milieu d'une phrase.

Que faire maintenant?

Où dont était Thorne?

«Au moins, je peux partir demain, se dit-il. Mais s'il y avait un retard, et que je rate mon contact à Helsinki...»

Il chassa cette pensée d'un haussement d'épaules et descendit prendre son petit déjeuner.

Il n'y avait que la moitié des garçons de service et les clients de l'hôtel étaient dans un état de grande agitation. Plusieurs familles se hâtaient de manger, leurs bagages posés à côté de leurs chaises, en attendant l'arrivée du car de l'aéroport. Andreyev pensa à Brigitte. Il se demanda ce qu'il adviendrait d'elle en cas de guerre mondiale.

«Sans doute la même chose que ce qui est arrivé à un si grand nombre de nos enfants, à l'arrivée des Allemands, pensa-t-il. Brûlés vifs, bombardés, affamés, fusillés. Les Américains ont eu de la chance; ils ne savent pas ce que c'est.»

Il regarda la table à côté de lui où une jeune femme essayait vainement de faire manger son petit déjeuner à son enfant. Le père éleva la voix. Le petit garçon se mit enfin à manger, l'air buté. Andreyev revit par la pensée les petits corps brûlés au napalm, en Afghanistan. On aurait dit des poupées noires, fendillées et sans cheveux.

Il repoussa son assiette et attira enfin l'attention d'un serveur. Payer avec la carte d'American Express ne lui procurait plus le même plaisir. La mère, le père et l'enfant-problème, sortirent sur les marches de l'hôtel, en traînant leurs bagages derrière eux.

Andreyev retourna à sa chambre. Un autre convoi de camions roulait vers le nord, sous sa fenêtre. Il s'étendit sur son lit et fixa le plafond. La combinaison tension-ennui commençait à faire des siennes; il avait de nouveau sommeil. Finalement, il s'assoupit.

Il fut réveillé par des coups frappés à sa porte. Il se leva du lit sans bruit et alla s'adosser au mur, à côté de celle-ci.

— Qu'est-ce que c'est?

— On m'a dit que M. Thurstan serait là ce matin.

Andreyev ouvrit la porte.

— Il est descendu déjeuner à la salle à manger. Aimeriez-vous l'attendre ici?

— Je peux rester vingt minutes.

Andreyev referma la porte sur l'Américain. Thorne portait une valise et avait l'air exténué. Une longue éraflure striait sa pommette gauche. Il mesurait environ deux pouces de plus qu'Andreyev, et il était plus mince que lui. Les deux hommes se jaugèrent un moment. Puis Thorne tendit la main; et Andreyev la lui serra.

— Navré d'arriver en retard, dit Thorne. Les Israéliens m'avaient mis sous surveillance, «pour protection»; ensuite, j'ai dû monter au Golan. Je n'ai pas beaucoup de temps; prenons tout de suite nos dispositions.

Andreyev porta sa main à son oreille et jeta un coup d'œil autour de la chambre.

— Le résident précédent travaillait pour nous, le rassura Thorne. Il n'y a pas de micros.

— D'accord.

Ils s'assirent sur le lit et commencèrent à établir les procédures à suivre à Moscou pour se contacter; positions de repli, indications à la craie sur les réverbères, un numéro de téléphone. Ils mirent deux heures. Au bout de ce temps, Andreyev dit en souriant malicieusement:

— Assurez-vous de toujours avoir assez de kopecks pour pouvoir donner un coup de fil.

Thorne lui rendit son sourire. Le Russe et lui avaient tout de suite sympathisé, à cause peut-être de leur professionnalisme mutuel et de leur avenir incertain.

— Je m'en assurerai. (Il se leva.) Je dois me sauver. À bientôt.

— Oui, à bientôt.

Andreyev brûla leurs notes dans un cendrier et jeta les cendres dans la toilette. Lorsqu'il revint dans sa chambre, Thorne était déjà parti.

Washington
8 août

La sonnerie du téléphone retentit pour la cinquième fois.

Harper se tira péniblement d'un profond sommeil. Les chiffres lumineux de sa pendulette marquaient 4 h 10. Il alluma la lampe de chevet et réussit à saisir le téléphone, tout en essayant de secouer les derniers vestiges du sommeil.

— Harper ici.

— Monsieur le directeur? On vous demande d'urgence à la salle des Cartes.

Harper fut tout de suite en alerte. La salle des Cartes, au deuxième sous-sol de la Maison-Blanche, était uniquement utilisée comme centre des services de gestion en temps de crise.

— Que se passe-t-il?

— Les Syriens ont attaqué le Golan, il y a deux heures.

— Merde! jura le D.C.I., et il raccrocha.

Sa femme Célestine se tourna vers lui et ouvrit les yeux. Habituée aux coups de téléphone intempestifs, elle n'avait pas pour autant appris à les supporter.

257

— Qu'est-ce que c'est?

— Les Syriens et les Israéliens se tapent de nouveau dessus. On m'appelle à la Maison-Blanche.

— C'est grave? demanda-t-elle, les yeux brillants d'inquiétude.

— Je ne sais pas encore. Ça pourrait l'être. Ils sont dans la salle des Cartes.

Harper cherchait ses pantoufles au bord du lit.

— Je vais te faire ton petit déjeuner.

— Non, merci quand même. Je vais me débrouiller.

Elle referma les yeux.

— Pourquoi ne peuvent-ils jamais commencer leurs guerres pendant les heures de bureau?

— C'est ce qu'ils ont fait. Il est onze heures du matin, là-bas.

Il mit son peignoir et alla se raser. Dans les arbres, quelque peu au-delà de la fenêtre de la salle de bains, un rouge-gorge pépiait. «Nous ferions bien d'appliquer le PLAN UN de RUBICON, réfléchit Harper. Pourvu que Thorne soit sur le chemin du retour. Le Russe aussi. Merde! c'est le dernier endroit où l'on aurait dû envoyer Andreyev.»

Il but une tasse de café et mangea un demi-pamplemousse dans la cuisine d'été, à l'arrière de la maison. Les oiseaux gazouillaient lorsqu'il ouvrit la porte de son garage. À l'est, le reflet des lumières de Washington masquait la lueur de l'aube. Il y avait de l'humidité dans l'air; la journée serait étouffante.

«J'espère qu'on aura assez de temps», souhaita-t-il en dirigeant l'Oldsmobile vers le centre-ville. «Faites, mon Dieu, que nous ayons assez de temps!»

La salle des Cartes était un centre de communications et de contrôle. Une énorme carte du monde était suspendue au

258

mur. Des voyants bleus, indiquaient les positions militaires américaines. Des rouges, les forces du bloc de l'Est. Des blancs, celles de l'O.T.A.N. et des autres alliés. Le rouge prédominait nettement. Les données projetées sur la carte, et l'affichage au-dessous, étaient traités par les ordinateurs géants de Langley, après avoir été transmis par le quartier général du commandement aérien stratégique du mont Cheyenne, à Omaha, et par diverses autres installations disposées à travers le pays et outre-mer. Il n'y avait sans doute aucun autre endroit au monde où il était possible d'obtenir de telles quantités d'informations.

Le président Law n'en paraissait pas particulièrement réconforté. Il était assis à une grande table en demi-lune, sur laquelle étaient placées des rangées de téléphones et de terminaux, lorsque Harper arriva. Deux douzaines d'hommes, militaires et civils, se trouvaient également dans la pièce. Plusieurs d'entre eux n'étaient pas rasés. On entendait les murmures étouffés des conversations téléphoniques.

— Monsieur le Président? dit Harper.

Law se retourna dans son fauteuil pour regarder le D.C.I. Il était furieux.

— Asseyez-vous, Cam.

Harper redoutait ce moment depuis son réveil.

— Comment se fait-il que vos gens n'aient pas été alertés sur ce qui se passe?

— Nous le savions. C'était dans les estimations d'hier.

— Les estimations ne prédisaient rien pour aujourd'hui. Elles disaient que ça ne se passerait pas avant plusieurs semaines, si ça avait lieu.

— Je sais, Monsieur le Président. Je vais me renseigner sur ce qui n'a pas marché.

Le président raidit sa mâchoire, puis se détendit.

— Si ça peut vous consoler, les Israéliens aussi ont été pris par surprise. Nous surveillons ce qui se passe sur le champ de bataille. Les Syriens paraissent bien se débrouiller. Qui est derrière cette attaque, pensez-vous?

— Riad Hallak, leur chef d'état-major. Il est apparu sur la scène il y a environ six ans, venu des rangs des officiers subalternes. Trente-huit ans. Et, d'après ce que nous savons de lui, brillant.

McKay, le secrétaire de la Défense, entra précipitamment. Il portait une sortie imprimée d'ordinateur.

— Voici un rapport sur la situation de la salle des ordinateurs, Monsieur le Président, dit-il, en étalant la sortie imprimée près du coude du président.

Law en prit connaissance.

— Brillant est le mot qui convient pour le décrire, dit-il. D'après ce rapport, les blindés syriens ont pénétré d'un kilomètre au-delà de la zone démilitarisée et ne sont plus qu'à 15 km de Naffakh. Parlez-moi de Naffakh.

— C'est le centre de commandement de la région centrale du Golan, répondit McKay. Sur la route principale menant aux ponts du Jourdain. C'est une partie essentielle des défenses d'Israël.

— Quel genre de résistance les Israéliens leur opposent-ils?

— Acharnée, Monsieur le Président. Leurs avions attaquent les Syriens pour retarder leur avance jusqu'à ce qu'ils aient pu masser leurs blindés pour une contre-attaque. Mais ils mettent du temps à se regrouper, comme s'ils n'y tenaient pas tellement. De plus, leurs attaques aériennes sont terriblement gênées par les missiles syriens. Des SAM-8. Les Syriens ont aussi en l'air un grand nombre de chasseurs.

— Cam?

— De grandes concentrations de blindés constituent une cible parfaite pour des armes nucléaires tactiques, dit Harper. J'imagine qu'ils veulent s'assurer la maîtrise de l'air au-dessus du champ de bataille, avant de concentrer leurs troupes. Ce serait pour eux une façon de protéger leur contre-attaque en cas d'attaque nucléaire.

McKay se retira après que Law lui eut donné congé d'un signe de tête.

— Et quelles sont les possibilités qu'ils aient recours à cela? demanda le président à Harper. D'un côté comme de l'autre?

— Il ne devrait pas y en avoir. Bien que, après nos erreurs de calculs et celles des Israéliens, j'hésite à faire des prédictions fermes.

— Particulièrement en ce qui concerne la Libye?

— Particulièrement. Mais je ne crois pas que Kadhafi oserait attaquer, à moins que les Israéliens soient vraiment dans de mauvais draps — ce qui n'est pas encore le cas. L'Égypte ne leur accorderait pas libre passage et les Israéliens savent se protéger du côté de la mer.

Law secoua la tête, visiblement préoccupé. Harper attendit.

— Cam, dit enfin le président, tandis que l'affichage des cartes clignotait à chacune de leurs transformations, qu'advient-il de votre projet dans tout cela?

— Il n'y a rien de nouveau depuis ce que je vous en ai dit hier. Notre homme est en Israël. J'espère le voir bientôt de retour.

Un aide murmura quelque chose à l'oreille du président. Law acquiesça et dit à Harper:

— Venez avec moi.

Il y avait une petite salle de conférences à côté de la salle des Cartes. Law referma la porte derrière eux et dit:

— Je vais être submergé par les diplomates, le Secrétariat d'État et le ministère de la Défense; je ne peux donc pas prévoir mon emploi du temps. (Il plaça son pied droit sur une chaise et se massa le mollet.) Toutes ces séances assises ne valent rien pour mes jambes. RUBICON PLAN UN. Nous devrions procéder à la prochaine étape. Qu'en pensez-vous?

— Je pense que ce serait sage, dit le D.C.I. Même si ça n'est pas une parfaite réussite, cela vaudrait mieux que de ne rien faire.

— Je vous répète que je n'envisage même pas la possibilité d'une première frappe.

— D'accord, Monsieur le Président. L'idée me répugne aussi. Mais aucun des scénarios prévoyant une réussite ne considère cela comme une condition essentielle. Ceux qui prévoient un échec, ceux-là prédisent la guerre dans tous les cas, même si nous ne tentions rien.

— Je dois retourner à côté. Envoyez votre homme à Moscou le plus tôt possible. Je mettrai le Comité au courant. Étant donné les circonstances, ils sont sûrs d'approuver. Comme vous le dites, c'est agir avec sagesse.

Le Golan
8 heures, le 10 août

Hallak commençait à se sentir fatigué. Depuis les premières minutes de l'attaque, il avait parcouru le front en tous sens, modifiant la progression de ses chars et de son infanterie mécanisée chaque fois que se raidissait la résistance israélienne, cherchant toujours le point faible, le transformant en brèche, jetant bataillon après bataillon sur les flancs de l'ennemi à la moindre occasion. L'avance s'était effectuée telle que prévue, jusqu'à ce que ses unités antiaériennes aient été affaiblies par leurs pertes et les difficultés de ravitaillement; c'est alors que les attaques aériennes d'Israël avaient commencé à coûter cher à ses unités de pointe.

Néanmoins, il était plus que satisfait. La carte des opérations de son quartier général avancé de Qatana indiquait des succès fantastiques: le Golan avait été occupé jusqu'à une ligne de partage allant du mont Hermon, piquant vers le sud, en passant par Masada, Mughur, El Birah, Sada, et encore plus bas jusqu'à Kafs el Ma, qui formait la charnière sud de l'attaque. Les Israéliens étaient toujours maîtres de Naffakh, malgré les féroces attaques de la 7e division blindée; mais Hallak croyait que les réserves syriennes, dont l'entrée en action était imminente, repousseraient les Israéliens jusqu'à la crête ouest du Golan. Et là, à l'endroit où l'ancienne route de

Damas traverse le Jourdain, il les prendrait au piège. Car le pont Benit Yacov, principale voie d'accès au Golan pour les renforts ennemis, avait été détruit le premier jour de l'attaque, par une unité aérienne spéciale, qui s'était sacrifiée en accomplissant son exploit. C'était là la clef d'un éventuel succès syrien, car les Israéliens avaient maintenant concentré suffisamment de chars d'assaut pour commencer une contre-attaque que Hallak souhaitait ardemment leur voir lancer.

Il avait intentionnellement agrandi le saillant vers le pont détruit. Durant la nuit, il l'avait si bien renforcé d'armes anti-chars et antiaériennes bien dissimulées que, malgré sa faiblesse apparente sur la carte des opérations, ce saillant était devenu une forteresse. Et lorsque les bataillons de chars et d'infanterie israéliens, et leur appui aérien, s'y seraient cassé les dents, les réserves syriennes, avançant sous la protection des missiles antiaériens SAM-9 et SAM-8, repousseraient les restants des forces sionistes jusqu'aux escarpements du Jourdain, où elles les détruiraient.

On pourrait alors parler d'un cessez-le-feu.

Son principal aide de camp pénétra dans la salle des Cartes.

— *Fariq* Hallak, dit-il, les commandants du saillant nous avisent que les Israéliens commencent à bouger. Votre hélicoptère est en attente.

Hallak se sentit très soulagé. Il avait craint que les Israéliens refusent de concentrer suffisamment de blindés pour monter une contre-attaque, par crainte d'une bombe nucléaire syrienne. Mais, selon toutes les apparences, ils avaient décidé de tenter le coup. C'était précisément ce qu'il souhaitait. Si les Israéliens avaient choisi de battre en retraite, l'utilisation du saillant n'aurait plus sa raison d'être. À l'image de Rommel, il avait misé sur l'agressivité de l'ennemi.

Les rotors de la Gazelle tournaient déjà lorsque Hallak sangla ses courroies. Dans un tourbillon de poussière jaunâtre, l'hélicoptère décolla et tourna vers l'ouest. Le pilote maintenait son altitude à un maximum de 200 m; même ici, très à l'est, ils couraient le risque d'une rencontre avec des chasseurs israéliens.

Tandis que la Gazelle plongeait et s'élevait suivant le plissement des collines, Hallak étudiait le terrain. Au début, il ne vit aucun signe de combats; puis, comme ils se rapprochaient de Kuneitra, il remarqua quelques véhicules calcinés ou le noir éclaboussement d'un avion écrasé. Les débris se firent de plus en plus fréquents. Près de Sindiyana ils virent un affreux spectacle: une colonne de chars d'assaut Centurion d'Israël qui avait été surprise dans un défilé par des avions syriens. Certains chars brûlaient toujours; mais on ne voyait aucun corps.

Un peu plus loin, une unité syrienne mécanisée avait connu un sort identique sous le feu d'une escadrille d'assaut israélienne. Mais cette fois, il y avait des corps à moitié sortis des écoutilles des transports de troupes blindés, et étendus dans des poses grotesques entre les rochers, le long de la piste. Les morts, brûlés par le feu ou le soleil, paraissaient noirs. La puanteur qui en émanait atteignait même le cockpit de l'hélicoptère.

Hallak fronça les sourcils, mais non à cause de l'air empesté. Des transports d'infanterie syriens auraient dû se trouver sur cette route, amenant des renforts aux troupes du saillant. Ils n'étaient nulle part visibles. Il avait bien fait de décider de se rendre au quartier général du colonel Dirouzi.

La pointe du saillant englobait Amudiye, à seulement 3 km de la route menant au pont Benit Yacov. Bien que ce dernier ait été détruit, les Israéliens ne pouvaient risquer d'en être privés; aussi Hallak avait-il compté qu'ils se battraient sauvagement pour en garder le contrôle. Il avait vu juste. Comme la Gazelle se posait sur un coin de terrain plat à proximité du bunker de commandement du saillant, il aperçut de petits nuages de poussière dans le lointain, du côté de la route. Les Israéliens avançaient.

Le colonel Yusuf Dirouzi parut à l'entrée du bunker au moment où l'hélicoptère poussait ses derniers gémissements. Hallak, dès la formation du saillant, lui en avait confié le commandement. Il était en effet l'un des rares officiers supérieurs à pouvoir être comparé à Hallak lui-même. C'était de plus un expert de la guerre de position, exactement l'homme qu'il fallait à Hallak pour commander les troupes du saillant. Le chef d'état-major se réservait, par contre, le choix du moment et de l'endroit de la contre-offensive syrienne qui devait commencer dès que l'échec de l'attaque israélienne contre le saillant serait assurée.

Dirouzi fit le salut militaire. Hallak lui rendit son salut, disant :

— J'espère que vous êtes en bonne santé?

Dirouzi sourit, découvrant, sous sa moustache, une rangée de dents crochues.

— Ma santé compte pour peu, en regard de ce que nous devons faire aujourd'hui, *Fariq*, dit-il. Ou plutôt, en comparaison de la vôtre, que je souhaite excellente.

— Elle l'est, répondit Hallak.

Une fois ces formalités accomplies, il demanda :

— Où sont les unités de renfort de l'infanterie? Elles auraient dû se trouver sur la route d'El Kushniye. Je n'en ai vu aucune.

Le sourire de Dirouzi s'évanouit.

— On m'a rapporté, il y a une heure à peine, qu'elles étaient déjà en mouvement.

— Elles ne le sont pas, dit Hallak, retenant un juron. Montrez-moi où elles devraient être.

Dirouzi se fit apporter une carte par un officier.

— Elles devraient être ici, dit-il en indiquant la position du doigt, si elles s'étaient mise en mouvement au moment prévu. Mais elles n'ont pas le droit de se servir de leur radio et ne répondront pas à nos ordres de peur d'être trompées par Israël. (Il montra la distance à parcourir sur la carte.) Il vaut mieux que j'aille voir. Ce n'est qu'à 6 km d'ici, et la route est sûre. (Regardant sa montre.) J'ai le temps. Les signaux radar ne révèlent aucune attaque aérienne immédiate, et c'est par là que les Juifs commenceront. Et tout est prévu. Les commandants d'unités savent ce qu'ils ont à faire.

Hallak se tira le bout de l'oreille.

— Je n'aime pas vous voir vous éloigner d'ici, même pour une heure. Attendez. On va s'y rendre dans la Gazelle ; ça ne mettra même pas une demi-heure. Quand on aura trouvé la colonne, on se posera et on les questionnera.

— Oui, *Fariq*, dit Dirouzi.

Il se tourna vers l'officier qui lui avait apporté la carte et la lui rendit.

— Le major Saleh prendra le commandement jusqu'à mon retour.

Ils montèrent dans la Gazelle. Alors que l'hélicoptère décollait, Hallak aperçut des lueurs et de la fumée à l'intérieur et autour du périmètre du saillant. «L'artillerie israélienne qui tente d'atteindre ses cibles, pensa-t-il. Pas facile dans ce pays de roches et de crevasses.»

À 2 km de là, un opérateur d'unité mobile de radar syrienne maudissait l'équipement soviétique qui, sans préavis et après avoir fonctionné parfaitement depuis deux semaines, venait de le lâcher. Pis encore, Le module de secours ne fonctionnait pas non plus. Voilà qui était grave, car le radar était responsable de la préalerte d'une attaque aérienne dans l'arc décrit entre Mughur et Suleiquiye. Il signala l'unité défectueuse à son commandant qui se mit à réclamer son remplacement de toute urgence — vingt minutes après que le radar fût hors de service.

Un avion de reconnaissance israélien nota l'absence du radar syrien, et la signala au contrôle aérien de Mahanayim. L'information fut immédiatement retransmise à une formation de quatre avions d'attaque au sol Kfir C2, qui foncèrent sur la brèche dans la défense syrienne. Le radar et les installations E.C.M. constituaient des cibles prioritaires ; les détruire alors qu'elles ne pouvaient se défendre était l'idéal.

La Gazelle dans laquelle se trouvaient toujours Hallak et Dirouzi, volait à une altitude de 50 m, à moitié chemin entre le bunker du quartier général du saillant et El Birah, lorsque les Kfir, qui ne volaient qu'un peu plus haut, parurent à l'horizon. L'hélicoptère se trouvait presque devant l'Israélien de tête; son pilote identifiant l'hélicoptère ennemi, lui lâcha une salve d'obus de son canon de 30 mm.

Il n'eut pas le temps d'en faire plus, mais c'était suffisant. Douze obus atteignirent la Gazelle — huit dans son moteur et son réservoir de carburant qui prit feu instantanément. Les neuvième et dixième tuèrent le pilote. Les deux derniers emportèrent le couplage des rotors, renversant la Gazelle sur le dos.

La dernière pensée d'Hallak, au moment où la Gazelle allait s'écraser sur la route, alla à son adjoint, à Damas: «Pardonne-moi, Allah, je n'aurais pas dû emmener Dirouzi. Cet idiot de Koussir ne saura jamais quoi faire. J'ai échoué.»

Le Kremlin
10 h à 11 h, le 11 août

Toutes les salles de conférences, en Russie comme ailleurs, se ressemblent. Celle-ci ne faisait pas exception à la règle : chaises à hauts dossiers, une longue table recouverte de feutre vert — caractéristique des salles de conférences soviétiques, Dieu sait pourquoi — et, pour identifier d'encore plus près la nationalité de la pièce, un portrait de Lénine accroché au mur, en face des grandes fenêtres donnant sur la cour de l'Arsenal du Kremlin. Deux drapeaux rouges, brodés au fil d'or du marteau et de la faucille, flanquaient le fauteuil à la tête de la table.

Cette salle servait aux réunions mensuelles du Conseil de la Défense soviétique, organisme chargé de coordonner les désirs du Politburo et les activités du ministère de la Défense et de l'état-major. La séance en cours, le matin du 11 août, sortait toutefois de l'ordinaire. Les chaises autour de la table étaient occupées par Boyarkine, président du Conseil, Morosov, Gresko, Fyodor Klyuchine (nouveau chef du M.V.D., en remplacement de Blinov, devenu premier secrétaire du Comité central), Blinov lui-même et les second et troisième secrétaires du Comité central. Tous, à l'exception de Boyarkine, paraissaient tendus et fatigués. Boyarkine, au contraire, semblait exalté, dans l'expectative. Ses yeux brillaient lorsqu'il jeta un regard autour de la table.

269

Il s'éclaircit la gorge, et dit:

— Ce matin, à la première heure, j'ai reçu une communication du président Nawahi, de Syrie. À cause de la détérioration de la situation militaire au Golan depuis la mort du général Riad Hallak, il réclame un pont aérien d'armes et de munitions pour remplacer celles qui ont été détruites hier matin au cours de la contre-attaque sioniste. Monsieur le ministre Kotsarev, je vous demanderais de bien vouloir récapituler les dernières vingt-quatre heures au Golan.

Kotsarev ouvrit d'une chiquenaude un rapport à couverture rouge et commença à lire: «À 8 h 52, heure de Damas, hier, les Israéliens ont lancé une contre-attaque sur le saillant syrien, à Amudiye. Pour des raisons non déterminées jusqu'à 18 h, les réserves qui auraient dû appuyer les défenseurs du saillant, ne sont pas arrivées. À 15 h, aidés par la panne de commandement et de contrôle syriens dans le saillant et ailleurs, les Israéliens avaient percé en profondeur les défenses syriennes. La situation continua de se détériorer jusqu'à 17 h, heure à laquelle les forces israéliennes mécanisées, après avoir étranglé le saillant, atteignirent les arrières syriens. À 18 h, notre mission militaire de Damas a été avertie de la mort du général Hallak et du commandant des troupes du saillant dans un accident d'hélicoptère, ainsi que du fait que le lieutenant-général El Koussir prenait le commandement de l'armée. Selon notre mission militaire, Koussir n'a pas la compétence voulue pour faire face à la situation, ce qui n'a pas empêché le président Nahawi de le confirmer dans son commandement. À la tombée de la nuit, les Israéliens avaient pénétré jusqu'à Juwayza, et l'attaque syrienne contre Naffakh était arrêtée. À 8 h, ce matin, les Israéliens formaient une ligne Masada-Kuneitra-El Bassah et montraient tous les signes de vouloir reprendre l'offensive. Ils ont finalement réussi à réparer le pont Benit Yacov durant la nuit et d'importants renforts leur sont envoyés par le commandement de la région Nord. On rapporte aussi que les Américains organisent clandestinement leur ravitaillement, et que plusieurs avions chargés de matériel de guerre ont atterri à Mahanayim, la nuit dernière. Ce dernier rapport n'est pas confirmé et l'on pense que l'opération de ravitaillement ne pourra pas en être une d'envergure, à cause de la difficulté qu'auraient les Américains à obtenir, de l'Espagne, le droit de survoler son territoire s'il s'agissait d'un important pont aérien militaire. Il y a des indications selon lesquelles l'aviation syrienne commencerait à s'effondrer; la retraite de leur armée a, par ailleurs, sapé le moral des troupes.»

Kotsarev referma la chemise et leva les yeux.

— Rien d'étonnant à ce que leur moral soit un peu bas. Ils sont allés d'une victoire certaine à une défaite probable en l'espace de seize heures.

— C'est une défaite que nous ne pouvons tolérer, dit Boyarkine, avec un sourire glacial. Le président Nahawi est d'accord avec moi. En plus du ravitaillement, il réclame des techniciens et des pilotes pour renforcer leurs défenses aériennes. De plus, si Israël décidait de poursuivre sa contre-offensive en territoire syrien, il nous demanderait de l'aide sous forme d'infanterie et de véhicules blindés. Il ne semble pas d'avis que ses troupes puissent résister à une attaque sioniste contre Damas, surtout depuis que Moubarak a déclaré que l'Égypte resterait neutre dans ce conflit. Les arrières israéliens sont bien protégés, de sorte qu'ils peuvent lancer toutes leurs forces contre Damas.

Il y eut un silence, après lequel Boyarkine reprit:

— Je recommande fortement au Conseil que nous commencions immédiatement ce ravitaillement et que nous nous préparions à envoyer en Syrie par voie des airs plusieurs bataillons mécanisés, si cela devenait nécessaire — et je souhaite que ça le devienne. Une importante présence militaire soviétique dans ce pays aiderait sûrement à cimenter nos relations avec Damas.

Gresko ne put s'empêcher d'admirer, malgré lui, la perfidie de Boyarkine. Une fois que les troupes russes seraient dans le pays, étant donné l'état de choc dans lequel se trouvaient les militaires syriens, le contrôle du gouvernement du président Nahawi serait à portée de la main.

— Mais que se passera-t-il si Nahawi utilise ses armes nucléaires? demanda-t-il. Il deviendrait alors très dangereux pour Israël d'envahir la Syrie.

Boyarkine eut un haussement d'épaules indifférent.

— Nous gagnerions quand même. Si Israël ne contre-attaquait pas avec ses propres bombes, l'invasion s'arrêterait. Sinon, et si les deux pays s'entre-détruisaient, nous serions perçus comme la nation qui a tenté d'aider la Syrie à se défendre, jusqu'à et y compris un échange de bombes nucléaires. Damas ne veut après tout que reprendre ce qui lui appartient de droit. Nous aurions beaucoup plus de poids auprès des Arabes. Et nous ferions de la Syrie, en aidant à sa reconstruction, un véritable état socialiste.

— Et que fait-on de la possibilité d'une guerre mondiale? demanda Kotsarev, qui avait rougi jusqu'aux oreilles.

— Les Américains ne nous attaqueront pas simplement parce que les Syriens, que nous les aidions ou non, se défendent. Ils ne le feront pas davantage si les deux pays se dévastent mutuellement. Qu'auraient-ils à gagner? Ils protesteront, sans plus. D'ailleurs, il y a des années que les Américains ne se sentent plus à l'aise avec leurs compères israéliens; depuis que Begin, avant sa mort, s'était mis à recourir aux tactiques sionistes d'irréductibilité. (Boyarkine regarda les hommes autour de la table.) Je dépose officiellement cette motion, et demande le vote.

Kotsarev et Gresko furent les seuls à ne pas lever la main.

— Résolution approuvée, dit Boyarkine. Monsieur le ministre Kotsarev, voulez-vous y voir?

— C'est une question de logistique... bredouilla Kotsarev. Nous avons besoin de...

— Assez! dit Boyarkine.

Kotsarev se tut. Il y eut un long silence.

— Dois-je comprendre, reprit enfin Boyarkine, qu'après avoir préparé ce genre de chose depuis plus de vingt ans, votre ministère est incapable de prendre maintenant ses responsabilités?

— Non, dit Kotsarev désespérément. Mais...

— Pouvez-vous ou non y voir?

Kotsarev attendit un instant avant de répondre.

— Oui.

«Damné Kotsarev! pensa Gresko. Il aurait dû lui donner l'impression que c'était facile. On aurait ensuite pu retarder le mouvement pour toutes sortes de raisons. Maintenant, c'est fichu.»

— Dans les délais prévus?

— Oui. Nous pouvons le faire.

— Excellent. Alors, faites-le.

Moscou
Quartier général de l'état-major soviétique
21 h à 23 h 30, le 11 août

— Excellent! dit Kotsarev, bien qu'il ne l'ait pas du tout pensé.

Il regarda les cadres supérieurs du ministère de la Défense, assis autour de la table : les cinq commandants des groupes de combat, le chef du Directorat politique (G.L.A.V.-P.U.R.) et le maréchal Pavel Travkine, chef de l'état-major soviétique. Ce dernier était le seul, parmi les personnes présentes, à connaître les intentions du G.R.U. De fait, il avait participé, avec Youchenko, à l'étude préliminaire du complot anti-K.G.B.

— Excellent! répéta Kotsarev. Le processus de ravitaillement commencera demain matin, à 8 heures, aux dépôts de Kiev. Les munitions d'abord ; ensuite, les missiles antichars et antiavions ; puis les véhicules blindés et les fournitures médicales, le tout accompagné des conseillers désignés. (Il se tourna vers le commandant des opérations.) Êtes-vous sûr que les conseillers auront été avertis, et qu'ils seront prêts à partir avec cette première vague?

— Oui, Monsieur le Ministre.

275

— Maréchal Travkine. Les six bataillons mécanisés aéroportés peuvent-ils être prêts à se mettre en mouvement à quatre heures d'avis jusqu'à nouvel ordre?

— Oui, Monsieur le Ministre. De plus, nous avons détourné sur Kiev quarante de vos avions de transport stratégiques Antonov-22, pour y faire la navette avec la Syrie, via Belgrade. Dès demain soir, on pourra les utiliser pour le ravitaillement en chars. Nous serons donc en mesure de transporter quatre-vingts chars T-64 à Homs et Es Suweidiya en trente-six heures, avec leurs équipages et des réserves d'équipement, dès que le mot d'ordre sera donné. Des avions de chasse Mig-23 envoyés à Lattaquié deux heures avant l'arrivée des avions de transport, pourront assurer la protection aérienne.

«Quatre-vingts chars, réfléchit Kotsarev. Un régiment mécanisé au complet, avec quelques réserves en plus. Et peu après, d'autres réserves. Avec six bataillons d'infanterie aéroportés, l'Union soviétique pourrait alors compter sur la force de son armée en Syrie. Et si le pont aérien devait se continuer quatre jours de plus — ajoutés aux deux premiers — il devrait nous être possible d'avoir là-bas les armes de combat d'une division mécanisée — si les Américains le permettent.»

— Veillez aux détails, dit-il, en se tournant vers le chef du G.L.A.V.P.U.R. Il n'y a rien dans tout cela qui vous inquiète?

— Non. Tout est dans l'ordre.

— Très bien.

Kotsarev se leva, mettant fin à la réunion.

En sortant, le maréchal Travkine lui lança un coup d'œil interrogateur. Kotsarev inclina légèrement la tête pour lui signifier que tout allait comme prévu.

L'officier du G.L.A.V.P.U.R. ne s'aperçut de rien. Ce qui valait mieux.

Vingt minutes plus tard, Travkine et Kotsarev attendaient dans le bureau de ce dernier. On avait bien vérifié, le soir même, que celui-ci ne recelait pas de micros cachés, mais Kotsarev n'était quand même pas tranquille. Il avait par moments l'impression que les murs eux-mêmes étaient des microphones et des caméras, enregistrant ses moindres tics.

On frappa à la porte.

— Entrez! dit Kotsarev.

Le général Youchenko et le colonel Stanislas Vakoula pénétrèrent dans la pièce et firent le salut militaire. Kotsarev les invita à s'asseoir.

— Il est arrivé? demanda le ministre.

— Oui, répondit Youchenko. Il est en bas.

— Il est revenu juste à temps, enchaîna le colonel Vakoula. Les Américains l'ont pris des mains du G.R.U., à Washington, et l'ont expédié, de même que son contact de la C.I.A., vous ne devinerez jamais où: en Israël!

— Sainte Mère Russie! s'exclama Travkine. Quelle idée!

— C'est sans importance maintenant, intervint Kotsarev. La réunion initiale a-t-elle été arrangée?

— Oui.

— Kareline? Ça va?

— Ça devrait.

— Le K.G.B. continue de s'agiter au sujet de supposées opérations non approuvées par lui aux États-Unis — brouillaminis juridiques — mais Kareline a une source de renseignements aux échelons inférieurs du Secrétariat d'État. Nous le leur révélerons et ça les rendra heureux pour quelque temps. Le major Andreyev et l'Américain pourront se voir en toute liberté, ou presque. Nous voudrions donner l'impression que nous tentons de le recruter. Le Second directorat voudra contrôler cette opération quand ils en prendront connaissance, mais nous pouvons bloquer cela indéfiniment. Assez longtemps pour nos fins, en tout cas.

— Très bien, dit Kotsarev. Mais revenons à nos moutons. La date de l'opération dépendra pour une bonne part des événements en Israël et en Syrie. La situation n'est pas encore assez critique pour que nous puissions proposer, sans éveiller les soupçons, l'exercice de protection Souvorov. Et nous avons besoin de temps pour planifier notre tactique. Nous ne pouvons absolument pas être prêts avant le dix-neuf parce que notre unité militaire clé ne sera pas de retour avant le seize. Le vingt ou le vingt et un seraient des dates idéales — à condition que la situation internationale permette l'exercice Souvorov.

— Et si ce n'était pas le cas?

— Il faudra agir de toute façon. Nous sommes déjà allés beaucoup trop loin pour pouvoir nous arrêter maintenant. À plus ou moins courte échéance, le K.G.B. découvrira quelque chose. Il est déjà assez ennuyeux que nous ayons à obtenir leur assentiment pour réaliser Souvorov! Notez toutefois que cela pourrait tourner à notre avantage: ils ne seront pas alertés par les premiers mouvements de troupes, ce qui nous donnera un peu plus de temps.

— La période critique se place donc, pour nous, entre maintenant et le 19 août, dit Travkine.

— Oui. Nous pourrions toujours tenter d'aller de l'avant avec ce que nous avons en main, mais nous ne serions pas sûrs de réussir.

Les quatre hommes se turent momentanément réfléchissant à ce que leur coûterait un échec. Puis Youchenko dit:

— Colonel Vakoula. Vous pouvez dire au major Andreyev d'informer l'Américain que nous serons prêts à agir dès le 19 août. Si cela devenait indispensable, nous pourrions agir encore plus tôt mais, dans ce cas, nous les aviserions. Jusque-là, nous leur demanderons d'agir avec circonspection, en dépit de la situation au Moyen-Orient.

Sauf pour le lit de camp et la toilette chimique, Andreyev aurait pu se trouver dans la même pièce que celle où il avait rencontré, des semaines plus tôt, le général anonyme. Et tout comme la dernière fois, il était seul, et il attendait.

Il n'y avait pas eu de problème pour retraverser la frontière en revenant de Finlande. Les ordres de marche que lui avaient remis les hommes chargés de le faire passer, l'avaient mené directement de Selznevo à la base aérienne de Koubinka, le matin même. Une voiture de l'armée l'amena au quartier général, où on l'avait conduit à cette pièce et nourri. En attendant de voir ce qu'ils feraient de lui, il s'était étendu sur le lit et regardait le plafond. Sa montre marquait 23 h 15, mais il n'arrivait pas à se rappeler si en la mettant à l'heure, il avait tenu compte de tous les fuseaux horaires qu'il avait traversés.

Il y avait une carafe d'eau sur le pupitre, à côté des restes de son repas. En soupirant, il sortit son rasoir et son savon à barbe de son nécessaire, et se servit d'un peu de l'eau de la carafe pour se raser. La lame était émoussée, et l'eau glacée, mais une fois qu'il eut rincé son visage au-dessus de la toilette, il se sentit mieux. Il s'essuya avec le papier de toilette rugueux comme du papier de verre et s'assit en mordillant un quignon de pain, d'un air morose.

Sans avertissement, il entendit le déclic de la serrure, la porte s'ouvrit en coup de vent.

L'homme qui se profilait sur le mur du couloir n'était nul autre que le colonel qui lui avait rendu visite à l'école de formation tactique.

— Major Andreyev, vous souvenez-vous de moi?

— Colonel Loukachine!

— Plus maintenant. Ici, je suis le colonel Vakoula. J'espère que vous vous êtes bien reposé. Nous avons beaucoup à faire...

Moscou
12 août

On leur avait procuré un petit bureau à l'étage supérieur de l'ambassade, ainsi que deux chambres à coucher normalement mises à la disposition des cadres supérieurs de Washington. Les chambres étaient mitoyennes, mais n'avaient pas de porte communicante.

Jocelyne et Thorne attendaient dans le bureau. La fenêtre derrière la table de travail donnait sur l'arrière de l'ambassade, du côté de la rue Bolshaya et de la courbe nord de la Moskova, à l'endroit où elle coule sous la Perspective Koutouzovsky. Il était 6 heures du soir, heure de Moscou.

— Finn n'est pas heureux, je pense, dit Jocelyne.

Elle était assise derrière la table de travail. Elle avait enlevé ses souliers d'un coup de pied et balançait maintenant ses talons sur le bord de la corbeille à papiers.

— Non, acquiesça Thorne.

Sa transformation en agent de la C.I.A. le troublait toujours, bien qu'il ait su qu'il n'en pouvait être autrement. Les séances d'information de Round Lake n'avaient été que de la théorie; ceci, c'était la réalité. En dehors du complexe de l'ambassade, il y avait des dizaines de milliers d'employés du

K.G.B. qui obtiendraient une promotion immédiate s'ils découvraient sa véritable activité.

— Tu ne peux guère blâmer Finn, dit-il. Si j'étais chef de station pour la C.I.A., je n'aimerais pas non plus nous voir arriver à l'improviste.

— Tout à fait vrai. (Elle regarda sa montre.) Tu dois partir dans dix minutes.

— Oui, répondit Thorne.

Il se leva et Jocelyne le regarda intensément.

— J'espère que ça va marcher! dit-elle.

Il avait été très tranquille depuis son arrivée à Moscou. Son identité d'emprunt était celle d'un officier de sécurité interne venu remplacer un homologue malade, ou que les Russes croyaient malade. Quant à son rôle à elle, dans le contexte de l'ambassade — toujours selon le contrôle des passeports soviétiques — c'était celui de superviseur additionnel pour le centre de codage et de communications de l'ambassade.

— Ça va marcher, dit Thorne.

Il contourna le bureau et vint l'embrasser.

— Ne t'inquiète pas.

Quand il fut parti, elle remit ses souliers et posa les pieds sous le bureau. «Si seulement Stein n'était pas mort, pensa-t-elle. Ça l'a ébranlé. Ça, et le fait que ses enfants soient à Los Angeles. Comme je voudrais qu'on n'ait jamais été mêlés à toute cette histoire. Et n'avoir jamais pénétré dans cette horrible scénario enfoui dans le 220. Ils nous ont pris au piège tous les deux, Thorne et moi.

«Et ils vont exiger que nous trahissions le G.R.U. — ce que Harper avait appelé la Quatrième option, là-bas, à Langley, avant que David n'entre dans le bureau. Le K.G.B. va tuer Nikolai Andreyev, qui est devenu l'ami de David, et je sais que ça arrivera et ne peux rien dire. Parce que si la place Dzerjinsky appréhendait David, il doit en savoir le moins possible. Que le diable les emporte tous: Russes, Israéliens, Syriens, Libyens, et oui, Américains aussi!»

Elle essuya une larme sur le côté de son nez et se força à se remettre au travail.

Comme il s'y attendait, Thorne acquit deux traîne-savates du K.G.B. à l'instant même de sa sortie des grilles de l'ambassade. On les aurait renseignés sur le travail qu'il avait à effectuer à Moscou; en tant qu'expert en matière de sécurité, il valait la peine d'être surveillé. On supposerait à la place Dzerjinsky qu'il serait heureux, si l'occasion se présentait, de recruter tous les membres de Politburo.

Il marcha jusqu'à la station de métro Barrikadnaya, déposa une pièce de cinq kopecks dans le tourniquet et prit l'escalier roulant pour descendre. Ils étaient toujours là, à une quinzaine de mètres derrière lui. De gros hommes trapus, portant des complets fripés, de fabrication russe. Ses propres vêtements occidentaux attiraient l'attention des mornes citoyens soviétiques.

Il atteignit le quai et examina le décor de la station. Il était très luxueux, selon les normes occidentales. Des mosaïques sur les murs, des lustres. Et pas l'ombre d'un graffiti.

«Pas de pulvérisateur de peinture à vendre ici, pensa-t-il. Et même si on pouvait en acheter, personne n'oserait s'en servir dans le métro de Moscou. Ça coûterait dix ans de goulag.»

Le métro arriva. Il réussit à monter à bord et à s'introduire entre les douzaines de Moscovites qui s'y pressaient. Des odeurs de corps non lavés et des relents de vodka rendaient l'air irrespirable. Il avait devant lui une femme dans la quarantaine — son visage pratiquement collé contre le sien — qui portait un filet à provisions contenant des oignons. Elle inspecta minutieusement son complet puis détourna la tête.

Les agents du K.G.B. étaient montés dans le même wagon, et se tenaient à un mètre derrière lui. La rame démarra vers la station Kievskaya en direction sud. Thorne avança lentement, en jouant des coudes, vers les portes à l'avant. L'un des guetteurs du K.G.B. le suivit; l'autre demeura aux portes du centre.

Le train ralentit en approchant de la station Kievskaya. Thorne avait atteint les portes, son suiveur sur les talons. Il aperçut la station: fresques, céramique et lustres. Le second agent se tenait sur la pointe des pieds, et il surveillait Thorne par-dessus la tête des autres passagers.

Les portes s'ouvrirent bruyamment. Thorne descendit. L'agent du K.G.B. lui emboîta le pas. L'autre attendit de voir si Thorne n'allait pas remonter à bord à la dernière seconde, échappant ainsi à son acolyte.

Thorne se dirigea vers l'avant de la rame, jugeant que le second traîne-savates descendrait dès qu'il se serait suffisamment éloigné. Les portes d'arrière du prochain wagon n'étaient plus qu'à six pieds. Les agents du K.G.B. devaient tous deux se trouver sur le quai maintenant.

Une jeune femme, un enfant dans les bras, suivait Thorne, lui touchant presque le coude droit. Les portes n'étaient plus qu'à trois pieds.

Il avait suffisamment attendu. Il trébucha, se projeta à droite et de côté, repoussant la femme derrière lui. Celle-ci percuta l'agent du K.G.B. qui, instinctivement, tendit les bras pour l'empêcher de tomber avec son enfant.

Les portes se refermaient. Thorne se glissa entre elles avec à peine un demi-pouce de jeu, et la rame démarra.

Thorne ne regarda pas par la fenêtre.

Le Zalatoi était une sorte de libre-service appelé un *stolo-viye*, pris en sandwich entre deux restaurants plutôt huppés de la rue Gorkovo. Thorne y entra, alla jusqu'au long comptoir et attendit d'être servi. Au bout d'un moment convenablement socialiste, une petite femme au teint terreux vint se placer en se dandinant à l'intérieur du comptoir, et le regarda avec curiosité. Son complet occidental avait surtout retenu son attention.

— *Kotleta*, dit-il. *Pazahlsta*.

— Um... marmonna-t-elle en mettant une croquette de viande sur une assiette fêlée. Patates?

— S'il vous plaît.

Elle ajouta les légumes.

— J'imagine que vous voulez quelque chose à boire aussi? Vous autres Polonais, vous aimez toujours prendre un coup.

Il fut décontenancé.

— Polonais?

— Vous êtes pas polonais?

— Non.

— Tchèque alors. J'aurais dû m'en douter. Vous autres, les étrangers, vous essayez toujours de parler comme nous. Combien en voulez-vous?

— Combien de quoi?

— Vous êtes sourd ou quoi? Combien de vodka?

Il réfléchit rapidement.

— Cent grammes.

Elle versa l'alcool dans un verre plus ou moins propre.

— On ne trouve pas de l'aussi bonne vodka en Tchécoslovaquie, je parie!

— En effet.

— Vous devriez nous ressembler plus. Un rouble cinquante.

Il paya et apporta son verre et son assiette à une des longues tables alignées contre le mur du fond. Le couteau et la fourchette étaient tachés de rouille et gras au toucher. Il mangea la viande grisâtre du bout des dents, d'un air désabusé. «Andreyev sera là dans cinq minutes; à moins qu'il ne faille recourir à la position de repli.» Il but quelques gouttes de vodka.

Les tables commençaient à se remplir. Des ouvriers au physique robuste et des employés portant des lunettes démodées aux montures épaisses réclamaient du service au comptoir devenu désert. Des vendeuses de magasin, çà et là dans la queue, pouffaient de rire. La femme au teint terreux reparut finalement.

— 'Spèce de vache! vociféra l'un des ouvriers. Qu'est-ce que tu foutais? Tu faisais de la vodka avec tes patates? Ou bien tu te l'envoyais?

— Regarde-la. Elle se l'envoyait, bien sûr, renchérit son copain. Regarde-lui les yeux. Elle est pas capable de voir quand y'a des clients.

— D'où ce que vous sortez, vous autres? leur demanda-t-elle, en lançant une *kotleta* sur une assiette. Magnitogorsk! Non, les ouvriers de Magnitogorsk puent moins que ça.

Thorne poussa un long soupir. Les Russes, à moins de se connaître, sont les gens les plus mal élevés du monde.

— D'où'ce qu'y vient, çui-là? demanda une jolie voix de femme.

Thorne leva les yeux. Une demi-douzaine de personnes dans la queue avaient les yeux braqués sur lui. Les gens attablés le regardèrent brièvement, retournant aussitôt à leur mastication.

— Me d'mandez pas, dit la femme derrière le comptoir. Y'est entré sans crier gare. Un Tchèque. Tourisse.

— Un autre délégué commercial, dit un homme maigre, à la tête de la file, qui vient nous dire comment mieux faire les choses. Comme si on en avait besoin!

286

Thorne savait très bien que les Russes détestaient les étrangers, sauf en certaines circonstances. Et ceci n'en était pas une. Il regarda l'homme maigre et but deux autres grammes de vodka.

L'homme maigre prit son assiette et son verre et vint s'asseoir à la table de Thorne, en face de lui.

— Qu'est-ce qui vous donne l'idée, à vous autres Tchèques, que vous faites les choses mieux que nous? Hein?

Ça se gâtait.

— Comment donc s'appelle le dernier Tchèque à avoir conçu un de vos vaisseaux spatiaux? demanda Thorne.

Le Russe réfléchit profondément.

— Il n'y en a pas eu.

— Précisément! dit Thorne. Vous, les Russes, vous avez tout fait les premiers. Nous n'avons fait que vous épauler.

Un des ouvriers se joignit à eux.

— Qu'est-ce qu'y raconte?

— Il dit qu'ils nous ont aidés.

— Ah oui? (Il mordit dans sa croquette et enchaîna, la bouche pleine.) On n'a besoin d'aide de personne. Putains de Tchèques. Putains de Polonais. Toujours du côté des Américains. Mon grand-père me l'avait bien dit. Les Tchèques ont aidé les Russes blancs pendant la révolution. (Il cracha par terre.)

— Je n'y étais pas, vous savez, dit Thorne. Souvenez-vous, je vous en prie, que nous sommes maintenant tous des camarades, luttant ensemble contre l'Ouest capitaliste. On devrait boire à ça, tenez! Une bouteille à trois. Buvons à la cause soviétique!

Il plaça un billet de dix roubles sur la table.

Les hommes lui portèrent un intérêt nouveau. L'ouvrier prit l'argent, alla au comptoir et revint portant une bouteille de vodka de deux cents grammes, mais pas de monnaie visible. Ils se servirent de la vodka, la burent, remplirent de nouveau leurs verres.

— T'es pas mal pour un Tchèque, avoua l'ouvrier. (Il se remit à manger.)

«Crisse! s'exclama intérieurement Thorne. L'heure de la rencontre est dépassée depuis trois minutes. Il faut que je sorte d'ici.»

Le restaurant était maintenant bondé, rempli du murmure des conversations et de bruits de coutellerie.

— Désolé, dit Thorne, je dois me sauver.

Le maigre le saisit au poignet.

— Attendez un instant. Pyotr! appela-t-il, par-dessus son épaule. Il y a quelqu'un ici que tu devrais rencontrer. T'as été en Tchécoslovaquie?

Thorne se sentit pris au piège. Il ne parlait pas un mot de tchèque. Pourquoi ne s'était-il pas identifié comme étant un Allemand de l'Est?

Un homme dégingandé se leva, à deux tables de lui, se faufila jusqu'à eux, et s'assit.

— Tu dis? (Il était complètement ivre.)

— On a un Tchèque ici. T'es allé à Prague en 1968, non? Pour arrêter la contre-révolution?

Pyotr regarda Thorne d'un œil torve.

— J'étais là, oui. Toi, où étais-tu?

— Je n'étais pas à Prague. Je n'ai pas du tout été mêlé à cela.

— J'ai appris un peu de tchèque, dit Pyotr. Pour parler aux filles! Écoutez.

Il bredouilla une série de K et de S incompréhensibles.

— Désolé, dit Thorne, je ne suis pas habitué à votre accent.

288

Pyotr se dressa sur sa chaise.

— Tu essaies de me dire que je ne parle pas le tchèque? Dis-moi quelque chose en tchèque.

Thorne prononça deux phrases en khmer. L'atmosphère se détendit.

— Qu'est-ce que ça voulait dire? demanda le maigre.

— Je vous aime et voulez-vous être à moi pour toujours?

Tous rirent à cela, sauf Pyotr.

— C'était pas du tchèque, ça! dit-il. Je sais pas ce que c'était, mais c'était pas du tchèque. T'es pas tchèque.

Les visages s'étaient figés autour de la table. Thorne saisit la bouteille de vodka et en versa à la ronde.

— D'accord, dit-il, je suis polonais.

— C'est pas vrai! dit l'ouvrier. T'es rien qu'un maudit étranger. Appelez la milice quelqu'un!

— Allez-y! renchérit Thorne, jouant le jeu.

Il pensait: «Si seulement j'arrive à me libérer de cette bande d'enquiquineurs, je pourrai encore me rendre au point de repêchage. Mais je dois faire vite!»

— J'vas les appeler, dit l'ouvrier en se levant.

— Assis! ordonna une voix venant d'au-dessus de lui.

L'homme se retourna sur sa chaise, pour voir qui avait parlé. Andreyev était debout derrière lui. Il portait un costume fripé et flottant.

— Fous l'camp, dit l'homme. On a un salopard ici.

— T'es soûl, dit Andreyev. Tiens-toi tranquille.

Il tira une chaise d'une table voisine et s'assit.

— Pour qui te prends-tu, putain de bordel? demanda le maigre que l'alcool rendait belliqueux.

Andreyev sortit une carte de sa poche et la montra au premier homme. Celui-ci la lut.

— Oh! s'exclama-t-il.

— Trouve-toi une autre table, trou du cul, dit Andreyev. Vous autres aussi, ajouta-t-il en désignant les autres.

Ils déguerpirent tous, sans se retourner. Andreyev jeta un regard circulaire. Il n'y avait personne à portée de voix, à condition de parler bas.

— J'étais en retard, mais j'ai décidé de passer voir si tu étais toujours ici. As-tu été suivi?

— Oui, mais je les ai semés.

— Bien fait. Ils vont nous repérer ensemble à un moment donné, mais il y a une couverture pour cela. Voici ce que tu dois dire aux gens... Pourquoi me regardes-tu comme ça?

— Je suis heureux de te voir. Je me croyais foutu.

— Pas cette fois, dit Andreyev. Bon. L'information maintenant. Il y a encore des préparatifs à faire. Nous pouvons agir s'il le faut dès le 19, mais avec moins de chances de succès. Si possible, il faudrait que ça se passe plus tard. Nous vous aviserons de la date et de l'heure, juste avant de passer aux actes.

— D'accord. Je vais transmettre l'information. Pendant combien de temps pouvons-nous prétendre que tu tentes de me recruter?

— Suffisamment longtemps. S'ils nous découvrent, tout ce qu'on peut espérer c'est qu'ils ne nous... n'arriveront pas à nous soutirer l'information avant qu'il ne soit trop tard.

— Je vais faire de mon mieux pour ne pas nous foutre dans la merde, dit Thorne. C'est tout?

— Pour maintenant, oui.

En rentrant à l'ambassade, Thorne retourna dans son esprit une question qui ne cessait de l'inquiéter. Les Russes ne communiquaient rien de ce qui pouvait ressembler à l'information que Harper s'attendait sûrement à recevoir. Mais il avait reçu instruction de ne pas les presser. Cela lui paraissait bizarre.

Le Golan
8 h à 9 h 8, le 13 août

À 8 heures du matin, le 13 août, au quartier général de Qatana, le lieutenant-général Abdallah El Koussir perdit son sang-froid. Une brigade d'infanterie motorisée israélienne, appuyée par l'artillerie et l'aviation, avait percé les défenses syriennes à Khan Ureinibah, et s'était installée à cheval sur la route Kuneitra-Damas. Les forces syriennes tentaient de remonter de l'extrémité sud du front, mais faisaient peu de progrès face à un barrage aérien d'Israël. Les transports de ravitaillement arrivaient nombreux à l'aéroport de Damas, mais les réseaux de commandement et de contrôle syriens étaient dans un tel état de confusion, que bien peu du nouvel équipement était encore parvenu au front.

La majorité des équipages des chars de première ligne étaient déjà en action; il restait bien soixante ou soixante-dix T-64 dans les stationnements des chars en réserve, mais il n'y avait presque pas d'hommes suffisamment entraînés pour les piloter au combat. Quant à l'aviation syrienne, elle avait perdu le tiers de ses effectifs. Il n'y avait plus, entre les Israéliens et Damas, que deux groupes d'infanterie assemblés en dernière heure — guère plus d'un bataillon dans chaque cas — armés d'un ramassis d'armes, d'ailleurs peu nombreuses.

Si Koussir avait été au courant de la décision prise le matin même, à 7 h 30, par les Israéliens — qui était d'arrêter leur avance au hameau de Ras en Nuriye — peut-être aurait-il agi différemment. De fait, si l'ordre israélien était parvenu à toutes les unités auxquelles il était destiné, Koussir aurait peut-être retrouvé son sang-froid. Ces conditions ne se réalisèrent ni l'une ni l'autre.

Le capitaine David Goren, dans le Merkava, regardait par l'épiscope de la tourelle. Aucun doute : la position de l'infanterie syrienne devant eux avait été évacuée. Il souleva le capot de la tourelle et se hasarda à regarder dehors. Les quatre derniers Merkavas de sa compagnie s'étaient dispersés sur les bas-côtés de la route, en position de tir. Un transport de troupes blindé filait vers le ravin, à gauche.

«Nous avons toujours un soutien d'infanterie, pensa-t-il. Il n'y a pas de raison de s'arrêter.»

— Où sommes-nous? demanda son mitrailleur.

— À un demi-kilomètre de Halas.

— Il n'y a rien devant nous. Que dit la radio?

— Rien. Et maintenant, qu'allons-nous faire?

— La radio ne marche toujours pas?

— Hélas, non.

Une salve venant d'un char syrien avait frappé obliquement la tourelle du Merkava une heure auparavant, mettant la radio hors de combat. Il était de toute façon à peu près impossible de communiquer, à cause du brouillage syrien.

— Poursuivons notre avance jusqu'à ce que quelque chose nous arrête. On trouvera bien le moment de le rapporter, si ça arrive.

Goren fit signe aux autres chars d'avancer. Les quatre véhicules de combat quittèrent leurs positions et reprirent la route. Vingt minutes plus tard, ils avaient dépassé le village abandonné de Halas. Les véhicules de l'infanterie de soutien les suivaient de près. Ils stoppèrent à un kilomètre au nord-est du village et se retranchèrent. C'était un demi-kilomètre trop loin.

À 8 h 15, Koussir reçut un rapport embrouillé au sujet de chars israéliens et de transports de troupes blindés ayant dépassé Halas, et avançant sur Damas. Ce rapport lui fit perdre la tête.

Il téléphona sur-le-champ au président Nahawi, qui se trouvait dans le bunker du quartier général, en dehors de Damas. La voix du président sonnait sèche et nerveuse dans l'écouteur.

— Général Koussir! Oui?

Koussir lui communiqua l'essentiel du rapport. Un long silence suivit. Koussir, habitué à recevoir des ordres de ses supérieurs, était de plus en plus énervé. Il essayait d'imaginer ce qu'Hallak aurait fait. Finalement, jouant le tout pour le tout, il dit dans son désespoir :

— Monsieur le Président, je vous demande de m'accorder une complète liberté d'action. Je peux arrêter les Israéliens à Halas, mais seulement en ayant recours aux grands moyens.

Un autre long silence, voilé, comme si Nahawi avait posé sa main sur le microphone. Puis :

— Allez-y. Nous allons entamer les négociations diplomatiques dès maintenant. Je vais aussi solliciter l'aide de nos alliés libyens. Prenez les moyens que vous jugerez indispensables.

— Oui, Monsieur le Président, dit Koussir dans une ligne vide. Le président avait raccroché.

Seize minutes plus tard, deux avions d'attaque au sol Mig-27 décollèrent de la base aérienne de Tadmor, dans un ciel brûlant. Sous le ventre de chaque avion était suspendu un étroit missile, peint d'un brun grisâtre, la teinte des pierres et du sable, et du serpent dans le désert.

Le décollage des Mig fut détecté en moins de trois minutes par un avion de reconnaissance RF-4 Phantom, en orbite à 12 000 m au-dessus de Dalwah. L'activité aérienne des Syriens avait été irrégulière au-dessus du front depuis l'aube; mais le contrôleur des avions de combat de Mahanayim lança une escadrille de quatre avions de chasse F-16 à la poursuite des Mig, par mesure de précaution.

À 8 h 52, quatre chasseurs Mig-23 décollèrent de la base de Homs, au nord de Damas, et une formation similaire décolla de Dumeir, six minutes plus tard. Les deux sorties furent détectées par l'avion de reconnaissance israélien, et deux escadrilles d'Eagle F-15 furent ramenées de Ramat David et Haïfa. À ce moment-là, les Mig-27 et leurs armes brun grisâtre, étaient à 80 km de Halas, et des quatre chars de David Goren. Les Mig-23 volaient au-dessus d'eux.

— Je les tiens! dit le pilote du F-16 qui venait en tête. Très bas, 100 mètres, 11 heures. Vous avez tous compris?

— Compris, répondirent les trois autres intercepteurs.

— Ils portent une charge. Trois, quatre. Surveillez leurs couvreurs.

(Le pilote tourna un bouton sur son transmetteur.)

— Chef Jephthah à Tanit. Où est notre insecticide?

— Au-dessus de vous. Il descend.

Les Eagle descendaient vers les Mig-23. Les 27 volaient bas, dans l'espoir de ne pas se faire repérer. Espoir déjà déçu.

Le pilote du F-16 piqua vers les Mig-27 au-dessous de lui, suivi de son ailier. Les Mig se mirent à exécuter des esquives; on avait dû les avertir de la présence des Israéliens, ou bien ils les avaient eux-mêmes aperçus. Les Syriens volaient aussi vite que possible à cette basse altitude, leurs ailes à géométrie variable repoussées au maximum, la lueur orange de leurs tuyaux d'échappement trahissant l'emploi de leur post-combustion.

«Ils n'auront plus d'essence pour rentrer s'ils continuent comme ça» pensa le pilote du F-16, alors que son avion approchait de la distance de portée de ses missiles. Au fond de sa tête, l'inquiétude naissait. Les Mig ne prenaient aucune précaution. Ils auraient normalement dû lâcher leurs bombes et faire face à l'attaque israélienne. Un piège? Il regarda par la bulle translucide de sa verrière. Rien. Les signaux d'alarme qui auraient dû normalement l'avertir d'un arrimage de missiles, étaient silencieux. Quelque part, là-haut, les Eagle étaient en train de régler leur sort aux Mig-28.

Tout lui apparut soudain clairement comme s'il était encore dans le local de briefing. «Les missiles cruise, avait alors dit l'officier de renseignement, du moins ceux qui appartenaient à une des premières générations, doivent être lancés à l'intérieur d'un créneau d'approche exigu. Si un avion porteur de missile est attaqué, au moment où le lancement est prévu, il ne peut pas avoir recours à des techniques de diversion, car cela ferait dévier le système de guidage du missile de la trajectoire prévue. Les missiles pakistanais que les Syriens et les Libyens sont censés s'être procurés appartiennent à une des premières générations.»

«C'est bien cela!» pensa le pilote.

— Jephthah deux. Ce sont les gros nucléaires, je pense. Foutez-leur les Sidewinders au cul. Attaquez celui de droite.

— Compris, répondit son ailier.

Le pilote appuya sur les broches de mise à feu des missiles Sidewinder A.I.M.-9L situés à la pointe des ailes du F-16.

Les fusées jaillirent, lançant des flammes en direction du Mig, se guidant sur les gaz d'échappement brûlants de son moteur.

Les traînées lumineuses des deux missiles étaient à mi-chemin de la lueur de post-combustion du Mig, lorsqu'un panache de flammes aveuglantes jaillit de sous l'avion syrien. Une forme pâle se distingua momentanément au-delà du nez du Mig, gagnant rapidement de la vitesse; elle disparut lorsque les Sidewinders firent exploser l'avion. Le pilote fit faire une violente embardée au F-16, contourna le nuage de flammes et de débris, et tenta frénétiquement d'apercevoir quelque chose. «Le voilà! parti à l'épouvante! Merde! le Syrien l'a lâché!»

— Jephthah Deux, hurla-t-il, le vôtre a-t-il largué le sien?

La voix du répondant tremblait un peu.

— Il a essayé. Mais il a frappé le sol. Je l'ai survolé.

— Il faut absolument rattraper ce machin. Fonçons.

Il volait déjà à pleins gaz, mais appuya quand même sur l'accélérateur.

— Tanit de Jephthah Un, transmit-il. Un missile cruise a été lancé vers vous. Nucléaire, je pense. Altitude se maintient à cent mètres. Vole à Mach 8, d'après mes calculs. On court après, mais vous devriez essayer de l'intercepter.

— Compris, Jephthah Un, répondit Tanit.

Le missile cruise était alors à 8 km de Halas.

David Goren, de la tourelle camouflée de filets du Merkava, braquait ses jumelles sur le combat aérien qui se déroulait à l'est. Ça semblait être un combat de taille, bien que moins important que d'autres qu'il avait observés au début de la bataille. Il y avait déjà eu trois panaches noirs et le jaune d'une explosion là-haut, dans le ciel à la fois lumineux et un peu brumeux; mais il n'était pas possible d'identifier les avions qui flambaient en explosant.

Il cessa de scruter le ciel et abaissa ses jumelles pour regarder devant lui le secteur qui le concernait. Aucun signe des troupes syriennes.

Il aperçut un point, un avion, volant très bas, juste au-dessus de la crête de montagnes, à l'est. Un autre point, au-dessus et en arrière du premier. Celui du haut scintillait. «Le feu d'un canon.» Les deux avions approchaient à la vitesse de l'éclair.

— Raid aérien! cria-t-il dans l'écoutille. Il se glissa de nouveau dans l'abri de la tourelle, tout en surveillant toujours le ciel.

L'ogive nucléaire explosa à moins d'un demi-kilomètre de là. Sauf pour une impression de lumière éblouissante, comme celle d'une gigantesque ampoule de flash, David Goren ne sut jamais ce qui l'avait tué.

Le Caire
13 heures, le 13 août

La séance d'urgence de l'Assemblée nationale égyptienne avait été longue et houleuse, dépassant l'heure de relâche de midi. À 11 h, alors que ses membres avaient été informés de l'explosion nucléaire du Golan, il y avait eu un silence stupéfait, suivi bientôt d'une reprise de la cacophonie. Normalement docile en la présence d'Hosni Moubarak, son président, l'Assemblée se mit à réclamer des sanctions contre Israël, pour le punir de sa violente contre-attaque en territoire syrien — quoiqu'il n'ait pas encore été établi si la bombe lancée appartenait à Israël ou à la Syrie.

«Anouar, Anouar, tes espoirs s'écroulent autour de ma tête», songeait Moubarak alors qu'entouré de gardes du corps il descendait l'escalier de l'édifice du parlement vers la limousine qui l'amènerait à son bureau. Il n'envisageait pas allègrement l'après-midi qu'il allait passer. Tout le monde — les Russes, les Américains, les États arabes — serait effrayé et en colère. Le cauchemar commençait à se réaliser. L'Égypte s'était maintenue en équilibre sur le fil d'une épée depuis le lointain été de la rencontre Sadate-Begin: d'un côté de la lame, Israël avec sa machine de guerre rutilante et mortelle; de l'autre, les États arabes dissidents, menés par la Syrie et la Libye, sous la férule de ce maniaque...

299

— Monsieur le Président?

Moubarak s'immobilisa. Nessim Saïd, le chef de ses Services de renseignements, se frayait un chemin à travers les rangs serrés de ses gardes du corps.

— Colonel Saïd. Vous avez reçu d'autres informations:

— Oui, Monsieur le Président.

Moubarak réfléchit un instant.

— Soyez à mon bureau à 14 h.

— C'est urgent, Monsieur le Président. Si je pouvais monter avec vous...

— Très bien. Venez.

Ils s'assirent sur la banquette d'arrière de la Lincoln blindée. Les motos se déployèrent en éventail devant et derrière, et la voiture s'éloigna dans la chaleur écrasante de la capitale égyptienne. Le ciel était d'un bleu virant au jaune à l'horizon.

— Avez-vous pu vérifier qui s'était servi de la bombe? demanda Moubarak.

— C'était une bombe syrienne, répondit Saïd. Nous en sommes à peu près sûrs. Ça n'allait pas assez mal du côté d'Israël pour qu'ils décident de se servir des leurs. Les Syriens, oui.

— Quels sont les dommages?

— Nous ne le savons pas encore. Le volume des communications radio israéliennes semble à peu près normal. Ce qui sous-entend que les dommages ne seraient pas très importants.

Saïd était pâle et nerveux et transpirait profusément, en dépit de la climatisation de la Lincoln. Il détacha partiellement sa tunique.

— Nous sommes dans une situation extrêmement précaire, dit Moubarak.

— Oui, convint Saïd.

Moubarak attendit qu'il poursuive, mais il demeura muet. Saïd regardait fixement la route, par le pare-brise.

— Vous disiez qu'il y avait quelque chose d'important? lui rappela Moubarak.

À ce moment, un camion de l'armée déboucha en catastrophe d'une rue latérale, vira sur les chapeaux de roues — jetant trois des six motards d'escorte en bas de leurs engins — et s'immobilisa devant la Lincoln. Des soldats sautèrent de l'arrière du camion, leurs armes braquées. Le chauffeur de la Lincoln amorça un dérapage contrôlé, essayant de faire faire demi-tour à la lourde voiture. Les deux passagers sur la banquette arrière furent projetés de côté. Saïd tira un pistolet de sa tunique.

— Ils recommencent! dit Moubarak. Cette fois...

Le colonel Saïd lui tira trois balles dans le cœur.

En Méditerranée orientale
15 heures, le 13 août

L'attaque libyenne sur Haïfa et Tel-Aviv n'avait rien de subtil. Comme celle des Syriens, six heures plus tôt, elle se composait d'avions d'attaque au sol Mig-27 et d'escorte Mig-23, mais en bien plus grand nombre: en tout, près de trois quarts des avions de chasse de première ligne, et des avions d'attaque au sol des forces libyennes, déployés comme un grand troupeau d'ailes en delta, jaillirent de la mer en rugissant.

Les avions de reconnaissance israéliens, doués d'ubiquité, les avaient détectés d'abord, alors qu'ils quittaient la base libyenne d'El Adem. Quelques minutes plus tard, la consigne de leur mission devenait évidente: voler très haut au-dessus de la mer, puis plonger à toute vitesse pour l'attaque. Les Israéliens ne pouvaient pas espérer les abattre tous et il était impossible de deviner lesquels d'entre eux étaient porteurs de missiles cruise ex-pakistanais.

Au fait, deux seulement des Mig en étaient chargés, mais les Israéliens ne pouvaient le savoir. Ils lancèrent donc tous leurs chasseurs disponibles vers la mer, puis retirèrent une partie de leur force aérienne du front syrien. Ils armèrent également six F-15 Eagle de missiles au sol A.G.M.-88. Chaque missile transportait une ogive nucléaire de dix kilotonnes et les Eagle étaient prêts à intervenir à cinq minutes d'avis.

Le grand combat aérien commença à 200 km de la côte d'Israël, au moment où les jets libyens amorcèrent leurs virages vers le rivage.

Le capitaine Mahmoud Hajj avait les yeux braqués sur ses instruments, surtout sur le voyant d'alarme qui devait censément le prévenir si un missile à tête chercheuse israélien, guidé par radar, mettait son Mig-27 dans sa ligne de tir. Dans quatre minutes, il atteindrait le créneau de lancement de son missile cruise et ne pourrait plus dévier de sa ligne de vol pour tenter de s'échapper.

Aucune manœuvre ne servirait d'ailleurs à grand-chose en face des Sidewinder et des Shafrir israéliens. D'autant que la masse du missile, sous le ventre du Mig, le rendait lourd et peu maniable.

Il ne pouvait pas non plus le larguer afin de se défendre. Ses instructions était formelles: lancer la bombe correctement, ou mourir avec.

Un éclair jaillit quelque part en avant et au-dessus de lui. De la fumée et des flammes. Des panaches d'avions en feu partout dans le ciel. Dans son masque à oxygène, il pria et poursuivit son vol. Avec l'aide d'Allah, plus que deux minutes avant de pouvoir lancer son missile.

À 4 km au sud-est, le pilote d'un chasseur Kfir israélien isolé dépassa un Mig-23 qui tombait en vrille, et lança un missile air-air sur un objectif qu'il identifia comme étant un Mig-27. Le missile frappa le Mig entre l'aile et la queue. Plusieurs kilogrammes de la cellule du Mig furent happés par les aubes de la turbine de son moteur, et déchirés sur le coup. Le missile cruise, arrimé sous le Mig, s'arracha de son pylone de soutien, et se mit à tomber paresseusement vers la mer. Ses dispositifs de sûreté intégrée, bien qu'assez primitifs, fonctionnèrent empêchant l'ogive d'exploser.

Comme le capitaine Hajj atteignait les dix secondes de son compte à rebours, le voyant d'alarme sur son tableau de bord, se mit à clignoter. Dans un effort surhumain, il se retint d'actionner les circuits de lancement du missile cruise. L'horloge avançait toujours, avec la lenteur du désert.

«Quatre.

Trois. (L'Israélien doit le lancer maintenant.)

Deux.

Un.» Il actionna le circuit de lancement.

Il ne se passa rien pendant un temps interminable. Hajj retint son souffle.

L'aiguille des secondes de l'horloge du tableau de bord marqua un soixantième de minute.

Le Mig bondit au moment où le missile se désarrimait de son pylone et jaillissait de sous son nez, accélérant rapidement, laissant une traînée de flammes derrière lui.

Hajj accéléra pleins gaz, fit un tonneau, et piqua.

C'était trois quarts de seconde trop tard. Un missile à tête chercheuse, guidé par radar, coupa son Mig en deux.

Au moment où le missile cruise se plaçait sur sa trajectoire, la force offensive libyenne était sévèrement diminuée. Son commandement avait supposé, avec une certaine justesse, que les Israéliens seraient tellement préoccupés par la menace nucléaire syrienne, qu'ils ne réagiraient que lentement à l'attaque venant de la mer. Mais, en rappelant leurs chasseurs du front syrien, les Israéliens avaient pris un risque calculé, et, semblait-il, justifié. Un grand nombre de chasseurs libyens abandonnaient le combat, leur essence étant presque épuisée, et retournaient à El Adem.

Personne ne remarqua le point minuscule sur les radars ni la traînée de chaleur du missile cruise, volant à cent mètrea au-dessus de la mer, vers Tel-Aviv. L'ogive de dix kilotonnes était maintenant armée. Elle ne raserait pas complètement la ville, mais détruirait son industrie, tuerait la moitié de sa population, forcerait les survivants à chercher refuge dans la campagne empoisonnée par les retombées radioactives, et incendierait tous les décombres inflammables.

Le capitaine Avi Kaplan reprit le chemin de la base aérienne de Herzliya. Il avait été parmi les premiers pilotes de chasse à attaquer l'escadrille syrienne, et il n'aurait bientôt plus d'essence. De plus, il n'avait presque plus de munitions. Il avait lancé tous ses missiles, et l'affichage de l'état de l'armement n'indiquait plus que douze obus. Il était, sans aucun doute, temps de rentrer. Il prit un peu d'altitude et réduisit sa vitesse. Il n'apercevait pas d'avions par la verrière du cockpit; l'affichage radar toutefois, reflété sur son pare-brise, indiquait une douzaine de tops très forts à des distances variables. «D'autres avions d'Israël rentrant à la base», conclut-il.

Le radar Hughes placé dans le nez de l'Eagle montrait également un minuscule objectif, à 60 km devant lui et beaucoup plus bas. Les sourcils de Kaplan se rapprochèrent. C'était un très léger top, même avec l'équipement Hughes.

Un petit avion? Aussi loin?

Préoccupé par sa montée et la possible panne d'essence, Kaplan n'avait pas remarqué jusque-là la vitesse du petit objectif. Il en fut surpris. Il volait beaucoup trop vite pour un petit avion.

Kaplan jura. Ses instructions avaient été sommaires, étant donné qu'il avait fallu attaquer les Libyens aussi loin des côtes que possible; mais on avait quand même mis les pilotes en garde contre les armes que l'ennemi pouvait transporter. Et voilà que c'en était une, à moins de 60 km.

Il mit sa post-combustion et se brancha sur la fréquence générale.

— À tous les chasseurs, de Thunderbolt Un. J'ai un objectif répondant à la description du missile cruise, section 15, se dirigeant vers 092, vitesse 900. Je le prends en chasse.

Un court silence. Deux tops sur le collimateur changèrent brusquement de direction.

— Nesher Sin à Thunderbolt Un. Nous l'avons. À quelle distance êtes-vous de l'objectif?

— 60 km.

— Allez-y d'abord. On est à 80. Qu'est-ce qui vous reste comme munitions?

— De quoi tirer douze coups de canon.

L'accélération de l'Eagle collait Kaplan à son siège.

— Voyez-vous des ennemis?

— Non.

Deux autres voix les interrompaient: l'une, celle du contrôleur de la fréquence générale, ordonnant à tout avion à portée de tir, de se diriger sur l'objectif rapporté par Kaplan. L'autre, qui se perdit dans le statique ou le brouillage et quitta les ondes.

À cette basse altitude, spécialement en post-combustion, le F-15 brûlait son essence à une vitesse folle. Comme Kaplan se rapprochait de son objectif, dont le tracé devenait de plus en plus distinct sur le collimateur, il se mit à évaluer ses chances de pouvoir regagner la côte après l'attaque.

«C'est pas le temps de penser à ça. Abats-le d'abord; tu t'inquiéteras ensuite.»

Trois minutes s'écoulèrent sans qu'il ait réussi à établir un contact visuel. Le missile devait être de très petite dimension. Il arma son canon et choisit le top du missile comme objectif pour l'ordinateur de combat de l'Eagle.

Là! Il était gris colombe, avec une flamme orange pour queue, des ailes courtaudes et un empennage en trois portions. Son Eagle le rattrapait maintenant à 320 km par heure.

Kaplan toucha légèrement les contrôles, jusqu'à ce que son avion soit en position d'attaque. Le canon tonna.

Quatre des douze obus allèrent frapper le missile. Les deux premiers arrachèrent sa queue et son moteur; le troisième pénétra la cellule du carburant. Le quatrième obtint deux résultats: il sépara l'ogive du corps du missile et il actionna son détonateur.

La boule de feu grossissante avala le F-15, Kaplan, les débris du missile cruise et une volée de mouettes loin de leurs nids.

Washington
14 h 40, le 13 août

— Voici la transcription, Monsieur le Président, dit un aide en déposant une feuille de papier devant le chef d'État.

Law, Harper, le secrétaire d'État, Edward Presniak, le secrétaire de la Défense, McKay, le chef des états-majors combinés, le général Torrance, et plusieurs autres cadres supérieurs gouvernementaux, étaient assis à la table de conférences de la pièce voisine de la salle des Cartes de la Maison-Blanche. Il flottait, en dépit de la climatisation, une odeur de pipes, de tabac et de sueur nerveuse.

Law parcourut rapidement la transcription et la déposa sur la table.

— Ceci est la transcription d'une émission de Radio-Le Caire, entendue à 19 h 10, leur heure. Elle vient confirmer les rapports précédents voulant que le président Moubarak soit mort, et indique que... mais, je vais vous le lire : «Le Front de Rejet, dirigé par le général Shazli, a déposé, avec l'approbation de l'Assemblée nationale, le traître pro-sioniste Moubarak, et assumé le contrôle de la République populaire égyptienne. Tout le personnel militaire, sans exception, est tenu de se présenter à ses points de mobilisation, dans les plus courts délais. L'attaque nucléaire impardonnable dont s'est rendu coupable Israël contre ses voisins et les pays arabes qui les soutiennent, est une violation criminelle des relations internationales, et doit être considérée comme telle par tous les peuples qui préfèrent la paix à la guerre. L'exécution du traître Moubarak n'est qu'un premier pas vers l'élimination de tous ceux qui prendraient l'Égypte pour un satellite des néocolonialistes sionistes américains.»

Law déposa de nouveau la feuille.

— Ça continue sur le même ton pendant plusieurs autres paragraphes, et se termine par un autre appel à la mobilisation. Que se passe-t-il là-bas, enfin? Cam?

— Les renseignements obtenus de la N.S.A. indiquent que les Égyptiens mobilisent, en partie tout au moins. Les données par satellite dénotent d'importants mouvements de véhicules au Sinaï. Le Caire n'est toutefois pas assez préparé pour lancer une attaque massive contre Israël; nous estimons qu'ils veulent seulement réduire la pression exercée sur les Syriens.

— Les Israéliens vont les attaquer les premiers dans le but de ralentir leur mobilisation? demanda Presniak.

Law leva les mains.

— Récapitulons avant d'aller plus loin. (Il baissa les yeux sur une feuille manuscrite.) Premièrement: il appert que le raid nucléaire syrien sur les forces israéliennes du Golan a causé des dommages, mais limités. Deuxièmement: dans l'immédiat, le raid libyen n'a fait aucun dommage, bien qu'il ait inclu au moins une arme nucléaire. L'importance des retombées radioactives dépendra du vent au cours des prochaines vingt-quatre à trente-six heures. Nous ne nous attendons pas à ce qu'ils causent des dommages importants puisque la bombe a explosé au-dessus de la mer. L'explosion syrienne sera plus grave au point de vue des retombées. Mais, malheureusement pour Damas, le vent éloigne d'Israël les débris. Troisièmement: je me suis mis en contact avec le Premier ministre d'Israël. Il m'a dit que la situation n'était pas claire, surtout depuis l'assassinat de Moubarak. Il m'assure toutefois que Jérusalem n'aurait pas l'intention d'utiliser ses armes nucléaires à moins d'y être forcé. (Il regarda autour de la table.) Je n'ai pas pu lui en tirer plus; il s'est dit très occupé.

Personne ne sourit.

— Quatrièmement, poursuivit Law, nous avons protesté vigoureusement contre les agissements de la Libye et de la Syrie, et avons déclaré notre intention de prendre des mesures draconiennes pour empêcher que de semblables incidents ne se reproduisent. Cinquièmement: les communications radio soviétiques entourant leur pont aérien ont de nouveau augmenté, et une très importante envolée d'avions de transport stratégiques a quitté Belgrade pour la Syrie, il y a quelques heures à peine. Nous n'avons pu déterminer s'ils transportent des troupes ou seulement de l'équipement et des munitions, comme ces deux derniers jours. Nous savons, par contre, que les Soviétiques ont de nombreux bataillons aéromobiles en état d'alerte depuis trente-six heures. Nous avons également fait savoir à l'ambassadeur d'U.R.S.S. ici, que nous voyons d'un très mauvais œil l'emploi que font leurs clients des armes atomiques et considérons encore plus grave toute ingérence militaire étrangère dans le conflit. Moscou n'a pas réagi jusqu'à maintenant. Sixièmement, notre 6e escadre se dirige présentement vers l'extrémité est de la Méditerranée. Le détachement spécial que les Soviets ont envoyé par Gibraltar, il y a quelque temps, la suit comme son ombre. (Law fit une pause.) Ceci pourrait devenir une situation explosive.

Tous approuvèrent de la tête autour de la table.

— Finalement, au cas où il y aurait des troupes russes à bord de ces transports, j'ordonne que le 82e contingent aéroporté du détachement à réaction rapide (D.R.R.) soit prêt à entrer en action sur avis de six heures. Pour l'instant, nous demeurons à la condition de Défense Quatre: activité normale de temps de paix, sauf pour le D.R.R. Ai-je négligé quelque chose?

Tout le monde fit signe que non.

— Monsieur le Président, dit Presniak, nous n'avons pas encore mis au point les conditions précises de l'insertion du D.R.R. en Israël?

— Je ne veux pas de conditions précises, dit Law, au-delà du principe qu'il serait inacceptable de voir les troupes russes pénétrer en Israël. La situation demeure trop fluide, à l'heure présente.

— Mais...

L'aide revint dans la pièce avec un message pour Harper. Ils attendirent que celui-ci en ait pris connaissance. Il posa ensuite le papier devant lui et annonça:

— Les avions de transport stratégiques russes ont atterri à Damas et à Es Suweidiya, il y a une heure. Des avions russes les protégeaient. Nous avons pu prendre des photos par satellite aux dernières lueurs du jour. Les avions déchargeaient des troupes ainsi que des véhicules aéroportés légers. Les interceptions radio confirment tout cela. Et une autre vague d'avions de transport serait présentement en route de Kiev, par voie de Belgrade.

— Bon Dieu! marmonna quelqu'un.

— Ils doivent être fous! s'exclama le général Torrance. Ils ne peuvent pas ne pas savoir que nous ne tolérerons jamais cela.

Law regarda Harper qui enchaîna:

— Permettez-moi de vous rappeler à tous que le leadership soviétique actuel risque de ne plus avoir le contrôle d'ici peu. Ce n'est peut-être pas le moment de réagir trop violemment.

McKay répliqua en sortant de ses gonds:

— Mes collègues de la C.I.A. sont-ils conscients du fait que le plan RUBICON UN permet peut-être aux Russes d'avoir le temps de modifier l'équilibre des forces au Moyen-Orient de façon décisive! Si décisive, en fait, qu'une réaction de notre part n'influencera plus personne? Et que nous sommes peut-être en train de faire le jeu du K.G.B. et de l'état-major réunis?

— Nous en sommes parfaitement conscients, dit Harper froidement, mais nous ne pensons pas que c'est qu'ils font. De toute façon, les Russes ne sont pas encore aux portes de Jérusalem.

— Néanmoins, dit Law, il vaut mieux leur donner un signal. Je propose que nous passions maintenant à Con Def Trois.

Tout le monde fut d'accord.

À 22 h 15, heure de Washington, l'ordre fut transmis aux forces américains de par le monde : assumez la Condition de Défense Trois; toutes les troupes en état d'alerte, toutes les permissions annulées.

Il y avait encore deux étapes avant que la guerre n'éclate : Con Def Deux, les troupes prêtes au combat, et Con Def Une, les troupes déployées pour la bataille. Con Def Deux n'avait été atteinte qu'une seule fois : durant la crise cubaine.

Con Def Une n'avait jamais été atteinte.

Moscou
14 août

À 7 h 30, quatre minutes après avoir quitté l'appartement à une seule chambre qu'il partageait avec sa femme et son fils de six ans, le colonel Stanislas Vakoula marchait dans la rue Prosternaya. Il s'en allait prendre le métro à la station Presbrajenskaya. Il faisait chaud et humide. Le ciel gris annonçait de la pluie, et rendait plus gris encore les immeubles de pierre et de béton qui l'entouraient. Sous le col de son uniforme, le colonel sentait que son cou était moite.

— Colonel Vakoula?

Vakoula ralentit le pas. Un homme, vêtu d'un complet élimé, l'avait approché, du côté éloigné de la chaussée. Instinctivement, le colonel regarda par-dessus son épaule. Non, il n'y avait pas de voiture noire approchant silencieusement dans son dos.

Il jaugea l'homme: traits lourds, nez retroussé, cheveux coupés en brosse, l'air jovial.

— Oui? Qu'y a-t-il?

— Je suis le colonel Grinev, K.G.B. 2e directorat. (Il lui montra sa carte d'identité.) Je me demandais si je pourrais vous accompagner jusqu'au métro?

«Et si je répondais non?» pensa Vakoula.

— Si vous voulez. S'agit-il d'une affaire officielle?

Grinev se mit à marcher à côté de l'officier du G.R.U. Il avait quatre pouces de moins que celui-ci.

— D'une certaine façon. Cette affaire passera par les voies normales, mais mes supérieurs ont décidé qu'il serait bon que je vous parle, en attendant.

Vakoula avait les nerfs à vif.

— Toujours heureux de coopérer avec le K.G.B., dit-il calmement. Dans la mesure où mes instructions me le permettent, bien entendu.

— Bien entendu. (Grinev baissa la voix.) C'est au sujet de cet agent du G.R.U. qui travaille au quartier général... Le major Nikolai Andreyev.

Dans un effort surhumain, Vakoula réussit à parler normalement.

— Qu'a-t-il de particulier?

— Il s'est attaqué à un gros gibier. Et mes supérieurs en sont passablement irrités. Ça s'est fait si vite, vous comprenez. L'Américain, à peine descendu d'avion, échappe — en vrai professionnel, ajouterai-je — à une filature de routine, et court à un café fréquenté par les travailleurs, rencontrer votre jeune major. J'espère que le contrôle d'Andreyev est au courant de ses agissements.

«Merde! pensa Vakoula. On avait espéré qu'ils ne les repéreraient pas ensemble au plus tôt avant leur deuxième rencontre! Quelqu'un dans le café a dû avertir la milice après son départ. Mais au moins, ils n'ont pas l'air de savoir que c'est moi qui le contrôle.»

— Le terrain a été préparé outre-mer, répondit-il. Je ne peux pas vous en dire plus.

Grinev poussa un soupir théâtral.

— J'aimerais tant qu'on recommence à travailler ensemble, comme autrefois, dit-il. On ne se marcherait plus sur les pieds, pas vrai?

— Tout à fait vrai, acquiesça Vakoula. Mais qu'est ce qui vous inquiète?

Ils étaient à cent mètres de la station de métro. Quelques gouttes de pluie tombèrent sur la chaussée. Une autre éclaboussa le nez de Grinev. Il l'essuya, en clignant des yeux.

— Comme je vous disais, un agent de sécurité de l'ambassade américaine est un gros gibier. Trop gros. On se demande si ce ne serait pas plutôt lui qui travaille le major Andreyev. Nous avons des ressources que les services militaires n'ont pas. Nous pourrions peut-être découvrir des choses qui pour vous demeureraient impossibles...

Vakoula s'arrêta de marcher.

— Ce que vous voulez me dire, c'est que le K.G.B. aimerait se charger de l'Américain?

— C'est ce qui passe par la voie hiérarchique. Je dois dire que vos gens sont devenus très peu coopératifs ces dernières années. C'est à croire que vous auriez quelque chose à cacher. (Il rit.) Mais on a pensé vous en parler personnellement. Il faut quand même arriver à coopérer à un échelon quelconque, si on veut arriver à quelque chose, non? Même si cette coopération demeure officieuse. Et souvenez-vous qu'un ami du K.G.B. a toujours un ami.

«Ils veulent que je leur passe de l'information, se dit Vakoula, s'ils n'arrivent pas à mettre la main officiellement sur Thorne.»

— Je vais y penser, dit-il sans se prononcer.

Ils étaient arrivés au métro. Il pleuvait vraiment maintenant. La rue sentait l'eau, la poussière et l'asphalte.

— C'est cela, dit Grinev. (Ses yeux étaient devenus d'un bleu d'acier.) Parce que si jamais votre proie devait être une provocation de la C.I.A., vous auriez besoin d'un ami!

Il s'éloigna. Vakoula, les aisselles baignées de sueur, pensa: «Ils ne badinent pas. Autant jouer leur jeu. Ce n'est que jusqu'au 19 ou au 20, après tout. Seulement jusque-là.»

À 15 h, cet après-midi-là, Kotsarev rédigea un mémo interdéparmental à l'attention de Travkine:

ULTRA SECRET — POUR LES YEUX SEULEMENT
DE: F.Y. KOTSAREV
À: P.A. TRAVKINE
OBJET: EXERCICE SOUVOROV

L'exercice tactique a été approuvé par les autorités compétentes. Il devra se tenir dans la nuit du 19 au 20 août, en collaboration avec le K.G.B. et le M.V.D. Comme la vérification de la sécurité interne est l'un des objectifs de cet exercice, personne détenant un grade au-dessous de celui de commandant d'unité ne doit en être mis au courant. Tous les préparatifs s'y rapportant doivent avoir été achevés avant le matin du 19. Kotsarev.

En signant, Kotsarev poussa un grand soupir de soulagement. Par suite de l'alerte américaine, Morosov et un Boyarkine préoccupé, bien qu'ils n'aient pas été emballés par l'idée de Souvorov, y avaient consenti. L'exercice s'inscrivait naturellement dans le plan général de l'alerte soviétique. En fait, le 16e régiment aéroporté se mettrait en marche une demi-heure avant le commencement prévu de l'exercice de sécurité, afin que les troupes puissent s'emparer des points stratégiques avant que le K.G.B. et M.V.D. n'aient le temps de réagir. Plusieurs autres unités de l'armée participaient à l'exercice officiel, mais elles pouvaient être laissées à elles-

318

mêmes, tandis que le 16e régiment atteindrait le véritable objectif de Souvorov.

Maintenant, il s'agissait pour Youchenko d'arriver à retarder le plus possible la mainmise sur l'Américain par le K.G.B. Le chef du G.R.U. pourrait communiquer de faux renseignements aux frères, sur le recrutement de Thorne; le tout pour éviter que le K.G.B. ne le contrôle directement, ce qui serait un désastre.

«Ce n'est que jusqu'au 19, pensa-t-il, faisant écho aux pensées de Vakoula. Seulement jusque-là.»

— Je dois me dépêcher, dit Andreyev.

Il était debout avec Thorne devant un grand tableau, au premier étage de la galerie Tret'yakov. C'était une œuvre de Ilya Repine qui avait pour titre *L'exécution des Streltsi*. Ils étaient seuls dans l'immense salle, dont les murs étaient couverts jusqu'au plafond de tableaux accrochés sans discernement.

Thorne inclina la tête.

— Comme je m'y attendais, j'ai été suivi. Mais mollement. Comprends-tu cela?

— Oui, le K.G.B. est au courant pour nous. Mais la couverture tient toujours. Mon ombre est en bas; il va monter, tu vas voir. Deux choses: La première: ça marche pour le 19. La deuxième: le pont aérien ne sera pas arrêté malgré votre alerte; nous préparons en ce moment l'envoi de chars d'assaut, les rudiments d'un régiment motorisé. Ils n'ont pas encore décidé s'ils vont ou non les utiliser. Tout dépend de ce que va faire Israël.

— D'accord, dit Thorne. Le prochain rendez-vous?

— Le musée Lénine, demain, midi et demi. Position de repli, 17 h, au musée historique. Si je n'y suis pas, c'est qu'il n'y a rien de nouveau. Appelle au numéro que je t'ai donné pour connaître l'endroit de la prochaine rencontre.

Thorne fit la grimace. Il ne tenait pas à visiter tous les musées de Moscou.

— Entendu, se contenta-t-il de dire.

Andreyev était déjà parti.

À 23 h, Israël terriblement inquiet de la mobilisation égyptienne, des mouvements de troupes syriennes à l'extrémité sud du front vers la route Damas-Kuneitra, et du flot ininterrompu d'équipement et de soldats russes arrivant en Syrie, lança une attaque de nuit destinée à écraser, en moins de vingt-quatre heures, la puissance offensive arabe. Israël comptait bien que sa supériorité aérienne et les armes nucléaires qu'on le savait posséder empêcheraient que ne se reproduise une attaque nucléaire comme celle du 13, et que la menace d'une intervention américaine empêcherait les Russes d'intervenir aussi longtemps que Damas ne serait pas en danger.

L'axe de leur attaque s'écarta par conséquent de la capitale syrienne pour prendre la direction de la route Damas-Der'ā, au sud-est.

Le Golan
15 août

La major Rath étudiait la carte du front. Il se trouvait dans le bunker de commandement du quartier général du Golan, sous les ruines de Naffakh. Rasée durant la guerre des Six jours, la ville n'avait jamais été reconstruite, et n'avait été, par conséquent, qu'un amas de ruines lors de l'attaque syrienne. Celle-ci n'avait fait que transformer les ruines en un monceau de pierres et de briques pulvérisées.

Néanmoins, le quartier général fonctionnait. Il commençait à recevoir des rapports des unités qui attaquaient en direction de Der'ā, rapports encore assez confus, mais qui commençaient à s'éclaircir à mesure qu'ils étaient transcrits sur la table des cartes. Il devenait apparent que les unités fer de lance de chars et d'infanterie syrienne, avançant vers l'extrémité sud du front, avaient été surprises soit dans leur sommeil, soit en pleine désorganisation.

Rath regarda l'heure. Presque l'aube. Bientôt, l'aviation israélienne s'abattrait sur les Syriens. Elle poursuivrait son offensive jusqu'à midi, alors que certaines escadrilles seraient redirigées sur le Sinaï, au cas où les Égyptiens décideraient de continuer leurs provocations. Rath soupira. Tout cela était tellement inutile. Les Arabes allaient perdre de nouveau, et ça donnerait quoi? Même leurs bombes nucléaires ne les avaient pas aidés, bien que la tension ait été presque insupportable durant plusieurs heures après que le champignon nucléaire se fut élevé au-dessus de Halas. Pendant un moment, Rath avait pensé que c'était vraiment la fin; mais ça ne l'avait pas été.

«Ça pourrait toujours arriver... pensa-t-il. Personne n'a encore parlé d'un cessez-le-feu.»

Sans raison particulière, Rath pensa soudain à Stein et au mystérieux Américain que celui-ci avait amené au front, le matin où la guerre avait commencé. Ce qui s'était passé ce matin-là et même la mort de Stein, lui paraissaient infiniment lointains. Il se demanda tout à coup ce qu'il était advenu de l'Américain.

— La 9e brigade a fait des prisonniers, annonça la colonel Eliad, arrivant dans le local des cartes venant de la section radio. Ils faisaient partie d'un bataillon motorisé qui suivait les éléments de pointe syriens.

Le lieutenant-général Medan, commandant le front du Golan et la région militaire nord, leva les yeux de la carte.

— A-t-on identifié leur unité?

— Pas encore. Le quartier général des brigades ne leur a pas encore parlé.

— Assurez-vous qu'ils nous le fassent savoir, dit Medan inutilement.

— Entendu, dit Eliad. (Medan avait la réputation d'enfoncer des portes ouvertes, marque chez lui de méticulosité.)

Rath alla s'asseoir sur un divan bancal. Il était épuisé, mais le bunker de commandement n'était évidemment pas un endroit où dormir. C'était beaucoup trop bruyant: le craquellement des transmissions dans la section radio, à côté; le va-et-vient des messagers et des officiers, les conversations du personnel du quartier général et, sous-tendant tous ces bruits, des vibrations continues et un léger grondement: celui de l'artillerie lourde, soutenant l'offensive en bombardant les routes aux mains des Syriens, au-delà du front. «Tir d'interdiction», appelait-on cela quand c'était vous qui tiriez. On l'appelait autrement quand ça vous tombait dessus.

Un aide entra en courant dans la section radio et remit un message à Eliad. Malgré le manque d'éclairage, Rath crut le voir pâlir.

— Nous avons identifié de façon certaine les prisonniers de la 9e , dit-il.

— Alors? demanda Medan à bout de patience.

— Ce sont des Russes.

Toute conversation cessa dans la pièce. Puis Medan lâcha:

— Merde alors!

À 9 h, toutefois, la situation apparut moins critique. Il ne semblait pas y avoir beaucoup de Russes, et ils ne se servaient que d'armes légères. De toute évidence, c'étaient les troupes aéroportées — toutes ou en partie — que les Russes avaient envoyées à Es Suweidiya au début du pont aérien. Rath et Eliad espéraient que les Russes ne faisaient que des démonstrations de force au profit des Syriens. Il y avait bon nombre de chars et de troupes maintenant dans Damas, mais l'état-major d'Israël était d'avis que leur présence n'avait pour but que de les dissuader d'attaquer la capitale syrienne.

À 10 h, il ne faisait plus aucun doute que les forces syriennes avançant vers le nord avaient été sévèrement frappées. Pas moins de cent vingt chars et de nombreux soldats de l'infanterie avaient été pris au piège dans une poche par la 9e brigade et la brigade Tal, autour du village de Nawa. La réduction de cette poche, réalisable avant la tombée de la nuit, signalerait la défaite des forces offensives syriennes et permettrait aux Israéliens de se replier, pendant la nuit, sur des positions moins vulnérables. Deux brigades de réserve étaient en route de Kuneitra pour relever les troupes fatiguées de la 9e brigade et de la Tal.

Le seul problème, du point de vue de Rath, était la résistance farouche des Syriens. Les pertes d'Israël en avions étaient plus importantes que prévues, en partie à cause du ravitaillement en missiles antiavions par les Russes, et en partie, parce que les pilotes syriens s'étaient améliorés.

Peut-être, en fait, ceux-ci n'étaient-ils pas syriens, mais russes. Les vols de reconnaissance de la veille avaient révélé la présence de Mig-23 marqués de l'étoile rouge, à la base aérienne d'Homs., mais on n'en avait pas encore vu au combat. Deux avions de reconnaissance israéliens avaient disparu dans l'espace aérien syrien, ce matin-là ; mais, étant donné le nombre d'avions en vol et le brouillage radio, il était difficile de déterminer exactement ce qu'il leur était arrivé.

Jérusalem réfléchissait toujours sur les implications de la prise de prisonniers russes. On rapportait des mouvements de troupes au sud-ouest de Damas, près de la route de Kuneitra. Un vent sec soufflait sur le Golan, en direction de Der'ā. Les retombées commençaient à se déposer, invisibles, sur la plaine de basalte. Le coucher de soleil précédent et l'aube avaient été rendus spectaculaires par les débris projetés dans l'atmosphère par la bombe syrienne.

À 12 h 2, une colonne de chars T-64, de transports de troupes aéroportées B.M.D. et de véhicules de l'infanterie de combat B.M.P., descendit la route de Damas, vers Kuneitra. Des unités de reconnaissance, disposées en éventail, la précédaient. Les étoiles rouges soviétiques avaient été camouflées sous des couches de peinture, mais on avait manqué de temps pour les remplacer par des désignations syriennes. La colonne se composait des principaux éléments de combat du 672e régiment motorisé indépendant, et d'une quarantaine de chars syriens, de la réserve de Damas. Ils se dirigeaient directement vers les réserves israéliennes entrant dans Kuneitra, se préparant à poursuivre leur avance vers la poche de Nawa. Haut dans le ciel, au-dessus de la colonne, des Mig-23 de la base aérienne d'Homs, orbitaient.

Les forces légères israéliennes qui protégeaient l'offensive vers le nord, rencontrèrent les Russes à 13 h 46. Ils se replièrent, en informant le quartier général de Naffakh. Medan ordonna aux deux brigades de réserve de se déployer à 2 km de Kuneitra, pour faire face à la menace; mais un brouillage radio soudain et intense empêcha ses ordres de passer. Il expédia alors un message par jeep au commandant de la colonne de réserve, espérant qu'il lui parviendrait.

Entre-temps, les réserves avançaient sans ralentir, dans la chaleur brûlante du Golan, à la rencontre des Russes.

Le commandant soviétique, le lieutenant-général Ranov, n'avait eu l'intention que d'enfoncer les troupes-écrans de l'ennemi menaçant ses arrières afin de réduire la pression exercée sur les Syriens et les bataillons russes aéromobiles, au sud. S'il pouvait forcer les Israéliens à se replier en désordre, devenant ainsi la proie des embûches antichars, tant mieux. Sa mission consistait à frapper l'infanterie israélienne aussi durement que possible — la mort de soldats étant plus durement ressentie dans ce petit pays que la perte de blindés — mais non pas à détruire les forces israéliennes dans le Golan. Ce qui serait trop tenter Jérusalem.

Le lieutenant-général Koussir agit seul, sans prendre contact avec le président Nahawi, la mission militaire soviétique à Damas, ou même l'état-major du 672e régiment. La fatigue et le désespoir lui avaient fait perdre l'équilibre : il avait placé son espoir dans l'attaque nucléaire contre les Israéliens qui avait été un échec. Il n'avait pas osé en ordonner une autre. Mais maintenant Israël détruisait les forces du sud qui devaient protéger Damas. Et la capitale était défendue par les Russes, un ramassis de troupes syriennes sur les talons. C'était une humiliation insupportable.

Il fit un seul appel téléphonique de Qatana. Une demi-heure plus tard, un des seuls Mig-27 que possédât encore la Syrie, décolla de la piste de Palmyre, vers l'ouest.

Ce Mig aurait sans doute été abattu si l'aviation israélienne n'avait pas eu à se préoccuper de l'avance russe, à soutenir l'assaut sur la poche de Nawa et en même temps à retirer certaines unités du front du Sinaï. Le Mig eut toute liberté de larguer son missile. La bombe explosa précisément au-dessus des deux brigades blindées israéliennes à Kuneitra, alors qu'elles se déployaient pour faire face à l'avance soviétique. Le délai causé par le brouillage radio s'avérait catastrophique; ils constituaient, par leur concentration, un objectif idéal pour une bombe nucléaire.

Rath, dans la section radio, écoutait les transmissions affreusement brouillées des brigades de réserve. Elles avaient changé plusieurs fois de fréquence, mais le brouillage les rattrapait sans cesse.

— Essayez... dit-il, et il se tut.

Il venait d'entendre un bruit strident venant du haut-parleur branché sur la fréquence de commandement de la 6e brigade; suivi d'un déluge de statique.

— Qu'est-ce que c'est que ça? demanda-t-il au standardiste.

— Je ne sais pas.

Le toit du bunker avait été ébranlé par la canonnade de la première offensive syrienne et le choc de la détonation nucléaire sur Halas. Quand la vague de choc de l'explosion de Kuneitra l'atteignit, il s'effondra, enterrant Rath, Medan, Eliad et l'état-major du Golan tout entier sous six tonnes de pierre et de poussière.

Le quartier général du district militaire du nord, en Israël même, apprit, quinze minutes plus tard, ce qui venait d'arriver, renseigné par les rapports de pilotes et par le fait que le quartier général à Naffakh avait quitté les ondes. Ils n'arrivaient pas non plus à contacter les colonnes de réserve, qui auraient dû se trouver dans la région de Kuneitra.

Des avions de reconnaissance rapportèrent alors qu'une colonne de chars ennemis avançait sur la route Damas-Kuneitra, se dirigeant directement sur les arrières de la 9e brigade et de la brigade Tal qui combattaient les Syriens dans la poche de Nawa. Dix minutes plus tard, il était devenu évident que les brigades de réserve n'étaient nullement en état d'intervenir pour arrêter l'offensive des chars. Un des survivants parmi les officiers des brigades — en état de choc ou souffrant déjà des effets des radiations — rapporta que la colonne israélienne avait pratiquement été au point zéro. S'il était toujours vivant — tout au moins, pour l'instant — c'était uniquement parce que son char était tombé en panne loin derrière le gros de la colonne.

Le quartier général du nord contacta Jérusalem, affirmant que les deux brigades seraient perdues si elles ne réussissaient pas à s'extirper de la poche de Nawa et à se replier sur une ligne défendable. Il fallait à tout prix ralentir l'avance des forces ennemies, venant de Damas, jusqu'à ce que les Israéliens aient pu se replier. Car si les brigades de réserve étaient détruites, il n'y aurait plus, entre la colonne des chars ennemis et Israël que quelques unités d'infanterie en piteux état.

Les Israéliens ne pouvaient connaître les intentions du commandant russe, qui étaient de ne pas engager une bataille d'envergure, ni savoir qu'il était aussi surpris qu'eux du raid nucléaire syrien. Ranov, obéissant aux ordres, poursuivit son avance sur les arrières d'Israël.

Durant une heure et demie, l'aviation israélienne s'efforça d'arrêter les Russes uniquement par des attaques au sol. Les S.A.M., le tir antiaérien et les Mig-23 pilotés par des Russes, les taillèrent en pièces. Contrairement à leurs adversaires, les pilotes israéliens étaient morts de fatigue. Les T-64 et les transports de troupes, malgré de légères pertes, continuaient d'avancer vers Nawa, où la 9e brigade et la brigade Tal tentaient, au milieu d'énormes difficultés, de se libérer des Syriens.

Il était indéniable, à 11 h, qu'elles allaient se faire attaquer sur leurs arrières. Si l'ennemi avançait de 4 km de plus, tout espoir de sauver les brigades serait perdu.

L'état-major refusa de laisser perdre cet espoir. Bien que les chars soviétiques aient encore été à 11 km de la poche de Nawa, à 12 h 40, une bombe israélienne de 9,2 kilotonnes explosa exactement au-dessus du centre de l'avance russe.

Quatre heures plus tard, les véhicules cabossés et les troupes épuisées des deux brigades israéliennes s'installaient sur des positions en dehors de la zone de l'explosion nucléaire, au sud-ouest de ce qui avait été Kuneitra. Le chemin menant à Israël était de nouveau momentanément protégé.

Moscou
16 août

Andreyev et Thorne marchaient sous les tilleuls des jardins Alexandre qui longent le mur ouest du Kremlin. À leur droite se trouvait la place du Manège, flanquée du Hall d'exposition central avec ses colonnes blanches. Les massifs de fleurs des jardins resplendissaient sous le soleil de midi. La pluie avait cessé tôt le matin et la ville exhalait une odeur de chaussée mouillée. Dans les jardins, l'air était lourd du parfum des fleurs et de l'herbe humide.

— Ils commencent à se demander comment je peux vous rencontrer si facilement, dit Andreyev. Ils n'arrivent pas à comprendre comment il se fait que vous ne soyez pas surveillé d'une manière ou d'une autre, par vos propres gens.

Thorne acquiesça. C'était là un point faible de sa couverture. Le K.G.B. pouvait croire que c'était lui qui tentait de recruter Andreyev, plutôt que le contraire.

— Mon contrôle est inquiet, poursuivit Andreyev.

Il paraissait morose et fatigué. Thorne ressentit soudain de la compassion pour ce jeune homme : s'il risquait lui-même de se faire expulser de Russie, le Russe risquait sa vie — et celles de ses proches, à en juger par l'atmosphère qui régnait actuellement au Kremlin.

— À quel propos? demanda-t-il.

— Il pense que le K.G.B. essaie de te prendre en charge. Il craint aussi qu'une purge du G.R.U. soit en train de se préparer. Ce serait un prétexte parfait.

— D'accord, dit Thorne, mais nous n'avons plus longtemps à attendre.

— L'unité responsable de l'opération rentre à la caserne aujourd'hui, reprit Andreyev. D'un exercice. J'ai été chargé de te dire ça.

— D'accord. Je vais transmettre le message.

— Une chose encore.

— Oui?

— La bombe israélienne a foutu une sainte trouille au gouvernement iraqien. L'état-major de la 23e division aéroportée a été envoyée à Baghdad, aujourd'hui même, au cas où les Syriens réclameraient une aide militaire.

— Merde! s'exclama Thorne. On ne va pas aimer ça chez nous. En plus des Israéliens et des Syriens qui se lancent des bombes à la tête.

— Savais-tu qu'on avait eu pas mal de soldats tués par l'attaque d'Israël?

— Oui. Est-ce que ça va faire perdre le nord à Boyarkine, d'après toi?

— Pas selon mes gens. Ils l'en croient ravi, au contraire. Ça va lui donner une excuse pour envoyer d'autres troupes en Syrie.

— Il est complètement timbré.

— D'accord!

— Rien d'autre?

— Pas pour maintenant.

Ils convinrent du prochain rendez-vous et se séparèrent. Thorne longea le bord des jardins en se dirigeant vers le métro. Le parfum des fleurs, dans l'air humide, était lourd et capiteux — propre à vous donner la nausée.

Washington
16 août

— Quelle est l'atmosphère au Secrétariat d'État? demanda Law.

— Tendue, répondit le secrétaire d'État Presniak, en roulant ses épaules ankylosées. Même chose sur la colline. Les groupes de pression réclament à cor et à cri que nous émettions une déclaration à l'effet que si un seul soldat russe devait franchir les lignes de cessez-le-feu de 1973, au Golan, nous interviendrions sur-le-champ. Si on ne fait pas quelque chose pour les calmer, ça peut vous coûter la prochaine élection.

— Et si nous les écoutons, il n'y aura peut-être pas de prochaine élection, dit Law. Cam, avez-vous du nouveau sur la situation iraqienne?

— Non, Monsieur le Président. Il y a eu quatre atterrissages à Baghdad au cours des dernières vingt-quatre heures, mais nous n'avons eu encore aucune identification positive d'officiers d'état-major soviétiques.

Law tambourina nerveusement sur son bureau.

— L'Arabie Saoudite n'aimera pas voir les troupes russes à sa porte. Devrions-nous les avertir de cette possibilité? Ils sont d'ailleurs peut-être déjà au courant.

— Je ne serais pas d'accord avec cela pour le moment, répondit Harper. Si les Russes apprenaient que nous avons si vite été mis au courant, le K.G.B. se mettrait à chercher des fuites. Ce qui pourrait être très grave.

— Très bien, dit Law. On ne fait rien au cours des prochaines heures.

— Devons-nous avancer à Con Def Deux? s'enquit McKay. Je ne le conseillerais pas encore.

— Je suis entièrement d'accord. Nous sommes tous déjà suffisamment sous tension.

— À quand la proposition de cessez-le feu?

Presniak consulta la rangée d'horloges montrant les principaux fuseaux horaires à travers le monde, sur le mur du salon ovale.

— M. Tate, notre ambassadeur, la présente au ministre des Affaires étrangères israélien dans une heure — à 17 h, heure d'Israël. Nous avons fait part de notre proposition à l'ambassadeur soviétique, ici, et avons demandé qu'il nous communique immédiatement leur réaction.

— Rien encore?

— Non. Ils veulent gagner du temps. Leur ambassadeur a été très difficile à voir, ces derniers jours. Et quand il m'a finalement reçu, je l'ai trouvé assez tendu. Je pense qu'il a peur.

— Et qui n'a pas peur? demanda Law. Essayez de calmer les Israéliens. Tout le monde a été scandalisé par l'échange d'hier. Nous allons protester auprès d'Israël et de la Syrie, mais je ne crois pas que cela améliorera beaucoup les choses. Et lorsque l'effet de choc se sera atténué, il se pourrait que Damas et Jérusalem veuillent tous deux jouer le tout pour le tout. Et tout le monde attend de voir ce que les Russes et nous allons faire. Ed, que se passe-t-il à Damas?

Presniak répondit:

— Une copie de la proposition de cessez-le feu parviendra à Nahawi au même moment où les Israéliens recevront la leur.

— Et la situation militaire dans son ensemble, Nathan?

— Tout le monde se retranche sur ses positions, dit McKay. L'Égypte a ralenti sa mobilisation et les Libyens hurlent comme des putois mais, jusqu'à maintenant, ils ont fait très attention de ne pas sortir de leur espace aérien. Ils ont perdu énormément d'avions. La Jordanie ne veut rien avoir à faire avec le conflit, mais elle a rapporté un grand nombre de cas de mal des rayons aux Nations Unies. Les retombées radioactives.

— Est-on sûr que c'est bien une colonne de chars russes que les Israéliens ont attaquée? demanda Law.

Harper fit sombrement signe que oui.

— C'est confirmé. Mais Moscou demeure muet sur le sujet. On a noté de nombreuses communications en code entre la Russie et Damas, mais rien d'autre pour le moment.

— Pour le moment, répéta Law, en se redressant. Nathan, Cam, suivez-moi. Ed, voulez-vous vous occuper du Secrétariat d'État? Je retourne à la salle des Cartes.

— Monsieur le Président, dit Presniak, je peux, si vous le désirez, aller à Jérusalem? Je...

Law secoua la tête.

— L'époque de Kissinger est révolue, dit-il, et nous n'avons plus autant de temps que lui à notre disposition — même si lui-même en avait peu. De plus, ce serait trop dangereux. Je ne veux pas devoir me mettre à chercher un autre secrétaire d'État si jamais ils décident de bombarder Tel-Aviv ou Jérusalem.

— C'est entendu, Monsieur le Président.

Harper se demanda si le secrétaire était ou non soulagé.

Alors qu'ils descendaient à la salle des Cartes, dans l'ascenseur, Law dit à McKay:

— Les bulletins de nouvelles ne donnent pas l'impression que les choses aillent très bien, vous ne trouvez pas? Il y a des tas de gens terrifiés dans le public.

— Et il y en a ici aussi, souligna McKay. J'hésite à vous poser cette question, enchaîna-t-il, après un moment d'hésitation, mais votre épouse restera-t-elle à Washington?

— Je lui ai demandé si elle ne voulait pas partir, dit Law, et elle m'a répondu que non.

— Elle devrait vraiment.

— Essayez de le lui dire vous-même!

Arlène Law était connue pour savoir ce qu'elle voulait.

— Je préfère laisser faire, Monsieur le Président, si vous permettez.

L'équipe de gestion en temps de crise était rassemblée dans la salle de conférences. Elle se composait des chefs des états-majors combinés et de leur président, le général Torrance; du directeur-adjoint du Secrétariat d'État; et de Northrop. Le vice-président s'était éloigné de Washington, par mesure de prudence.

— Le directeur de la C.I.A. fera d'abord rapport sur la situation, dit Law, prenant sa voix officielle, une fois que tout le monde fut assis.

Harper fit son rapport. Lorsqu'il eut terminé, tous les visages autour de la table étaient sombres.

— Qu'en disent vos ordinateurs? demanda McKay, après un temps de réflexion.

334

— Rien de bon, répliqua Harper. Nous sommes bel et bien entrés dans la zone dangereuse. Ça a empiré la nuit dernière lorsque nous avons programmé la conduite évasive du Kremlin devant notre proposition d'une demande conjointe de cessez-le-feu. Nous avons donc fait la proposition unilatéralement. Le Kremlin n'est plus du tout aussi coopératif qu'en octobre 1973. Et, même à cette époque, ils ne l'étaient pas tellement jusqu'à ce qu'Israël ait encerclé la 3e armée égyptienne. Il semblerait que Boyarkine n'a pas ecore déterminé si les Syriens ont perdu la partie ou non.

— Aucun des deux côtés n'est en état de prendre l'offensive, dit Torrance. Ils ne sont pas encore remis de leurs raids nucléaires.

— Que devient notre pont aérien vers Israël? demanda McKay. Il va être bientôt temps d'y voir.

— Voilà une question épineuse, dit le directeur-adjoint du Secrétariat d'État. Plusieurs membres de l'O.T.A.N. particulièrement l'Espagne, nous ont clairement fait savoir qu'ils ne voulaient pas servir de relais à notre pont aérien, et qu'ils ne voudraient pas non plus permettre à nos avions de ravitaillement de traverser leur espace aérien. À leur point de vue, c'est logique. Ils ne veulent pas se voir couper de leurs sources de pétrole, et ils ne tiennent pas à s'exposer inutilement à d'éventuelles représailles soviétiques.

— C'est justement sur quoi comptait le Kremlin, dit McKay.

— Bien entendu.

— Nom de Dieu! dit le général Torrance. Je voudrais bien que nous contrôlions nos alliés comme les Russes contrôlent les leurs!

— Moi aussi! dit Law. Ce n'est malheureusement pas le cas. Nous ferions mieux d'essayer tous les moyens diplomatiques pour en arriver à un cessez-le-feu, avant de tordre le bras à nos alliés.

— Mais les Russes refusent le dialogue...

— Les Syriens l'accepteront peut-être. Les bombes que les Russes les ont aidés à obtenir n'ont pas fait grand-chose pour eux.

Harper se gratta le nez.

— Il n'est pas prouvé que les Russes aient voulu aider les Syriens en leur fournissant des armes. Il y a de fortes raisons de croire que leur véritable intention était de mettre Israël, et par conséquent nous, dans une situation impossible. Ce qui les rendra beaucoup plus forts au Moyen-Orient. Boyarkine compte peut-être — je dis bien *peut-être* — que nous ne ferons pas la guerre devant une importante défaite israélienne. Que s'il entretient l'état de crise suffisamment longtemps, les pressions domestiques et la crainte de la guerre nous empê- cheront de soutenir Jérusalem autant que nous le voudrions. Il ne veut peut-être pas détruire Israël, mais seulement le neutraliser. Les implications pour nous d'une telle attitude sont graves. Mais il peut se dire que nous préférerions recou- per nos pertes plus tard, plutôt que de partir en guerre. À nous de décider s'il a raison.

Il y eut un long silence.

— A-t-il raison? demanda Torrance.

Ne recevant pas de réponse de personne, il déclara:

— Si on en vient à cela, Monsieur le Président, nous devrons peut-être envisager d'attaquer les premiers.

Law le regarda d'un œil froid.

— Monsieur le Président, dit McKay, il fallait le dire. On tourne autour du pot depuis une journée entière.

Law regarda le secrétaire de la Défense.

— Oui, dit-il, il faudra l'envisager. Mais pas maintenant. Nous n'avons pas encore épuisé toutes les possibilités. Boyarkine peut être éliminé.

— Nom de nom, Monsieur le Président! s'écria Tor- rance, en donnant un coup de poing sur la table. Allez-vous faire dépendre la survivance de ce pays de châteaux en

Espagne que construisent une poignée de politiciens rebelles russes? Même en supposant qu'ils jouent franc jeu avec nous.

Torrance regarda Harper et revint au président:

— Il n'y a aucune garantie que leur complot va réussir, si complot il y a. Nous perdons du temps. Je veux passer à Con Def Deux. Faisons-leur savoir que nous sommes prêts à pousser aussi fort qu'eux.

— Non, dit Law sans s'emporter. J'admets que cette situation est la plus grave de toutes celles auxquelles nous avons jamais eu à faire face. Mais les Soviétiques n'en sont pas à un niveau d'alerte plus grand que le nôtre. Je ne vois pas là une raison suffisante pour vouloir incinérer les citoyens de Moscou, ou de Novosibirsk, ou de n'importe où ailleurs.

Un des téléphones sonna discrètement. Ce n'était pas le rouge. Le Président souleva le combiné.

— Ici Law, dit-il. Après avoir écouté, il le replaça et parut quelque peu soulagé.

— C'était Ed Presniak, dit-il. L'ambassadeur d'Arabie Saoudite vient de l'appeler pour lui dire que, selon ses indications, les Russes s'apprêteraient à envoyer des troupes en Iraq et que les Saoudites n'aiment pas voir des troupes russes en Syrie. Il m'a demandé si nous pourrions confirmer les rapports sur la situation en Iraq? Ed lui a répondu que nous pouvions les confirmer, et il lui a demandé si nous pouvions les aider. Bref, les Saoudites nous demandent d'endosser — c'est ainsi que leur ambassadeur a présenté la chose — leur intégrité territoriale contre toute invasion, au cas où les Russes enverraient réellement des troupes en Iraq.

— Qui l'eut cru? Voilà notre pétrole, et celui de l'Europe, et le pont aérien assurés..

— C'est possible, dit Law. Mais la situation demeure fluide, ne l'oubliez pas. Nous pouvons en tout cas acquiescer à la demande saoudite. Général, pouvons-nous dès maintenant envoyer le détachement spécial de la 7e flotte, actuellement dans l'océan Indien, du côté de l'Arabie Saoudite?

Torrance avait perdu son air catastrophé.

— Je vais y veiller immédiatement.

— Bien, dit Law.

Puis se tournant vers Harper:

— Demandez à vos magiciens de mettre ça dans leur ordinateur. Ça pourrait aider.

— Oui, Monsieur le Président, dit Harper.

Il observa le président qui se tournait vers les autres personnes autour de la table.

«Il adore ça, pensa-t-il soudain. Faire bouger des navires, des avions et des hommes d'un bout à l'autre du globe. Même si c'est jouer avec la mort, il adore ça. Nous ne sommes pas meilleurs que lui. Nous sommes honnêtes et intelligents, mais nous adorons quand même ça: le pouvoir!»

Quatre heures plus tard, les navires des détachements spéciaux 67 et 69 de la 7e flotte, composés de deux porte-avions et vingt-trois autres navires de guerre et transports de troupes, avec à leur bord quatre bataillons de marines renforcés, mirent le cap sur la mer d'Arabie. À l'horizon, se dessinaient les silhouettes floues des frégates et des croiseurs porte-missiles russes qui les filaient. Pour le moment, ils se tenaient à distance, comme des aigles tournoyant dans le ciel.

Moscou — Washington — Le Golan
17 août

Le 17 août, en début d'après-midi, le ministre soviétique des Affaires étrangères transmit à l'ambassade d'U.R.S.S. à Washington, le texte d'une proposition de cessez-le-feu. Contrairement au plan américain, selon lequel les deux côtés retournaient à leur ligne d'avant-guerre, la proposition soviétique était brutale. Elle exigeait que les forces d'Israël dans le Golan abandonnent leurs armes sur place, après quoi elles seraient internées par les forces syriennes et rapatriées en Israël dans les trois semaines. La note reconnaissait la sévérité de ces conditions, mais les prétendait justifiées par l'attaque nucléaire israélienne non provoquée sur les troupes soviétiques qui ne faisaient qu'aider un allié à protéger son territoire. Le monde devait apprendre, une fois pour toutes, que l'agressivité d'Israël envers ses voisins ne serait plus tolérée.

La proposition déclarait ensuite que si les envahisseurs ne se pliaient pas aux conditions posées, ou à toute autre condition sur laquelle les gouvernements intéressés se seraient mis d'accord (c'était la porte de sortie) avant le 20 août, à midi, heure de Moscou, les mesures nécessaires seraient prises par les Syriens et leurs alliés, quels qu'ils soient, pour évincer les agresseurs de la terre syrienne.

La proposition russe fut aussi remise au ministre des Affaires étrangères d'Israël, par le truchement de l'ambassade suédoise à Tel-Aviv. Elle ne reçut pas de réponse immédiate.

Un addenda à la note, uniquement pour Washington, protestait contre le mouvement de la 7e flotte, la gratifiant d'extrêmement provocatrice.

Le président Law, dès qu'il eut pris connaissance de la proposition de cessez-le-feu des Russes et de son addenda, réclama par le téléphone rouge une conversation immédiate avec le secrétaire général Boyarkine. On l'informa que le secrétaire général n'était pas disponible, étant retenu par les graves événements du Moyen-Orient. Il se mettrait en contact dès que possible avec le président américain.

— Il veut jouer au poker? dit Law lorsque cette information lui fut transmise.

Deux heures plus tard, les États-Unis adoptaient la Con Def Deux, et vingt-six minutes après cela, la machine de guerre soviétique prenait des mesures identiques. Dans l'heure, les satellites rapportaient de vastes mouvements de chars d'assaut en Europe orientale, et les renseignements transmis par voie électronique notaient une augmentation de soixante-quatre pour cent dans les communications radio militaires soviétiques. La plupart des unités navales russes avaient pris la mer.

Law donna les grandes lignes de la situation à une conférence de presse convoquée en fin de matinée, lança publiquement un appel à l'Union soviétique pour discuter de la crise et annonça qu'un pont aérien de munitions, pièces de rechange pour avions et chars d'assaut, et fournitures médicales serait mis sur pied «dès que les arrangements seraient terminés».

Sur la côte ouest et ailleurs, se tinrent des démonstrations contre la guerre nucléaire. Les plus sages, ou les plus timorés, commencèrent à quitter les grandes villes en nombres grandissants. Les épiceries furent bientôt à court de denrées en conserve, et les armuriers firent des affaires d'or.

Les divers gouvernements européens susceptibles de se voir réclamer un droit de passage dans leur espace aérien émirent des protestations angoissées. L'entente de fraîche date entre les Saoudites et les États-Unis ne les atténuèrent pas. Le secrétaire d'État se vit dans l'obligation d'informer l'ambassadeur d'Israël que, si Jérusalem ne s'engageait pas à se retirer du territoire envahi, le pont aérien serait retardé, peut-être indéfiniment. Les États-Unis ne pouvaient avec justification exiger un droit de passage aérien que s'il y avait certaines indications que le conflit allait se régler.

Jérusalem prit le temps de digérer cet ultimatum, protesta vigoureusement contre la tentative américaine de lui imposer une résolution sans exiger en retour des concessions syriennes, puis se tut. Sur le front du Golan où les troupes syriennes, appuyées par les renforts et le ravitaillement russes, avaient lancé une série d'offensives pour affaiblir davantage encore leurs adversaires, les Israéliens restaient sur la défensive.

Dans bon nombre de capitales, on devenait de plus en plus convaincu que les superpuissances ne contrôlaient plus la situation.

À 18 h, heure de Moscou, le même soir, Thorne entra dans le parc Gorky, par l'entrée principale, et se dirigea d'un pas nonchalant vers les attractions. Au-dessus des arbres devant lui, la partie supérieure de la grande roue était visible, tournant lentement.

Il y avait peu de promeneurs dans le parc. Depuis les purges, commencées en juillet par le K.G.B., beaucoup de Russes préféraient rester chez eux. Des rumeurs inquiétantes circulaient, nourries par les diatribes anti-israéliennes et anti-américaines de la *Pravda*. On avait vu dans les rues, pendant quelques jours, un grand nombre de soldats en uniforme : des réservistes rappelés par leurs unités. Puis, soudain, il y en eut beaucoup moins, et toutes les permissions furent annulées.

En un mot, l'atmosphère générale, dans la capitale soviétique, n'était pas bonne.

Thorne atteignit l'espace libre à proximité de la grande roue, et regarda celle-ci ralentir, puis s'arrêter. Une flopée d'enfants et quelques adultes en descendirent.

— On peut voir tout Moscou du haut de la roue, dit Andreyev derrière lui. Thorne hocha la tête et s'éloigna de la roue vers une promenade de gravier, bordée d'arbres. À quelques mètres à l'intérieur de ce tunnel de verdure, il y avait un banc. Thorne s'y assit. Une ou deux minutes plus tard, Andreyev l'y rejoignit.

— Mes gens s'inquiètent, dit Thorne. Tu sais que nous avons atteint un nouveau degré d'alerte!

— Je sais, répondit Andreyev. Nous aussi.

Il se turent pour laisser passer un couple et deux fillettes. Celles-ci échangeaient leurs impressions de la grande roue. Quand ils se furent suffisamment éloignés, Thorne dit:

— Ils veulent savoir exactement ce que vous projetez de faire, et quand. Il n'ont pas encore décidé de l'importance de l'aide que nous allons accorder à Israël. Mais nous avons aussi des factions. L'une d'entre elles réclame une réaction beaucoup plus forte que celle que nous manifestons présentement.

— Ça ne peut toujours pas se produire avant le 19, dit Andreyev. (Il paraissait déprimé.) Ils ne veulent pas vous donner le moment exact. Un règlement diplomatique est toujours possible.

— Vos gens vont-ils agir quoi qu'il arrive?

— Je ne sais pas.

— T'ont-ils mis au courant de la proposition de Boyarkine pour un cessez-le-feu?

— Seulement qu'il y en a eu une.

Thorne lui en donna les grandes lignes. Lorsqu'il eut terminé, Andreyev reprit:

— On m'a ordonné de te dire ceci : Vous ne devez pas intervenir ; le problème du cessez-le-feu sera réglé au moment opportun. Seulement, soyez patients ; mais ne cédez rien à Boyarkine. Si le secrétaire général réussissait à isoler Israël, il apparaîtrait qu'il avait eu raison et il deviendrait inattaquable. Il ne peut toutefois pas se permettre un échec, car il perdrait alors la plus grande partie de ses appuis, tout comme Khrouchtchev. Vous avez peu de marge de manœuvre dans l'une ou l'autre direction.

— La proposition de cessez-le-feu n'est donc qu'un moyen de gagner du temps ? Assez de temps pour que les États-Unis perdent leur sang-froid ?

— C'est l'idée, je pense.

— Je vais informer Washington de vos inquiétudes. Quand pourrez-vous nous donner le moment précis du début de l'opération ?

— On ne m'en a rien dit encore.

— Il faut nous avertir absolument. Dis-le à ton contrôle.

Andreyev se leva. Il avait les traits tirés.

— Je vais le lui dire. (Un silence.) Penses-tu qu'on va s'en tirer cette fois ?

— Je ne sais pas, dit Thorne.

— Appelle-moi, dit Andreyev, et il disparut.

— Ça ne fait pas le moindre doute, dit Youchenko. Morosov est en train de préparer le terrain pour me limoger ou me forcer à démissionner. Sa tentative de prendre charge de l'Américain est un premier pas dans cette direction.

Kotsarev étudiait le plafond du bureau de Youchenko.

— Sans vouloir vous vexer, c'est ma tête qu'il veut, dit-il. S'il peut prouver que vous avez salopé une opération importante, comme c'est moi qui l'aurai approuvé, je serai également vidé. C'est ce que veut Boyarkine, car alors, Gresko sera isolé.

— Il a fallu qu'il choisisse cette opération-ci! grommela Youchenko. Ça aurait pu être n'importe quelle autre, mais non, ça aurait été trop beau. S'il se doutait...

— Estimez-vous chanceux qu'il ne le sache pas, rétorqua Kotsarev.

Depuis quelques jours, la tension l'avait rendu extrêmement irritable. Même sa femme n'osait plus lui adresser la parole. Ce matin-là, elle avait décidé de se rendre à leur villa de la mer Noire. Kotsarev avait été d'accord, car il préférait la voir hors de Moscou pendant le coup d'État. Son fils et sa fille étaient heureusement en vacances dans le Sud.

Il préférait ne pas penser à ce qui leur arriverait à tous, si Souvorov échouait. Même sans la guerre.

— Il en vise quelques autres également, dit Youchenko. Travkine, par exemple. Et G.L.A.V.P.U.R. aimerait avoir un de ses hommes pour diriger le Service des fusées stratégiques. (Il s'interompit un instant.) Pourrions-nous envisager d'agir avant le 19?

— Non. Vous avez vous-même dit que nous avions besoin de Souvorov comme couverture. Nous sommes tombés d'accord sur cette date. Je ne voudrais pas éveiller les soupçons en l'avançant.

— En tout cas, dit Youchenko, les Syriens ne vont plus lancer de bombes. Qu'est-ce que ce maniaque avait en tête? Koussir, je veux dire.

— Nahawi l'a limogé, de toute façon. Il ne survivra peut-être pas à la guerre, quel que soit le vainqueur.

— Précisément, dit Youchenko. Maintenant, si les Américains peuvent contrôler Israël... Et ne pas eux-mêmes prendre le mors au dents!

— Exactement, dit Kotsarev. Entre-temps, nous devons attendre.

Procès-verbal de la séance d'urgence
Conseil de la Défense
Moscou
10 heures, le 18 août

Présents:

Vitaly A. Boyarkine, secrétaire général, président du Politburo de l'Union soviétique

Viktor V. Gresko, président, Conseil des ministres

Fyodor Y. Kotsarev, ministre de la Défense

Alexsandr T. Morosov, président, K.G.B.

Boris N. Distanov, ministre des Affaires étrangères

Leonid F. Chouryzine, secrétaire pour la Défense intérieure

Pavel N. Travkine, chef d'état-major

Sergei S. Zabotine, chef de la Commission militaire et industrielle

Le secrétaire Boyarkine ouvrit la séance en faisant rapport sur la situation politique vis-à-vis d'Israël, de la Syrie et des États-Unis. Le ministre Kotsarev présenta ensuite un rapport sur l'état de préparation militaire en regard de l'alerte. Il n'y eut pas de discussion.

Le secrétaire Boyarkine annonça que le gouvernement d'Israël avait rejeté en bloc sa proposition d'un cessez-le-feu, mais avait manifesté un certain intérêt pour la proposition américaine, à condition que la Syrie fournisse certaines garanties.

Le président Gresko demanda quelles étaient ces garanties. Le ministre Distanov lui répondit qu'elles n'avaient pas été spécifiés dans la note.

Le maréchal Travkine demanda quelle serait la réponse à donner aux Américains, considérant l'intérêt manifesté par Israël.

Le secrétaire Boyarkine expliqua qu'il suffirait de dire aux Américains que la question du cessez-le-feu devrait être approfondie. Entre-temps, les attaques lancées contre les Israéliens le 17 continueraient d'affaiblir les forces sionistes jusqu'à ce que Jérusalem soit prêt à demander la paix à n'importe quel prix. Le secrétaire ajouta que les États-Unis ne déclencheraient pas une guerre mondiale simplement pour protéger Israël contre une telle défaite, aussi longtemps que le pays lui-même ne serait pas envahi. Et pour dissuader Israël de se servir à nouveau d'armes atomiques, le secrétaire Boyarkine proposa que dix bombes nucléaires, accompagnées de leurs véhicules de transport, soient transportées par avion du centre de logistique de Rostov, tôt dans la matinée du 20 août et qu'Israël soit informé de leur présence une fois qu'ils auraient été déployés.

Plusieurs membres du Conseil se mirent à parler en même temps. Le président Gresko demanda ce qu'on ferait si, au lieu de demander la paix, les Israéliens lançaient une offensive utilisant leurs armes nucléaires.

Le secrétaire Boyarkine répondit que les Américains empêcheraient les Israéliens d'agir ainsi, puisqu'un tel geste entérinerait une menace de guerre mondiale. Mais que, si l'on

346

devait en arriver là, les Américains reculeraient devant la possibilité d'une confrontation totale, car il serait inimaginable qu'ils laissent dévaster leur propre pays, pour sauver Israël. Qu'enfin les troupes russes avaient le droit de recourir à tous les moyens pour se défendre si une telle attaque devait se produire.

Le ministre Kotsarev demanda si le secrétaire avait lu les analyses stratégiques des deux derniers mois concernant la détermination américaine d'empêcher l'Union soviétique d'étendre davantage son contrôle au Moyen-Orient.

Le secrétaire Boyarkine répondit que oui, mais qu'elles lui avaient semblé inexactes et timorées.

Le ministre Kotsarev demanda comment le secrétaire en était arrivé à cette conclusion, et fit une allusion aux prédictions basées sur des feuilles de thé.

Le secrétaire Boyarkine déclara que les militaires qui craignaient de se mesurer à l'ennemi feraient bien de démissionner avant que la démission ne leur soit imposée. Le secrétaire rappela le système des commissaires de Staline qui se chargeaient d'éliminer les officiers récalcitrants.

Le président Gresko déclara qu'il espérait que ces temps-là étaient à jamais révolus.

Le secrétaire Boyarkine déclara qu'on avait perdu de vue la raison première de cette séance extraordinaire. Il demanda au Conseil de se prononcer sur l'envoi d'armes nucléaires à la Syrie, où elles demeureraient sous contrôle soviétique et ne seraint utilisées qu'avec l'accord d'un quorum du Politburo.

On vota. En faveur de la proposition : Boyarkine, Morosov, Distanov, Chourygine, Travkine, Zabotine. Contre : Gresko, Kotsarev.

On déclara la proposition acceptée. La séance fut ajournée à 11 h 15, le 18 août.

Le parc Gorky
18 h 40, le 18 août

Ils étaient assis à une table de fer blanche, sur laquelle il y avait deux verres à moitié vides et une bouteille de Mukuzani, un vin rouge. La terrasse du café donnait sur un des bassins du parc où les enfants faisaient voguer leurs bateaux. Thorne regardait un garçon blond mettre à l'eau un petit voilier, et le pointer vers l'autre bord du bassin. Le manque de vent faisait pendre les voiles. Le père de l'enfant s'agenouilla à côté de lui et tous deux se mirent à souffler dessus. À force de se faire prier, le bateau avança lentement d'un mètre et demi, et s'immobilisa. L'enfant parut éploré.

— Il va bientôt y avoir du vent, dit Andreyev. Quand il fera plus frais.

— Tant mieux, dit Thorne. Les accalmies ne sont pas forcément drôles.

Le père de l'enfant levait un doigt mouillé, pour essayer de déceler une légère brise. Il n'y en avait pas. Il faisait toujours très chaud. L'enfant s'assit sur l'herbe aux côtés de son père, et se mit à ajuster le gréement de son bateau.

— Que disent tes gens? demanda Andreyev.

— Qu'il n'est pas question pour eux d'accepter la proposition de Boyarkine. Et qu'ils vont contrôler les Israéliens.

349

Thorne pensa brièvement à la communication qu'il avait reçue dans l'après-midi, de Washington. Il espérait que Harper était toujours son contrôle; plutôt que Northrop. Il ne faisait pas confiance au directeur-adjoint des opérations. Les messages qu'il recevait des États-Unis, par Jocelyne qui était toujours à l'ambassade, n'indiquaient pas qui les avait envoyés.

— Ils disent aussi, ajouta-t-il, que nos faucons n'ont toujours pas l'oreille du président.

Le petit garçon remit son voilier à l'eau. Celui-ci n'avança toujours pas.

— Faucons. C'est la meilleure façon de les qualifier en effet.

Thorne remplit à nouveau les verres.

— Et toi, qu'as-tu pour nous?

— Tu ne vas pas être très content, répondit Andreyev, l'air soucieux. (Puis se couvrant la bouche comme s'il avait un accès de toux):

— Le secrétaire a donné l'ordre de transporter des armes nucléaires en Syrie. Le 20, c'est-à-dire après-demain.

Thorne regarda l'enfant qui ramenait vers le bord son petit voilier en le tirant par une ficelle attachée au mât, et ensuite Andreyev.

— Seigneur! dit-il. Pourquoi?

— D'après ce qu'on m'a dit, il ne pense pas que vous partirez en guerre.

— On ne peut pas ne pas le faire.

— Veux-tu que je dise cela à mon contrôle?

— Non, répondit Thorne. C'est moi qui le dis. Ce n'est pas forcément la politique officielle.

— Ça n'a pas grande importance, de toute façon, dit Andreyev. Il ne sera plus là alors.

— C'est de la folie! dit Thorne. Des deux côtés.

— Oui.

Thorne sentit sur sa joue un peu d'air frais.

— Ça va aller maintenant, dit-il en parlant du bateau.

L'enfant et son père jouaient toujours avec les voiles.

— Ils veulent absolument savoir quand doit débuter votre opération, poursuivit-il, afin d'éviter toute possibilité de malentendu.

— Tu le sauras demain. Deux heures avant l'heure du démarrage. Cela va devoir vous suffire.

Andreyev regarda de l'autre côté de l'allée qui menait aux quelques tables.

— Voici venir les frères... dit-il.

Deux agents du K.G.B. remontaient l'allée vers la terrasse.

— Il ne reste pas beaucoup de temps, dit Andreyev. C'est une bonne chose que ça se fasse demain.

Thorne acquiesça d'une inclinaison de tête. Les voiles du petit bateau s'étaient enfin gonflées sous la brise, et l'enfant courait autour du bassin pour aller à sa rencontre de l'autre côté.

Moscou
19 août

— Je me demande, dit-elle, jusqu'à quel point on peut être tendu avant que les nerfs craquent...

Thorne, de la fenêtre de leur bureau, regardait les toits de Moscou au jour déclinant.

— Je ne sais pas, dit-il.

— Être au centre de quelque chose d'aussi radical n'aide pas.

Thorne quitta la fenêtre et vint s'asseoir sur le bord du bureau. Jocelyne plaça sa main sur son bras.

— Pardonne-moi, dit-elle. C'est plus dangereux pour toi.

Il recouvrit d'une des siennes la main de la jeune femme.

— Au moins j'ai quelque chose à faire, dit-il. Tandis que toi tu dois rester là à te ronger les sangs.

— Il est tout à fait vrai que ma vie mondaine n'est plus ce qu'elle était.

Thorne la comprenait très bien. Ils avaient un minimum de contact avec le personnel et l'ambassade. On les considérait comme des intrus. Le chef de station de la C.I.A. tout spécialement n'admettait pas la priorité dont ils jouissaient sur son équipement de communications. De plus, il craignait que les relations de Thorne avec un agent russe non identifié ne porte préjudice à sa propre activité, pas très brillante d'ailleurs. Les nombreux coups de filet du K.G.B., survenus depuis la mort de Leschenko, avaient tari ou autrement affecté bon nombre de ses sources.

— S'ils réussissent... dit Thorne.

Jocelyne se mordit la lèvre.

— Quelle heure est-il? demanda-t-elle. J'ai laissé ma montre dans ma chambre.

— 17 h 5.

Les communications de Washington arrivaient normalement à 17 h 15, tous les après-midi.

— Merde! dit Thorne. J'espère qu'ils vont me donner quelque chose de concret à transmettre à Nikolai. Nos promesses ont toutes été si vagues.

À quoi pouvaient-ils s'attendre? Les Russes, je veux dire. À un protocole signé en bonne et due forme?

— Tout ça s'est fait tellement vite! enchaîna Thorne. Il y a deux semaines à peine, le monde était dans son état de chaos habituel. Aujourd'hui, nous faisons face à une Troisième Guerre mondiale! Et pas une guerre circonscrite. Cette fois, des deux côtés, on mettra le paquet. Pourquoi nous impliquons-nous dans ces choses-là?

— Je ne sais pas, dit-elle. Ça n'a aucun sens.

— C'est comme en 1914, poursuivit Thorne, en se mordant l'ongle du pouce. Un mauvais jeu de circonstances... On ne peut pas risquer que les autres frappent d'abord. Et si, des deux côtés, on poursuit ce raisonnement jusqu'à sa conclusion logique...

Un léger tintement leur parvint de l'intérieur du bureau.

— C'est tôt, dit Jocelyne.

354

Sur quoi, elle déverrrouilla le bureau, en sortit le mini-terminal et tapa brièvement sur le clavier. Plusieurs douzaines de groupes de codes apparurent à l'écran.

— Et c'est très court, observa-t-elle en plissant le front.

Elle inscrivit la phrase de décodage. L'image-écran s'effaça, faisant place à son message:

MARK UN AUTORISE QUATRIÈME OPTION.
CONFIRMEZ.

Elle ferma les yeux. Au bout d'un instant, elle les rouvrit et tapa:

COMPRIS.

L'écran enchaîna:

PRÉPAREZ DONNÉES DE BASE ET FAITES SAVOIR HEURE COMMENCEMENT DÈS QUE CONNUE, INSTRUCTIONS EXÉCUTEZ/SUSPENDEZ SERONT DONNÉES ALORS. CE CANAL BLOQUÉ OUVERT À MARK UN.
CONFIRMEZ.

Jocelyne se frotta les pommettes du bout des doigts et tapa:

COMPRIS.

L'image s'effaça de nouveau et redevint de la couleur de l'ambre dépoli.

— Qu'est-ce que ce merdier encore? demanda Thorne qui se tenait maintenant derrière elle. Jocelyne!

Elle avait mis ses mains sur son visage:

— Merde, merde, *merde!* dit-elle d'une voix sourde.

— Que se passe-t-il, Jocelyne?

Elle retira ses mains de son visage, tandis qu'il contournait le bureau.

— Je ne peux pas te le dire.

— Pour l'amour du ciel! Jocelyne, dit-il, se sentant stupide d'avoir prononcé ainsi son prénom trois fois de suite, je dois sortir d'ici dans deux heures. *Je dois savoir ce qui se passe!*

Elle demeura muette. Thorne soudain conscient de ce qui arrivait, se sentit glacé jusqu'à l'os. Comment avait-il pu ne pas y penser avant!

— Ce n'est pas une liaison de télécommunication, n'est-ce pas? C'est le PLAN RUBICON UN. Ils ont décidé de le mettre à exécution. Et tout ce temps-là, tu le savais!

Elle inclina la tête, sans le regarder.

— Pourquoi Harper ne m'en a-t-il rien dit?

— Ils ne voulaient pas que tu en saches assez pour faire rater l'opération si l'on t'appréhendait. Moi, il fallait que je sois mise au courant, au cas où nous perdrions toute communication avec ce coup d'État.

— Ils ont couru un fameux risque. J'aurais pu le deviner avant cela.

— Ils n'étaient pas de cet avis, je suppose.

— Le quatrième option, dit Thorne en réfléchissant. C'est l'option Heydrich, non?

— Je ne comprends pas?

— Heydrich, dit Thorne. Le chef des S.A. nazis. En 1938, il fit parvenir à Staline l'information erronée que l'Armée sovié-

356

tique allait le renverser. Staline fit exterminer le corps des officiers. Lors de l'invasion allemande, tous les commandants russes d'expérience étaient morts. C'était brillant. Alors on a décidé de refaire la manœuvre. Ce n'est pas Boyarkine qu'ils veulent éliminer, c'est le Corps des officiers russes.

— Mais ils veulent Boyarkine, je t'assure! répondit-elle d'une voix tendue. Ils veulent que nous avertissions le K.G.B. du complot, mais pas assez tôt pour sauver Boyarkine. Ils veulent à la fois Boyarkine et les officiers hors du chemin. Ils pensent que le K.G.B. va survivre, et qu'alors, il éliminera les officiers à condition que Morosov soit mis au courant à temps. Mais s'ils ne peuvent pas avoir les deux, ils se contenteront ou bien de Boyarkine, ou bien des officiers. C'est la raison pour laquelle Harper n'a pas fait pression sur le G.R.U. pour qu'ils lui communiquent leurs plans précis. Il s'en fiche éperdument. Tout ce qui l'intéresse, c'est de savoir l'heure exacte à laquelle débutera l'opération.

Elle inclina de nouveau la tête, le menton dans ses paumes, les yeux fixés sur la surface du bureau. L'ambre de l'écran du terminal se reflétait délicatement sur ses ongles.

— Merde! dit-il. Toi et Harper et Northrop vous vous foutez tous de moi. Depuis le mois de juillet, qui plus est! Ce n'est pas par pur hasard qu'on s'est rencontrés à Langley, hein? Et quand tu es venue au lac, tu obéissais à des ordres, pas vrai? Tu t'es arrangée pour que ça recommence entre nous. Pour que, si on t'envoyait à Moscou, je sois d'accord pour être l'autre moitié de la liaison.

— David, je t'en supplie. Ce n'est pas comme ça... Je...

Il était déjà à la porte.

— Tu n'as pas pensé que s'ils mettaient leur plan à exécution, le K.G.B. tuerait Nikolai. Et bien d'autres. Bon, d'accord. Je vais te rapporter l'heure du démarrage, et on verra ce qu'ils veulent nous faire faire. Mais tu peux être sûre d'une chose: je ne promets pas de me soumettre à leurs ordres!

La porte claqua derrière lui.

Jocelyne fixa longuement l'écran du terminal après son départ. Elle voulait à tout prix se persuader de son innocence et se sentir accusée à tort. Mais elle n'y réussit pas.

— Extrêmement intéressant, déclara Morozov.

Il se renfonça dans son fauteuil et regarda son énorme bureau avec ses téléphones de diverses couleurs. De ce bureau, en quelques minutes, il pouvait rejoindre toutes les sources du pouvoir politique à Moscou, tous les bureaux régionaux du K.G.B., de même que toutes les stations d'outre-mer habilement camouflées dans les ambassades soviétiques. Cette pensée avait normalement quelque chose de réconfortant et qui lui donnait un sentiment de sécurité; mais aujourd'hui il ressentait une vague inquiétude.

Il se pencha en avant et tapa sur les deux dossiers. Le lieutenant-général Pryakhine chef du 2e directorat, le regarda, dans l'expectative. Morosov entendit gronder son estomac; l'heure du dîner approchait.

— Thorne, prononça Morosov.

Le dossier du dessus concernait l'Américain; le K.G.B. l'avait constitué en catastrophe à partir de diverses sources américaines, depuis son arrivée à Moscou.

— C'était un employé de la C.I.A. spécialisé dans les ordinateurs et concepteur de scénarios politico-militaires. Ancien agent sur le terrain. Que peut-il avoir à faire avec la sécurité d'une ambassade? Aurait-il reçu une formation spéciale après avoir quitté la C.I.A.?

— Nous n'avons pas pu vérifier cela encore de façon certaine, dit Pryakhine. Mais il ne semble pas. En revanche, s'il s'agit, à l'ambassade, d'assurer la sécurité des ordinateurs, il peut fort bien s'être entraîné à Langley, il y a cinq ans.

— Tout comme la femme, ajouta Morosov, en écartant le dossier de Thorne pour ouvrir celui de Jocelyne. Ils travaillaient au même endroit. Et voilà qu'elle arrive ici, et lui, peu de temps après. Elle ne sort jamais de l'ambassade. Même pas en touriste. On aurait pensé, qu'étant de vieilles connaissances, ils auraient fait quelques promenades ensemble.

— C'étaient plus que de vieilles connaissances, rappela Pryakhine.

— En effet, et c'est ce qui rend la chose encore plus inexplicable. À moins que, justement, ils ne se parlent précisément plus à cause de cela. Ou quelque chose du genre.

— C'est possible, mais peu probable. Même les Américains ont suffisamment de sens commun pour éviter de telles affectations.

— Et lui a beaucoup vu cet officier du G.R.U....

— Andreyev, dit Pryakhine.

— Qui est son contrôle?

— C'est quelqu'un du quartier général de la périphérie. Ce pourrait être Vakoula. Il était au courant de l'opération.

— Ce contrôle est donc quelqu'un de haut placé?

— Oui.

— Il n'y a rien pour suggérer que le G.R.U. ait eu des contacts avec Thorne avant son départ des États-Unis?

— Ils prétendent que des avances lui auraient été faites alors. Mais rien de tout cela n'a été corroboré par quelqu'un du dehors.

— C'est trop bien huilé, dit Morosov. Ça sent mauvais.

Il tapota une feuille de papier blanc posée à côté du dossier Thorne.

— Et votre contact au G.R.U. vous dit que le contrôle d'Andreyev se demande si Thorne n'a pas retourné celui-ci. Peu probable, mais non impossible...

Morosov réfléchit un instant, et enchaîna:

— Ceci est peut-être justement la corde dont nous avions besoin pour pendre Youchenko et son... peu importe qui.

Il sourit de toutes ses dents.

— Le succès de cette affaire, ajouta-t-il, ne nuirait certes pas à votre carrière, général.

Le sourire s'évanouit.

— Quelle est l'atmosphère dans la rue?

— Les gens sont bouleversés. Les opérations... euh... de nettoyage du Secrétaire ont effrayé les timorés. Mais ce qui les inquiète surtout, à l'heure présente, ce sont les Américains.

— À la bonne heure! dit Morosov. Il vaut mieux les voir fixer leur attention sur une menace venant de l'extérieur; ils sont ainsi liés de plus près au nouveau régime.

Il prit un stylo et en frappa plusieurs fois ses incisives.

— Mais il faut aussi faire attention. Les masses sont souvent inconscientes de leurs véritables besoins. À ce propos, êtes-vous prêt pour Souvorov, ce soir?

— Tout à fait, Monsieur le Président, dit Pryakhine en se demandant pourquoi Morosov changeait de sujet.

Morosov le fixa attentivement.

— Si Thorne et Andreyev jouent un petit jeu, et si nous pouvons le percer avant le début de Souvorov, ce soir serait le moment idéal pour arrêter Youchenko. Notre geste serait considéré jusqu'à la dernière seconde, comme faisant partie de l'exercice de sécurité.

— Ah! s'exclama Pryakhine. Très ingénieux, Président!

Ce qu'il pensait vraiment, c'était que Morosov était un idiot. Arrêter Youchenko au quartier général de l'état-major ne serait pas sage, politiquement parlant; mieux valait le faire avec discrétion. Mais si l'ordre en était donné, ce serait fait. La plupart des cadres supérieurs du K.G.B. n'étaient pas très impressionnés par la compétence du président Morosov.

360

C'était évidemment la raison pour laquelle Boyarkine lui avait confié ce poste. Comme chef du K.G.B., Morosov n'était pas un rival.

— Je suis heureux que vous le pensiez, dit Morosov. Pour l'instant, ne touchez pas à Andreyev. S'il s'avère qu'ils ont recruté Thorne, nous le prendrons en main, et tant pis pour le G.R.U.. Dans le cas contraire, nous nous occuperons de toute la bande dès que Youchenko aura été arrêté. Je veux que vous appréhendiez Thorne dès sa prochaine sortie — ce soir, peut-être?

Pryakhine fit signe que oui.

— Arrêtez-le avant qu'il rejoigne Andreyev. Nous n'avons pas beaucoup de temps. Amenez-le à la Loubianka et appelez-moi tout de suite. Je veux lui parler moi-même.

— Oui. Président.

— Allez-y.

Le lieutenant-général était presque arrivé à la porte lorsque Morosov reprit:

— Une chose encore. La femme, Petrie, amenez-la aussi. Arrangez-vous pour la faire sortir de l'ambassade. S'il se prépare quelque chose, elle y est peut-être impliquée. Et Thorne parlera plus vite, s'il sait que nous la détenons.

— L'ambassade protestera quand ils se rendront compte de sa disparition.

— Laissez-les protester. Les Américains ont d'autres préoccupations que ces deux-là. Et nous pouvons toujours trouver une bonne excuse à leur arrestation.

Il eut un sourire féroce.

— Ce ne sera peut-être pas nécessaire.

«Il faut que je cesse de m'en faire avec cette histoire», se disait Thorne en sortant de la station de métro Parc Kultury, et en marchant d'un pas rapide vers le pont Krymsky. Le soleil couchant teintait de rose les façades de Moscou, lumineuses contre le ciel assombri de nuages, au sud. Il pleuvrait avant la nuit. À sa droite, la tour de l'université de Moscou dardait sa flèche «gâteau-de-noces» dans les nuages ardoise de l'orage approchant.

«Zut, j'aurais dû prendre mon imper», se dit-il. Puis: «J'aurais dû lui parler avant de partir. Mais comment a-t-elle pu faire ça? Je pensais mieux la connaître.

«Elle essayait peut-être de te le dire avant que tu ne sortes du bureau en claquant la porte.

«Mais tu es resté dans ta chambre deux bonnes heures avant de partir, et elle n'est pas venue.

«Et pourquoi serait-elle venue après cela?

«Merde! laisse cela. Tu as du boulot. Rencontrer Nikolai, obtenir l'heure, rentrer, avertir Washington, peut-être arriver à les persuader de laisser tomber l'option Heydrich au moins, etc...»

Il était presque arrivé aux approches du pont. Il y avait peu de circulation, comme toujours à Moscou. Une voiture grise anodine le dépassa lentement, suivant de près le bord du trottoir; elle s'arrêta dix pas plus loin. Un homme en civil en descendit et marcha à la rencontre de Thorne. Ce dernier sentit son sphincter se relâcher. Il s'écarta légèrement pour croiser l'homme. Celui-ci l'intercepta et lui dit:

— Vos papiers, s'il vous plaît!

Thorne sortit de sa veste ses papiers d'identité de l'ambassade.

— Qui êtes-vous? demanda-t-il en russe.

— Sûreté nationale. Puis-je voir vos documents?

Thorne réprima l'inutile envie de fuir et les lui remit. L'agent de la sûreté les feuilleta et secoua la tête.

— Vous êtes le docteur David Thorne? Américain?

— C'est bien ce que ça dit, répondit Thorne. Puis-je ravoir mes papiers? Je voudrais rentrer avant la pluie.

Le policier inclina la tête, et mit les papiers dans sa propre poche. Le chauffeur était sorti de la voiture, et était appuyé, prêt à bondir, contre l'aile avant.

— Voulez-vous montrer, s'il vous plaît, dit le premier des deux hommes, en indiquant la portière arrière déjà ouverte. Vos papiers ne sont pas règle et il faut y voir immédiatement.

— Ils sont tout à fait en règle, soutint Thorne, refusant de bouger. Le chauffeur se redressa.

Sans qu'il eut pu prévenir le coup, le premier homme le frappa durement au plexus solaire. Il se plia en deux, en gémissant, se sentit projeter sur la banquette de plastique grise, contre son occupant, qui le tira jusqu'à ce qu'il fut entièrement entré. La porte claqua et la voiture démarra à toute vitesse.

Quand il put enfin se redresser, le premier agent le surveillait de près. Il sentit un objet dur sur ses côtes. Il n'eut pas besoin de baisser les yeux pour savoir qu'il s'agissait du canon d'un revolver.

À quelques centaines de pieds derrière la voiture, Andreyev qui avait suivi Thorne depuis la station de métro, fit demi-tour et s'éloigna sans se presser.

Jocelyne était de retour dans son bureau où elle se tournait les pouces, lorsque le téléphone sonna. Elle le saisit vivement. Une voix inconnue lui dit:

— C'est l'ami de votre ami qui parle. Il n'est pas arrivé, et je ne peux plus attendre. Rendez-vous s'il vous plaît au monument Pouchkine dans trente minutes. Ayez un foulard à la main droite.

— Qu'est-ce... demanda Jocelyne, sur une ligne morte.

Elle prit la précaution d'avertir l'officer de la C.I.A. de service de l'endroit où elle allait sans lui en indiquer la raison — ajoutant qu'elle s'attendait à être de retour au plus tard dans deux heures. Si elle ne l'était pas, il devait en informer le chef de station, qui lui, devrait en aviser le directeur de la C.I.A. de toute urgence. L'officier de service leva les sourcils mais acquiesça.

Cinq minutes plus tard, elle était en route. Elle n'avait pas de foulard, mais avait réussi à emprunter un mouchoir jaune. En franchissant la grille de l'ambassade, elle regarda discrètement autour d'elle; les flâneurs du K.G.B. étaient présents, comme d'habitude, mais en traversant la rue Tchaïkovsky vers l'arrêt de l'autobus, elle ne se sentit pas suivie. Elle attendit l'arrivée de l'autobus en s'interdisant de faire les cent pas. L'air était moite dans le lointain, au sud-est, un banc de nuages noirs approchait.

L'autobus la mena à la place Vostanniye et son complexe stalinesque d'immeubles de rapport au nord, où elle descendit; toujours pas de filature. Elle s'engagea dans la rue Barrikadnaya jusqu'à la station de métro, et attendit avec une impatience croissante que l'escalier roulant la déposât sur le quai. D'après l'horloge suspendue du toit en pente, elle n'avait plus qu'un quart d'heure pour atteindre la place Pouchkine.

«Au moins je n'ai pas à semer de traîne-savates, pensat-elle. Même si je savais le faire correctement, je n'en aurais pas le temps. David. Oh! David, pourvu qu'ils ne t'aient pas appréhendé! Cette histoire a été une pure folie depuis le début. Andreyev saura peut-être où tu es, et je pourrai peutêtre alors trouver le moyen de te faire sortir grâce à l'immunité diplomatique. Mais ce que je me prépare à faire, c'est à livrer Andreyev au K.G.B..»

La rame entra en gare en rugissant. Jocelyne se glissa dans un wagon devant deux jeunes gens en jeans russes mal coupés. Ils lui lancèrent des œillades admiratives. Elle alla se placer à l'autre bout du wagon.

Le temps écoulé jusqu'à la station de la place Pouchkine lui parut à la fois trop long et trop court. À la station même, l'escalier roulant était hors de service. Jocelyne escalada donc les marches à toutes jambes. En arrivant en haut, elle était à bout de souffle. Il lui restait cinq minutes.

«S'ils ont appréhendé David, je vais devoir assumer la responsabilité de sa partie de l'opération, pensa-t-elle. Si j'en suis capable, et si j'y consens. Il aime bien Andreyev; Andreyev est un type bien. David la mettrait-il à exécution, cette option qu'il qualifiait de Heydrich? Comment serions-nous nous-mêmes qualifiés, alors?»

Elle traversa le boulevard Strastnoï; la statue de Pouchkine se dressait sombrement dans son parc. Elle sortit le mouchoir jaune de son sac à main, s'épongea le front et marcha lentement vers la statue.

Arrivée à la base du monument, elle se retourna. Les deux jeunes gens du métro se trouvaient à cinq mètres derrière elle. Elle sentit surgir la peur.

Deux autres hommes contournèrent la base de la statue. Ceux-là étaient dans la cinquantaine, et trapus. Ils la saisirent par les deux bras, et la tirèrent vers une voiture qui vint s'arrêter au bord du trottoir. Elle se débattit en vain. Arrivés à la voiture, l'un des hommes lui prit le mouchoir de la main et le jeta. Le carré de lin jaune flotta jusqu'à la chaussée, hésita, et s'envola sous la poussée d'un fort vent du sud-est, comme un oiseau apeuré.

Andreyev arriva à l'immeuble du quartier général un peu avant 21 h. Les bureaux et les couloirs étaient normalement à peu près déserts à cette heure-là; mais, depuis le début de la crise au Moyen-Orient, ils semblaient être plus achalandés la nuit que le jour. On voyait partout des officiers à l'air tendu.

Arrivé au bureau de Vakoula, il frappa à la porte.

— Entrez!

Andreyev referma la porte derrière lui et annonça :

— Le K.G.B. a appréhendé Thorne.

Vakoula se redressa d'un seul coup.

— Vous en êtes certain ?

— Je les ai vus s'en emparer près du pont Krymsky.

Vakoula souleva le combiné :

— Trouvez-moi le général Youchenko. Oui, je sais qu'il est au Centre de gestion des crises. Demandez-lui de bien vouloir venir au téléphone.

Il attendit.

— Mon général, je m'excuse de vous déranger. Nous venons de perdre un important chaînon dans notre système de communications. Oui, celui-là. Tout de suite, mon général. Il raccrocha et se leva précipitamment.

— Venez avec moi, dit-il.

Quelques secondes plus tard, ils étaient dans le bureau de Youchenko. Le chef du G.R.U. s'y trouvait déjà.

— Le maréchal Travkine et le ministre vont venir, dit-il. Qu'est-il arrivé ?

Vakoula le lui expliqua. Andreyev, nerveux et mal dans sa peau, était debout à côté de la porte.

— Merde ! dit Youchenko au moment où Travkine et Kotsarev entraient. Ce n'était pas...

— Qu'est-ce qui se passe ? demanda Kotsarev.

Vakoula répéta à son intention ce qu'il avait déjà dit à Youchenko.

— Quelle poisse ! dit Kotsarev. Quand est-ce arrivé ?

— Major Andreyev ? dit Vakoula.

— Il y a trente-cinq minutes.

— Ils ne lui auront pas encore tiré les vers du nez, dit Youchenko. Surtout s'ils ne sont pas sûrs de ce qu'ils cherchent.

— Le branle-bas de combat de Souvorov doit être donné à 23 h., dit Kotsarev à Travkine. Nous devions commencer notre propre opération à 22 h 30. Pouvons-nous l'avancer encore d'une heure?

Les sourcils de Travkine se rapprochèrent.

— C'est l'avancer de beaucoup, dit-il. En devançant l'opération d'une demi-heure, nous pensions attraper le M.V.D. et le K.G.B. en transit, sans donner le temps à la place Dzerjinsky de changer les ordres. Les hommes de Morosov vont nous appeler pour savoir ce qui se passe. On ne peut pas les amuser pendant quatre-vingt-dix minutes.

— Vous allez devoir leur dire qu'ils ont en mains une copie inexacte de l'horaire de Souvorov, dit Kotsarev. Troublez-les juste assez longtemps pour que nos troupes arrivent place Dzerjinsky. Il faut sortir l'Américain vivant de là. Il est notre seule liaison au niveau voulu.

— Que se passe-t-il du côté des Américains? demanda Travkine. Nous risquons gros s'ils ne savent pas ce qui se passe. Ça leur paraîtra très suspect.

— Il nous faut le risquer, dit Kotsarev.

Il était épuisé. La tension de l'alerte et de la mobilisation, doublée de l'exercice Souvorov, drainait ses forces. Le visage de Travkine était crispé par la fatigue ; seul Youchenko paraissait détendu et serein.

— Nous avons joué franc jeu avec eux jusqu'à maintenant ; il leur faudra nous faire confiance, poursuivit Kotsarev. Dès que nous aurons récupéré l'Américain, nous rétablirons le contact. Maréchal Travkine, appelez immédiatement le colonel Douchkine et donnez-lui les ordres révisés de Souvorov. Je vais appeler le président Gresko pour lui dire de venir ici immédiatement. Major Andreyev.

Andreyev se mit au garde-à-vous.

— Oui, Monsieur le Ministre.

— Rejoignez les troupes de Douchkine quand elles atteindront la place Dzerjinsky. Trouvez Douchkine et dites-lui que l'Américain doit être libéré vivant. Assurez-vous qu'il le soit.

— Oui, Monsieur le Ministre.

Kotsarev se tourna vers Youchenko.

— Vous êtes sûr que le sous-ministre Jigaline est chez lui en ce moment?

— Positif, Monsieur le Ministre.

— Excellent. Avec un peu de chance, le sous-ministre va avoir une petite surprise, d'ici quelques heures. Nous aurons peut-être besoin d'un nouveau président au K.G.B.

Moscou
De 21 h 25, le 19 août
à 0 h 15, le 20 août

Le colonel Douchkine attendait à côté de son téléphone. Il avait déjà reçu un appel à 21 h 15, alors qu'une voix anonyme de l'état-major l'avait prévenu d'être prêt à faire démarrer Souvorov incessamment. Douchkine était confiant. Suivant ses ordres, il n'avait informé aucun de ses subordonnés de la tenue de l'exercice; mais il avait tout de même pris certaines précautions officieuses pour s'assurer que la part des opérations qui lui était confiée se déroulerait sans anicroches. L'état d'alerte, de toute façon, était utile. À l'exception des officiers supérieurs, tous les militaires étaient confinés à la base du régiment située dans la périphérie nord-ouest de Moscou, et toutes les permissions avaient été annulées.

Le téléphone sonna. Douchkine saisit le récepteur et dit :

— Ici Douchkine.

La voix à l'autre bout lui était connue depuis les exercices de Kirov. Il fut étonné, sur le moment, de constater que le chef d'état-major dirigeait lui-même Souvorov, mais écouta attentivement.

— Colonel Douchkine. J'ai une nouvelle urgente pour vous : Souvorov a été avancé. Nous avons reçu l'information que certains éléments du K.G.B. s'apprêtent à arrêter les membres du Politburo et à assumer directement le contrôle du gouvernement et de l'armée. Le secrétaire général Boyarkine a donné l'ordre à l'armée d'empêcher ce coup d'État. Je veux que vous arrêtiez immédiatement les officiers politiques de votre régiment et que vous les teniez au secret; nous ne savons pas s'ils sont impliqués ou non. Envoyez ensuite deux compagnies de votre 1er bataillon s'emparer du quartier général du K.G.B., place Dzerjinsky. Accompagnez-les. C'est l'objectif le plus important. Le 3e bataillon occupera l'édifice du 1er directorat, sur le boulevard périphérique. Le 2e bataillon prendra d'assaut la caserne du 9e directorat, dans le district de Beskudnikovo et y désarmera les troupes. Deux compagnies du 3e bataillon s'empareront des postes de radio et de télévision; la 3e compagnie se chargera du central téléphonique. Ne suivez que les ordres que vous recevrez de moi ou du ministre Kotsarev. Aucun autre. Vous connaissez la bande de fréquence du haut commandement. Très important: un officier du G.R.U, le major Nikolai Andreyev, doit vous rejoindre place Dzerjinsky. Il se tiendra à l'entrée de la station de métro, et sera porteur d'une note signée de moi. Il a pour mission de libérer un certain prisonnier de la Loubianka. Vous lui fournirez toute l'aide nécessaire. Vous avez noté tout cela?»

— Oui, Monsieur le Maréchal.

— Vous devez entrer en action avant 22 h. Appelez-moi dès que vous serez prêt.

— Oui, Monsieur le Maréchal.

Son interlocuteur avait déjà raccroché.

Douchkine posa brièvement sa main sur ses yeux et sonna son adjoint.

Travkine raccrocha.

— Il se met en marche, dit-il.

— Bravo, dit Kotsarev. Le ministre Gresko est en route également.

Kotsarev prit le téléphone et composa un numéro.

— Le président Morosov, s'il vous plaît.

Il attendit un moment puis enchaîna:

— Je vais l'appeler là.

Et il raccrocha.

— Ce cher Alexandre se trouve actuellement place Dzerjinsky. Merde! Je voulais l'arrêter chez lui. Le secrétaire est-il toujours au Kremlin?

Boyarkine s'était installé, plus tôt au cours de l'été, dans les anciens appartements de Staline. Il préférait la sécurité qu'ils offraient au confort vulnérable dont jouissaient les autres membres du Politburo.

— Oui, répondit Youchenko. Il m'a appelé du Centre des services en temps de crise, il y a moins d'une heure. L'appel est passé par le central du Kremlin.

— Excellent, dit Kotsarev. Major Andreyev, allez-y. Général Youchenko, faites arrêter tout le personnel de G.L.A.V.P.U.R. dans l'immeuble par la Sûreté du G.R.U. Le maréchal Travkine va, de son côté, appeler les commandants de divisions locaux au téléphone et leur donner l'ordre d'arrêter leurs cadres politiques. Colonel Vakoula, allez, avec votre unité, arrêter Boyarkine. Si, pour une raison quelconque, vous n'arrivez paz à le ramener ici, fusillez-le.

Ils lui avaient enlevé sa montre en même temps que ses vêtements. Il avait l'impression qu'une heure s'était écoulée depuis qu'il avait été arrêté, mais cela aurait pu être moins. Il y avait un bon moment maintenant qu'il était assis dans le noir, sanglé à une chaise; ce qui lui avait fait perdre la notion du temps.

Il était terrifié. Dans l'abstrait, il avait toujours su que cela pouvait lui arriver; mais la réalité était bien autre.

Il tira sur les courroies, tout en sachant que c'était inutile, et attendit encore.

La porte grinça derrière lui et le plafonnier s'alluma. Thorne vit alors que la pièce contenait une table de bois, sur laquelle il y avait un cendrier, et trois chaises placées derrière. À côté de la sienne se trouvait une autre chaise également pourvue de sangles. Avec un frisson d'appréhension, il aperçut un tapis de caoutchouc sous celle-ci. Baissant les yeux, il en vit un aussi sous la sienne.

«Bien en ordre, pensa-t-il dans une sorte de brouillard. Tout est bien en ordre. Mais ils ne pourront pas aller jusque-là. Ils ne pourraient pas se permettre le grabuge diplomatique. C'est seulement pour me faire peur.»

Trois inconnus contournèrent sa chaise en l'étudiant de près. Le premier était petit et trapu; il avait le menton en galoche et les yeux d'un bleu délavé. Ses cheveux étaient très courts et il portait un complet de bonne coupe. Le deuxième était grand; il avait des cheveux noirs lissés en arrière et un visage couturé de rides. Sa tunique arborait les deux étoiles indiquant le grade de lieutenant-général. Le troisième avait un visage tout à fait anodin, sauf pour un énorme grain de beauté sur le côté droit du menton. Il portait des insignes de major. Thorne les nomma mentalement Mâchoire, le Général et Grain de beauté.

— Que pensez-vous faire? demanda le Général à Grain de beauté. Rendez-lui immédiatement ses vêtements!

Grain de beauté roula les épaules en s'excusant.

— Mon général, ils ont été apportés au dépôt pour y être enregistrés. Je...

— Trouvez-lui une couverture alors! Et défaites ses courroies.

Grain de beauté desserra les boucles, et alla ensuite prendre une couverture militaire gris-vert près de la porte, sur un petit chariot métallique qu'une autre couverture abritait. Thorne s'en drapa tant bien que mal.

— Vous n'avez pas froid, j'espère? dit le Général.

Grain de beauté surveillait Thorne d'un regard vide d'expression.

— Plus maintenant, répliqua Thorne. J'exige d'appeler immédiatement mon ambassade. Mes papiers étaient parfaitement en ordre.

Mâchoire et le Général s'assirent. Thorne sentait Grain de beauté debout derrière lui, à sa droite.

— Vous parlez fort bien le russe, docteur Thorne. On vous prendrait volontiers pour un citoyen de Leningrad.

— Merci du compliment. Maintenant, rendez-moi mes vêtements et mes papiers, et conduisez-moi à un téléphone.

— Vos papiers étaient en ordre, c'est un fait, dit le Général. Là n'était pas le problème, quoi qu'on vous ait dit. Le problème se situe au niveau de vos contacts avec le major du G.R.U. du nom de Nikolai Andreyev. Vous ne niez pas le connaître?

— Je le connais, dit Thorne.

— J'aimerais que vous me disiez le fond de vos conversations.

— Pourquoi ne le demandez-vous pas au G.R.U.?

— Ils ont indiqué qu'Andreyev tentait de vous recruter, à cause du poste que vous occupez à l'ambassade.

— C'est exact.

— Il ne devrait pas y avoir alors de difficulté à ce que vous nous fassiez part des informations que vous lui avez communiquées? Puisque nous sommes du même bord?

Mâchoire ouvrit la bouche pour la première fois.

— On soupçonne, par ailleurs, que c'est plutôt vous qui tentez de recruter Andreyev, dit-il, d'une voix profonde et râpeuse.

Le Général fronça légèrement les sourcils, comme si l'intervention de Mâchoire était déplacée, mais ne fit aucun commentaire. Thorne commençait à voir clair dans la hiérarchie de ses interlocuteurs. Le Général menait l'interrogatoire. C'était le «gentil», celui qui essaierait de gagner la confiance de Thorne en le protégeant contre Grain de beauté, la brute. Mâchoire était le patron des deux autres puisqu'il osait s'immiscer dans la structure minutieusement établie d'un interrogatoire.

— Il s'agit d'une question extrêmement grave, reprit le Général. Si grave en fait que le président Morosov, du K.G.B., a décidé de se joindre à la discussion.

Il désigna Mâchoire.

Cette fois, Thorne fut vraiment ébranlé. Si Morosov était là, c'était qu'ils ne plaisantaient pas. Les tapis de caoutchouc lui parurent plus significatifs.

— Très honoré, dit-il, la bouche sèche.

Morosov inclina légèrement la tête.

— Receviez-vous des informations du major Andreyev?

— Non, c'est moi qui lui en donnais. Je...

— Quand vous a-t-on recruté?

— Il y a deux ans, à Washington.

Dieu merci, sa couverture se conformait à ses paroles — à la lettre. Mais elle n'avait pas été assez étudiée pour pouvoir résister à plusieurs heures d'interrogatoire. Deux, peut-être trois. D'ici là, ils auraient sûrement trouvé une faille dans son armure. Quelle heure pouvait-il être? Et quand l'armée se mettrait-elle en mouvement?

— Qui vous a recruté?

— Je ne savais pas son nom. Mais je pense qu'il appartenais aux services des renseignements de l'armée, et non pas au K.G.B.

— Qu'est-ce qui vous fait penser cela?

— Parce que je suis ici, et non pas au quartier général du G.R.U.

Morosov ricana méchamment. Grain de beauté bougea. Thorne le sentit plus qu'il ne le vit.

— En effet, dit le Général tranquillement. Qu'est-ce qui vous a poussé à collaborer?

— La C.I.A. m'avait limogé. Je ne le méritais pas.

— Pourquoi l'avaient-ils fait?

— Quelqu'un ayant des amis hauts placés voulait ma situation. Ils m'avait muté à un poste inférieur, au Secrétariat d'État. C'est ainsi que je suis entré à la sûreté des ambassades.

— Tout ça c'est de la foutaise, docteur Thorne. Après avoir quitté la C.I.A., quelle qu'ait été la raison de votre départ, vous vous êtes installé au New Hampshire. Vous avez depuis écrit deux livres sur l'histoire militaire. Et vous n'avez pas mis les pieds au Secrétariat d'État.

Voilà pour cette couverture, réfléchit Thorne amèrement. Mais elle ne devait pas être étudiée d'aussi près. Quelqu'un au Secrétariat d'État doit travailler pour le K.G.B. Harper voudra être mis au courant — à moins qu'il ne m'ait jeté en pâture au K.G.B. pour satisfaire au scénario du PLAN UN de RUBICON. Ou à moins que Harper ait voulu que je dénonce le complot du G.R.U. de cette façon.

«Qu'ils aillent se faire foutre! se dit Thorne. J'aurais peut-être suivi leurs ordres et trahi Nikolai. Mais certainement pas si c'est leur façon de s'y prendre. Je peux tenir jusqu'à minuit, ou peut-être une heure. Le G.R.U. et l'armée auront sûrement agi entre-temps.

«Et Jocelyne? Savait-elle que Harper allait agir ainsi? Si c'est cela qu'il a fait.»

Une partie de ses pensées devait se refléter sur son visage.

— Alors, docteur Thorne ? demanda le Général, d'un air vaguement amusé.

— Vos renseignement sont faux. Vous feriez mieux de vérifier vos sources.

Morosov eut un grognement d'impatience.

— Nous n'avons pas beaucoup de temps, Pryakhine, dit-il.

Le général Pryakhine soupira. Il fit un signe à Grain de beauté. Thorne entendit les portes s'ouvrir et se refermer.

— Docteur Thorne, la C.I.A ne laisserait jamais travailler à la sûreté des ambassades un membre de son personnel qu'elle aurait limogé. Les risques seraient beaucoup trop grands. Vous avez travaillé à autre chose. Quoi?

— Vous devriez peut-être le demander au G.R.U. C'est à eux que j'appartiens, pas à vous.

— Nous ne pouvons pas nous permettre de tourner en rond indéfiniment.

Comme il ne semblait pas y avoir de réponse à cela, Thorne haussa simplement les épaules. Il avait les pieds glacés.

Morosov croisa les bras sur sa poitrine. Sa manche gauche un peu retroussée dévoila sa montre. Thorne y jeta un coup d'œil furtif. Il était dix heures.

Pryakhine lui souriait avec indulgence.

— Le temps compte donc, alors, dans ce dont il s'agit, docteur Thorne. Pourquoi vous intéresse-t-il tellement?

«Il ne peut pas être au courant à ce point», se rappela Thorne.

— Ne le seriez-vous pas aussi, à ma place? Vous m'avez complètement désorienté. Maintenant, je sais au moins depuis quand je suis ici. Quand je retournerai à l'ambassade, vous allez payer chaque minute. Et cher.

La porte s'ouvrit de nouveau et se referma. Deux paires de pas s'approchèrent. Thorne ne se retourna pas.

Une paire s'arrêta derrière Thorne. L'autre poursuivit son chemin jusqu'à sa gauche.

— Asseyez-vous, s'il vous plaît, dit Pryakhine.

— David! dit Jocelyne.

Il avait commencé à pleuvoir. Les rues étaient désertes. Andreyev attendait à la station de métro de la place Dzerjinsky, en face de la Loubianka. Bien que l'édifice ne servît plus de quartier général aux Services d'espionnage et de renseignements outre-mer, le 1er directorat était toujours le siège du Président du K.G.B. et ses caves étaient toujours utilisées. Plus que jamais, maintenant que Boyarkine était devenu Secrétaire.

Andreyev imagina Thorne là-dedans; il fut parcouru d'un frisson, à cause de la pluie peut-être. Deux hommes du M.V.D. marchaient lentement le long d'un des côtés de la place, celui qui donnait sur la pâle façade de la Loubianka — jaune moutarde, au soleil — et disparurent derrière la statue de Félix Dzerjinsky.

Venant du nord, presque emporté par le vent du sud, on entendit un grondement de machinerie lourde, ponctuée de grincements et de cliquetis. Des véhicules militaires chenillés. Le bruit en fut vite couvert par celui de la pluie.

«Ils ont au moins pu se mettre en branle, pensa Andreyev. Il est possible que ça marche.»

Les hommes du M.V.D. reparurent de derrière le monument, marchant nonchalamment. Ils n'avaient pas entendu les véhicules. Andreyev se rappela que Souvorov en soi était légal, bien que la prise de la Loubianka par une unité de l'armée détruisait cette couverture totalement.

Le grondement se fit entendre de nouveau. Loin de s'éloigner, il se rapprochait sans cesse. Les hommes du M.V.D. s'arrêtèrent de marcher, pour écouter.

Des phares camouflés parurent dans la rue Dzerjinsky, avançant vers la place. Andreyev en vit plusieurs tourner dans une rue latérale. Ils investissaient la Loubianka.

Les grondements, cliquetis et grincements étaient maintenant beaucoup plus forts. Deux gardes du K.G.B. avaient quitté l'entrée de la Loubianka et essayaient de distinguer à travers la pluie ce qui causait ce tintamarre. L'un d'eux cria quelque chose aux hommes du M.V.D.; Andreyev ne put saisir ce que c'était. Ceux-ci ne lui répondirent pas.

Le véhicule de tête entra sur la place, contourna la station et se dirigea vers Andreyev. C'était un transport B.M.D. de troupes aéroportées. Plusieurs autres suivaient. Les silhouettes trapues des deux canons d'avant A.S.U.-85 dépassèrent les B.M.D., leurs blindages mouillés reluisant faiblement à la lueur diffuse des réverbères. Ils tournèrent sur leurs chenilles et s'immobilisèrent, face à la Loubianka. Des soldats sortirent des B.M.D. et formèrent des groupes. Des silhouettes d'hommes parurent à plusieurs des fenêtres éclairées de la Loubianka.

Un officier de haute taille descendit du B.M.D. de tête et marcha à grands pas vers Andreyev. Il portait une cape de pluie militaire. Des gouttes d'eau étaient suspendues à la visière de sa casquette.

— Major Andreyev?

— C'est moi.

— Colonel Douchkine. Puis-je voir votre identité?

Andreyev lui remit la note de Travkine. Le colonel l'inclina de façon à ce qu'elle soit éclairée par le rougeoiement de l'enseigne lumineuse du métro. Des gouttes de pluie éclaboussèrent le bout de papier; l'encre se mit à couler.

— Très bien, dit Douchkine en rendant la note à Andreyev. Celui-ci la déchira en petits morceaux qu'il répandit sur la chaussée.

— Venez avec moi.

Arrivés au B.M.D., le conducteur passa au colonel un casque d'écoute avec micro au bout d'un long fil. Douchkine parla brièvement dans le réseau de commandement. Il fit ensuite un signe de tête à Andreyev.

— Restez à mes côtés. Nous trouverons votre homme dès que nous aurons investi la place.

— Pouvez-vous aller tout de suite aux caves? Il est probablement là.

— En suivant le plan, dit Douchkine hâtivement. Il grimpa sur le capot du B.M.D. et pointa vers la Loubianka d'un geste du bras. Les troupes se déployèrent en formation d'assaut et avancèrent.

Il y avait quatre soldats du K.G.B. à la porte d'entrée maintenant. Les hommes du M.V.D. se tenaient un peu plus loin, à leur droite.

Un officier sortit et se tint derrière les gardes.

— Que se passe-t-il? cria-t-il.

Douchkine donna un coup de sifflet. Les soldats se mirent à courir. Les gardes du K.G.B. qui portaient leurs armes à la bretelle les dégagèrent pour les pointer, prêts à tirer. Un coup de feu éclata, et l'officier du K.G.B. s'écroula. Les gardes se mirent à tirer; le feu des armes automatiques illumina la place. Le tir des attaquants fit s'écraser les gardes contre les portes. Les hommes du M.V.D. tentèrent de s'enfuir, mais furent abattus au bout de trois mètres. Les parachutistes de Douchkine atteignirent les portes et se ruèrent dans l'édifice. De nouveaux coups de feu se firent entendre, venant cette fois de l'intérieur, puis une explosion sourde. Andreyev pouvait entendre le crépitement des armes automatiques, à l'arrière de la Loubianka. Les paras fermaient le cercle.

— Écoutez-mademoiselle Petrie, dit Pryakhine, je suis persuadé que vous êtes au courant de l'activité du docteur

Thorne. Tout ce que nous voulons savoir de vous c'est ce qu'il faisait avec le major Andreyev, du G.R.U. Une fois que nous saurons cela, vous pourrez tous deux partir. Demain matin, au plus tard.

Jocelyne n'avait pas ouvert la bouche depuis qu'elle s'était assise. Elle ne le fit pas davantage maintenant.

Grain de beauté contourna sa chaise, saisit le col de son chemisier et le tira brutalement. Le tissu léger se déchira sur l'épaule. Elle glapit de douleur. Grain de beauté la frappa alors sur la bouche. Sous le coup, sa tête bascula en arrière. Pryakhine surveillait Thorne.

— Était-elle votre liaison avec Washington? lui demanda-t-il.

Thorne avait ses pieds nus posés sur le sol de béton. Celui-ci vibrait depuis deux ou trois minutes. Les autres, qui était chaussés, ne paraissaient pas s'en être aperçu.

— Nous n'avons rien à faire l'un avec l'autre, dit-il.

— Je suis à bout de patience! déclara Morosov, en s'adressant à Pryakhine plutôt qu'à Thorne ou à Jocelyne. Pryakhine haussa les épaules et fit signe à Grain de beauté, qui alla chercher le chariot près de la porte et le poussa au centre de la pièce. Il s'arrêta à côté de Thorne.

— Mademoiselle Petrie, dit Pryakhine, vous avez probablement entendu dire beaucoup de choses sur ce qui se passe dans ces caves. Elles sont toutes vraies.

Grain de beauté arracha la couverture de Thorne, et resserra les courroies qui maintenaient ses bras et ses jambes collés à la chaise. Une autre courroie lui sanglait la taille.

— Nous étendons normalement nos interrogatoires sur de longues périodes, afin de ne pas endommager nos sujets, poursuivit Pryakhine. Il arrive toutefois que, pressés par le temps, nous devions passer outre au dommage physique. Ou mental. C'est une chance que nous vous ayons tous les deux avec nous, pour des raisons que vous devinez, j'en suis sûr. Je vais vous rendre responsable de la santé du docteur Thorne,

380

mademoiselle Petrie. Nous savons, entre parenthèses, que vous parlez très bien le russe; il ne vous servira donc à rien de plaider l'incompréhension. Par ailleurs, si vous ne parlez pas assez rapidement, nous inverserons les positions, et c'est à vous que nous appliquerons la technique. Je ne crois pas que votre formation vous ait préparée à endurer ce genre d'agonie. Souvenez-vous donc que, tôt ou tard, vous parlerez. Faites-le maintenant et vous pourrez tous deux partir.

Thorne regarda Jocelyne. Elle retourna son regard, d'un air égaré. Sa lèvre inférieure saignait.

— Elle ne sait rien de tout ceci, insista-t-il. Et vous êtes fous si vous pensez que je vous dirai quoi que ce soit aussi longtemps qu'elle sera là.

— Vous tenez toujours à votre couverture... dit Pryakhine, en se tournant vers Grain de beauté. Mettez-lui les pinces.

Grain de beauté souleva la couverture qui recouvrait le chariot. Dessus, se trouvait une boîte de métal gris, d'où sortait, à une extrémité, un fil électrique; à l'autre étaient attachés des fils métalliques se terminant par des pinces crocodiles. Le dessus de la boîte comportait un cadran et deux manettes. «Je pourrais m'en sortir, se dit Thorne. Livre-leur Nikolai et le G.R.U. Jocelyne s'en tirera peut-être indemne. Pour moi, un camp de travail: dix, quinze ans. Mais vivant.

«Si les gens de Nikolai ne sont pas arrivés à minuit, je les livrerai à Pryakhine. Miette par miette. Si je peux tenir jusqu'à minuit, je pourrai peut-être aller jusqu'à une heure. Donne-leur ce qu'ils veulent, petit à petit.

«Jocelyne pourrait aussi nous en sortir. Mais je ne veux pas qu'elle le fasse. C'est ce que Pryakhine voudrait nous voir penser. Il est malin, le salaud. Rendre chacun de nous responsable de l'autre.»

— Il y a deux pinces, expliquait Pryakhine à Jocelyne. Chez les mâles, l'une des deux est attachée au pénis, l'autre au scrotum. Un courant électrique est envoyé entre les pinces, à travers les chairs. La force du courant peut être variée, de

façon à produire toutes sortes d'effets, allant du chatouille-
ment à la convulsion.

Il fit une pause.

— Chez les femmes, naturellement, l'une des pinces est
remplacée par une sonde.

Jocelyne serra les paupières. Grain de beauté déroula les
fils.

On frappa à la porte.

— Qu'est-ce que c'est? demanda Pryakhine.

Un officier du K.G.B. passa la tête dans l'entrebâillement
de la porte.

— Monsieur le Président, excusez-moi, mais il y a des
troupes de l'armée dehors. Des parachutistes en B.M.D. Ils
sont descendus des véhicules.

— Souvorov, dit Morosov.

Il consulta sa montre et fronça les sourcils.

— Nous n'avons pas encore commencé.

— Non, répondit l'officier. Il reste encore une demi-
heure.

— Qu'est-ce qui se passe? demanda Morosov. Ils ont dû
démarrer il y a au moins une heure pour être déjà ici. Je ferai
mieux d'appeler le quartier général de l'état-major.

Il regarda Jocelyne. Il avait la bouche entrouverte, les
lèvres humides.

— Ne continuez pas avant mon retour.

Il quitta la pièce avec l'officier.

— Faites ce qu'il dit, reprit Pryakhine, s'adressant à
Grain de beauté, qui remit les fils et les pinces sur le chariot.
Ce n'est que temporaire, dit Pryakhine. Mais ça vous donnera
le temps de réfléchir.

Le silence s'établit dans la pièce. Pryakhine brossa des peluches de sa tunique. Grain de beauté tournait autour de sa victime.

Un faible crépitement filtra sous l'épaisse porte. Pryakhine se redressa. Le bruit reprit, assourdi, mais plus fort. Des fusils mitrailleurs tiraient.

Pryakhine courut vers la porte, suivi de Grain de beauté. Un grondement sourd retentit à travers les murs. Les deux hommes du K.G.B. se précipitèrent dans le couloir. La porte se referma sur eux avec un déclic.

— Le rez-de-chaussée est entre nos mains, dit Douchkine à Andreyev. Entrons.

Ils traversèrent la chaussée mouillée au pas de course, emjambèrent les corps étendus à la porte et pénétrèrent à l'intérieur. Les murs étaient criblés de balles et il y avait des plâtras par terre. L'air était plein de fumée. Douchkhine et Andreyev sortirent leurs colts. Un para en salopette de camouflage était agenouillé à la croisée de deux couloirs. Des douilles de laiton jonchaient le sol autour de lui.

— Où est le major Zavada? demanda Douchkhine.

— Au bout du couloir, mon colonel. Il descend aux caves.

— Excellent.

Ils suivirent le couloir. Une demi-douzaine d'hommes du K.G.B. étaient assis contre le mur, les mains jointes sur la tête, surveillés par des paras. Un corps revêtu d'un uniforme du K.G.B. était tombé en travers de la porte d'un bureau. Il y avait plusieurs flaques de sang par terre et du sang éclaboussait les murs.

— Major Zavada! appela Douchhkine.

Un officier petit et musclé se retourna vers eux.

— Voici le major Andreyev. Il veut sortir quelqu'un des caves. Assistez-le.

Zavada acquiesça.

— Nous y descendions justement.

— Avez-vous localisé Morosov? Il est censé être ici.

— Nous n'avons vu personne correspondant à sa description jusqu'à maintenant.

— Il est peut-être là-haut. Amenez-le-moi si vous le trouvez.

Douchkine revint sur ses pas dans le couloir.

— En avant! ordonna Zavada.

Six paras accroupis se levèrent d'un bond, enfoncèrent une porte d'un coup de pied et s'y engouffrèrent en courant. Andreyev entendit le bruit de leurs bottes sur les marches. Il suivit Zavada dans la cage de l'escalier.

En bas, on tira sur eux. Un des soldats lança une grenade à percussion dans le couloir et tira la porte de la cage de l'escalier vers lui. Une violente explosion se fit entendre et les coups de feu cessèrent. L'instant d'après, trois des paras passaient la porte et arrosaient le couloir avec leurs A.K.M. Les trois autres tirèrent dans l'autre direction. Quatre soldats descendirent bruyamment l'escalier et débouchèrent dans le couloir. Zavada et Douchkine les suivirent, en s'accroupissant. D'autres coups de feu, un cri, un hurlement leur parvinrent d'un couloir transversal. Une autre grenade. Andreyev sentit ses tympans se distendre sous le choc. Il trébucha sur un corps: celui d'un lieutenant-général à longs cheveux noirs et au visage couturé de rides, serrant inutilement un colt dans sa main. Un mètre plus loin, un autre homme était étendu par terre; il avait un grain de beauté sur le menton, à peine visible à cause du sang.

La fusillade s'arrêta. L'air était enfumé. Andreyev avait les yeux qui brûlaient. Il prit une grande respiration d'air empesté et hurla:

— David!

Très faiblement, il entendit la voix de Thorne à l'autre bout du couloir. Il s'élança vers elle.

Thorne cognait à la porte de toutes ses forces.

— Me voilà! cria Andreyev. Y a-t-il quelqu'un avec toi?

— Personne de dangereux. Mais la porte est fermée à clef.

— Écarte-toi. Je vais tirer dans la serrure.

— Vas-y.

La serrure vola en éclats. Andreyev enfonça la porte d'un coup de pied. Thorne, tout nu, était adossé au mur, à côté de la porte. Une jeune femme blonde se tenait près de lui.

— Qui est-ce?

— Le docteur Jocelyne Petrie. L'autre moitié de ma liaison. Le K.G.B. a réussi à la faire sortir de l'ambassade et ils l'ont arrêtée.

— Tu me raconteras ça plus tard, dit Andreyev. Il faut te remettre en contact avec tes gens au plus vite. Je dois t'amener au quartier général où nous établirons une voie de communication.

— D'accord. Il vaut mieux emmener Jocelyne aussi. Elle connaît bien les protocoles.

Tout en parlant, Thorne avait ramassé une couverture par terre.

— Peux-tu me trouver quelque chose à me mettre? Et une chemise pour Jocelyne?

— Je vais essayer.

Ils s'élancèrent dans le couloir et montèrent l'escalier derrière un groupe d'hommes du K.G.B. que les parachutistes de Douchkine faisaient avancer brutalement.

— Morosov était dans la pièce où a eu lieu l'interrogatoire, dit Thorne. L'avez-vous trouvé?

— Je ne sais pas, dit Andreyev d'un air préoccupé. Que font tes gens, sais-tu? On s'en inquiète au quartier général.

— Amène-moi là au plus vite. Washington ne sera pas content.

Douchkine se trouvait dans le hall principal à leur arrivée. Il paraissait ravi.

— Vous l'avez trouvé!

La présence du Jocelyne le surprit.

— Je ne savais pas qu'ils étaient deux. Peu importe. Vous pouvez aviser le maréchal Travkine que la situation est bien en main ici. Les autres objectifs ont également été atteints. On se bat toujours à la caserne du 9e, mais ça se calme. J'espère que le secrétaire est en sécurité.

— J'en suis persuadé, dit Andreyev, se rappelant que Douchkine n'était pas au courant du véritable but de Souvorov.

Trois paras, un capitaine à leur tête, venaient vers eux du fond du couloir enfumé. Un prisonnier en civil, marchait devant eux en trébuchant, tête basse. Il leva la tête lorsqu'il fut à leur hauteur.

— C'est Morosov, dit Thorne.

— Bien fait, dit Douchkine. Où l'avez-vous trouvé?

— Dans un bureau à l'étage supérieur, répondit le capitaine.

— Faites-le monter dans un B.M.D. avec un garde et amenez-le au quartier général. Ensuite, revenez ici. Major Zavada?

— Mon colonel?

— Enfermez le reste des prisonniers en bas. Assurez-vous qu'ils sont seuls, sans quoi leur propre prisonniers les tueront. Placez des gardes autour du périmètre et soyez prêts à une contre-attaque. Je me rends au bureau de Morosov contacter le maréchal Travkine. Dès que tout sera rentré dans l'ordre, venez-y. Major Andreyev, vous pouvez faire ce que vous êtes censé faire.

— Puis-je avoir un transport pour retourner au quartier général? Et des vêtements pour ces deux personnes?

— Major Zavada, mettez un B.M.D. à la disposition de cet officier. Prenez des vêtements sur les morts. Rien d'autre?

— Non, mon colonel, répondit Andreyev.

— Quelle heure est-il?

— 23 h 35.

— Sainte Mère! s'exclama Thorne. Nous n'avons pas de temps à perdre!

Washington
16 h 45, le 19 août

— Toujours rien, Monsieur le Président, dit Harper, dont le visage était tendu. (Il paraissait démoralisé.)

— Nom de Dieu! dit Law. Qu'est-ce qui peut bien être en train de se passer là-bas?

Il étudiait les ondulations de l'affichage sur le mur concave de la salle des Cartes. Celle-ci était surchargée. La grande carte du monde était jalonnée du voyants rouges, verts, bleus et blancs. Le long de la frontière ouest-allemande, il y avait un amas de voyants rouges: des unités de l'armée soviétique sur pied de guerre. En comparaison, les points lumineux bleus qui leur faisaient face, paraissaient peu nombreux.

Torrance, le chef d'état-major, raccrocha un des téléphones.

— Les Israéliens ont subi une défaite à Aïn Dhakar. Ils ont dû se replier sur des positions à un demi-kilomètre à l'ouest.

— Vu. Quand nos transports vont-ils commencer à arriver?

— Ils doivent atterrir à Lod dans une demi-heure.

Jérusalem avait enfin commencé à considérer officieusement la proposition américaine de cessez-le-feu: fort de quoi, le Secrétariat d'État avait finalement arraché au gouvernement espagnol le droit de traverser son espace aérien. Mais le pont aérien ne faisait que commencer, et ses effets n'avaient pas encore été ressentis sur le front du Golan. Les pressions syrienne et soviétique épuisaient petit à petit les Israéliens. Une nouvelle brigade aéromobile russe avait atterri à Damas la nuit précédente.

— Monsieur le Président, intervint Presniak, j'ai du mal à l'admettre, mais je crains bien que les Russes nous aient roulés. Vous avez perdu contact avec votre liaison au G.R.U. Le directeur de la Centrale de renseignements a admis que le complot du G.R.U. pourrait fort bien être une supercherie, une tactique de diversion. Les Russes sont maintenant entrés si profondément en Syrie, que même si nous procédions avec RUBICON UN, le pays, en fait, est occupé par eux et, de la façon dont marchent les choses, à moins que nous ne les soutenions avec des troupes et de l'équipement, les Israéliens sont sur le point d'être obligés d'accepter les pires conditions d'un cessez-le-feu. Le Kremlin est sans doute persuadé que nous ne bougerons pas. Et lorsque, dans un jour ou deux, ils nous diront: «Désolés de vous avoir trompés», nous nous trouverons dans une situation intenable. Diplomatiquement, et peut-être militairement aussi.

— Cam?

Harper répondit d'un air navré:

— Ed peut très bien avoir raison. Il est clair que Jocelyne et David se sont fait appréhender. Mais on ne peut pas dire encore. Je...

— L'ambassadeur Simpson vous demande de nouveau, Monsieur le Président, interrompit un aide.

Law saisit le téléphone qui le reliait à l'ambassade de Moscou.

— Allô, Alan. Y a-t-il du nouveau?

390

La voix à l'autre bout du fil, après avoir été codée, brouillée, avoir rebondi sur deux satellites, avoir été relayée et décodée, était remarquablement claire.

— Rien concernant vos deux égarés, malheureusement. Mais un de nos attachés vient de rentrer. Il me dit qu'il y a des barrages routiers et des troupes autour de la place Dzerjinsky, et qu'il a entendu des coups de feu.

— Nombreux?

— Oui, nourris. Et la plupart des centraux téléphoniques sont hors de service à Moscou. Pas les centraux diplomatiques, cependant. J'ai vérifié auprès des Canadiens et des Anglais.

— Avez-vous réussi à joindre Distanov?

— Les téléphones au ministère des Affaires étrangères ne fonctionnent plus. Un instant, s'il vous plaît, Monsieur le Président. Le chef de station de la C.I.A. veut me parler.

Law entendit des murmures voilés.

— Nous avons trouvé vos gens, Monsieur le Président. Le docteur Thorne vient d'appeler. Jocelyne Petrie était avec lui. Il a dit de vous communiquer la phrase «Marc Un». Est-il de bonne foi?

— Oui, confirma Law. Où est-il, nom d'un chien?

— C'est assez surprenant, mais il est au quartier général de l'armée soviétique. Il veut établir une communication de lui, là-bas, à ici, et ensuite à vous.

Law expira lentement, aperçut l'expression angoissée de Harper et fit signe à celui-ci que tout allait bien.

— Vos techniciens peuvent-ils s'en charger?

— Oui. D'ici une demi-heure.

— Plus vite que cela, si possible! Qu'a-t-il dit d'autre?

De nouveau le murmure des conversations à Moscou.

— Que tout paraissait sous contrôle pour l'instant. Rien de plus.

— Passez-le-moi dès que la communication aura pu être établie, ordonna Law en raccrochant.

La plupart des personnes dans la pièce avaient les yeux fixés sur le président. Il se leva et entraîna Harper, Torrance, Presniak et le directeur-adjoint du Secrétariat d'État dans la salle de conférences.

— Les choses ont l'air d'aller mieux, leur dit Law et il leur répéta ce que Simpson lui avait dit.

— Mais rien sur le succès du coup d'État... remarqua Presniak.

— Non.

Law consulta la rangée d'horloges à l'autre bout de la pièce.

— Il est 0 h 55, là-bas. Ils procèdent peut-être toujours au nettoyage.

— Ou bien ils s'effondrent. Le K.G.B. a d'immenses ressources. Tout dépend du fait qu'ils ont ou non pris Boyarkine et Morosov. La quatrième option demeure possible.

Il passa sa langue sur ses lèvres. La quatrième option avait toujours aussi mauvais goût.

— Aucun signe n'indique que leur état d'alerte soit en régression, dit Torrance.

— Il est trop tôt pour cela, dit Presniak.

— Pas question pour nous de ne pas rester en état d'alerte, en tout cas, déclara Law. Mais tout indique que nous avons tous de bonnes chances de nous en sortir. Enfin!

Commandement du 8e district militaire de transport aérien Rostov-sur-le-Don 1 h 2, le 20 août

La balise lumineuse sur la queue du dernier des avions de transport Antonov-22 s'éleva au-dessus des lointaines lumières jalonnant la piste et disparut peu à peu dans le ciel étoilé. Le commandant de la base l'observa jusqu'à ce qu'il ne fût devenu qu'une autre étoile, au clignotement rythmé, pâlissant de plus en plus, puis disparaissant tout à fait.

Le chef régional du G.L.A.V.P.U.R. vint se tenir à ses côtés.

— C'est le dernier?

— Oui.

La brise nocturne soufflant sur le terre-plein entourant la tour de contrôle était fraîche; le commandant de la base aérienne frissonnait.

— C'est le dernier du lot, dit-il.

— La première vague a décollé sans problème?

— Oui. Je me demande cependant...

393

— Quoi?

— Pourquoi ils ont été envoyés directement d'ici. Ils étaient censés passer par Kiev et Belgrade, au début.

— Au début, oui. (Le commandant perçut le léger haussement d'épaule de son interlocuteur.) Le plan de vol a été modifié à un échelon supérieur. Envoyez-les par la route sud-est, même si nous devons violer quelque peu l'espace aérien de l'Iran. Les Iraqiens ne protesteront pas si nous les survolons.

Une note d'orgueil se glissa dans sa voix.

— C'est le Secrétaire lui-même qui m'en a donné l'ordre.

— Bizarre.

— Notre force, c'est que nous obéissons aux ordres, dit le commandant de la base, sèchement. Vous n'aviez nullement besoin d'envisager de vérifier les instructions. Vous savez que je vais devoir rapporter votre attitude en la qualifiant d'obstructionniste.

— Je m'excuse.

En son for intérieur, le commandant de la base eût souhaité vérifier lui-même les instructions auprès de Moscou. Mais l'homme de G.L.A.V.P.U.R. était beaucoup trop puissant. Le commandant espérait que cet incident ne diminuerait pas ses chances de promotion lors de la révision, en septembre.

— Pourquoi ne pas aller en discuter dans mon bureau? proposa-t-il. J'ai un excellent cognac français...

Il se fit un silence.

— Ce serait agréable. J'ai toujours pensé que vous étiez un officier très efficace. Incidemment...

— Oui?

— Avez-vous été en contact avec Moscou au cours des deux ou trois dernières heures?

— Non, vous m'avez dit qu'il n'y avait aucun besoin de vérifier. Je vous assure que je ne l'ai pas fait.

— J'ai tenté d'entrer en contact avec le quartier général de G.L.A.V.P.U.R. à 22 h, pour leur apprendre que la première vague était partie. Je n'ai d'abord pas pu établir le contact; et quand enfin j'ai eu la ligne, on m'a dit que le central était en dérangement, et de rappeler plus tard.

— Je vais demander aux communications d'y mettre le nez. Ce n'est pas le moment de perdre contact.

Les deux hommes se turent. L'état d'alerte mettait tous les nerfs à vif. Il était évident que le problème avec les Américains était très grave, bien que peu d'informations officielles aient filtré à ce sujet. Mais la guerre était dans l'air.

— D'abord, le cognac. Nous allons boire un coup, ensuite nous appellerons les communications, d'accord?

Le commandant de la base précéda le chef régional du G.L.A.V.P.U.R. dans la tour de contrôle. Très loin maintenant, au sud-est, les Antonov de la deuxième vague atteignaient leur altitude de croisière. La première vague, composée de cinq autres avions de transport, avait deux heures d'avance sur la deuxième. Dans les soutes des avions géants, se trouvaient dix missiles téléguidés S.C.U.D.-A à court rayon d'action, leurs transporteurs et dix ogives nucléaires tactiques, le tout destiné à la Syrie.

Kotsarev avait décidé de ne pas faire arrêter les chefs politiques régionaux jusqu'à ce que la prise de pouvoir à Moscou fût assurée. Ce fut une terrible erreur de calcul.

Washington — Moscou
1 h 35 à 5 h 26, heure de Moscou

Le téléphone gris sonna. Tout le monde dans la salle de conférence braqua les yeux dessus. Law souleva le récepteur. McKay, Presniak, Torrance et Harper mirent des écouteurs.

— Ici Jason Law, dit le président.

La traduction simultanée se fit entendre; le président maudit intérieurement le fait que son interlocuteur n'ait pas su l'anglais. Ou peut-être était-ce parce que lui-même ne savait pas le russe. Qu'importe.

— Monsieur le Président, ici le secrétaire par intérim du Parti communiste, Viktor Gresko. J'étais jusqu'à récemment président du Conseil des Ministres. Je le suis toujours, en fait.

— Nous ne nous sommes jamais rencontrés, mais j'ai beaucoup entendu parler de vous.

— Surtout ces derniers temps, je pense, poursuivit Gresko avec un petit ricanement. Je suis heureux de pouvoir vous dire que nous avons la situation bien en main. Le... l'opposition offre encore une faible résistance ici et là, mais nous nous en occupons.

— Ce sont de bonnes nouvelles. Monsieur le Secrétaire, nous devons de toute urgence faire le nécessaire pour obtenir un cessez-le-feu au Golan. Vous êtes conscient, je pense, du fait que seul votre... projet nous a empêchés d'envoyer nos troupes au secours des Israéliens. Ils sont épuisés. Nous ne pouvons, par ailleurs, en aucun cas admettre leur défaite aux mains des troupes russes. On me pousse de toutes parts à intervenir directement.

— Je comprends le problème que cela vous pose. Nous n'avons jamais eu l'intention de permettre aux Syriens, ou à nos propres troupes, de franchir les lignes de cessez-le-feu de 1973.

Law questionna McKay du regard. Celui-ci leva un sourcil dubitatif.

— Ceci importe peu pour l'instant, poursuivit Law. Quand comptez-vous commencer à retirer vos troupes?

— Il importe de sauver la face des deux côtés, répliqua Gresko. Voici ce que je vous propose: Un cessez-le-feu immédiat, les deux côtés retournant à leurs positions initiales. Ceci exigera un certain repli de la part d'Israël; mais ils pourront prétendre qu'il était prévu à la suite du succès de leur expédition punitive contre la Syrie. De notre côté, nous déclarerons qu'après avoir aidé nos alliés à repousser et à vaincre l'agression israélienne, nous retirons nos troupes comme geste en faveur de la paix — à la condition tacite qu'elles retournent sur-le-champ si Israël tentait de... Vous voyez où je veux en venir? Nous comptons sur vous pour contrôler Israël.

— Tout comme nous nous en remettons à vous pour empêcher Damas de commettre des actes irréparables. C'est un début; mais personne ne sera content.

— Cela vaut mieux que l'alternative.

— Presque tout vaut mieux que cela, admit Law. Quand pouvons-nous commencer les négociations pour un cessez-le-feu?

Law entendit un soupir au bout de la ligne.

— J'aimerais pouvoir dire immédiatement. Toutefois, nous sommes en pleine réorganisation ici. Je dois sans tarder consolider ma position au sein du Politburo. Mes collègues seront ici sous peu.

— Quand alors?

— Je vous parlerai de nouveau d'ici quatre heures. Si vous aviez à me joindre, j'ai pris la liberté de charger votre docteur Thorne de telles communications. Comme geste de bonne foi. Saviez-vous qu'il était ici?

— Oui. Cela me paraît satisfaisant. Vous comprendrez, toutefois, que nous maintenions l'état d'alerte jusqu'à ce que vous... ayez consolidé votre position.

— J'espérais que nous aurions pu tous deux détendre un peu la corde de l'arc.

Law regarda Torrance, qui lui signifia un non emphatique.

— On ne dormirait pas tranquilles si cela se faisait.

Un nouveau soupir.

— Je vous comprends. Nous allons nous-mêmes maintenir l'état d'alerte.

— Pourrais-je demander des nouvelles de votre prédécesseur?

— Le camarade Boyarkine? Il est ici, en sûreté. De même que Morosov, le président du K.G.B. Ou plutôt l'ex-président. On va s'occuper d'eux comme il convient.

Law ne put retenir un léger frisson. «Souviens-toi, se rappela-t-il, que ces gens sont les héritiers de Staline.»

— Je vous saurais gré de me laisser parler au docteur Thorne.

— Certainement. C'est un homme très courageux. Le docteur Petrie a également fait preuve de courage. Je vous reparlerai avant 5 h 30, notre heure. Au revoir, Monsieur le Président.

— Au revoir.

Un déclic, suivi d'un long silence. Puis:

— Ici David Thorne, Monsieur le Président.

— Docteur Thorne, répondit Law, vous avez toute ma reconnaissance. Tout ce que je pourrais ajouter ferait pompeux. Un chaleureux accueil attendra votre retour.

— Merci, Monsieur le Président.

Law trouva la voix tendue et fatiguée, ce qui n'était guère surprenant. Harper le regardait intensément. Law hocha la tête.

— David, dit Harper, ici Cam. On s'inquiétait pour vous. Que s'est-il passé?

— Le K.G.B. m'a ramassé, expliqua Thorne brièvement.

Law crut reconnaître une note de colère dans la voix.

— Nikolai nous a sortis de la Loubianka, Jocelyne et moi, avant que ça se gâte vraiment.

— Comment ont-ils réussi à l'arrêter, elle?

— Par la ruse. Ils lui ont fait croire que c'était Nikolai.

— Elle avait reçu des ordres stricts...

— Elle savait aussi ce qu'il vous fallait absolument apprendre. Et pourquoi. Elle a décidé de courir le risque.

La voix était vraiment en colère maintenant.

— Bon, d'accord. Vous restez là? demanda Harper.

— Oui.

— Ça me paraît logique. Vous faites partie de cette affaire depuis le début. Autant que vous en voyiez la fin. Merci, David.

— Il n'y a pas de quoi.

Le ton frisait le sarcasme. Harper lança un coup d'œil à Law.

— Docteur Thorne, reprit le président, nous ferions tous mieux de retourner au travail. Je vous parlerai probablement plus tard.

— Oui, Monsieur le Président. Au revoir.

— Au revoir.

Law raccrocha. Au bout d'un moment, il dit:

— Il est au courant. Et il n'aime pas cela.

Harper acquiesça.

— Oui, dit-il, mais je doute qu'il le leur dise. Quoi qu'il en soit, nous avons eu presque tout ce que nous voulions, même si le scénario ne s'est pas déroulé jusqu'au bout.

— Pour tout vous dire, Cam, je préfère cela. Ça aurait été un peu fort.

Tout en se disant d'accord, Harper ne savait pas au juste s'il était déçu ou non.

Il y avait un samovar sur le meuble voisin de la table de conférences et, à côté, deux bouteilles de vodka qui refroidissaient dans des seaux à glace, et des verres. Thorne regarda attentivement les bouteilles et, se rendant compte que la vodka l'assommerait, se versa un verre de thé à la place.

— Toi aussi? demanda-t-il à Jocelyne.

Celle-ci était assise sur un divan de peluche rouge, au-delà de la grande table ronde, de l'autre côté de la pièce. Les téléphones en plastique placés sur la table reflétaient la lumière tamisée des plafonniers. Cet éclairage accentuait les cernes sous ses yeux.

— Volontiers, dit-elle, en le regardant.

— Il y a du sucre, mais pas de lait.

— Peu importe.

La pièce paraissait vide maintenant que Gresko et les autres étaient partis. Thorne lui offrit le verre et alla s'asseoir sur un des fauteuils qui entouraient la table de conférence.

— Ça a tout l'air que nous nous en sommes tirés, dit-il rompant le silence.

Elle hocha la tête.

— Je suis désolé de ce que je t'ai dit, Jocelyne. Non; de la façon dont je l'ai dit, plutôt. Mais j'avais confiance en toi. Nikolai aussi.

Elle baissa les yeux sur son verre.

— Tu n'as pas entendu ma version.

— D'accord. Alors, dis-la moi.

Elle aspira profondément, en évitant son regard.

— En juillet, après ce souper à Washington, lorsque tu venais d'arriver du New Hampshire...

Elle se tut, regarda autour de la salle et plaça la main en pavillon près de son oreille.

— Je doute qu'ils cachent des micros dans leur propre salle de conférences, dit Thorne. Quoi qu'il en soit, ça n'a aucune importance à présent.

Elle poursuivit :

— Je suis retournée au Centre et j'ai réussi à pénétrer dans le PLAN UN de RUBICON. Je voulais essayer de découvrir ce qu'ils voulaient te faire faire. Je savais qu'ils se servaient de moi pour y parvenir. Tout avait été planifié. Un piège avait été inséré dans le programme. Je m'y suis fait prendre. Après cela, c'était «collaborez ou subissez les conséquences de votre action». Mais je n'étais pas au courant de la 4e option. Et je ne l'ai été qu'au moment où ils m'ont envoyée ici. Il était trop tard alors. Et ça me paraissait irréel — jusqu'à ce que le K.G.B. m'arrête.

— Ça aurait été assez réel pour Nikolai.

— Je sais. J'espérais envers et contre tout qu'ils change-raient d'idée. Ou que quelque chose clocherait.

— Et quelque chose a cloché.

— En effet.

— À Round Lake... Tu étais au courant du projet.

Elle ouvrit les yeux.

— Pas entièrement. Et j'avais chassé de mon esprit ce que j'en savais. Je voulais te revoir; je serais allée au lac, même si Northrop ne m'avait pas dit de le faire.

Il était furieux.

— Ces salauds-là! Harper, Northrop; le président lui-même le savait!

— Je n'en serais pas étonnée.

— Cette fois, c'est terminé pour moi. Jamais plus.

— Moi non plus, je pense.

Après un long silence, elle lui demanda:

— Est-ce que c'est fini entre nous aussi?

Il fit tournoyer le thé dans son verre.

— Je suis encore trop en colère pour le savoir. Donne-moi un peu de temps.

— Si tu veux.

Elle appuya sa tête sur la peluche rouge du divan et referma les yeux.

— Dieu, que j'ai sommeil!

— Pourquoi ne dors-tu pas, alors?

— Je suis trop tendue. Je...

La porte s'ouvrit et Andreyev entra. Il alla droit aux bouteilles, se versa de la vodka et but d'un trait. Son uniforme était encore couvert de la poussière de plâtre qui s'y était déposée pendant les combats de la Loubianka.

— Qu'est-ce qui se passe? demanda Thorne.

Andreyev se versa une autre once de vodka et se tourna vers eux.

— Le K.G.B. offre plus de résistance que ce à quoi nous nous attendions à la caserne du 9e. Ils se sont procuré des A.T.G.M. et ils ont démoli un de nos blindés. Nous allons en venir à bout, mais ça prendra un peu de temps. Le maréchal Travkine a fait venir une brigade de gardes. On en a encore pour environ deux heures, selon moi.

— C'est la raison pour laquelle Gresko paraissait si inquiet...

— Je pense, oui, dit Andreyev. Docteur Petrie, je n'ai pas eu le temps de vous saluer comme il se doit. Je suis heureux de faire la connaissance d'une collègue de David.

Elle lui fit un sourire exténué.

— Mon russe n'est pas aussi bon que celui de David, mais je suis également heureuse de faire votre connaissance.

— Et maintenant?

— Maintenant, nous allons attendre la fin de la séance du Politburo. Ils sont tous là maintenant.

— Alors, nous sommes tous d'accord? demanda Gresko sans appuyer. Il parcourut du regard les autres membres du Politburo, assis autour de la table. Morosov et Boyarkine se faisaient remarquer par leur absence. L'atmosphère dans la pièce était tendue, mais rien en comparaison de ce qu'elle avait été lorsque ces deux-là étaient présents.

— Il n'y a rien à discuter, camarade Gresko, répondit Distanov, le ministre des Affaires étrangères. L'ancien secrétaire et le président du K.G.B. se sont montrés indignes d'occuper leurs postes. Ils ont entraîné ce pays jusqu'à un cheveu du désastre.

— Merci, Monsieur le Ministre, dit Gresko sèchement. Pouvons-nous alors procéder au vote?

«Il semble peu probable qu'ils refusent , pensa Gresko, avec Kotsarev, c'est-à-dire l'Armée rouge, qui leur jette des regards noirs de l'autre bout de la table.»

— Y a-t-il opposition? demanda Kotsarev, à ce que le président Gresko assume le poste de secrétaire général.

Il n'y en eut pas.

— Proposition approuvée, déclara Kotsarev. Y aurait-il objection à ce que le vice-président Jigaline assume la présidence du K.G.B.?

Aucune, encore une fois.

— Approuvé, dit Kotsarev.

— Nous devrons procéder à une importante réorganisation, dit Gresko uniment.

Il cacha son exaltation: il détenait maintenant le Secrétariat, la présidence du Conseil des ministres et, par défaut, l'autre poste de Boyarkine, soit la présidence du Présidium du Soviet suprême. Les trois postes clefs du gouvernement soviétique.

— Les structures de commandement du K.G.B. et du M.V.D. doivent être entièrement repensées, poursuivit-il. Le président Jigaline et le ministre Kotsarev s'y consacreront au cours des prochains jours.

Tout en parlant, il réfléchissait à qui, parmi ses alliés, il pourrait donner la présidence du Conseil des ministres. Il y avait, chez les non-votants et le bloc des candidats au Politburo, plusieurs membres qui pourraient être considérés pour le poste. Il n'aimait pas se départir d'une parcelle de son pouvoir mais s'il en retenait trop, il pourrait se mettre une majorité de membres à dos — peut-être même Kotsarev. En fait, si on en venait à cela, Kotsarev ferait très bien l'affaire.

— J'ai été en contact avec le président Law, enchaîna-t-il. Je l'ai informé de notre changement de politique. Il a paru soulagé.

Ce propos fut accueilli par quelques demi-sourires. Ceux-ci disparaîtraient sans doute si les personnes présentes savaient depuis combien de temps Gresko et Kotsarev étaient de mèche avec les Américains. Cela se saurait peut-être un jour, mais à ce moment-là, ça n'aurait plus d'importance.

— Nous allons petit à petit mettre fin à l'état d'alerte dans les deux camps, un cessez-le-feu étant lié à cette opération. Monsieur le ministre Distanov, nous devons préparer une proposition dans ce sens. Le reste d'entre vous préférerez peut-être rester ici jusqu'à ce que les rues soient redevenues sûres?

Ce n'était pas précisément un ordre, mais Gresko avait l'impression qu'aucun d'eux ne partirait.

— Voulez-vous que nous commencions maintenant? demanda Distanov.

— Immédiatement, répliqua Gresko. Monsieur le ministre Kotsarev, y a-t-il un endroit où nous puissions nous retirer? Autre que le Centre des communications?

— Prenez le couloir à gauche, puis la deuxième porte à droite. Puis-je suggérer à ceux qui n'ont pas d'obligations immédiates, de se rendre au mess des officiers, au huitième étage. On sera heureux de vous y accueillir jusqu'au matin.

Tous quittèrent la salle, à l'exception de Distanov, Jigaline, Gresko et Kotsarev. Après un silence, Kotsarev demanda:

— Et Boyarkine?

Sur ce, Distanov se leva précipitamment.

— Je vous attendrai, secrétaire Gresko, dans la pièce convenue, dit-il.

Lorsqu'il fut parti, Kotsarev dit:

— Il veut bien manger les miettes, mais ne consent pas à trancher le pain.

— À quelle conclusion en êtes-vous arrivé? demanda Gresko.

Jigaline les regarda, tour à tour, attendant la suite.

Kotsarev secoua la tête.

— Il ne reste qu'une chose à faire, et nous savons tous les quatre ce que c'est.

— Monsieur le président Jigaline?

Jigaline sursauta, comme si de s'entendre appeler par son nouveau titre l'avait surpris.

— Je suis d'accord. Ils sont tous deux encore extrêmement dangereux.

Kotsarev se leva pesamment.

— Je vais amener le détachement de la sûreté en bas moi-même.

Boyarkine et Morosov avaient été enfermés dans des pièces voisines au sous-sol de l'édifice. Deux gardes militaires étaient postés devant chaque porte. Le personnel du G.L.A.V.P.U.R était emprisonné à l'étage au-dessus; on n'avait pas cru sage de placer Boyarkine et Morosov à proximité d'eux.

Kotsarev, suivi des six hommes du détachement de la sûreté, s'arrêta à la porte nord-est.

— Sortez-les tous les deux, ordonna-t-il aux gardes. Vous, là, et vous, joignez-vous au groupe.

Les gardes ouvrirent la première porte. Boyarkine se tenait dans l'ouverture, ses yeux noirs vides d'expression. Il dévisagea Kotsarev et dit:

— Ministre Kotsarev! Eh bien! j'aurais dû m'en douter.

— Morosov! appela Kotsarev. Il est temps de partir!

Les vêtements de l'ex-président du K.G.B. étaient fripés et gris de poussière. Il avait retiré sa cravate, qui pendait d'une des poches de sa veste.

— La cour! ordonna Kotsarev à un des gardes. Morosov, Boyarkine, suivez-le.

— Vous allez nous fusiller! dit Morosov, une légère hésitation dans la voix.

— Allez!

Ils suivirent le couloir et grimpèrent l'escalier jusqu'à la porte d'acier menant à la cour, située entre les ailes arrière de l'édifice. Cette cour était plantée d'herbe et d'arbrisseaux. On y trouvait des bancs en bois sur lesquels des membres du personnel venaient souvent manger leur casse-croûte. La lumière venant des étages supérieurs touchait les arbres, sans toutefois les tirer de l'ombre.

Au fond de la cour, s'élevait un mur de pierre, dans lequel il y avait une porte. Un projecteur placé en haut de l'aile du sud-ouest, y était braqué.

— Là-bas, ordonna Kotsarev.

Boyarkine et Morosov allèrent se placer devant la porte. Sous la lumière crue, ils clignaient des yeux. Kotsarev claqua des doigts. On entendit les gardes armer leurs fusils.

— Camarade, plaida hâtivement Morosov, je peux encore être utile. Je...

Il se tut.

— Vous savez ce qui doit se passer. Ne vous déshonorez pas maintenant.

Morosov ouvrit de nouveau la bouche pour parler, mais il la referma. Kotsarev regarda ensuite Boyarkine, dont les yeux remplis de haine le transperçaient.

— Feu! ordonna Kotsarev.

Morosov étendit ses mains devant lui, comme s'il eût pu arrêter les balles. Les coups de feu les clouèrent tous deux à la porte d'acier, puis ils s'effondrèrent. La cour résonna.

Kotsarev marcha vers les deux formes étendues sur le sol, le revolver au point. Mais il n'eut pas à s'en servir.

Les paupières de Thorne lui semblaient paralysées d'épuisement. Il avait bu assez de thé pour avoir la nausée; ou peut-être son malaise était-il dû à la fatigue et à la tension. Jocelyne, sur le divan, avait succombé au sommeil. Ses cheveux étaient moites et emmêlés; l'immeuble avait retenu la chaleur du jour et l'air climatisé était à peu près inexistant. Andreyev avait de nouveau disparu.

Thorne jeta un coup d'œil à sa montre. Il était 4 h 20, et Washington n'avait toujours pas rappelé.

Il passa la main sur son front, en se disant: «Comment ai-je réussi à me retrouver assis dans une pièce de l'état-major soviétique? Juste ciel!»

Il essaya d'approfondir cette pensée, mais en fut incapable. Il eut envie de sortir dans le couloir, mais lorsqu'il avait passé la tête dans la porte une demi-heure plus tôt, il s'était trouvé face à face avec un garde qui l'avait surveillé nerveusement.

La porte s'ouvrit pour laisser entrer un officier d'état-major d'aspect trapu. Celui-ci s'immobilisa et fit un léger sourire à Thorne.

— Bonjour, docteur Thorne. Je suis le général Youchenko.

— Bonjour, général.

Youchenko alla au buffet se servir un verre de vodka. (Thorne fut encore une fois renversé par les quantités d'alcool que peuvent ingurgiter les Russes.) Puis il revint s'asseoir sur le bord de la table, après y avoir repoussé un des téléphones.

— Docteur Thorne, dit-il, j'ai des excuses à vous faire, et je vous demanderai de bien vouloir les transmettre à Cameron Harper; il en sera sans doute amusé, et en tirera même peut-être une leçon.

— À quel sujet sentez-vous le besoin de nous faire des excuses?

— Le major Andreyev vous en ferait aussi, certainement, s'il était au courant de tout. Je préfère qu'il demeure dans l'ignorance. Bref, je suis désolé que l'on ai dû vous faire faire ce stage à la Loubianka. Vous êtes resté plus longtemps que prévu. Nous pensions bien que le K.G.B. vous appréhenderait à la suite de votre rencontre avec Andreyev, mais leur impatience nous a forcés à avancer d'une heure le coup d'État. Cela n'a finalement pas compté dans la balance, étant donné la tournure des événements.

Thorne n'en fut pas particulièrement surpris. Harper se voyait au moins exonéré de cela.

— Comment cela?

— Je suis sûr que vous le devinez? Malgré toutes leurs assurances, nous ne tenions pas à ce que vos gens sachent exactement à quel moment nous passerions à l'action. Évaluant les risques, nous avons décidé qu'il valait mieux rompre temporairement les communications, jusqu'à ce que nous ayons réussi. Nous préférions naturellement ne pas vous détenir nous-mêmes, au cas où vous auriez pris, à notre insu, certaines précautions touchant votre sécurité. (Le sourire s'évanouit.) Vous pourriez aussi informer votre directeur des Services de renseignements, qu'en matière d'histoire, nous ne sommes pas des illettrés. L'élimination de notre corps d'officiers par Heydrich en 1938 est étudié ici comme un classique de l'espionnage.

Il eut été inutile de discuter. Thorne fit un geste qui n'engageait à rien.

— Je dois reconnaître que Harper a assez bien caché son jeu. Et la variation introduite dans la technique a été suffisante pour endormir nos soupçons jusqu'à il y a deux jours. Ce fut un des facteurs qui nous ont incités à vous prêter au K.G.B. De fait, nous n'avons pas pu vérifier de façon irréfutable que c'est ce qui se préparait. (Il sourit imperceptiblement.) Ce ne serait pas très diplomatique de notre part de tenter de vous faire confirmer la chose.

— Je préférerais, en effet, que vous vous en absteniez, dit Thorne.

Youchenko descendit de la table.

— Transmettez à Cameron Harper ce que je viens de vous dire. Et aussi que nous n'allons pas lui rendre la pareille... pour cette fois. Mais qu'il ne devrait pas s'y essayer de nouveau.

— Très bien, dit Thorne.

— Bonsoir, dit Youchenko, et il quitta la pièce.

Thorne ferma les yeux. Il était 4 h 30. À 4 h 33, il dormait déjà.

Des voix le réveillèrent. Il se redressa péniblement dans son fauteuil. Jocelyne bougea un peu sur le divan. Gresko, Kotsarev, et un homme que Thorne voyait pour la première fois, se tenaient à l'autre bout de la table. Gresko vit que Thorne se réveillait. Le secrétaire avait les cheveux défaits et les yeux cernés.

— Docteur Thorne, excusez-moi de devoir vous réveiller. Je suis sur le point d'appeler votre président. Vous pouvez rester. Je pense que le moment est venu d'être plus ouverts, les uns avec les autres.

— Oui, Monsieur le Secrétaire, convint Thorne.

— Voici monsieur Distanov, notre ministre des Affaires étrangères, dit Gresko. Nous avons rédigé une proposition de cessez-le-feu. Puisse-t-elle satisfaire tout le monde.

Distanov et Thorne se saluèrent d'un hochement de tête. Puis les trois Russes s'assirent.

Un des téléphones verts sonna. Jocelyne se réveilla, en clignant des paupières. Gresko souleva le récepteur tandis que Kotsarev et Distanov mettaient des écouteurs. Gresko indiqua deux extensions noires à Thorne et à Jocelyne.

Thorne entendit des tops et des cliquetis dans son oreille. Puis:

— Ici le président Law.

La voix était très claire.

— Ici le secrétaire Gresko.

La traduction simultanée commença, le traducteur étant posté quelque part dans le réseau de communications. Thorne se rendit compte qu'il était utilisé pour vérifier l'exactitude de la traduction.

— Avez-vous rédigé une proposition? demanda Law.

— Oui, et vous?

— Également. Nous avons aussi avisé le Premier Ministre d'Israël des profonds changements qui s'effectuent présentement dans la politique étrangère soviétique, et de la proposition de cessez-le-feu qui se rédige actuellement.

— Sa réaction?

— Pas très enthousiaste, dois-je vous avouer, poursuivit le président. Il n'accorde sa pleine confiance ni à l'un, ni à l'autre d'entre nous. Mais ses troupes sont au bord de l'effondrement. Jérusalem acceptera probablement toute proposition raisonnable. Nous devons cependant faire très attention de ne pas leur donner l'impression que nous les acculons au mur. Ils font face à la guerre nucléaire depuis un bon moment déjà et, s'il y avait le moindre signe d'une escalade, ou d'une paix vraiment défavorable, ils pourraient fort bien réagir violemment.

— C'est ainsi que nous avons aussi analysé la conjoncture, dit Gresko. Notre information est moins cohérente que la vôtre par suite des récents... bouleversements survenus ici. Mais nous en sommes arrivés aux mêmes conclusions. Puis-je vous présenter notre proposition?

— S'il vous plaît, oui.

— Retrait des deux côtés sur les lignes de 1973, en moins de 24 heures. Un cessez-le-feu de 72 heures en vigueur immédiatement. Arrêt des ponts aériens américains et soviétiques de livraison d'équipement et de fournitures militaires d'ici quatre heures. Un moratorium concernant de telles livraisons pour un minimum de quatorze jours. Retrait de nos troupes en Syrie d'ici deux semaines, et établissement d'un comité de surveillance de l'O.N.U. pour faire respecter le cessez-le-feu, lié aux conditions suivantes.

— Qui sont?

— Abandon de toutes les armes nucléaires qu'ils possèdent par la Libye, la Syrie et Israël, ou leur destruction. La région sera déclarée zone libre d'armes nucléaires.

Il y eut un court silence au bout duquel Law dit:

— Je sympathise avec votre désir d'en arriver à cela, mais jamais Israël n'y consentira. Pas aussi longtemps que la Libye possédera de ces engins. Ou même, probablement, si elle n'en possède pas. Ces armes sont trop faciles à obtenir.

— Nous allons forcer les Libyens à abandonner leurs bombes.

— Pouvez-vous être sûr d'y réussir?

— Ils le feront. Sans notre appui technique, ils ne pourraient survivre.

— Reste le problème des Israéliens. Je ne vois pas comment on pourrait les forcer à donner leur accord.

— Ce sont vos alliés, dit Gresko. Si nous pouvons éliminer les menaces libyennes et syriennes, vous devriez pouvoir faire de même avec Israël.

— Nous procédons selon des principes différents, coupa Law. Nous respectons les gouvernements souverains.

— Je pourrais contester cela, dit Gresko d'une voix également coupante, mais je ne le ferai pas. Énoncez-moi les termes de votre propre proposition.

Law s'exécuta. La proposition américaine était sensiblement la même, sauf pour la clause traitant de la destruction des armes. Gresko y tenait fermement. Ils marchandèrent

413

durant vingt bonnes minutes. Thorne, qui écoutait, devenait de plus en plus désespéré. Maintenant que la crise immédiate était passée, les deux pays retournaient à leur intransigeance normale.

La pierre d'achoppement était évidemment la réaction d'Israël. Thorne ne pouvait imaginer que Jérusalem abandonnerait ce qui, un jour, pourrait bien être son dernier atout dans une négociation.

Vers 5 h 25, Gresko devint un peu plus conciliant. Il suffisait peut-être d'interdire l'acquisition d'armes nucléaires de puissances situées en dehors du Moyen-Orient. Les pays comme Israël pourraient garder des bombes fabriquées par eux, tout en s'engageant à ne pas fabriquer de nouvelles. Des équipes d'inspection pourraient s'assurer que cette dernière condition était observée. Le problème de l'Iraq construisant un jour ses propres engins paraissait difficile à résoudre, mais on s'y attaquerait plus tard. Cette entente aurait pour résultat de faire d'Israël la seule puissance nucléaire de la région ; mais, en contre-partie, Israël devrait se soumettre à l'inspection, sur une base régulière, de son industrie d'armes nucléaires.

Law était d'avis que Jérusalem pourrait fort bien prendre cette dernière condition en considération.

— Très bien alors, Monsieur le Président, dit un Gresko épuisé. Voyez ce qu'ils en pensent. Et arrivés à ce point, peut-être pourrions-nous diminuer l'état d'alerte ?

— Je suis tout à fait d'accord. Il est 5 h 35 à votre heure. Nous passerons de Con Def Deux à Con Def Trois à 6 h, votre heure. Ferez-vous la réciproque ?

Gresko lança un coup d'œil à Kotsarev qui hocha la tête.

— Oui, répondit le secrétaire général. Nous le ferons.

— Je vous rappelle dans deux heures pour vous donner la réponse d'Israël, dit Law.

À 10 km de l'aéroport de Damas, le dernier des avions de transport Antonov de la deuxième vague, amorçait sa descente. Le soleil venait d'appraître à l'horizon, teintant de rouge-orange ses surfaces métalliques. Sur l'aide de roulement au sol, les quatre autres Antonov se dirigeaient lentement vers les camions en attente et leurs gardes russes. Les missiles S.C.U.D. et les ogives de la première livraison étaient déjà en route pour leurs aires de lancement, situées au nord et à l'est.

L'attaque israélienne surgit du sud-ouest, à 3000 m. Dès que les douze Kfir du raid eurent survolé les lignes à Kuneitra, ils furent épaulés par quatre avions Phantom ECM porteurs d'équipement de brouillage obtenu grâce au pont aérien. Cet équipement avait pour mission de supprimer le radar des batteries soviétiques S.A.M., de même que celui des canons antiavions Z.S.U. essaimés autour de l'aéroport de Damas. Ils furent d'une remarquable efficacité. L'affichage d'objectifs sur lequel comptait la défense pour déceler des présences ennemies dans le ciel, fut noyé d'un brouillard de pointes vertes et d'échos de radar inintelligibles.

Les Kfir, bien espacés, plongèrent en piqué. Les canons de l'aéroport passant du radar au contrôle manuel, firent feu de toutes leurs batteries sur les attaquants.

Deux Kfir, pris entre des feux croisés, sortirent péniblement de leur piqué et tournèrent vers l'ouest. Le premier explosa dans un panache de flammes, avant d'avoir achevé son virage; l'autre, vola en plein dans une salve d'obus. Sa queue arrachée, il se retourna sur le dos et tomba, en tournoyant, sur une des banlieues de l'aéroport.

Les dix avions restants purent terminer leur mission. Sortant de leurs piqués, ils lâchèrent leurs bombes sur les avions qui roulaient au sol et sur les pistes d'atterrissage.

Les bombes utilisées étaient de types perforantes et à fragmentation. Six des neuf avions de transport Antonov au sol, de même que plusieurs autres avions, furent pulvérisés par les premières explosions. Le dixième Antonov, qui venait tout juste d'atterrir sur la piste nord-sud, fut frappé par un bombe à fragmentation qui pénétra son fuselage, derrière sa verrière surélevée et explosa à deux mètres du cockpit, tuant sur le coup son équipage. Une deuxième bombe perforante pénétra la partie supérieur droite de la soute. La mèche à retardement de l'engin détonna alors que celui-ci passait à un mètre de la caisse contenant l'ogive nucléaire de dix kilotonnes du missile S.C.U.D., arrimé plus loin à l'arrière de la soute.

La secousse provoquée par la bombe perforante relâcha la détente à sûreté intégrée puis, contre toute probabilité, fit détonner une des lentilles de la charge explosive sphérique, la gâchette de l'engin. Ce segment fit, à son tour, détonner les autres. La compression du noyau d'uranium n'ayant pas été uniforme, l'ogive nucléaire n'eut qu'un rendement mitigé, soit la moitié de sa puissance nominale.

Ce fut cependant suffisant pour détruire l'aéroport et près de la moitié de l'est de Damas. Le noyau de la bombe se gazéifia instantanément, émettant une salve de rayons gamma. L'impulsion électro-magnétique qui en résultat donna naissance à un choc qui se propagea sur tout le réseau de transmission d'énergie — lignes à haute tension, antennes, tuyauterie, et même des rails de chemin de fer, situés au-delà de la zone de destruction initiale; la majeure partie des équipements des réseaux d'électricité et de communications de Damas furent mis hors de service. Le choc thermique qui s'ensuivit, au moment où la boule de feu se formait, calcina ou enflamma les matières combustibles, y compris la chair humaine, dans un rayon d'un kilomètre et demi. La vague de choc qui lui succéda rasa des centaines d'immeubles, écrasant ou enterrant leurs occupants; dans les décombres, des feux, nourris par les brasiers et l'huile de cuisson renversés, s'allumèrent. Là où s'était trouvé l'aéroport, la boule de feu s'éleva en rugissant; l'eau en suspension dans l'atmosphère se condensa, créant dans le ciel un gigantesque champignon de nuages, entraînant à sa suite des tonnes de débris, qui, transformés en cendre radioactive, jaillirent dans la moyenne atmosphère, où le vent se mit à les pousser vers le sud-est.

416

Con Def Une
6 heures

Quelqu'un avait apporté des plats de concombres et de saucisson, du pain chaud et du beurre. Le samovar, fraîchement rempli, sifflait sur le buffet. Kotsarev était allé amorcer la désescalade de l'état d'alerte. Andreyev, de retour on ne savait d'où, était assis dans un des fauteuils de la table de conférence, fixant le vide. Gresko, Youchenko et Distanov s'entretenaient à voix basse près du buffet. Le secrétaire général tenait à la main un verre de vodka, et grignotait une tranche de concombre. Il haussa les épaules à un propos de Distanov, et se tourna pour regarder Thorne et Jocelyne.

— Docteur Thorne, docteur Petrie, venez boire et manger un peu. Nous allons bientôt pouvoir rentrer nous coucher. Vous aussi, major Andreyev.

Ils s'assemblèrent devant le buffet. Thorne mourait de faim. Il se coupa une tranche de pain épaisse, la beurra généreusement et en prit une énorme bouchée. Gresko offrit de la vodka à la ronde.

— Buvons à la paix et à la compréhension dans le monde.

Ils burent. Thorne sentit la chaleur de l'alcool se répandre dans ses bras et ses jambes. Jocelyne coupa et passa des rondelles de saucisson. Celui-ci sentait l'ail et diverses herbes. Thorne en mangea une rondelle et s'attaqua de nouveau au pain.

— Il y aura des décorations et des promotions pour tout le monde, à la suite de ceci, dit Gresko en s'adressant à Andreyev. Puis, tournant son regard vers Thorne:

— J'espère que votre gouvernement sera également généreux. C'était...

On entendit la sonnerie du téléphone. Gresko sourcilla, quitta le buffet et alla répondre. Après avoir écouté brièvement, il posa le récepteur. Sa bouche était devenue une mince incision. Les autres le regardaient, dans l'expectative.

— C'était le ministre Kotsarev, dit-il. Nous devons tous nous rendre immédiatement à la base aérienne de Vnoukovo. Vous aussi, les Américains. Vous réussirez peut-être à faire comprendre à votre président que nous ne reculerons pas de nos positions indéfiniment. J'avais cru qu'il y avait eu suffisamment de traîtrise, mais votre gouvernement ne semble pas de cet avis.

— Mais que s'est-il passé? demanda Jocelyne.

— Les Israéliens ont lancé une bombe nucléaire sur Damas.

— Ils ont fait *quoi*? s'écria Law, interloqué. Un silence de mort pesait sur la salle de conférences.

— Il y a vingt minutes, dit Harper. Nous l'avons suivi par satellite. L'ébouissement des capteurs y était caractéristique d'une explosion nucléaire. C'était bien la signature d'une petite explosion au sol.

Law se prit la tête entre ses mains.

— Combien petite? gémit-il.

418

— Nous ne savons pas de façon certaine, mais la bombe était de moins de dix kilotonnes. Les renseignements photographiques montrent qu'au moins la moitié de la ville a été rasée. Une bonne part du reste brûle. On ne sait pas encore le nombre des morts. Le terrain d'aviation était à point zéro. Il y avait là dix gros avions de transport russes.

— Nom de Dieu! Pourquoi avoir fait cela maintenant? Pourquoi une attaque nucléaire pour arrêter le pont aérien alors que les Russes n'ont qu'à aller à Homs ou à Palmyre?

L'intercom tinta. Law appuya sur un bouton. «Monsieur le Président, dit une voix dans le haut-parleur, votre appel au premier ministre Reisman est prêt.»

Law saisit le téléphone.

— Monsieur le Premier Ministre, êtes-vous au courant de ce qui est arrivé à Damas?

— On me l'a rapporté il y a dix minutes, Monsieur le Président, dit Reisman d'une voix hésitante, comme un homme en état de choc.

— Qu'est-ce qui vous a pris de faire cela? hurla Law, perdant son sang-froid. Mon appel concernait initialement une proposition de cessez-le-feu. Le Kremlin a de nouveaux dirigeants qui veulent en finir avec tout cela. Mais maintenant...

— Monsieur le Président, rétorqua Reisman chez qui une bouffée de colère avait chassé les hésitations, avant de m'interrompre encore une fois, voulez-vous avoir l'amabilité de m'écouter? Ce n'est pas nous qui l'avons fait.

— Ce n'est pas vous qui...? (Law était interloqué.)

— Ce n'est pas nous qui avons fait cela! La détonation a coïncidé avec un raid aérien que nous effectuions sur l'aéroport de Damas. Mais nos avions n'avaient que des armes traditionnelles.

Après une pause, il reprit amèrement:

— Aucun des douze avions qui participaient au raid n'a rétabli la communication. Nous supposons qu'ils ont tous été englobés dans la boule de feu. Nous supposons également que la bombe qui a éclaté était d'origine syrienne. Ou soviétique. Mais personne ne va évidemment nous croire.

— Seigneur Dieu! gémit Law. C'est eux qui les ont envoyées!

— Comment?

— Le précédent gouvernement soviétique. *Damn*! C'est à ce sujet, précisément, que je vous ai appelé initialement. Le coup d'État a réussi, sans le moindre doute, à Moscou. J'ai parlé à Gresko; il réclame un cessez-le-feu immédiat et une désescalade de nos états d'alerte respectifs. Nous commençons à résoudre la crise. C'est-à-dire que nous commencions. Le gouvernement Boyarkine projetait d'envoyer des armes nucléaires à la Syrie. Il semble maintenant que les gens de Gresko ou bien ne savaient pas que les bombes avaient déjà été envoyées, ou bien ont laissé faire.

— En quoi consistait la proposition russe de cessez-le-feu?

Law la lui expliqua. Après un long silence, Reisman déclara:

— Nous ne pouvons pas être d'accord sur le démantèlement de nos armes nucléaires. Surtout pas avec des ogives russes en Syrie

— Le Kremlin pourrait être d'accord pour un retour à la situation d'avant-guerre, reprit Law. Vous avez l'option de garder vos armes, mais en vous soumettant à des inspections. Il y a moyen de négocier. Je vous en conjure, Monsieur le Premier ministre, prenez la chose en considération. Depuis Damas, nous sommes très près du point de non-retour.

— Tout cela est fort bien, dit Reisman. Mais vous n'avez pas envisagé la situation de notre point de vue. Damas a été rasée par une explosion nucléaire. Tout indique qu'Israël aurait maintenant commencé à utiliser la bombe atomique contre des villes. Notre état-major s'attend à une contre-attaque nucléaire imminente contre nos propres villes. Une de

420

nos options consiste à dévaster, en Syrie, tout endroit où pourraient se trouver des armes nucléaires, soviétiques ou syriennes. Il nous reste très peu de temps. Aujourd'hui, comme le vent souffle vers l'est, les retombées sur notre pays seront minimes. Qui peut prédire comment le vent soufflera demain? Ai-je besoin d'en dire plus?

— Monsieur le Premier Ministre, implora Law d'une voix qui figea le sang de Harper, je vous supplie d'attendre. J'appelle immédiatement le secrétaire Gresko pour lui demander de vérifier s'il n'y avait pas d'armes nucléaires russes en Syrie, et si cela n'aurait pas pu être une de celle-ci qui aurait explosé. S'il accepte de considérer cette possibilité, attendrez-vous avant de déclencher votre attaque?

— J'accepterai toute proposition raisonnable, susceptible de me libérer de commettre un génocide ou d'y soumettre mon pays. Je reste à côté du téléphone. De grâce, faites vite!

Law pressa violemment sur des boutons.

— Appelez-moi le secrétaire Gresko, dit-il dans le microphone, puis posant celui-ci en équilibre sur son épaule, il demanda:

— Que recommandent maintenant vos ordinateurs, Cam?

Sans attendre de réponse, il s'adressa à Torrance:

— Pensez-vous qu'Israël est responsable?

— Non, réplique Torrance. Mais tout le monde va les accuser. Spécialement les Russes, si Gresko ignore maintenant que les armes étaient arrivées à Damas.

— Selon vous, Cam, était-ce une bombe russe?

— Il est possible, répondit Cam, que Gresko et compagnie aient ignoré que les ogives nucléaires avaient été envoyées en Syrie. Elles devaient être livrées ces jours-ci. Ce qui les placerait à Damas au moment du raid israélien. Si Gresko, pour une raison seule connue de lui, a effectivement laissé filer les armes, il pourrait plaider l'ignorance, au cas où nous découvririons le pot aux roses...

421

Law faisait des gestes d'impatience.

— Continuez d'essayer! dit-il dans le téléphone. Essayez d'atteindre le docteur Thorne ou le docteur Petrie.

L'atmosphère devint soudainement tendue.

— Très bien, dit le président en déposant l'appareil et en le regardant pensivement. Gresko n'est pas disponible. Un aide a dit qu'il était en conférence. Ils n'arrivent à joindre personne. Gresko va nous rappeler.

La porte de la salle des Cartes s'ouvrit en coup de vent.

— Excusez-moi, Monsieur le Président, Général Torrance. E.L.I.N.T. rapporte que les Russes passent à l'alerte maximale.

Il y eut un silence, rompu par Law:

— Cela explique pourquoi on n'arrive à joindre personne. Ils sont tous partis à leur poste de commandement aéroporté. Général, adoptez Con Def Une. Alertez la base aérienne d'Andrews. Ditez-leur que nous aurons besoin de l'avion N.E.A.C.P. dans vingt minutes. Secrétaire McKay, rassemblez tous les gens de la Liste bleue.

Law, Torrance et McKay saisirent chacun un téléphone. Law atteignit Reisman du premier coup.

— Alors, Monsieur le Président?

Je n'arrive pas à joindre Gresko, dit Law. L'alerte soviétique s'est accrue. Nous croyons que Gresko et l'état-major soviétique sont en route pour leur poste de commandement aéroporté. Nous augmentons aussi notre alerte et prendrons l'air sous peu.

— Je vois, dit Reisman. On en est donc arrivé là!

— Pas nécessairement, répondit Law. Je vais tenter de joindre le secrétaire Gresko de nouveau, dès que nous serons en l'air. Si vous ne voyez pas de signes de représailles de la part des Soviétiques ou de la Syrie, je vous supplie de continuer à attendre.

— Soyons réalistes, Monsieur le Président. Au moment où nous discernerons de tels signes, il sera trop tard. À une plus grande échelle, vous êtes dans la même situation que nous.

— Je sais, répliqua Law. Donnez-moi une heure.

Un silence interminable s'interposa.

— Très bien, Monsieur le Président, dit enfin Reisman. Une heure. Je ne peux rien vous garantir après cela. Au revoir.

— Au revoir, dit Law en raccrochant.

— Monsieur le Président, devons-nous adopter le lancement sur avertissement ou le lancement sur impact?

— Quelle est votre opinion?

— Leur alerte nous devance de plusieurs minutes.

— Lancement-sur-avertissement. Si l'une de leurs I.C.B.M. montre ne serait-ce que le bout du nez, nous devrons attaquer.

Le plancher de l'avion Iliouchine-76 du commandement stratégique demeurait fortement incliné. Thorne resserra sa ceinture et regarda des bouffées de cumulus s'éloigner encore davantage vers la terre. L'avion avait déjà atteint les 10 000 m et grimpait toujours. Entre les nuages clairsemés, le paysage russe se brouillait petit à petit, recouvert d'une vapeur bleu-vert. Thorne ne pouvait distinguer aucun point de repère.

Il se tourna vers Jocelyne. Elle lui rendit son sourire, mais au prix d'un effort évident. De l'autre côté de la cabine, Andreyev était aussi sanglé à son fauteuil. Ils étaient seuls dans le compartiment, qui se trouvait à l'arrière de l'Iliouchine et comprenait, outre une double rangée de fauteuils, deux lits de camp, une petite cuisine et des étagères remplies d'équipements de communications. De l'autre côté de la porte du compartiment logeait la section de commandement et des contrôles de l'avion. Gresko et Kotsarev accompagnés de plusieurs autres officiers et civils, s'y étaient installés au départ de l'avion. Thorne avait entrevu l'équipement qui s'y trouvait : d'interminables rangées de consoles d'ordinateurs, d'écrans de radar, de lumières stables ou clignotantes, et d'énigmatiques armoires vertes, dont les portes étaient à clairevoie. Dans cet avion se trouvaient maintenant réunis tous les leviers de contrôle de la Russie et de sa puissance militaire.

Et là-haut, quelque part, planait aussi l'équivalent russe de *Looking Glass*, quartier général du commandement aérien stratégique aéroporté des États-Unis, chargé de l'exploitation des missiles intercontinentaux et de leurs multiples ogives nucléaires, obélisques muets dans leurs silos; des bombardiers *Backfire* qui, accompagnés de leurs avions-ravitailleurs, survolaient le Cercle arctique; des sous-marins à engins balistiques qui croisaient à trente nœuds, 200 m au-dessous des vagues, au large de Seattle et de Boston; des missiles nucléaires tactiques sous les arbres de l'Allemagne de l'Est, de la Hongrie et de la Pologne, ou postés au-delà du Hof Gap et des plaines de Hambourg! 18 000 mégatonnes, 850 000 Hiroshima.

L'Iliouchine amorça son vol en palier. La porte s'ouvrit pour laisser passer Gresko, suivi de Kotsarev. Tous deux étaient en colère et visiblement effrayés.

— Hé bien, docteur Thorne, attaqua Gresko, votre pays est maintenant en alerte maximale. D'abord, vous laissez Israël bombarder Damas, puis vous escaladez votre alerte à un niveau jamais encore vu. Afin de pouvoir nous demander ce que nous avons l'intention de faire! Que pensez-vous de cela, hein?

— Ne vous en prenez pas à moi, rétorqua Thorne, trop épuisé pour se faire du mauvais sang. Ce n'est pas moi qui ai bombardé Damas!

Gresko lui jeta un regard noir et se dirigea vers la console des communications. Kotsarev regarda Thorne froidement, puis alla se poster à côté du Secrétaire.

Andreyev avait toujours les yeux braqués sur son hublot.

«La vieille paranoïa russe, se dit Thorne. Toujours la vipère au fond du bas de Noël...»

— Êtes-vous branché sur Washington? demandait Gresko. Bien. Terminez l'appel. J'attendrai cinq minutes.

Le *National Emergency Airborne Command Post*, le N.E.A.C.P. — surnommé «Rotule» — était un jumbo jet Boeing 747 modifié de façon à contenir des tonnes d'équipement électronique ainsi que les personnalités de la Liste bleue, c'est-à-dire les membres du gouvernement considérés comme indispensables pour la menée d'une guerre nucléaire. Au moment où parvenait à Washington l'appel de Gresko, le Boeing allait à l'aventure à 10 000 m au-dessus de la Virginie, en direction ouest.

Law prit l'appel au central des communications, au niveau principal de l'avion. Presniak, Harper, le secrétaire de la Défense MacKay, Torrance, les trois chefs d'état-major-adjoints de Torrance, le président Wands de l'agence de la Sûreté nationale, et le général Howatt, commandant du S.A.C., étaient à ses côtés. L'appel passait par un haut-parleur téléphonique. Les dix hommes tendirent l'oreille attentivement jusqu'à ce qu'enfin, après divers tintements et cliquetis, l'appareil fit entendre la voix de Gresko. Les paroles de celui-ci ne leur parvenaient que faiblement. Law augmenta le volume au même moment où le traducteur entrait en scène.

— Monsieur le Président?

— Oui, Monsieur le Secrétaire, je vous écoute.

— Bien. Je présume que vous avez déterminé l'endroit où je me trouve?

— En effet.

— Vous êtes sans doute dans un endroit semblable. Je note que votre alerte est maintenant à Con Def Une. Ce qui

425

signifie, si ma mémoire m'est fidèle, que vous vous déployez en position de combat?

— Exact, répondit Law. Votre alerte ne nous a pas laissé de choix. Je me dois de vous dire que nous sommes à la position lancement-sur-avertissement.

— Je pensais que vous deviez retenir les Israéliens? Au lieu de cela, vous leur avez permis de bombarder Damas! Vous devez comprendre qu'en dépit de notre désir d'éviter une guerre plus importante, nous ne pouvons ignorer une attaque comme celle-ci.

Même dans ce petit haut-parleur, et bien que ses propos aient été moins intelligibles à cause de la traduction simultanée, la fureur dans la voix de Gresko était indéniable.

— Comment pouvons-nous en arriver à un règlement, à présent? Je...

— Monsieur le Secrétaire, interrompit Law. J'ai parlé au premier ministre Reisman au sujet de Damas. Il affirme catégoriquement que ce ne sont pas les forces israéliennes qui ont fait exploser une bombe au-dessus de la ville. N'aurait-il pas pu s'agir d'une arme syrienne? Ou même d'une des vôtres? Des Antonov-22 se trouvaient sur les pistes au moment de la déflagration.

Law attendit un moment en silence. Puis il s'enquit:

— Monsieur le Secrétaire? Êtes-vous toujours là?

— Je ne peux pas accepter votre explication, dit Gresko. Nous contrôlons les autres ogives syriennes; elles ne sont pas à Damas. Nous n'avons pas envoyé d'armes nucléaires en Syrie. Il s'agit d'un faux-fuyant imaginé par Israël, d'un mensonge. Et vous le savez aussi bien que moi.

— Je ne sais rien de semblable, dit Law entre ses dents. Pensez-vous sérieusement qu'Israël détruirait Damas et refuserait ensuite de l'admettre? S'ils s'étaient livrés à une telle attaque pour exercer un effet de dissuasion, ils seraient forcés de s'en avouer responsables.

— Il n'y a pas d'armes nucléaires soviétiques en territoire syrien.

Law aspira profondément.

— Nous sommes à la veille de l'holocauste. Avant de supposer que Jérusalem est coupable, vous pourriez au moins vérifier la véracité de vos affirmations. Êtes-vous sûr que Boyarkine n'avait pas ordonné une livraison d'armes avant que vous n'ayez réglé son cas?

Un silence.

— Nous allons le vérifier, dit finalement Gresko.

Le haut-parleur émit un déclic et le contact fut coupé. Law consulta l'horloge sur la cloison. Il lui restait vingt-quatre minutes avant de contacter Reisman.

Il jeta un coup d'œil autour de la table. Harper, le menton soutenu par sa main gauche, regardait une mince pile de sorties imprimées.

— Que dit RUBICON de tout ceci? lui demanda Law.

Harper leva les yeux vers le Président.

— Nous avons déjà programmé un scénario basé sur ce qui se passe présentement, comportant un incident nucléaire accidentel, au cours d'une crise. Il ne se rattachait pas précisément à la situation israélo-arabe, mais cette feuille contient la conclusion à laquelle en était arrivé l'ordinateur à la fin du scénario. Celui-ci conseillait à la puissance non affectée, de frapper la première, car l'adversaire supposera que la détonation, si elle a eu lieu sur son territoire, marque le début d'une offensive.

— Alors, nous devrions faire la guerre parce qu'un ordinateur nous conseille de la faire! dit Law tristement. Qui aurait jamais pensé qu'on pouvait en arriver là?

— Je ne crois pas... commença Torrance.

— Restez tranquille! dit Law, l'interrompant. Laissez-moi réfléchir.

Le président savait qu'ils s'attendaient à le voir envisager une première frappe. Mais il regardait déjà au-delà du précipice, il imaginait le ciel violemment illuminé à des centaines, à des millions d'endroits; au-dessus des missiles dans leurs silos, des bases aériennes, des ports de mer; au-dessus de Washington, de Moscou, de San Francisco, de Kiev et de Leningrad; il lui semblait ressentir les effets thermiques, les radiations, les vagues de choc, se chevauchant, de Los Angeles à Boston, de Riga à Vladivostok. Sur un million et demi de kilomètres carrés des États-Unis — un sixième du pays. Le choc thermique initial carboniserait tout ce qui vit. Les vagues de choc ainsi produites enterreraient les survivants sous les décombres de toute structure ayant servi à les protéger contre l'incinération, et puis les décombres prendraient feu. Dans les régions soumises à une attaque concentrée, personne n'échapperait; car fuir devant une déflagration voudrait seulement dire qu'on serait irradié, pulvérisé ou transformé en vapeur par la suivante. Il n'y aurait ni médecins, ni hôpitaux, ni services d'urgence: tout aurait été consumé dans les premières minutes suivant l'explosion des missiles. Après cela, il ne resterait ni un arbre, ni un seul brin d'herbe, ni homme, ni femme, ni enfant; seuls demeureraient, sous la lente retombée des cendres radioactives, des décombres carbonisés.

Dans un compte rendu de l'attaque sur Hiroshima, Law avait un jour vu une photo qui était restée gravée dans sa mémoire: Une femme enceinte morte, étendue dans une rue à demi ensevelie sous la cendre. À ses côtés, sa fillette de quatre ans, tentait de lui donner à boire, une tasse brisée dans sa petite main. Et tout autour, des survivants erraient dans les décombres, tels des somnambules, sans même voir l'enfant en pleurs.

«Et ce sera bien pis ici, pensait Law. Tellement épouvantable que ni moi, ni qui que ce soit d'autre dans cette pièce, ne peut même tenter d'en imaginer l'horreur.»

— Général Torrance, demanda-t-il, ou se trouvent exactement le *John F. Kennedy* et le *Kitty Hawk*?

— À 100 milles à l'est d'Haïfa.

— Je suis tenu d'appeler Reisman dans vingt minutes. Je veux qu'à ce moment-là une force de frappe, en provenance de ces deux porte-avions, soit déjà en l'air. Arrangez-vous pour qu'ils soient à tout moment disponibles et aéroportés, à cinq minutes de vol de toutes les bases syriennes du nord d'Israël. Les escadrilles auront pour mission d'empêcher des avions de décoller de ces bases, et d'intercepter d'autres avions ayant décollé de bases situées au sud du pays. Cette manœuvre empêchera en même temps les jets venant de bases syriennes, de pénétrer dans l'espace aérien d'Israël.

— Monsieur le Président, intervint Lussing, chef d'état-major de l'aviation, en adoptant cette tactique, nous violerons l'espace aérien d'Israël.

— Peu importe! rétorque Law. J'ai décidé que nous ne permettrions pas à Israël de lancer une attaque nucléaire contre la Syrie — même si cela veut dire que nous devons nous-mêmes abattre des avions israéliens.

Il y eut un silence stupéfait.

— Monsieur le Président, dit Presniak, il s'agit d'une attaque contre un de vos propres alliés. Ce serait une catastrophe diplomatique!

— Il y a une autre catastrophe qui nous attend dans les coulisse, répliqua Law. Et il ne s'agit pas d'une catastrophe diplomatique! Faites ce que je vous dis.

Torrance se leva.

— Je ne peux pas obéir à cet ordre, Monsieur le Président, dit-il.

— Vous ne pouvez pas *quoi*?

— Je ne peux pas obéir. Je vous prie de reconsidérer votre décision. Elle n'est pas rationnelle.

Law se demanda un instant si Torrance tenterait de le déclarer inapte à commander. Il n'y avait pas de précédent à un tel acte, et ce serait illégal; mais il pourrait le tenter.

— C'est ma décision, déclara-t-il. Je vous démets de votre poste de président des chefs d'états-majors adjoints. Vous pouvez vous retirer.

— Qu'en pensez-vous, vous autres? demanda Torrance dans une dernière tentative.

— Général, je vous ai dit de vous retirer.

Personne ne fit de commentaire. Torrance se retourna pesamment et se dirigea vers la porte. Il regarda longuement Law, pour souligner encore sa désapprobation, et sortit.

La porte se referma silencieusement sur lui. Les seuls bruits dans le compartiment étaient maintenant celui du vrombissement lointain des moteurs, et le sifflement de l'air sur la carlingue.

— Hé bien? demanda Law au chef de l'état-major de l'aviation.

— Je vais y voir immédiatement, dit Lussing, emboîtant le pas à Torrance.

— Cam, dit le président, accompagnez-le. Assurez-vous qu'il se conforme aux ordres. Entre-temps, y en a-t-il d'autres parmi vous qui souhaiteraient démissionner?

Il n'y eut pas un murmure.

— Bien. Dans dix minutes, je vais informer Reisman de ce que nous avons fait. Il nous faut gagner du temps, Messieurs. Je ne vois pas d'autre moyen. Nous avons besoin de temps pour parler aux Russes et pour nous sauver de l'apocalypse. À n'importe quel prix. Diplomatique ou autre.

— Nous mettrons des années à réparer les pots cassés, si nous attaquons Israël, dit Presniak. Aucun de nos alliés n'aura plus jamais confiance en nous.

— Préférez-vous l'alternative?

— Monsieur le Président, une première frappe nous permettrait au moins...

430

— Non! interjeta Law. Je veux savoir ce que le secrétaire Gresko a à dire au sujet de ces bombes.

Sept minutes plus tard, sa conversation avec le dirigeant russe prenait fin. Gresko s'était montré plus hostile que jamais. Ils n'avaient pas encore terminé leur vérification, mais il n'y avait pas eu de livraison d'armes par Kiev et Belgrade. Les implications découlant des paroles de Gresko inquiétaient Law au plus haut point : il était évident que le leader soviétique ne croyait pas au plaidoyer de non-responsabilité d'Israël, et qu'il était à moitié convaincu que le temps utilisé à la vérification n'était qu'un prétexte permettant aux États-Unis de terminer leurs préparatifs militaires. Le fait que Gresko soit prêt à prendre ce risque constituait la seule lueur d'espoir. Même la mission du détachement américain spécial n'avait pas paru l'impressionner, bien qu'il se soit engagé à retenir les avions russes et syriens de leur côté de la frontière.

— Appelez-moi Reisman, dit Law, à l'adresse du haut-parleur téléphonique.

En Méditerranée orientale, le *John F. Kennedy* et le *Kitty Hawk* catapultaient les Tomcats et les F-18 du détachement spécial, vers le bleu indigo de la stratosphère et les côtes d'Israël.

— Monsieur le Premier Ministre, s'enquit Law, en êtes-vous arrivé à une décision?

— J'attendais d'avoir votre information.

— Les Russes ne savent pas encore s'il s'est agi d'une de leurs armes, ou non. Ils tentent présentement de se renseigner.

431

— Ils n'ont pas admis qu'il ne s'agissait pas des nôtres?

— Non. Mais il est encore temps.

— Oui, temps pour eux de décider d'attaquer. Je pense qu'ils vont nous mettre devant le fait accompli, Monsieur le Président, et que c'est là la raison de ces retards. Au revoir.

— Attendez! implora Law. Qu'allez-vous faire?

— C'est une décision qu'il ne revient qu'à nous de prendre, rétorqua Reisman. Nous écoutons les autres depuis déjà trop longtemps.

— Monsieur le Premier Ministre, insista le président Law, sa voix montrant qu'il parlait à contrecœur, je dois vous avertir que nous ne vous permettrons pas de lancer une attaque nucléaire contre la Syrie. Je vous demande, en termes clairs, de rappeler tous vos avions à leur base et de les y garder. Pour vous procurer une défense contre une attaque syrienne, nous vous envoyons des Tomcat et des F-18 de notre 6e flotte. Nous en avons avisé les Russes. Votre radar a sans doute déjà discerné nos avions.

— Jason Law, répliqua Reisman, vous ne pouvez pas être sérieux! Je refuse de croire ce que je viens de vous entendre dire.

— Je suis tout ce qu'il y a de plus sérieux, dit Law. Rappelez vos avions. Les nôtres ont reçu l'ordre d'abattre tout avion qui tenterait de franchir votre frontière avec la Syrie, dans un sens comme dans l'autre. Les Russes ont promis de retenir leurs avions. «Et j'espère qu'ils arriveront à le faire, pensa Law. Dieu sait dans quel état peuvent être leurs communications après la perte de Damas.» Le secrétaire Gresko doit me contacter sous peu. S'il admet leur responsabilité, nous retirerons notre force. Sinon, nous maintiendrons notre interdiction, jusqu'à ce qu'une solution soit trouvée. Et cela, aussi longtemps qu'il le faudra.

— Si vous violez notre espace aérien, nous abattrons vos avions, avertit Reisman. Cette idée de toujours intervenir dans nos affaires! Les Russes et vous ne nous avez pas laissés

432

achever les Syriens et les Égyptiens en 1978, ni en 1967, ni en 1956. Si vous l'aviez fait, nous ne ferions pas face à cette situation aujourd'hui. Vous nous armez jusqu'aux dents, les Arabes et nous, vous nous forcez à démolir nos économies respectives pour acheter vos armes, et ensuite, quand nous nous servons des engins que vous nous avez vendus avec tant d'empressement, vous invoquez vertueusement la morale. Les Russes et vous, êtes des fous dangereux. Nous ne vous écouterons plus.

— Monsieur le Premier Ministre! plaida Law. Mais Reisman avait raccroché.

— Vont-ils tenter le coup? demanda Presniak.

— Nous ne pouvons pas fermer complètement la frontière, dit Lussing. Nous n'avons pas assez d'avions, surtout si les Israéliens se battent.

— Je sais, dit Law. Je ne peux qu'espérer qu'ils ne le feront pas. Et que s'ils décident d'attaquer la Syrie, nous pourrons les en empêcher.

Le Boeing fut légèrement secoué par une poche d'air. Law sentit le doute l'envahir brutalement, et eut envie de s'en libérer en hurlant aux autres: «Aidez-moi, au nom de Dieu, je ne suis pas sûr de ce que je devrais faire, donnez-moi une réponse capable de nous éloigner de l'abîme...

«Que faisait Gresko! Perdait-il en ce moment même le courage d'attendre? Prenait-il le téléphone rouge, ou tout autre dispositif utilisé par les Russes, pour donner l'ordre qui ouvrirait les portes des silos, mettrait fin à la ronde des bombardiers dans la glaciale stratosphère arctique, ramènerait les sous-marins du fond des mers à une profondeur propre au lancement?»

Il se rappela alors la fillette de Hiroshima, une tasse cassée dans sa petite main.

Au-dessus des bases aériennes du nord d'Israël, les Kfir, les Phantom, les F-15 et F-16 marqués de l'étoile de David, montaient à toute vitesse à la rencontre du détachement d'avions américains, qui arrivait de la mer. À bord des Tomcat, les officiers de tir armèrent les missiles Phoenix à longue portée et se mirent à poursuivre les avions israéliens.

— Nul doute possible? demanda Gresko, le visage grisâtre, les traits tirés.

— Aucun, répondit Kotsarev. Boyarkine a dû les faire expédier personnellement, avant notre intervention.

Ils se tenaient tous deux debout devant la principale console des communications, située juste derrière le cockpit de l'Iliouchine. Kotsarev eut soudain une vision de Boyarkine, sa poitrine un trou béant, sa bouche ensanglantée riant d'une joie démoniaque.

— Pas le moindre doute, poursuivit Kotsarev. Dix Antonov ont été envoyés, non pas de Kiev, mais de Rostov, en deux vagues. Il y a maintenant cinq S.C.U.D.-A armés d'ogives nucléaires en Syrie. On peut supposer que les cinq autres ont été détruits dans l'explosion de Damas.

— Et la bombe de Damas était bien une des nôtres?

— Cela semble fort probable, dit Kotsarev.

— Les Américains vont croire que nous l'avons toujours su! dit Gresko. Nous les avons forcés à menacer d'une attaque un de leurs propres alliés. Ils vont croire que c'était voulu.

— Secrétaire, dit Kotsarev, nous ne pouvons pas être sûrs que Law disait la vérité en parlant de menacer Jérusalem. Les avions de leur 6e flotte peuvent très bien être en route vers des objectifs syriens. Si nous avouons y avoir planté des bombes, ils s'en croiront justifiés. Mais nous ne pouvons pas permettre que les Américains attaquent la Syrie.

Il se tut, regarda Gresko, puis reprit:

434

— Nous devons attaquer, sans plus tarder.

— Il reste une possibilité, dit Gresko. Si les Américains et les Israéliens se tapent dessus...

Il se tourna vers l'officier de liaison :

— Les Tupolev qui suivent la 6e flotte ne surveillent-ils pas le détachement américain spécial?

— Oui, Secrétaire.

— Entrez en contact avec l'avion le plus proche de la région probable de combat. Dites-lui de rapporter sur-le-champ ce qu'il aperçoit.

À 9000 milles de là, le chef d'état-major de l'aviation américaine dit :

— Ils ne reculent pas. Ils veulent nous forcer à montrer nos cartes.

— Comme s'il s'agissait d'un bluff! dit Law. Damné Reisman! Qu'est-ce qu'il a à ne pas rappeler ses avions?

Les jets américains et israéliens s'affrontèrent sitôt franchie la limite de l'espace aérien d'Israël. Des traînées vaporeuses dessinaient sur le bleu du ciel des fils de la vierge. Le capitaine Robert Winter, aux commandes d'un Tomcat en provenance du *Kitty Hawk*, vira brusquement et lança un de ses Sidewinder vers un Kfir. Le missile lui arracha une aile, il se retourna sur le dos, et se mit à tomber en flammes vers le sol.

Winter réfléchit à ce qu'il ferait après avoir lancé ses trois autres Sidewinder. La consigne de la mission spécifiait que les Phoenix à longue portée ne devaient servir qu'à attaquer des avions approchant la frontière Israël-Syrie; Winter n'aimait pas, d'autre part, se servir des canons du Tomcat dans les

435

duels aériens tant que l'avion aurait à son bord les lourds Phoenix.

Il n'aimait pas non plus tirer sur des Israéliens.

Ce fut peut-être cette répugnance qui ralentit ses réactions lorsque l'alarme d'«attaque d'au-dessous» sonna. Il y avait tant de missiles et de jets dans les airs, que les dispositifs électroniques du Tomcat avait tardé à déterminer que l'avion de Winter était l'objectif d'un Shafir israélien. Il ne lui restait alors qu'une infime marge d'erreur. Elle ne lui suffit pas. Le Shafir perça le réservoir d'essence du Tomcat, à tribord, près du pivot de l'aile à degré variable, et le chasseur explosa.

— Ils se tirent dessus, rapporta l'officier des communications. Le radar du Tupolev montre au moins deux avions détruits. On ne sait pas s'ils sont israéliens ou américains.

— Dites-lui qu'il faut qu'il soit absolument sûr. Est-ce qu'il voit quelque chose?

L'officier parla brièvement puis tendit l'oreille.

— Il dit qu'il voit de la fumée, deux explosions, d'autres flammes et que quelque chose a éclaté.

— Ça suffit, dit Gresko. Suivez-moi, ajouta-t-il, s'adressant à Kotsarev.

— Je pense que ça va arriver, dit Jocelyne, d'une voix blanche. (Elle était appuyée sur l'épaule de Thorne, sa main posée sur la sienne.) Ils ne semblent pas pouvoir contrôler la situation. Peut-être ne le veulent-ils même pas. Ce que je voudrais être à la maison! Que va-t-il nous arriver, s'il y a une guerre?

— Je ne sais vraiment pas, répondit Thorne. Je pense que cet avion a un rayon d'action suffisant pour s'échapper. Mais où pourrait-il aller?

436

— Ne plus avoir de pays, dit-elle. C'est triste. Et ça n'avait pas besoin d'arriver.

— David?

Thorne leva les yeux. Andreyev avait quitté son siège et se tenait debout à côté d'eux.

— Je suis désolé de vous avoir lâchés, dit-il. Je n'aurais jamais dû. C'est que j'étais en colère... Avoir de si près frôlé le succès, pour ensuite essuyer un échec...

— C'est une vieille histoire, dit Thorne. Qui ne nous concerne plus. Je...

La porte du compartiment s'ouvrit en coup de vent. Gresko, Travkine, Distanov et Kotsarev y firent irruption. Gresko saisit le téléphone sur la console, et le braqua sur son oreille. «Dépêchez-vous! Faites vite! Vite!» cria-t-il. Kotsarev était rigide; seules ses mains bougeaient spasmodiquement, comme si elles avaient eu une volonté propre, se crispant et s'ouvrant.

— Monsieur le Président, put-il enfin dire. Ici Gresko de nouveau. Je vous fais toutes mes excuses. La bombe de Damas était bien une des nôtres. Nous diminuons notre alerte sur-le-champ; il n'y aura aucun délai. Ferez-vous de même? Excellent! Le docteur Thorne vous appellera dans vingt minutes pour vous assurer que nous tenons parole; nous allons le laisser observer l'opération. Quand nous aurons retrouvé un statut normal, nous pourrons commencer à résoudre nos échecs diplomatiques respectifs. Il ne faut plus jamais qu'une telle chose se répète. Oui. Oui. Je dois vous quitter. Au revoir.

Il posa l'appareil en titubant. Kotsarev lui prit le bras et l'aida à s'asseoir dans le fauteuil devant la console. Gresko fixa le vide pendant un moment, comme s'il revoyait un cauchemar. Puis il dit:

— C'est terminé! Bientôt nous pourrons tous rentrer chez nous.

Il plongea alors son visage dans ses mains et se mit à sangloter.

Les jets américains et israéliens avaient disparu du ciel. Les traînées de vapeur qu'ils avaient laissées derrière eux, furent poussées par le vent d'ouest vers l'intérieur, au-dessus d'Haïfa et jusque dans le ciel de Galilée, où ils se dissipèrent jusqu'à ne laisser aucune trace. Le vent soufflait aussi au nord-est du Golan, repoussant les cendres radioactives de Damas au cœur de la Syrie et de l'Iraq, au-delà des villages, des mornes collines et des anciennes routes orientales, jusqu'aux ruines de la lointaine Babylone.

Composition et mise en pages :
LES ATELIERS CHIORA INC.
Ville Mont-Royal

Achevé d'imprimer
par les travailleurs de
Les Imprimeries Stellac Inc.